Carina Schnell

When the Storm Comes

CARINA SCHNELL

WHEN THE Storm COMES

Roman

everlove by PIPER

Mehr über unsere Autorinnen, Autoren und Bücher:
https://www.piper.de/verlag/everlove

Wenn Ihnen dieser Roman gefallen hat, schreiben Sie uns unter Nennung des Titels »When the Storm Comes« an *empfehlungen@piper.de,* und wir empfehlen Ihnen gerne vergleichbare Bücher.

Von Carina Schnell liegen im Piper Verlag vor:
Sommer-in-Kanada-Reihe:
Band 1: When the Storm Comes
Band 2: When the Night Falls
Band 3: When the Stars Collide

Inhalte fremder Webseiten, auf die in diesem Buch (etwa durch Links) hingewiesen wird, macht sich der Verlag nicht zu eigen. Eine Haftung dafür übernimmt der Verlag nicht.

Unser Versprechen für mehr Nachhaltigkeit
Klimaneutrales Produkt
FSC®-zertifiziertes Papier
Hergestellt in Europa

FSC
www.fsc.org
MIX
Papier | Fördert gute Waldnutzung
FSC® C083411

ISBN 978-3-492-06281-7
2. Auflage 2022

Redaktion: Kerstin von Dobschütz
Sensitivity Reading: Nora Bendzko
Satz: psb, Berlin
Gesetzt aus der Albertina
Druck und Bindung: CPI Books GmbH, Leck
Printed in the EU

Liebe Leser*innen,

dieses Buch enthält potenziell triggernde Inhalte. Um euch das bestmögliche Leseerlebnis zu ermöglichen, findet ihr deshalb auf S. 413 eine Triggerwarnung.

Carina Schnell und das *everlove*-Team

Für alle, die auf der Suche sind

1 *Marly*

»Fuck!« Ich riss das Lenkrad herum und trat auf die Bremse, um nicht in die Leitplanke zu krachen. Holpernd kam der uralte Chevrolet meines Großvaters zum Stehen. Dunkler Rauch drang aus der Motorhaube, der Grund, warum ich so abrupt angehalten hatte. Nun stand ich fluchend am Straßenrand, kurz vor dem mich freundlich begrüßenden Ortsschild: *St. Andrews by-the-Sea. Est. 1783.*

Hastig schaltete ich den Motor aus, schnallte mich ab und sprang aus dem roten Wagen. Der Rauch war eindeutig kein gutes Zeichen. Wenn mir die alte Karre gleich um die Ohren flog, wollte ich lieber nicht mehr drinsitzen.

Zögernd näherte ich mich der Motorhaube, aus der es munter qualmte, blieb dann aber abrupt stehen. Sollte ich sie öffnen? Oder mich lieber so schnell wie möglich in Sicherheit bringen? Aber wem machte ich schon etwas vor? Selbst wenn ich einen Blick in den Motor warf, würde ich nie erkennen, was da nicht stimmte. Ich hatte keine Ahnung von Autos.

Frustriert trat ich gegen einen Stein am Boden, der in hohem Bogen durch die Luft flog und klirrend auf die Leitplanke traf. Das hatte mir gerade noch gefehlt. Auf diesem Roadtrip war bisher so ziemlich alles schiefgelaufen, was hätte schiefgehen können.

Ich raufte mir die dunklen Locken und holte dann mein Handy aus der Hosentasche. Grandpa hatte darauf bestanden, dass ich vor meinem Aufbruch die Notfallnummer der Canadian Automobile Association speicherte. »Nur für den Fall«, hatte er gesagt. Tja, dieser Fall war gerade eingetreten. Nachdem ich noch keine zweitausend Kilometer gefahren war.

Auf dem Sperrbildschirm wartete eine Nachricht von Rachel auf mich:

Denk an dich, Süße! Lass es krachen, das kannst du auch ohne mich. Freu mich auf alle versauten Details aus Montreal. Gleich Bewerbungsgespräch. Wünsch mir Glück.
XOXO

Ich musste lächeln, obwohl ich keine versauten Details zu berichten hatte. In Montreal, dem ersten Stopp auf meinem Roadtrip, hatte ich entgegen meinem Plan nur eine Nacht verbracht. Die Großstadt war zu laut, zu hektisch und viel zu überlaufen mit jungen Männern. Wenn ich das wollte, hätte ich auch in Toronto bleiben können. Und nun war ich hier, mitten im Nirgendwo. Ach nein, kurz vor St. Andrews by-the-Sea, einer Kleinstadt in New Brunswick.

Diese Gegend war zwar mein Ziel, und der Grund meiner Reise, aber die Autopanne hatte ich definitiv nicht eingeplant.

Ich seufzte, entsperrte mein Handy, tippte auf die Nummer der Pannenhilfe und bereitete mich innerlich auf das peinliche Gespräch vor, da ich absolut unfähig zu erklären war, wieso es aus dem Motor qualmte.

Eine halbe Stunde später tauchte ein Abschleppwagen auf, der schon bessere Tage gesehen hatte. Nachdem er rumpelnd zum Stehen gekommen war, stieg ein etwa sechzigjähriger Mann aus. Er schob sich die Baseballkappe aus der sonnengebräunten Stirn und bedachte mich mit einem misstrauischen Blick aus blaugrauen Augen. »Hey, ich bin Donald. Hast du den Abschleppdienst gerufen?«

Nein, ich stehe hier nur so zum Spaß neben einem qualmenden Auto, hätte ich fast geantwortet, bekam meine scharfe Zunge aber gerade noch rechtzeitig in den Griff. »Ja, es raucht aus dem Motor«, sagte ich stattdessen.

Während der Mann grummelnd die Motorhaube öffnete und sich darüberbeugte, ließ ich den Blick über die Straße schweifen. Es war Mitte Juni, die Büsche und Bäume blühten, ihr süßer Duft hüllte mich ein. Vom nicht weit entfernten Meer wehte eine sanfte Brise heran. Der Himmel war strahlend blau, einige Möwen zogen kreischend dahin. Idylle pur.

Ein dunkelblauer Pick-up-Truck näherte sich uns aus der Ferne. Als er nicht mehr weit weg war, erkannte ich, dass alle Scheiben heruntergelassen waren. Aus dem Beifahrerfenster schaute ein Golden Retriever mit hängender Zunge neugierig heraus. Ich musste unwillkürlich lachen. Es sah einfach zu komisch aus. Da traf mein Blick kurz den des jungen Mannes am Steuer. Seegrüne Augen, helle, sonnengebräunte Haut, ein energisches Kinn, vom Wind zerzauste, honigblonde Haare. Mein Herz machte einen unerwarteten Sprung. Im nächsten Moment war der Truck auch schon an mir vorbeigefahren, und ich starrte ihm verdutzt hinterher. Erst nachdem er um die nächste Kurve gebogen war, wandte ich mich ab.

Meine Reaktion auf den gut aussehenden Fremden versetzte mir einen Stich. Ich sah wieder Dans verletztes Gesicht vor mir. Die Tränen, die er wütend fortzublinzeln versuchte, die aber trotzdem glitzernde Spuren auf seiner goldbraunen Haut hinterließen. Sein Adamsapfel hüpfte auf und ab, als er schwer schluckte. Seine Worte hallten in meinem Kopf nach: *»Es war nur eine Frage der Zeit …«*

Ich schloss die Augen, atmete tief durch. Spürte Meersalz auf meinen Lippen, den Wind im Haar. Kam wieder im Hier und Jetzt an. »Es ist reine Zeitverschwendung, in der Vergangenheit zu leben«, murmelte ich. Das war ein Spruch, den mir meine Grandma von klein auf eingebläut hatte.

»Wie bitte?«, kam es von hinter der geöffneten Motorhaube.

»Ach, äh, nichts«, antwortete ich und stellte mich neben den Mechaniker – Donald. »Wie sieht's denn aus?«

»Na ja …« Abermals schob er sich die Baseballkappe aus dem Gesicht. Er kratzte sich an der Schläfe und runzelte die Stirn. Das war eindeutig kein gutes Zeichen. »Wie's aussieht, bist du schon länger mit defektem Kühler gefahren. Wasser ist ausgetreten, sodass der Motor nicht mehr richtig gekühlt werden konnte und sich überhitzt hat. Das wäre an sich ja noch nicht dramatisch, aber bei diesem alten Auto« – er tätschelte die Motorhaube beinahe zärtlich – »und aufgrund der Tatsache, dass das Problem lange unentdeckt blieb, stehst du kurz vor einem Motorschaden.« Ich starrte ihn fassungslos an. »Hast du kein Licht aufleuchten sehen? Irgendein Warnsignal?«

Ich schüttelte den Kopf. »Das Auto ist wirklich alt.«

»Ich weiß.« Erneut musterte er die Karre mit einem liebevollen Blick. »Ein Chevrolet Chevelle Malibu. Von 1976. Wirklich eine Schande.«

»Was?«

»Es würde sich kaum lohnen, ihn reparieren zu lassen.«

Meine Augen wurden groß. »Aber können Sie es nicht wenigstens versuchen? Ich komme aus Toronto. Irgendwie muss ich ja wieder zurück.« Von meinem nun abrupt beendeten Roadtrip ganz zu schweigen. Er sah mich zweifelnd an. »Der Wagen gehört meinem Grandpa«, fügte ich mit flehendem Blick hinzu.

Donald hob kapitulierend die ölverschmierten Hände. »Na schön, ich nehme ihn mal mit. Ich und meine Jungs in der Werkstatt sehen, was wir tun können. Aber das wird dauern. Wir steuern mitten auf die Hochsaison zu.« Ich sah ihn verständnislos an. »Hier in St. Andrews verdoppelt sich die Bevölkerung im Sommer«, erklärte er. »Dann kommen Scharen von Touristen und Leute, die hier eine Sommerresidenz haben. Das heißt, wir haben viel mehr zu tun als sonst.«

»Okay. Wie lange wird es ungefähr dauern?« Ich machte mich auf das Schlimmste gefasst.

»Mindestens zwei Wochen.«

Mein Herz sank. Am liebsten hätte ich gegen das nutzlose Auto getreten, aber dann hätte Donald mich wahrscheinlich gesteinigt. Ich fuhr mir durch die widerspenstigen Locken, verhedderte meine Finger wie immer darin und zog sie fluchend wieder heraus. »Na, dann … werde ich mir hier wohl eine Bleibe suchen müssen.«

Donald rückte seine Kappe zurecht und sah mich mitleidig an. »Ach ja, richtig, Hochsaison«, grummelte ich.

»Ich kenne da aber jemanden, der sicher noch ein Plätzchen für eine nette junge Dame aus Toronto frei hat.« Donald schenkte mir ein freundliches Lächeln, und ich erwiderte es dankbar.

Kurz darauf sah ich dabei zu, wie er den heiß geliebten Chevrolet meines Grandpas auf seinen Abschleppwagen lud. Und damit auch meine Pläne für den Sommer.

»Fuck«, wiederholte ich noch einmal, als ich neben Donald auf den Beifahrersitz kletterte und mich nach St. Andrews, meinem neuen Zuhause für mindestens zwei Wochen, fahren ließ.

Wir kamen an einem Golfplatz, einer Feuerwache, einem *Tim Hortons* und vereinzelten Häuschen mit gepflegten Vorgärten vorbei, bevor wir das Städtchen erreichten. Hin und wieder erhaschte ich zwischen Gebäuden und Bäumen hindurch einen Blick auf das glitzernde Meer. Ich musterte jedoch vor allem die holzverkleideten Wohnhäuser mit großen Gärten. Hatte *sie* hier mal irgendwo gewohnt? Befand *sie* sich vielleicht in diesem Moment hinter einem dieser Fenster? War *sie* hier einkaufen gegangen? Oder dort am Meer entlanggeschlendert?

Um mich von dem nervösen Kribbeln in meinem Magen abzulenken, kniff ich mir so fest in den Handrücken, dass meine Fingernägel einen Abdruck auf meiner rotbraunen Haut hinterließen. Es reichte schon, dass mein Herz immer schneller schlug, je näher wir dem Ortskern kamen.

Im Zentrum begrüßte uns eine bunte Häuserfront mit vielen Geschäften und Restaurants. Die einladenden roten, blauen und gelben Holzfassaden schienen einem Reisemagazin zu entstammen. Von mehreren Vordächern und Fahnenmasten wehte die kanadische Flagge.

»Willkommen in St. Andrews!« Donald sah so stolz aus, dass ich unwillkürlich grinsen musste. Das hier war wirklich ein schönes Fleckchen Erde. Fröhlich zeigte Donald auf verschiedene Gebäude und erklärte mir, wo es das beste Essen oder die schönsten Souvenirs gab. Natürlich konnte ich mir auf die Schnelle nichts davon merken, also nickte ich nur höflich.

»Da ist der Pier«, verkündete er. »Von dort aus kannst du zum Beispiel Whale-Watching-Touren machen. In ein paar Tagen ist die Saison wieder eröffnet.«

Ich starrte auf die breite Öffnung zwischen der Häuserfront, die einen atemberaubenden Blick auf das Meer und einen weit hinausführenden Holzsteg freigab. Mein Herz flatterte aufgeregt. Schon seit ich klein war, hatte ich eine stetig wachsende Liste mit Dingen, die ich in meinem Leben unbedingt tun wollte. Wale aus nächster Nähe zu beobachten stand darauf ziemlich weit oben.

Als Donald schließlich abbog und die Straße am Meer verließ, fiel mir auf, dass er absichtlich durchs Zentrum gefahren sein musste, um mir den Ortskern zu zeigen. Nun ging es wieder in die entgegengesetzte Richtung. Kurz darauf hielten wir vor einem Haus, das ich mit seinem schneeweißen Anstrich und spitzen Giebeldächern nur als typisches Bed and Breakfast bezeichnen konnte. *»Cory Cottage«,* verkündete Donald, als wäre er ein Busfahrer und dies die nächste Haltestelle.

Ich sah ihn skeptisch an. »*Da* soll ich wohnen?« Das würde ich mir selbst mit dem besten Nebenjob der Welt nicht leisten können.

Donald schob sich die Kappe aus der Stirn und kratzte sich hinter dem Ohr. Dabei hinterließ er einen schwarzen Schmierstreifen an seinem Hals. »Glaub mir, sie werden sich freuen, dich zu sehen.«

Zweifelnd blickte ich zu dem großen, weißen Haus, dann wieder zu Donald.

»Geh nur.« Er nickte mit dem Kopf in Richtung der dunkelgrün gestrichenen Tür. »Sag einfach, dass Donald Loiterman dich geschickt hat. Ich rufe später die Rezeption an, wenn ich dir mehr über dein Auto sagen kann.«

Ich nickte, schnappte mir meine Reisetasche vom Rücksitz und öffnete die Beifahrertür des Abschleppwagens. Bevor ich ausstieg, drehte ich mich noch einmal zu ihm um. »Danke, Donald. Sie haben mir echt das Leben gerettet.«

»Na, so würde ich es nicht nennen.« Er grinste breit. »Aber wir unterhalten uns noch mal, wenn du dein Zimmer gesehen hast.«

Ich fragte erst gar nicht nach, was seine Anspielung zu bedeuten hatte. Wenn wirklich bald so viele Touristen die Stadt fluteten, konnte ich froh sein, überhaupt eine Bleibe zu finden.

Donald schrieb sich meinen Namen auf, dann tippte er sich zum Abschied an die Mütze, und ich stieg aus. Zögernd trat ich durch die schneeweiße Gartentür und folgte dem gefliesten Steinweg durch einen ordentlich angelegten Vorgarten. Die Hausfassade war makellos weiß, die Fensterläden in demselben

Dunkelgrün gehalten wie die Haustür. Rechts und links neben dem Eingang hingen zwei Laternen, die abends sicher einladendes Licht verströmten. Noch nie in meinem Leben hatte ich ein so elegantes Gebäude betreten.

Ich war eher löchrige Dächer, klapprige Türen und Stromausfälle gewohnt.

Es gab keine Klingel, und die Tür öffnete sich von selbst, als ich dagegendrückte. Dahinter wartete eine Farbexplosion auf mich. Die holzvertäfelten Wände des Eingangsbereichs waren in einem warmen Orangeton gehalten. Eine einladende Sitzecke mit blau gemusterter Couch und passenden Sesseln lud vor einem Kamin, auf dessen Sims eine Vase mit frischen Sommerblumen stand, zum Verweilen ein. Eine Treppe führte in die obere Etage.

»Willkommen im *Cory Cottage*«, flötete eine Stimme. »Ich bin Janet, wie kann ich Ihnen helfen?«

Ich war so erschlagen von all der ländlichen Eleganz und dem frischen Lavendelduft, dass ich einen Augenblick brauchte, um die Sprecherin ausfindig zu machen. Sie winkte mir fröhlich von ihrem Platz hinter der Rezeptionstheke rechts von mir zu.

Die Frau war wie das Cottage: elegant, wenn auch vielleicht eine Spur *too much*. Ich schätzte sie auf Mitte fünfzig. Ihre Nägel waren in Koralle lackiert, derselbe Farbton wie ihr Lippenstift. Sie trug eine geblümte Bluse und hatte sonnengebräunte Haut, wie anscheinend alle in dieser Stadt.

Ich schob mir eine vorwitzige schwarze Locke aus dem Gesicht und ging auf sie zu. Es war klar, dass Donald mich nur auf den Arm genommen hatte. Nicht in einer Million Jahren hätten sie in einem derart exklusiven Bed and Breakfast so kurz vor der Hauptsaison noch ein Zimmer für mich frei.

Als ich an die Rezeptionstheke trat, reichte Janet nur ein kurzer Blick in mein Gesicht, bevor sie fragte: »Schlechter Tag, Liebes?«

Ich nickte. Dann erinnerte ich mich an so etwas wie Manieren und setzte ein Lächeln auf. »Ich bin Marly Macpherson. Mein Auto ist kurz vor dem Ortseingang liegen geblieben, und Donald Loiterman hat gesagt, dass ich hier nach einem Zimmer fragen soll.«

»Ach, du liebe Güte!« Janet schürzte die Korallenlippen und hob die makellos gezupften Augenbrauen, sodass ihr blondierter Pony ihre Wimpern kitzelte. »Wie lange möchtest du denn bleiben, Liebes?«

Ich traute mich fast nicht, es laut auszusprechen. »Äh, mindestens zwei Wochen?« Es klang wie eine Frage.

»Oh, das ist ja fabelhaft, einfach wunderbar.«

»Ist es das?«

Sie nickte so heftig, dass ihre goldenen Ohrringe leise klirrten. »Dieses Cottage gehört meinem Mann Joseph und mir. Jeden Sommer kommt unsere Tochter zu Besuch, deshalb ist immer ein Zimmer für sie reserviert.« Ihr Gesicht fiel in sich zusammen. »Leider kann Liza dieses Jahr nicht kommen, weil sie eine Kreuzfahrt in den Bahamas macht.« Es war offensichtlich, wie nahe es Janet ging, dass ihre Tochter eine Liege am Pool, eisgekühlte Piña coladas und eine Außenkabine mit Blick aufs Meer dem Besuch bei ihren Eltern vorzog. Sie räusperte sich. »Du kannst gerne ihr Zimmer haben, Liebes, es steht sechs Wochen leer.«

»Sechs Wochen?« Ich hatte jetzt schon Mitleid mit der armen Liza, die jedes Jahr fast zwei Monate hier versauerte. St. Andrews war hübsch, keine Frage, aber was gab es in so einer Kleinstadt schon zu tun?

»Oder auch nur zwei«, fügte Janet eilig hinzu. »Ganz, wie du möchtest.«

»Und wie viel kostet das pro Nacht?«

Sie schenkte mir ein verschwörerisches Lächeln und beugte sich über die Theke zu mir vor, sodass ich einen unfreiwilligen Einblick in ihr faltiges Dekolleté bekam. »Da Donald dich geschickt hat und du armes Ding so einen schlechten Tag hattest, biete ich dir einen Sonderpreis an. Fünfundzwanzig Dollar pro Nacht.«

Fünfundzwanzig Dollar? Das war wirklich ein Spottpreis, wenn die Zimmer auch nur annähernd so schön eingerichtet waren wie der Empfangsbereich des Cottage. Aber da Janet und Joseph normalerweise gar kein Geld mit diesem Zimmer verdienten, war es wohl in Ordnung.

Ich rechnete schnell im Kopf durch. Bei vierzehn Nächten wären das dreihundertfünfzig Dollar. So viel gab mein Budget geradeso her. Ich hatte ursprünglich geplant, nur kurz in St. Andrews zu halten, auf meiner Reise stets in billigen Hostels unterzukommen und nur das Nötigste zu shoppen. Diesen Plan konnte ich nun zwangsläufig über den Haufen werfen. Nach den zwei Wochen hier würde mein Geld knapp werden, da ich ja noch zurück nach Toronto fahren musste und – nur, wenn ich Glück hatte – zuvor meinen Roadtrip fortsetzen wollte. Außerdem musste ich Benzin, Essen und Trinken sowie die Werkstattkosten bedenken, die ich noch überhaupt nicht abschätzen konnte.

Doch ich musste zugeben, dass ich mit Sicherheit kein besseres Angebot als dieses bekommen würde. Das Städtchen machte nicht den Eindruck, als würde es hier spottbillige Hostels für junge Leute geben. Es stand also fest: Ich würde mir für die nächsten zwei Wochen einen Job suchen müssen.

Widerwillig zückte ich meinen Geldbeutel. »Kann ich mit Kreditkarte zahlen?«

»Nur keine Eile, Liebes. Komm erst einmal richtig an. Es reicht, wenn du jetzt die ersten beiden Nächte bezahlst. Dann sehen wir weiter.«

Plötzlich war ich gerührt von der Freundlichkeit der Leute

hier. Ich hatte erst zwei Einheimische getroffen, und beide hatten mir buchstäblich den Tag gerettet. In Toronto hätte ich nie so kurzfristig eine so billige Bleibe gefunden, die nicht kurz vor dem Abriss stand.

Ich nickte und schob fünfzig Dollar und meinen Führerschein über den Tresen, damit Janet meine Daten aufnehmen konnte.

»Setz dich doch einen Moment auf das Sofa, Liebes. Joseph wird gleich dein Gepäck hochtragen.«

Joseph stellte sich als ebenso braun gebrannter, netter älterer Herr heraus, der mich die Treppe hoch- und einen geschmackvoll dekorierten Flur entlangführte.

»Du bist wohl aus der Großstadt, was, junge Dame?«, fragte er mit einem vielsagenden Blick auf meine Nike Air Jordans.

»Ja, Toronto.«

»Und du möchtest hier ein bisschen Ruhe und Frieden genießen?« Seine Neugier verwandelte sich augenblicklich in Mitleid. Wahrscheinlich glaubten diese Kleinstadtmenschen, dass es in Metropolen keinerlei Rückzugsmöglichkeiten, dafür aber Lärm rund um die Uhr und hohe Kriminalitätsraten gab. Wo sie recht hatten …

»Ich wollte eigentlich einen Roadtrip mit meiner besten Freundin machen«, erklärte ich, um nicht schon wieder die Geschichte mit dem liegen gebliebenen Auto erzählen zu müssen. »Aber sie hatte spontan geschäftlich zu tun, also bin ich allein losgezogen.«

Nun hob Joseph die Augenbrauen, als wollte er sagen, dass ich als junge Frau lieber nicht ganz allein unterwegs sein sollte. Dabei erinnerte er mich sehr an meinen Grandpa, der mir genau dasselbe gesagt hatte.

»Da wären wir.« Joseph öffnete die Tür am Ende des Gangs und machte eine einladende Handbewegung. Er stellte meine

Tasche auf dem Boden ab und verabschiedete sich höflich. »Einen schönen Aufenthalt in unserem Haus.«

»Danke, den werde ich sicher haben.«

Als ich die Tür hinter mir schloss, atmete ich hörbar aus. Ich brauchte dringend ein bisschen Zeit für mich, um alles zu verarbeiten. Doch als ich den Blick durch mein neues Zuhause für zwei Wochen schweifen ließ, blieb mir vor Staunen der Mund offen stehen.

Das Zimmer war zwar sehr klein – wahrscheinlich das kleinste, das sie hatten –, doch das tat seiner Schönheit keinen Abbruch. Es trug sogar noch zur Gemütlichkeit bei.

Das Bett aus dunklem Holz stand unter einer steilen Dachschräge, daneben ein kleiner Nachttisch mit einer alten Messinglampe. Die Tagesdecke war weiß und mit blauen Stickereien verziert. Es roch nach frischen Blumen, die in einer Vase neben dem Fernseher auf einer Kommode standen. Es gab einen Kleiderschrank aus demselben Holz wie Bett und Kommode und sogar einen kleinen Kühlschrank. Eine Tür führte ins angrenzende Badezimmer. Ich stieß sie auf und sah mich neugierig um. Meine grauen Augen blickten mir aus dem Spiegel über dem Waschbecken entgegen. Wie angewurzelt blieb ich stehen, als mein Blick auf die große, frei stehende Badewanne im Retrostil fiel, die den kleinen Raum dominierte. Beinahe wäre ich vor Freude auf und ab gehüpft. Im Haus meiner Großeltern gab es nur eine Dusche, die nach zwei Minuten kalt wurde. In den nächsten zwei Wochen würde ich baden, was das Zeug hielt.

Voller Tatendrang packte ich meine Tasche aus, hängte meine Klamotten in den Kleiderschrank und stellte meine beachtliche Sneaker-Sammlung ordentlich daneben auf. Zum Glück gab es in Grandpas Auto mehr als genug Platz für meine heiß geliebten Schuhe, denn davon konnte ich mich selbst auf Reisen nicht trennen.

Die Sonne fiel durch das kleine Dachfenster, und ich öffnete es. In der Ferne hörte ich das Meer rauschen und die Möwen kreischen. Sonst war da nichts als Stille. Der blaue Streifen am Horizont glitzerte einladend, die Wipfel der Bäume wiegten sich in der warmen Brise. Ich atmete tief durch, sog die salzige Luft ein.

Wider Willen musste ich zugeben, dass dies der perfekte Ort war, um zu stranden. Schließlich war ich aus einem bestimmten Grund in diese Richtung aufgebrochen und nicht etwa in die Rocky Mountains oder nach Vancouver gefahren. Allerdings war ich mir nach wie vor nicht sicher, was ich mir eigentlich von diesem Roadtrip erhoffte. Als ich den Blick abermals über die Bäume, die gepflegten Rasenflächen und den blau glitzernden Streifen am Horizont schweifen ließ, überkam mich wieder diese kribbelige Nervosität. Ich strich mit den Fingern über das Portemonnaie in meiner Hosentasche. Darin befand sich mein wertvollster Besitz. Das einzige Foto meiner Mom, das ich besaß. Eine vergilbte, zerknitterte Aufnahme von ihr und mir am Strand. Grandma hatte es mir vor vielen Jahren gegeben, und ich hatte es seitdem gehütet, als hinge mein Leben davon ab.

Sofort bildete sich der altbekannte Kloß in meinem Hals. Was, wenn ich umsonst hergekommen war? Was, wenn hier alle Spuren im Sand verliefen?

Rasch schüttelte ich den Kopf und versuchte, die aufwallende Traurigkeit zu vertreiben. Ich durfte mich jetzt nicht runterziehen lassen. Ja, es hatte sich einiges an Ballast angestaut, den ich nicht verarbeitet hatte. Oder nie verarbeiten würde? Aber nun, da ich hier zwei Wochen festsaß, würde ich in diesem idyllischen Städtchen vielleicht erst mal abschalten und neue Kraft tanken können, bevor ich darüber nachdachte, wie ich weiter vorgehen sollte.

Ich war hier. Der erste Schritt war getan. Ein Schritt, mit dem ich einem Teil meiner Vergangenheit näher kam, als ich es in den letzten siebzehn Jahren geschafft hatte.

Bevor Tränen fließen konnten, schloss ich das Fenster und wandte mich ab. Später gäbe es noch genug Zeit dafür, mich mit mir selbst und meinen Gefühlen auseinanderzusetzen. Jetzt galt es erst einmal, ein Problem zu lösen, und darin war ich normalerweise wirklich gut. Ich musste mir einen Job suchen.

Ich ließ mich aufs Bett fallen und tauschte meine blendend weißen Nike Air Jordan 1 Milan gegen gemütlichere Air Max Infinity Sneakers in Schwarz und Hellrosa. Wer wusste schon, wie sauber die Straßen hier waren? Bei meinen geliebten Sneakers ging ich lieber auf Nummer sicher.

Wenige Augenblicke später war ich schon auf dem Weg in die Innenstadt.

Während ich durch die Straßen von St. Andrews schlenderte, war die Stille allgegenwärtig, was für mich völlig ungewohnt war. Kaum Verkehr, keine Sirenen, keine Streetcars. Ich kam nur an einigen Spaziergängern vorbei, die mich alle freundlich grüßten. Ein Lächeln zupfte an meinen Mundwinkeln. Die gute Laune der Kleinstädter war wirklich ansteckend. Irgendwo bellte ein Hund, in der Hecke am Straßenrand zwitscherten ein paar Vögel. Ab und an trug der Wind fernes Kinderlachen von einem Spielplatz an meine Ohren. Der Wind rauschte in den Baumkronen, und ich ertappte mich dabei, wie ich einen Moment stehen blieb und die Augen schloss, um alles auf mich wirken zu lassen. Eine Locke kitzelte meine Nasenspitze, meine Jeansjacke blähte sich leicht in der Brise.

Ja, es war die richtige Entscheidung gewesen hierherzukommen. Weg von der Hektik und dem Gestank der Großstadt. Aber vor allem von dem Lärm in meinem Kopf. Selbst wenn meine Suche hier in einer Sackgasse endete, würde ich wenigstens ein bisschen Urlaub machen können.

Es dauerte nicht lange, bis ich wieder in der Water Street, der Hauptstraße mit der bunten Häuserfront, ankam. Anscheinend war das hier der einzige Ort, an dem etwas los war. Es gab unzählige Restaurants, Souvenirläden und kleine Boutiquen. Ich schlenderte die Straße entlang und bestaunte die gepflegten Fassaden, den blitzsauberen Gehweg und die Straßenlaternen, die einem längst vergangenen Jahrhundert zu entspringen schienen.

Im Kopf machte ich mir eine Liste der Geschäfte und Restaurants, bei denen ich nach einer Aushilfsstelle fragen könnte. Doch als ich anfing, die Liste abzuklappern, hielt mein neu gefundener Tatendrang nicht lange an. Denn mit jedem Laden, in dem ich mich nach einem Job erkundigte, mit jedem Coffeeshop und jedem Restaurant verschlechterte sich meine Laune. Die Antwort war immer dieselbe: So kurz vor der Hochsaison waren alle Stellen vergeben. Und einige Blicke der Ladenbesitzer sagten mir, dass sie sowieso keine fremde Person eingestellt hätten. In so einer Kleinstadt kannten sich alle, eine Hand wusch die andere. Nur ich kannte niemanden.

Nach jeder weiteren Absage wünschte ich mir dringlicher, dass Rachel bei mir wäre. Mit ihren Überredungs- und Flirtkünsten hätte sie sicher irgendeinen Barkeeper beschwatzt, uns einen Job in einer hippen Bar mit besonders viel Trinkgeld zu geben.

Als schließlich die Sonne immer tiefer sank und ich in meiner dünnen Jeansjacke zu frösteln begann, war meine Laune am Tiefpunkt angekommen. Wie sollte ich für die Autoreparatur und meine Bleibe bezahlen, wenn es hier weit und breit keine Jobs gab?

Ich kaufte mir einen Hotdog und spazierte zum Pier. Ein breiter Holzsteg führte weit aufs Meer hinaus, doch das Wasser stand tief. Es musste Ebbe sein. Die alten Holzbohlen ächzten leise unter meinen Füßen. Ich setzte mich an den Rand des Stegs und ließ die Beine baumeln. Auf der anderen Seite lagen ein paar kleine Boote vor Anker, die sanft schaukelten. Die Takelage knarzte, die Wellen platschten leise gegen die Schiffsrümpfe. In der Ferne kreischten ein paar Möwen, sonst war alles still. Doch selbst diese friedliche Atmosphäre, die Abendsonne in meinem Gesicht und das Rauschen der Wellen konnten meine trübe Stimmung nicht vertreiben. Ich fühlte mich einsamer denn je. In diesem Moment wäre ich am liebsten sofort aus diesem Kaff verschwunden. Was hatte ich mir nur dabei gedacht, allein auf den Roadtrip aufzubrechen? Was erhoffte ich mir schon, hier zu erreichen? Das ganze Vorhaben kam mir mit einem Mal lächerlich vor.

Ich zückte mein Handy und antwortete auf Rachels letzte Nachricht:

> Bin nicht mehr in Montreal, sondern in St. Andrews, der klischeehaftesten Kleinstadt aller Zeiten. Stecke mindestens zwei Wochen hier fest. Motorschaden. Später mehr. Wie lief das Bewerbungsgespräch? Telefonieren wir bald?
> XOXO

Nachdem ich den Hotdog aufgegessen hatte, schlenderte ich zur Water Street zurück. Ich hatte kein Ziel. Mein Plan war königlich in die Hose gegangen. Ich ließ den Blick über die bunten Häuser und altmodischen Straßenlaternen schweifen und fragte mich einmal mehr, ob *sie* früher einmal diese Straße entlanggegangen war. Ob *sie* wohl in diesem Restaurant gegessen oder die bestickten Kissen in jenem Schaufenster bewundert hatte. Sofort bildete sich wieder der vermaledeite Kloß in meinem Hals.

»Fuck«, fluchte ich, zum gefühlt hundertsten Mal an diesem Tag. Ich schluckte und sah mich nach einer Ablenkung um.

Da fiel mein Blick auf den dunkelblauen Pick-up-Truck, der früher am Tag an mir vorbeigefahren war. Nun parkte er vor einem Souvenirshop namens *The Whale Store.* Der Hund, der zuvor so lustig aus dem Fenster geschaut hatte, sprang aufgeregt auf dem Bürgersteig herum. Versuchte er etwa, seinen eigenen Schwanz zu fangen?

Trotz meiner grimmigen Laune musste ich lächeln. Ich ging neben dem wunderschönen Golden Retriever in die Hocke, um sein glänzendes karamellfarbenes Fell zu streicheln.

»Hallo, mein Hübscher, wo ist denn dein Herrchen?« Ich erinnerte mich an seegrüne Augen und zerzaustes blondes Haar.

»Reggie!«, ertönte es gedämpft aus der offenen Ladentür hinter mir. Ich fuhr herum. Besagte grüne Augen musterten mich eingehend durch das Schaufenster. Ich erhob mich langsam und ließ den Blick dabei nicht von Reggies Herrchen.

Der Hund stürmte an mir vorbei und in den Laden hinein. Sein Besitzer tätschelte ihm den Kopf, ohne mich aus den Augen zu lassen. Er bohrte seinen Blick in meinen. Ich wusste nicht, was ich tun sollte, starrte nur zurück. War er wütend, weil ich seinen Hund einfach so gestreichelt hatte? Auf seinen hübschen Zügen zeigte sich keine Regung.

Plötzlich sprach ihn eine junge Frau von hinten an, und er drehte sich zu ihr um. Sie hatte langes schwarzes Haar und einen rötlich braunen Hautton, der meinem ähnelte. Mit einer vertrauten Geste legte sie ihm eine Hand auf den Arm. Ich seufzte. Natürlich war so ein gut aussehender Typ wie er vergeben.

Mir fiel auf, dass ich die Frau ziemlich unhöflich anstarrte, was unter anderem daran lag, dass ich nicht oft Leute mit einer ähnlichen Hautfarbe wie meiner sah. Peinlich berührt wandte ich mich ab und machte mich auf den Rückweg zum Cottage.

Die Rezeption war leer, was mir gerade recht kam. Nach dem langen Tag voller Pannen und Misserfolge hatte ich keine Lust, mich mit jemandem zu unterhalten. Ich sehnte mich nach einem heißen Bad und einem hoffentlich traumlosen Schlaf.

2 *Jack*

Ich stand hinter dem Schaufenster des *Whale Stores* und wartete auf Debbie. Gerade bediente sie eine junge Familie. Deren zwei Kinder tollten aufgeregt durch den Laden und blieben schließlich bei den Büchern hängen. Sie blätterten durch die typische Lektüre wie *Anne of Green Gables* und *Winnie Puuh*. Dann kamen sie zu den Geschichten von First-Nation-Autoren. Als sie nach dem Bilderbuch mit den vielen Tieren auf dem Cover griffen, lächelte ich. *Thanks to the animals,* eins von Maras Lieblingsbüchern.

»Das ist eine schöne Geschichte«, rief ich den beiden zu. »Meine Nichte ist in eurem Alter, und ich lese sie ihr oft vor.«

Die Kleinen sahen mich mit großen Augen an. Dann setzten sie sich auf den Boden und blätterten neugierig in dem Buch herum. Kurz darauf hatten sie alles um sich herum vergessen. Das kannte ich nur zu gut, da ich selbst oft zwischen den Seiten eines Buchs versank.

Immer noch lächelnd drehte ich mich wieder zur Fensterscheibe, um nach Reggie zu sehen, den ich im Auto gelassen hatte. Natürlich war er mal wieder aus dem offenen Fenster gesprungen und jagte auf dem Gehsteig fröhlich bellend seinem Schwanz hinterher. Ich konnte es ihm nicht verdenken. Das Wetter war herrlich. Endlich hatten wir die eisigen Temperaturen hinter uns gelassen, die hier in New Brunswick bis in den

Mai anhalten konnten. Ich würde Reggie seinen Spaß lassen und durch die Scheibe ein Auge auf ihn haben. Er war zwar jung und übermütig, aber nicht gefährlich. In der Stadt bestand eine Leinenpflicht, aber um ehrlich zu sein, konnte Reggie nicht mal einer Fliege etwas zuleide tun. Nur Möwen, die waren eine ganz andere Geschichte. Ich grinste, als ich an seine letzte Begegnung mit einem Schwarm in der Nähe des Piers dachte. Er hatte den Vögeln und einigen Touristen einen gehörigen Schrecken eingejagt, als er wie ein Kugelblitz in sie hineingerannt war.

Das Lächeln erstarb auf meinen Lippen, als jemand über den Gehweg auf Reggie zusteuerte. Im Ernst? Es hatte keine fünf Minuten gedauert, bis sich jemand beschweren kam, weil er nicht angeleint war?

Ich erstarrte, als ich die junge Frau wiedererkannte, die mir früher am Tag am Straßenrand aufgefallen war. Den Rauch aus dem Motor hatte ich schon von Weitem gesehen und anhalten wollen, um meine Hilfe anzubieten. Allerdings hatte ich im Näherkommen Donalds Abschleppwagen entdeckt, sodass ich weitergefahren war.

Die Frau strich sich ein paar widerspenstige dunkle Locken aus dem Gesicht und ging neben Reggie in die Hocke. Er hörte sofort auf, seinen Schwanz zu jagen, legte den Kopf schief und blickte interessiert zu ihr auf. Als sie etwas zu ihm sagte und vorsichtig eine Hand ausstreckte, wäre ich am liebsten nach draußen gelaufen. Es war wirklich nicht in Ordnung, wenn Fremde – meistens Touristen – ständig anderer Leute Hunde betatschten, ohne vorher zu fragen. Kein Wunder, wenn sich die Tiere das nicht immer gefallen ließen.

Zu meiner Überraschung ließ Reggie die Frau gewähren. Er schmiegte sogar seinen Kopf an ihre Hand. Aber ich hatte den Mund schon geöffnet. Das Wort war heraus, bevor ich es zurückhalten konnte. »Reggie!«

Sein Kopf zuckte sofort in meine Richtung, er ließ die Frau stehen und raste durch die offene Tür in den Laden. Die beiden Kinder quietschten vor Vergnügen, als er an ihnen vorbeihuschte. Im nächsten Moment strich er schwanzwedelnd um meine Beine. Den Eltern schien der Hund im Laden allerdings weniger zu gefallen. Sie bezahlten schnell und scheuchten die Kleinen nach draußen.

Ich bekam das Ganze nur am Rande mit, denn die Frau hatte mich hinter der Scheibe entdeckt. Der Blick aus ihren sturmgrauen Augen lag auf mir, und ich konnte nicht anders, als ihn zu erwidern. Abwesend tätschelte ich Reggie, damit er sich beruhigte, ohne unseren Blickkontakt abzubrechen. Ich konnte mich nicht mehr regen, hatte das Gefühl, als würde die Zeit einen Moment stillstehen. Der Sturm in ihren Augen zog mich zu sich, verschlang mich und wirbelte mich hin und her, während ich wie angewurzelt dastand. Meine Verärgerung darüber, dass sie Reggie einfach so gestreichelt hatte, war verpufft.

Wer war sie? Ich hatte sie noch nie in St. Andrews gesehen, so viel war sicher. Eine Touristin? Möglich, auch wenn sie etwas früher als die anderen dran war. Vielleicht war sie nur auf der Durchreise. Vermutlich auf dem Weg nach Prince Edward Island, wie viele Leute, die hier durchkamen. Auf jeden Fall hatte sie es geschafft, dass ich alles um mich herum vergaß. Das schafften sonst nur Bücher. Oder Postkarten.

Als Debbie mich ansprach, musste sie eine Hand auf meinen Arm legen, damit ich sie wahrnahm.

»Sorry, Debbie, was hast du gesagt?« Ich drehte mich mit zerknirschtem Gesichtsausdruck zu ihr um.

Die Frau meines ältesten Freundes lächelte. Belustigung blitzte in ihren warmen braunen Augen auf, als sie einen wissenden Blick über meine Schulter warf. »Ich wollte mich nur noch mal für deine Hilfe bedanken. Nach dem Wasserrohrbruch drüben im Coffeeshop hätten wir es diese Woche ohne dich nicht geschafft, den Laden zu führen.«

»Überhaupt kein Problem.« Ich versuchte, meine Verlegenheit zu überspielen, indem ich mir über den Nacken rieb. »Ich springe immer gern ein, wenn es nötig ist.«

Sie nickte. »Das weiß ich.« Dann bückte sie sich und hob das Buch auf, das die beiden Kinder auf dem Boden liegen gelassen hatten. »Hier, nimm das mit. Für deine Mühen.«

Ich starrte sie an. »Was? Nein, das kann ich nicht annehmen. Ich möchte, wenn schon, dafür bezahlen.«

»Ich weiß, dass du es Mara gern vorliest, wenn du bei deiner Schwester bist, und habe gehört, wie du es den beiden Kindern empfohlen hast. Nimm es mit. Dann hast du es wenigstens bei dir, wenn Mara und Nelly dich das nächste Mal besuchen kommen.«

Unschlüssig streckte ich eine Hand nach dem Buch aus, das sie mir entgegenhielt. Auf dem Cover kuschelten sich viele Tiere an einen kleinen Jungen, um ihn warm zu halten, so wie ich gerne meine beiden Nichten knuddelte. »Danke, Debbie.«

Sie holte noch eine Retro-Postkarte von dem Ständer neben ihr und legte sie auf das Buch. »Ich weiß doch, wie gern du die hast.« Als ich protestieren wollte, schnitt sie mir mit einer Handbewegung das Wort ab. »Das ist das Mindeste, was ich dir als Dankeschön geben kann.«

Sie wandte sich um und ging wieder zum Tresen, gerade als die nächsten Kunden hereinkamen.

»Bestell Ed einen schönen Gruß«, rief ich ihr hinterher, und sie winkte lächelnd zum Abschied.

Ich drückte mir das Buch und die Postkarte an die Brust. Als ich mir vorstellte, wie Mara vor Vergnügen quietschen würde, wenn sie das nächste Mal zu mir kam, musste ich grinsen. Gedankenverloren strich ich Reggie über den Kopf, der brav neben mir Platz gemacht hatte.

»Wir müssen gleich los, Buddy, bevor die Flut einsetzt und wir nicht mehr auf die Insel kommen.« Schon wollte ich zur Tür gehen, da fiel mir die Frau vor dem Schaufenster wieder ein.

Als ich herumfuhr, war sie verschwunden. Keine Spur von grauen Augen, ungezähmten schwarzen Locken und diesem intensiven Blick. Sie hatte einen bleibenden Eindruck bei mir hinterlassen, den ich noch nicht recht deuten konnte.

Das Mädchen mit den Sturmaugen.

3 Marly

Als ich am nächsten Morgen den Frühstücksraum des Cottage betrat, erwartete mich ein riesiges Büfett.

Ich grüßte die anderen Gäste – ein Ehepaar mittleren Alters und ein Mann, der aufgrund seines The-North-Face-Outfits entweder Wanderer oder Vogelbeobachter sein musste – und nahm mir einen Teller.

Es gab Cornflakes, frisches Obst, Joghurt, verschiedene Brotsorten, Käse, Wurst, gebratenen Speck, Rührei und sogar selbst gemachten Porridge.

Ich lud meinen Teller voll und wollte mich gerade allein an einen Tisch setzen, da eilte Janet auf mich zu. »Guten Morgen, Liebes«, flötete sie. »Ich habe gehört, dass du gestern kein Glück bei der Jobsuche hattest.«

Ich hob die Augenbrauen. Woher wusste sie das? Die Antwort lag auf der Hand: Kleinstadt. Ich, die Newcomerin aus Toronto, war anscheinend Gesprächsthema Nummer eins.

»Darf ich?« Sie deutete auf den Stuhl mir gegenüber. Ich nickte zähneknirschend. Eigentlich wollte ich einfach nur in Ruhe mein Frühstück verspeisen und mich weiter in Selbstmitleid suhlen, denn meine Laune hatte sich seit gestern Abend nicht gebessert.

»Keine Sorge, Liebes, ich habe gute Neuigkeiten.« Sie lächelte so breit, dass mich ihre gebleachten Zähne beinahe blendeten. »Linda, Dr. Sues Rezeptionistin, hat sich gestern Abend ein Bein gebrochen, und jetzt sucht Sue dringend Ersatz.«

Das nannte sie *gute* Neuigkeiten? Ich bemühte mich, nicht allzu verwundert auszusehen. »Wer ist Dr. Sue?«

»Ach ja, natürlich, entschuldige.« Janet kicherte. »Dr. Sue ist die einzige Tierärztin in der Stadt und eine verdammt gute noch dazu. Eine ganz wunderbare Frau, wenn du mich fragst. Sie hat unseren Timmy behandelt, als er noch am Leben war.«

Traurig seufzend deutete sie auf ein gerahmtes Foto an der Wand, auf dem ein Jack Russel Terrier in die Kamera hechelte. »Hat alles für den armen Kleinen getan, aber am Ende hat nichts geholfen.«

Ich räusperte mich hastig, bevor sie noch in Tränen ausbrach. »Ich habe früher mal ehrenamtlich im Tierheim ausgeholfen. Allerdings habe ich keine Erfahrung mit Arztpraxen«, sagte ich nachdenklich. »Aber einen Versuch ist es wert. Wo finde ich Dr. Sue?«

Janet nannte mir die Adresse. »Sag einfach, dass ich dich geschickt habe, dann weiß Sue Bescheid.« Sie lächelte mir zu und wollte schon aufstehen. »Ach ja, bevor ich es vergesse. Donald hat gestern Abend angerufen.«

Ich horchte auf.

»Er hat bestätigt, dass es ziemlich schlimm um deinen Motor steht. Außerdem haben er und seine Jungs sowieso schon alle Hände voll zu tun. Die Reparatur wird um die zweitausend Dollar kosten.«

Die Luft entwich mir mit einem Stöhnen. Das sprengte meine Ersparnisse für den Roadtrip bei Weitem. Bis jetzt hatte ich den Job bei der Tierärztin nicht wirklich in Betracht gezogen, da ich dafür nicht genug Erfahrung mitbrachte, aber nun blieb mir keine Wahl.

Ich war zu schockiert, um zu sprechen, also winkte ich Janet nur zu, als sie sich verabschiedete.

Da vibrierte mein Handy. Es war eine Nachricht von Rachel:

Süße, wir müssen unbedingt telefonieren! Ich hab den Job!
Jetzt ist Feiern angesagt. Ist doch super, dass du zwei Wochen
in St. Andrews bleibst. Genug Zeit, um etwas herauszufinden.
Wünschte, ich wäre mit dir da.
XOXO

Mein Herz machte einen aufgeregten Satz. Ich wäre beinahe aufgesprungen und hätte laut gejubelt. Wenigstens eine von uns war erfolgreich. Ich stellte mir Rachel in ihrer New Yorker Bleibe vor, wie sie vor Freude auf und ab hüpfte, als sie die Zusage für ihren Traumjob bekam. Doch das hieß auch, dass sie nun bald ihr Praktikum in einer der Topkanzleien von New York beginnen würde. Sie würde sich eine Wohnung suchen und nach Amerika ziehen müssen. Weg von Toronto. Weg von mir. Plötzlich gab es einen Grund weniger, schnell nach Hause zurückzukehren. Auf einen Schlag war mir der Appetit vergangen.

Auf dem Weg zur Tierarztpraxis rief ich meine Großeltern an. Sie würden sich nur unnötig Sorgen machen, wenn sie von dem Motorschaden erfuhren, aber es wäre unfair, ihnen nicht zu erzählen, wo ich mich in den nächsten zwei Wochen aufhalten würde. Sie ahnten nicht, weshalb ich wirklich in dieser Gegend war. Ich hatte ihnen nur gesagt, dass ich einen Roadtrip durch Kanada machte.

»Hey, Grandma. Wie geht's euch beiden?«

»Marly! Wie schön, von dir zu hören. Darling, komm schnell her, Marly ist am Telefon!« Ich musste mir das Handy vom Ohr weghalten, als sie lautstark nach Grandpa rief. Im Hintergrund hörte ich ihn antworten, dann seine schlurfenden Schritte, die sich näherten. Ein Lächeln breitete sich auf meinem Gesicht aus. Es tat gut, ihre Stimmen zu hören.

»Marly? Hörst du mich? Wir haben den Lautsprecher eingeschaltet.«

»Ja. Hi, Grandpa.«

»Wo bist du denn gerade?«, fragte Grandma.

Ich atmete einmal tief durch. »Ich bin in St. Andrews, einer Kleinstadt in New Brunswick. Ich habe hier Aussichten auf einen Job, also werde ich ein bisschen bleiben.«

»Ein Job? Hab ich das richtig gehört?«, schrie Grandpa in den Hörer.

»Ja, in einer Tierarztpraxis.«

»Marly, ist alles in Ordnung?«, fragte Grandma sofort besorgt. »Brauchst du Geld?«

»Nein, nein, alles okay. Ich dachte nur, ich verdiene mir ein bisschen was dazu. Und ein paar Wochen Erholung am Meer können ja auch nicht schaden. Es ist wirklich schön hier.«

»Du hast recht, du verdienst ein bisschen Urlaub«, pflichtete Grandma mir bei. »Immerhin schließt man nicht alle Tage seinen Bachelor mit Honours ab. Du hast so hart gearbeitet in den letzten Monaten.«

»Aber du sagst Bescheid, wenn du Hilfe brauchst«, wandte Grandpa ein. Er klang nicht überzeugt, der alte Fuchs. Mir war allerdings klar, dass meine Großeltern mir kaum würden helfen können. Sie lebten selbst nur gerade so von ihrer mageren Rente, während das Haus um uns herum halb in sich zusammenfiel. Das wenige Geld, das ich angespart hatte, kam von den drei Nebenjobs, die ich während meines Bachelorstudiums gehabt hatte. Es war nicht viel, da ich mit dem Großteil meines Gehalts die horrenden Studiengebühren bezahlt und mir zugegebenermaßen ein paar Sneakers gegönnt hatte, natürlich alle secondhand. Trotzdem stand bei den Studiengebühren noch eine beträchtliche Summe aus, wie bei allen jungen Studierenden in Kanada.

»Wie geht es Rachel?«, fragte Grandma. »Hat sie den Job?« Meine älteste Freundin aus Kindertagen war für meine Großeltern, bei denen ich aufgewachsen war, so etwas wie eine zweite Enkeltochter.

»Ja!« Wieder breitete sich das Grinsen auf meinem Gesicht aus. »Rachel hat das Praktikum in New York bekommen.«

»Das ist ja grandios. Sie kann sehr stolz auf sich sein.« Ich hörte Grandpa im Hintergrund klatschen.

»Du aber auch auf dich«, fügte Grandma hastig hinzu.

Bei mir stand nichts dergleichen in Aussicht. Ich hatte zwar mein Studium abgeschlossen, mir aber diesen Sommer ein paar Monate gönnen wollen, um mal rauszukommen, bevor der Ernst des Lebens wirklich begann. Doch als Rachel das Jobangebot ihrer Träume bekommen hatte, hatte sie mir für unseren lange geplanten Roadtrip absagen müssen. Um genau zu sein, war ich diejenige gewesen, die sie dazu gedrängt hatte, nicht mit mir durch Kanada zu fahren, sondern stattdessen der Einladung zum Vorstellungsgespräch nachzukommen. Diese Chance war einfach zu gut, um sie ungenutzt verstreichen zu lassen. Roadtrip hin oder her. Ich war stolz auf Rachel. Und nun hatte ich immerhin auch einen Job in Aussicht – auch wenn es keiner war, für den ich mich mit meinem Geschichtsstudium qualifizierte.

Wir plauderten noch ein bisschen, dann verabschiedete ich mich und legte auf. Google Maps sagte mir, dass ich an meinem Ziel angekommen war. Wieder einmal hatte ich vom Cottage keine fünfzehn Minuten hierher gebraucht. Wahrscheinlich konnte man ganz St. Andrews in einer knappen Stunde durchqueren.

Bei der Tierarztpraxis handelte es sich um ein süßes Einfamilienhaus mit blauen Fensterläden, das von einem leicht verwilderten Garten umgeben war. Die Holzfassade war weiß gestrichen, auch wenn die Farbe an einigen Stellen abblätterte. Vom Verandageländer rankten sich lila Blüten, neben der blauen Haustür stand eine große Vase mit den ersten Sommerblumen. Das ganze Gebäude strahlte eine entspannte Gemütlichkeit aus.

Ich straffte die Schultern, legte mir noch mal zurecht, was ich sagen wollte, und erklomm die Stufen der Veranda. Ich trug die schickste Jeans, die meine Reisegarderobe hergegeben hatte, ein einigermaßen elegantes T-Shirt und meine vorzeigbarsten Sneakers: weiße Adidas Originals Continental Vulc.

Vor Aufregung wischte ich mir die feuchten Handflächen an meiner Jeans ab und trat ein. In der Praxis herrschte Hochbetrieb. Das Wartezimmer war brechend voll mit Hunden, Katzen, einem Meerschweinchen, einem Wellensittich und deren Besitzern. Die Wände waren in einem fröhlichen Gelb gestrichen. Es roch nach Desinfektionsmittel, Hundefutter und feuchten Tierhaaren. Die Rezeptionstheke war nicht besetzt, eine Frau stand davor und betätigte ungeduldig die Tischklingel. Neben ihr saß ein Labrador mit Halskrause, der verwirrt von all dem Trubel hin und her blickte.

Ich blieb erst einmal in der Tür stehen und wartete, ob jemand kommen würde, der hier arbeitete. Eine Frau in einem weißen Kittel – wahrscheinlich die Tierärztin – eilte über einen Gang neben der Rezeption, von dem rechts und links mehrere Türen abgingen. Das mussten die Behandlungszimmer sein. Rasch verschwand sie in einem davon.

»Das kann doch nicht wahr sein«, beschwerte sich die Frau an der Rezeption. »Ich warte jetzt schon seit zehn Minuten.«

Ich wollte sie gerade fragen, ob sie nicht sehen konnte, dass das Praxisteam unterbesetzt war, da rauschte eine junge Frau in meinem Alter heran.

»Entschuldigen Sie, Mrs Meyer«, rief sie. »Was kann ich für Sie tun?«

Während sie die Daten der Frau aufnahm und etwas in den Computer tippte, musterte ich die Rezeptionistin, meine potenzielle zukünftige Kollegin. Ihre Haut war von einem satten Umbrabraun, das schwarze Haar hatte sie zu vielen langen Zöpfen geflochten, die sie auf ihrem Kopf zu einer eleganten Frisur aufgetürmt hatte. Und auch ihre Sneakers, auf die ich einen Blick erhascht hatte, bevor sie hinter dem Tresen verschwunden war, waren nicht zu verachten: weiße Chucks.

Nachdem Mrs Meyer im Wartezimmer Platz genommen hatte, trat ich an die Theke.

»Kleinen Moment«, sagte die junge Frau, den Blick weiter auf den Bildschirm gerichtet. »Ich bin sofort für Sie da. Heute geht es wirklich drunter und drüber hier.«

Das war die perfekte Vorlage für mich. »Deshalb bin ich hier. Um auszuhelfen.«

Ihr Blick schoss zu mir, sie musterte mich eindringlich, und ihr schien aufzufallen, dass ich kaum älter als sie war.

»Wie cool ist das denn«, rief sie und sprang auf. »Du willst hier arbeiten?«

»Ja, hi, ich bin Marly.«

»Hey, Sue«, brüllte sie so laut, dass sich einige Köpfe aus dem Wartezimmer schoben, um zu sehen, was der Tumult zu bedeuten hatte. »Unsere Gebete wurden erhört!«

»Na ja, also ich würde mich nicht unbedingt als von Gott gesandt bezeichnen, aber …«

Sie lachte. »Du bist witzig. Ich mag dich.«

Ich deutete einen Knicks an. »Ich tue, was ich kann.«

Da kam die Ärztin, Dr. Sue, um die Ecke. Sie musste Mitte vierzig sein, ihre helle Haut war mit Sommersprossen übersät, ihre pinkfarbene Retrobrille saß ihr schief auf der Nase, und ihr dünnes, mausbraunes Haar war zu einem lockeren Knoten zusammengebunden, aus dem sich ständig neue Strähnen lösten. Sie schob sich die Brille zurecht, um mich eingehend zu betrachten.

»Sie ist hier für den Job«, erklärte die junge Arzthelferin.

»Oh, wie wunderbar.« Dr. Sues Augen wurden groß. Sie stürmte auf mich zu und schüttelte mir die Hand. »Sie möchten für Linda einspringen? So kurzfristig?«

»Vergraul sie doch nicht gleich wieder«, warf die Arzthelferin mit hochgezogenen Augenbrauen ein.

»Ich heiße Marly Macpherson. Janet vom *Cory Cottage* schickt mich«, sagte ich. »Ich brauche dringend einen Job, und sie hat gesagt, es sei kein Problem, dass ich noch keine Erfahrung mit Tierarztpraxen oder Medizin im Allgemeinen habe. Ich habe aber früher in einem Tierheim gearbeitet.«

»Janet? Was für ein Engel!«

Ich schmunzelte, heute war anscheinend ein Tag voller göttlicher Wunder.

»Nein, das macht überhaupt nichts«, erwiderte Dr. Sue, die meine Hand immer noch umklammert hielt. »Wir brauchen jemanden für die Rezeption. Fiona« – sie deutete auf die Rezeptionistin – »muss mir assistieren, und deshalb bleibt der ganze administrative Kram liegen. Du müsstest das Telefon beantworten, Termine machen, Bezahlungen entgegennehmen und Rechnungen erstellen. So was halt.«

»Das kriege ich hin.«

Fiona und Dr. Sue warfen sich einen überglücklichen Blick zu.

»Also … äh, wie war noch gleich dein Name?«

»Marly.«

»Marly, du bist angestellt. Kannst du gleich anfangen? Den Papierkram erledigen wir später.«

Ich folgte ihrem Blick zum übervollen Wartezimmer. »Na

klar. Ich habe bis vor Kurzem im Uni-Sekretariat gejobbt. Administrative Aufgaben sollten kein Problem sein.«

Sie nickte zufrieden. »Fiona wird dir alles Wichtige erklären. Wenn es in Ordnung ist, würdest du jeweils ein paar Stunden am Morgen und am Nachmittag arbeiten. Wir öffnen um neun Uhr. Am Wochenende haben wir geschlossen, und mittwochs nur den halben Tag …«

»Ist okay, Sue, geh schon«, unterbrach Fiona ihre Chefin. »Ich übernehme Marlys Einweisung.«

Dr. Sue nickte ihr dankbar zu. Anscheinend waren die beiden ein eingespieltes Team. Ich schenkte meiner neuen Vorgesetzten ein aufmunterndes Lächeln, und sie eilte zum Wartezimmer, um den nächsten tierischen Patienten aufzurufen.

In meinem Kopf hörte ich ein lautes Platschen, als sie mich einfach so ins kalte Wasser warf.

4 Marly

Ich verbrachte den ganzen Vormittag damit, mich von Fiona anlernen zu lassen. Ab und zu verschwand meine neue Kollegin mit Dr. Sue in einem der fünf Behandlungszimmer, um ihr zu assistieren, doch die meiste Zeit saß sie neben mir an der Rezeption, erklärte mir das Computerprogramm, wie man Anrufe entgegennahm und Termine eintrug, wie Rechnungen zu erstellen und abzulegen sowie Zahlungen entgegenzunehmen waren. Wir verstanden uns auf Anhieb gut, waren beide nicht auf den Mund gefallen und hatten denselben Humor.

Als die Praxis über Mittag zwei Stunden schloss, fragte Fiona mich, ob ich mit ihr essen gehen wollte. Dankbar willigte ich ein.

»Du kennst St. Andrews nicht, wenn du noch nicht im *The Gables* gegessen hast«, sagte sie mit einem verschwörerischen Zwinkern, hakte sich bei mir unter und führte mich zurück zur Water Street.

Das rote Haus mit dem schwarzen Dach war mir schon am Vortag aufgefallen. Draußen begrüßte uns eine fröhlich grinsende Hummerfigur. Der Duft von gebratenem Fisch stieg mir in die Nase, sodass mein Magen laut grummelte. Das Innere des Restaurants war ganz in rustikalem Holz gehalten, beinahe wie eine Schiffskombüse. Von einem Balken an der Decke hingen Bojen und Schiffsanker. Wir gingen jedoch direkt durch den gemütlichen Raum und kamen am anderen Ende auf einer großzügigen Terrasse mit Blick aufs Meer raus.

»Wow!« Ich rannte zum Holzgeländer, legte die Hände darauf und bewunderte die Aussicht. Die Mittagssonne brachte das Meer zum Funkeln, sodass ich blinzeln musste. In der Ferne erhoben sich zu beiden Seiten bewaldete Hügel, die die Bucht einrahmten. Die endlose Weite der Bucht, der Hügel und Wälder raubte mir den Atem.

»Cool, was?« Fiona freute sich offensichtlich über meine Reaktion.

Wir setzten uns und warfen einen Blick in die Speisekarten. Als der schnuckelige junge Kellner kam, bestellte Fiona einen Teller Miesmuscheln mit Brotbeilage, während ich mich für einen Schellfisch-Wrap mit Pommes und Dip entschied.

»Du lernst echt schnell«, sagte Fiona zwischen zwei Muscheln. »Wo hast du noch mal vorher gearbeitet?«

Es war wohl an der Zeit, mit der Sprache herauszurücken. »Ich habe eigentlich gerade erst meinen Bachelor in Toronto gemacht. Bisher hatte ich immer nur Studentenjobs, zuletzt im Uni-Sekretariat, in einer Bibliothek und im Kiosk um die Ecke.«

»Wow, drei Jobs auf einmal?«

Ich nickte kauend und nahm einen Schluck Cola. »Im Tierheim habe ich früher nur ehrenamtlich in den Sommerferien ausgeholfen.«

Fiona nippte an ihrem alkoholfreien Bier. »Was hast du denn studiert?«, fragte sie dann.

»Geschichte. Französisch und Indigene Sprachen im Nebenfach.«

»Oh, je parle français aussi.«

»C'est pas vrai!«

Sie freute sich wie eine Schneekönigin, als ich bewundernd einen Daumen hob.

»Das ist der Vorteil, wenn man in einer offiziell zweisprachigen Provinz lebt«, lachte sie. »Außerdem kommt meine Mom aus Quebec.«

»Dann bist du zweisprachig aufgewachsen?«, fragte ich fasziniert und ein wenig neidisch.

Sie nickte. »Meine Brüder und ich, ja. Hast du auch Geschwister?«

»Nein.« Und da war es wieder, das mir so vertraute, beklemmende Gefühl. Als ob sich etwas Schweres auf meine Brust legte und mir den Atem raubte. Wie immer zog ich mich in mich selbst zurück, wenn es um meine Familie ging, und gab nur noch einsilbige Antworten.

Fiona schien meine Unsicherheit zu bemerken und wechselte elegant das Thema. »Was verschlägt dich Großstadtmädchen eigentlich ins schöne St. Andrews?«

Ich lächelte ihr dankbar zu. Dieses Thema war zwar ebenso delikat, aber ich musste meiner neuen Kollegin ja nicht gleich die ganze Wahrheit verraten. »Ich war auf einem Roadtrip, und mein Auto ist liegen geblieben.«

Sie hob überrascht die schwarzen Augenbrauen. »Was? Das ist ja furchtbar.«

Ich sah in ihr aufrichtig interessiertes Gesicht, musterte die braunen Augen, die vollen, vor Schreck leicht geöffneten Lippen, und plötzlich fiel die Unsicherheit von mir ab. Es tat gut, sich mit jemandem wie ihr zu unterhalten. Das Gespräch war leicht, unbefangen, genau wie wenn ich mit Rachel zusammen war. Ich durfte mir nicht immer so viele Sorgen machen, anderen Leuten könnte auffallen, dass mit mir etwas nicht stimmte.

Ich atmete einmal tief durch, dann erzählte ich Fiona zumindest einen Teil der Geschichte. Dass Rachel und ich seit Monaten unsere Reise durch Kanada geplant hatten. Dass Rachel in Vorbereitung auf ihr Jurastudium unbedingt ein Sommerpraktikum machen wollte und sich bei verschiedenen Firmen beworben hatte. Wie sie bei einer der prestigeträchtigsten Kanzleien der ganzen Ostküste zum Vorstellungsgespräch eingeladen worden war und deshalb doch nicht wie geplant mit mir reisen konnte.

Fiona hörte mir aufmerksam zu. »Wow, du bist echt eine gute Freundin«, sagte sie, als ich geendet hatte. »Ich glaube, ich hätte ihr die Hölle heißgemacht, wenn sie mich so kurz vorher hängen lassen hätte.«

Ich zuckte mit den Schultern. »Nein, sie hat mir wirklich angeboten, das Praktikum sausen zu lassen und stattdessen mit mir zu kommen. Ich habe sie gedrängt, es anzunehmen. Sie ist meine beste Freundin, wir kennen uns schon, seit wir ganz klein waren.«

Fiona nickte verständnisvoll. »Und jetzt ist sie in New York und fehlt dir schrecklich.«

Plötzlich wurde meine Kehle eng, und ich konnte erst einmal nur nicken. Dennoch meinte ich es ernst, als ich mit belegter Stimme hinzufügte: »Aber ich freue mich auch riesig für sie. Vielleicht kann ich sie dort besuchen.«

»Oder sie dich hier. Wie lange hast du vor zu bleiben?«

»Circa zwei Wochen. Dann müsste mein Auto repariert sein.«

»Oh.« Fionas Mundwinkel fielen nach unten. »Wir suchen eigentlich jemanden, der uns mindestens sechs Wochen aushelfen kann. Linda, die sonst deinen Job macht, muss ihr gebrochenes Bein so lange schonen.«

»Das tut mir leid.« Ich schämte mich, es nicht früher angesprochen zu haben. Doch am Morgen war alles so schnell gegangen. Dr. Sue hatte mir kaum Fragen gestellt.

»Ist schon okay.« Fiona strahlte schon wieder. »Wir sind froh, überhaupt so schnell jemanden gefunden zu haben. In zwei Wochen sehen wir weiter.«

»Gut.« Ich atmete erleichtert auf. »Der Job macht mir nämlich bisher echt Spaß, und ich brauche dringend das Geld.«

»Keine Sorge.« Wieder zwinkerte Fiona mir zu. »Wir kriegen das schon hin.«

Als wir zur Praxis zurückgingen, hatte ich das Gefühl, eine neue Freundin gewonnen zu haben. Fiona erzählte fröhlich von ihrem kleinen Haus in St. Andrews, ihrer Familie und ihren Freunden, wobei Letztere einen besonders großen Platz in ihrem Leben einzunehmen schienen.

Am Nachmittag ließ Fiona mich allein an der Rezeption, um sich gemeinsam mit Dr. Sue um ein paar schwierigere Fälle zu kümmern. »Hol mich einfach, wenn du eine Frage hast oder es ein Problem gibt. Du packst das schon«, rief sie mir noch über die Schulter zu, dann war sie auch schon mit einem Schäferhundwelpen in einem der Behandlungsräume verschwunden.

Ich nahm mir erst gar nicht die Zeit, in Panik zu verfallen, sondern stürzte mich in die Arbeit. Eine Stunde verging ohne große Zwischenfälle. Ich nahm Anrufe entgegen und trug neue Termine ins Programm ein.

Irgendwann watschelte eine ältere Dame in einem geblümten Kleid und einem Strohhut auf dem Kopf herein. Sie führte eine behäbige, rötlich getigerte Katze an der Leine.

»Oh«, sagte sie, als sie mich sah. »Ist Linda heute nicht da?« Ihre Wangen waren feuerrot, ein starker Kontrast zu ihrer blassrosa Haut.

»Guten Tag«, begrüßte ich sie. »Linda hat sich leider ein Bein gebrochen. Deshalb helfe ich für eine Weile aus. Ich bin Marly.«

»Elisabeth Crawford.« Die Frau stützte sich schwer atmend auf die Rezeptionstheke. »Puh, diese Hitze. Sie macht mir und Princess Purrfect sehr zu schaffen.«

Princess Purrfect musste die stark übergewichtige Katze mit

dem pinken Rüschenhalsband sein, die die Frau nun auf die Theke hievte. Das Tier ließ sich sofort mit einem lauten Plopp fallen und begann seelenruhig, ihre rechte Pfote zu lecken. »Äh, hallo Princess Purrfect«, sagte ich. »Schön, Sie beide kennenzulernen.«

Mrs Crawford sah mich erwartungsvoll an, während sie sich mit ihrem Strohhut Luft zufächelte. »Linda gibt meiner Prinzessin sonst immer ein Leckerli.«

Ich starrte ein paar Sekunden verblüfft zurück. Von Leckerlis für Patienten hatte Fiona nichts erwähnt. »Oh, entschuldigen Sie bitte.« Verwirrt setzte ich mich in Bewegung, zog ein paar Schubladen auf, fand jedoch keine Spur von Katzenfutter.

Nach wie vor keuchend deutete Mrs Crawford mit einem dicken, goldberingten Finger auf den Schrank neben der Rezeption. Als ich ihn öffnete, entdeckte ich darin tatsächlich ein beschriftetes Glas. Auf dem Schild stand: *Diät-Cookies für Princess Purrfect.*

Schmunzelnd griff ich hinein und nahm ein Diätplätzchen heraus. Als ich es Princess Purrfect hinhielt, begann sie augenblicklich zu schnurren. Sie regte sich jedoch kein Stück, sodass ich ihr das Leckerli förmlich in den Mund schieben musste. Sie verschlang es im Liegen.

»Und was kann ich sonst für Sie und Princess Purrfect tun?«, fragte ich ihre Besitzerin.

»Ich habe seit gestern so ein starkes Müdigkeitsgefühl«, erklärte Mrs Crawford. Mit hochgezogenen Augenbrauen fragte ich mich, was das mit ihrer Katze zu tun hatte, doch sie fuhr schon fort. »Und, Sie werden es nicht glauben, Princess Purrfect geht es ebenso. Sie liegt nur noch träge in ihrem Körbchen und spielt nicht einmal mehr mit dem Glitzerbällchen. Das ist ihr Lieblingsspielzeug, müssen Sie wissen. Heute konnte ich sie kaum zu unserem alltäglichen Spaziergang überreden.«

Das lag wohl eher daran, dass die Katze so ein beachtliches Gewicht mit sich herumtrug, doch diesen Gedanken behielt ich lieber für mich. Ich hatte das Gefühl, dass Mrs Crawford eine Stammkundin war, die hier besondere Privilegien genoss.

»Also, Mrs Crawford, wenn Sie und Princess Purrfect im Wartezimmer Platz nehmen würden, rufe ich Sie auf, wenn Sie an der Reihe sind.«

Ich gab den Namen der Katze in den Computer ein, und er spuckte sofort eine lange Liste von Behandlungen aus. Die meisten schienen allerdings eher auf ausgedachte oder übertriebene Krankheitsbeschreibungen ihrer Besitzerin zurückzuführen sein. Sah ich mich hier etwa einer Hypochonderin gegenüber, die ihre eigenen Gebrechen auf ihre Katze übertrug?

Mrs Crawford schüttelte den Kopf. »Wenn es Ihnen nichts ausmacht, würde ich gerne hier warten.« Sie deutete auf einen Stuhl neben der Rezeption, den ich bisher nur als Dekoration angesehen hatte. »Linda lässt mich immer hier sitzen, damit wir uns unterhalten können.«

Ich zwang mich zu einem Lächeln. ›Selbstverständlich, Mrs Crawford, bitte setzen Sie sich. Dann können wir uns gleich besser kennenlernen.«

Mrs Crawford lächelte fröhlich, nahm ihre Katze von der Theke und trug sie zu dem Stuhl. Sie setzte sich darauf, zückte ein kleines Samtkissen aus ihrer abgewetzten Handtasche und legte es sich auf den Schoß. Dann bettete sie Princess Purrfect darauf wie eine waschechte Prinzessin auf ihren Thron.

»Also, wie ich schon sagte, bin ich ständig müde. Princess Purrfect und ich halten immer gemeinsam Mittagsschlaf, aber danach ist es auch nicht besser. Was meinen Sie wohl, wo das herkommen könnte? Ich habe ja im Internet gelesen, dass dieses Symptom auf eine Reihe von schrecklichen Krankheiten zurückzuführen sein kann …«

O Mann, das wird ein langer Nachmittag, dachte ich.

Trotz Mrs Crawfords lebhafter Beschreibungen all ihrer Leiden schaffte ich es einigermaßen, meinen Job zu machen. Als Dr. Sue die beiden endlich ins Behandlungszimmer rief, fehlte mir die gutmütige, wenn auch etwas schrullige Dame fast schon. Alles in allem war ich ziemlich stolz auf mich, den ersten Tag bisher so gut gemeistert zu haben.

Gegen fünfzehn Uhr wurde es etwas voller, sodass sich eine kleine Schlange bildete. Ich blieb ruhig und nahm einen nach dem anderen dran.

Nachdem ich einen kleinen Jungen mit seinem Gecko ins Wartezimmer geschickt hatte, kam allerdings jemand zur Eingangstür herein, bei dessen Anblick ich erstarrte. Diesen eindringlichen Blick würde ich überall wiedererkennen. Sein wunderschöner Golden Retriever folgte ihm auf den Fuß.

Mein Herz schlug augenblicklich schneller. Es war der Mann, der mir schon am Vortag aufgefallen war. Erst, als er in seinem Pick-up-Truck an mir vorbeigefahren war, und später durch die Schreibe des Souvenirshops.

Aus der Nähe erkannte ich, dass er etwa so alt sein musste wie ich, Anfang zwanzig. Das dunkelblonde Haar fiel ihm in die Stirn. Er hatte hohe Wangenknochen, eine gerade Nase, einen energisch geschwungenen Kiefer und ein süßes Grübchen am Kinn.

Schon wieder schlug mein Herz bei seinem Anblick schneller. Selten hatte ich so breite Schultern gesehen. Seine sonst helle Haut war im Gesicht leicht gerötet, denn er trug zwei anscheinend schwere Kisten herein. Ich konnte es mir nicht verkneifen, verstohlen seinen Bizeps zu bewundern, der sich unter dem Holzfällerhemd abzeichnete.

Moment mal, Holzfällerhemd? Mein Schmachten nahm ein abruptes Ende, als mein Blick auf seine Kleidung fiel. Schwarzrot kariertes Hemd, ausgewaschene Jeans, schlammverkrustete, klobige Arbeitsschuhe. Der Typ war das wandelnde Klischee eines typisch kanadischen Einsiedlers. Das war mir am Vortag gar nicht aufgefallen.

»Hi, ich bin Marly«, begrüßte ich ihn. »Und du bist hier der Lumberjack vom Dienst, was?«

Er sah mich ausdruckslos an. »Nein, einfach nur Jack.«

Meine Augen wurden groß. »Echt jetzt? Du heißt Jack?«

Er nickte. Der Blick seiner seegrünen Augen bohrte sich in meinen.

»Kein Scherz? Wegen Lumberjack und so … Du meinst das vollkommen ernst?« Meine Mundwinkel zuckten.

Nun hob er ganz leicht eine Augenbraue.

»Ich meine, du siehst aus wie einer, und dann heißt du auch noch so.« Langsam kam ich mir dämlich vor. Angesichts seines unbewegten Gesichtsausdrucks traute ich mich nicht, laut zu lachen – was ich am liebsten getan hätte. Hatte der Typ denn überhaupt keinen Humor?

»Wäre das dann alles?«, fragte Jack. »Ich würde jetzt wirklich gern mit Sue sprechen.« Und damit drehte er sich um und ging mitsamt der Kisten in Richtung Flur davon. Sein Bizeps spannte sich unter dem karierten Stoff, der Golden Retriever folgte ihm. Ich sah den beiden verblüfft nach. Wie konnte er es sich einfach herausnehmen, nicht wie alle anderen im Wartezimmer Platz zu nehmen, bis er aufgerufen wurde? Oder wollte er nur die Kisten irgendwo abstellen?

»Äh, die Nummer zwei ist frei«, rief ich hastig.

Ohne sich noch einmal umzusehen, verschwand er in Behandlungsraum zwei. Stirnrunzelnd starrte ich ihm hinterher.

Ich brauchte fast fünf Minuten, um mich durch die zwölf Jacks im System zu klicken, doch dann fand ich ihn endlich.

Er hieß Wilson. Jack Wilson mit seinem Golden Retriever

Reggie. Und dieser Jack Wilson brachte mich zugegebenermaßen trotz seines fragwürdigen Kleidungsstils ziemlich durcheinander.

Während ich die nächsten Patienten begrüßte, ans Telefon ging und ein paar Rechnungen ausdruckte, schielte ich immer wieder zu Behandlungsraum zwei, in dem Dr. Sue mittlerweile ebenfalls verschwunden war. Die beiden schienen gemeinsam die Kisten auszupacken, da ich durch die angelehnte Tür lautes Reißen und gedämpfte Stimmen hörte.

Plötzlich zeigte sich eine schnüffelnde Schnauze im Türspalt. Kurz darauf erschien Reggie im Rezeptionsbereich. Schwanzwedelnd setzte er sich vor den Tresen und sah zu mir auf.

»Hallo, du kleiner Süßer«, begrüßte ich ihn. »Hast du Langeweile?«

Ich ging um die Rezeptionstheke herum und kniete mich neben ihn. Als ich die Hand vorsichtig nach seinem Kopf ausstreckte, schmiegte er sich sofort an meine Finger. »Du bist ja ein ganz Lieber, was?«, murmelte ich und streichelte ihn, während er fröhlich hechelte. »Ganz im Gegenteil zu deinem Herrchen.« Ich kraulte ihm das Ohr, und er stupste mich mit der Schnauze an.

»Reggie«, ertönte da eine strenge Stimme hinter mir. *Seine* Stimme. Tief und weich. »Komm hierher.«

Reggie lief an mir vorbei auf sein Herrchen zu. Mit brennenden Wangen drehte ich mich langsam um und erhob mich. Stattdessen wäre ich allerdings am liebsten im Boden versunken. Wie lange hatte Jack schon dort gestanden? Hatte er gehört, was ich über ihn gesagt hatte? Ich wollte schon den Mund aufmachen, um mich mit einem Scherz aus der Affäre zu ziehen, doch er ging wortlos an mir vorbei zur Tür. Reggie warf mir einen unsicheren Blick zu und folgte ihm.

»Äh, einen schönen Tag noch euch beiden«, rief ich ihnen hinterher.

Jack tippte sich zum Abschied nur mit zwei Fingern an die Stirn, als würde er salutieren. Eine Anspielung auf meinen Witz, dass er der Holzfäller vom Dienst war?

Schönen Tag noch? Echt jetzt? In Gegenwart dieses Typen hatte ich wirklich mein *Mojo* verloren. Einen Moment starrte ich noch die Tür an, dann setzte ich mich wieder an den Schreibtisch. Was kümmerte es mich schon, was dieser Typ von mir hielt?

Doch während des ganzen Nachmittags wollten Lumberjack und sein Hund mir nicht mehr aus dem Kopf gehen. Warum hatte ich denn nichts Besseres zu sagen gehabt? Ich war doch sonst nicht auf den Mund gefallen.

Als Fiona mich nach Feierabend fragte, ob ich mit ihr und ihren Freunden im örtlichen Pub etwas trinken gehen wollte, lehnte ich ab. Ich war erschöpft von meinem ersten Arbeitstag und immer noch sauer auf mich selbst, es mir mit Jack verscherzt zu haben. Ich redete mir ein, dass es nur daran lag, dass er Dr. Sues Kunde war, und ich mich unprofessionell verhalten hatte.

Doch als ich abends in dem fremden Bett lag und hellwach zur Decke hinaufstarrte, sah ich nichts als das funkelnde Meer in Jacks Augen.

5 *Jack*

»Was glaubt diese Großstadttussi eigentlich, wer sie ist?« Wütend schleuderte ich den Football meinem besten Freund Will entgegen, der ihn gerade noch auffing, bevor er gegen seine Brust krachte. Wir standen im Garten meiner Eltern und warfen uns den eiförmigen Ball zu, während wir auf das Essen warteten. Von der Terrasse wehte der Geruch gebratenen Fleischs herüber, sodass mir das Wasser im Mund zusammenlief. Ein ordentliches Steak und ein kühles Bier waren jetzt genau das, was ich brauchte, um wieder runterzukommen. Mom und Dad hatten mich, Will und Blake, meine beiden ältesten Freunde, zum Barbecue eingeladen. Später würden wir das Spiel der Calgary Stampeders auf dem riesigen Flachbildschirm im Wohnzimmer schauen.

»Warum macht es dir denn so viel aus, was sie sagt?«, fragte Will und warf den Football zurück.

Ich fing ihn stirnrunzelnd auf. Ja, warum eigentlich? Zugegeben, ich hatte bei unserer Begegnung heute Nachmittag meine Arbeitskleidung getragen und war nicht gerade frisch geduscht gewesen … Aber warum hatte sie das unbedingt kommentieren müssen? Wie so viele andere Frauen vor ihr hatte sie mich auf mein Aussehen reduziert. Ich war es so leid.

Das sprach ich jedoch nicht aus, sondern zuckte nur mit den

Schultern und warf den Ball zurück. »Es war einfach unhöflich. Ich verstehe nicht, warum Sue so eine eingestellt hat. Sie passt nicht hierher.«

Will fing den Football auf und hob die Augenbrauen fast bis zum Ansatz seiner braunen Locken. »Ich hab eher das Gefühl, du ärgerst dich mehr darüber, dass sie dich unsympathisch genannt hat, als über den Lumberjack-Witz. Du bist doch sonst nicht so empfindlich.«

Zähneknirschend musste ich mir eingestehen, dass er recht hatte. Wie so oft hatte Will den Nagel auf den Kopf getroffen. Warum musste er auch immer so verdammt empathisch sein?

»Und wie sie ständig Reggie betatscht«, knurrte ich, weil ich das Gefühl hatte, mich verteidigen zu müssen. »Irgendwann wird sie mal von einem weniger gut erzogenen Hund gebissen, wenn sie immer so unvorsichtig ist.«

Reggie lag unter einem Baum im Schatten und döste. Als er seinen Namen hörte, hob er träge den Kopf. Dummerweise schien er einen Narren an dieser Marly gefressen zu haben.

Will lachte nur. Der Football kam angeflogen und hätte mich fast am Kopf getroffen. Ich war viel zu abgelenkt, sah ständig ihre dämlichen grauen Augen vor mir und hörte ihre raue Stimme und ihr peinlich berührtes Lachen, nachdem sie ihren Witz gerissen hatte.

»Ach, Jacky-Boy, wir wissen doch alle, was dich wirklich abfuckt!« Blake, der meinem Dad beim Grillen geholfen hatte, schlenderte mit lässig in den Hosentaschen vergrabenen Händen von der Terrasse auf uns zu.

Entnervt sah ich ihn an. »Und was soll das sein?«

Er wechselte einen Blick mit Will, doch der hob nur abwehrend die Hände, als wüsste er nicht, worauf Blake hinauswollte.

»Ist halt mal was ganz Neues«, erklärte er schelmisch grinsend, sodass sich seine strahlend weißen Zähne von seiner umbrabraunen Haut abhoben. »Eine hübsche Touristin, die nicht sofort deinem Charme erliegt.«

Ich schnaubte. Zugegeben, es waren meistens die Frauen, die sich mir ohne großes Zutun an den Hals warfen. Warum sollte ich auch Nein sagen, wenn sie sich mir so offensichtlich anboten? Das lag natürlich größtenteils an dem Bild von mir, über das Marly sich lustig gemacht hatte. Der kanadische Lumberjack aus der Kleinstadt. Der Einsiedler auf der Insel. Der Naturbursche mit seinem Hund. Für mich war es allerdings keine Rolle, sondern das war einfach ich – obwohl meine Eltern gehofft hatten, dass ich nach der Schule ein bisschen mehr aus mir machen würde. Fest stand, dass Frauen mich anscheinend aus diesem Grund anziehend fanden. Marly war interessanterweise die Erste, die nicht darauf abfuhr.

Es wurmte mich, dass Blake, genauso wie Will, mitten ins Schwarze getroffen hatte. Mit voller Wucht schleuderte ich den Football in seine Richtung. Der Wurf war fest und präzise, hätte wahrscheinlich jeden anderen in den Bauch getroffen, aber nicht Blake. Trotz seiner Verletzung war er der beste Spieler, den ich je getroffen hatte. Mühelos fing er das lederne Ei auf und zwinkerte mir triumphierend zu. »Sie steht nicht auf dich, Jack. Komm damit klar.«

»Du tust ja gerade so, als würde ich mit jeder dahergelaufenen Touristin schlafen. Es ist mir völlig egal, ob Marly mich attraktiv findet oder nicht.«

In gespielter Verwirrung kratzte Blake sich an seinem perfekt rasierten krausen Haaransatz. »Ach ja? Also ist dein Ego nicht verletzt? Nicht mal ein klitzekleines bisschen?« Ohne Vorwarnung warf er den Football zurück. Er sauste so schnell heran, dass ich zurückspringen musste, um ihn zu fangen.

»Nein.« Ich funkelte ihn an.

Will lachte leise. Er war neben mir aufgetaucht und schlug mir mitfühlend auf die Schulter. »Vergiss sie einfach, Mann.«

»Ja, vergiss sie.« Blake kam ebenfalls zu uns und nahm mir den Ball aus der Hand. Er humpelte nach wie vor kaum merklich, obwohl es seine Seele war, die nach dem Unfall den größten Schaden davongetragen hatte. »Bald wird es in der Stadt nur so von Touristinnen wimmeln, die auf ein Abenteuer mit Mr Lumberjack aus sind. Sie werden sich um dich reißen.«

Schon wieder dieser Lumberjack-Witz. Den würde ich wohl nie mehr loswerden. Ich boxte Blake in den Magen, und er krümmte sich spielerisch zusammen, als hätte ich ihn gefoult.

»Der Sommer gehört uns«, sagte ich dann zu den beiden. »Wir könnten es alle drei vertragen, mal wieder so richtig einen draufzumachen.«

Blake grinste. »Wie in alten Zeiten.«

Ich hätte schwören können, dass Will bei seinen Worten kaum merklich zusammenzuckte. Ich wusste, dass es kein leichter Sommer für ihn werden würde. Nicht, wenn die Frau, die ihm das Herz gebrochen hatte, nach vier Jahren zurück in sein Leben kam. Aber ich war fest entschlossen, ihn abzulenken und zu verhindern, dass er wieder in ein Loch fiel. Damit, und mit den Scharen besagter Touristinnen, würde ich diesen Sommer alle Hände voll zu tun haben.

Zum Glück rief in dem Moment meine Mom zum Essen, bevor Wills Stimmung gänzlich kippen konnte. »Essen fassen, Jungs!«

Unausgesprochen war sofort klar, dass es ein Wettrennen werden würde. Wir sausten alle drei gleichzeitig los, aber ich kam zuerst bei Mom auf der Terrasse an. Meine Schnelligkeit war beim Football immer meine größte Stärke gewesen. »Erster!« Ich gab meiner Mom einen Kuss auf die Wange und sog den Duft des selbst gemachten Kräuterbaguettes, das sie auf einem Teller trug, tief in mich auf. »Es riecht phänomenal.«

»Ja, wirklich, Mrs Wilson«, beteuerte Will brav, als er neben mir auftauchte.

Mom pustete sich eine honigblonde Strähne aus dem Gesicht. »Will, ich glaube, ich sage dir schon seit dem Kindergarten, dass du mich Mary nennen sollst.«

»Und ich sage Ihnen schon seit dem Kindergarten, dass sich das nicht gehört. Mein Grandpa würde sich im Grab umdrehen.«

Mom lachte und wandte sich zum Tisch, um das Baguette abzustellen. Da stieß Blake zu uns. Er fluchte leise, weil er nicht mehr mithalten konnte. Ich bot ihm den besten Platz am Kopfende des Tischs an, um ihn etwas zu besänftigen.

»Mara, Nelly, das Essen wird kalt«, rief Mom. Meine Nichten, die auf der anderen Seite des Gartens in einem von einem Ast baumelnden Autoreifen geschaukelt hatten, kamen angerannt.

»Das gilt auch für euch vier!« Moms braune Augen blitzten warnend auf, als sie einen Blick durch die Glasfront ins Wohnzimmer warf, wo meine beiden älteren Schwestern mit ihren Ehemännern vor dem Fernseher saßen und die Berichte und Interviews vor dem Spiel schauten. »Noch fünf Minuten«, maulte Alex wie früher, als wir noch klein gewesen waren.

»Entweder ihr kommt jetzt, oder es gibt nichts für euch«, kam Moms strenge Antwort.

Mürrisch schaltete Alex den Fernseher aus, und die vier gesellten sich zu uns.

»Es ist noch eine knappe Stunde bis zum Spiel«, sagte Mom. »Mehr als genug Zeit, um in Ruhe zusammen zu essen.« Nun balancierte sie zwei Salatschüsseln auf dem Arm, die sie ebenfalls auf dem Tisch abstellte. Dad kam mit einem weiteren Teller voller Steaks und Burger-Patties vom Grill herüber.

Da schossen zwei kleine Blitze heran.

»Ich will neben Onkel Jack sitzen!«

»Nein, ich!«

Ein blonder Lockenkopf tauchte an meiner Seite auf, und die vierjährige Mara krabbelte flink auf den freien Stuhl neben mir. Nelly folgte dichtauf und warf ihrer Cousine einen giftigen Blick zu, als sie erkannte, dass sie zu spät gekommen war. Die Sechsjährige begnügte sich mit dem Stuhl neben ihrer Mutter und faltete ihre Serviette betont ordentlich im Schoß.

Ich zwinkerte Mara zu, und sie verzog den himbeerverschmierten Mund zu einem breiten Grinsen. Als die anderen zu essen begannen, lehnte ich mich zurück, verschränkte die Arme hinter dem Kopf und ließ den Blick über meine versammelte Familie, meine Freunde und die Aussicht dahinter schweifen. Es war so ruhig und friedlich, dass es mich an früher erinnerte. Als ich noch klein gewesen war, hatte ich diese Abende geliebt. Das gemeinsame Essen, die gelöste Stimmung, untermalt von der Vorfreude auf das Spiel meiner Lieblingsmannschaft. Obwohl ich nicht mehr wirklich zu Hause wohnte und meine älteren Schwestern Alex und Tony beide längst ausgezogen waren, war es Mom und Dad wichtig, diese kleinen Traditionen beizubehalten. Auch ich fand es schön, immer nach Hause zurückkehren zu können. Stets einen sicheren Hafen zu haben, an dem ich geliebt wurde und mich geborgen fühlte. Ich hatte zwar mein altes Jugendzimmer im oberen Stockwerk behalten, in dem ich ab und zu noch schlief, verbrachte aber mehr und mehr Zeit in meinem eigenen Heim auf Ministers Island, wo ich arbeitete und meistens über Nacht blieb.

Ich liebte die Idylle und Zurückgezogenheit sowie die beinahe unberührte Natur der Insel und die Tatsache, dass ich dort mein eigener Herr war. Aber manchmal wurde es etwas einsam, und ich genoss es, zur Abwechslung wieder unter Menschen zu sein.

Von der Terrasse hatten wir einen atemberaubenden Ausblick auf die Bucht und die langsam als orangefarbener Ball im Meer versinkende Sonne. Möwen zogen ihre Kreise am Himmel – gut, dass Reggie döste –, und die letzten Sonnenstrahlen wurden von der spiegelglatten Meeresoberfläche zurückgeworfen. Ein paar Vögel zwitscherten in den riesigen, uralten Bäumen, die das Grundstück meiner Eltern säumten, die Nachbarskatze hatte sich auf der nun leeren Schaukel zusammengerollt. Ihr Schwanz schwang faul hin und her. Das Gespräch der anderen am Tisch, das Geklapper der Gabeln und Messer, die Kaugeräusche und das Lachen der Kinder drangen wie weit entfernt an meine Ohren.

Ich seufzte. Am liebsten hätte ich diesen Moment eingefroren und für immer festgehalten. Es waren genau diese Augenblicke, in denen ich wusste, dass ich die richtige Entscheidung getroffen hatte. Ich war hiergeblieben, nicht irgendwo weit weg aufs College gegangen wie meine Schwestern. Sie waren danach sowieso zurückgekommen. Ich konnte mich glücklich schätzen, an einem Ort zu leben, an dem andere Menschen Urlaub machten. Das rief ich mir oft ins Gedächtnis.

»Schatz.« Meine Mutter stieß mich an. »Gibst du mir bitte mal die Barbecue-Soße?«

Ich schrak auf. »Klar, Mom.«

Als ich sie ihr reichte, tätschelte sie meine Hand. »Es ist schön, alle hierzuhaben, nicht wahr?« Ihr Blick wurde kurz glasig, als er an Dad hängen blieb.

»Ja.« Ich drückte ihre Hand. »Schön, dass wir alle noch da sind.« Sie nickte und wischte sich über die Augen, bevor sie mir die Soße abnahm.

Ich lud mir Fleisch, Salat, Kräuterbaguette und Soße auf den Teller und dachte einmal mehr: *Das wird ein super Sommer!*

6 Marly

Am nächsten Vormittag war ich in der Water Street unterwegs, um etwas für Dr. Sue zu erledigen. Mit dem Schlüssel für ihr Postfach ausgestattet, sollte ich nachsehen, ob es Briefe für die Praxis gab.

Ich hielt die Tür zum Postamt für Mrs Crawford auf, die gerade Princess Purrfect an der Leine herausführte. Die alte Dame erkannte mich wieder und bedankte sich überschwänglich. Gerade, als ich selbst eintreten wollte, kam ein Mann aus der Tür geeilt, und wir liefen volle Wucht ineinander.

»Oh, verdammt, Entschuldigung!«, rief ich mit beiden Händen an seiner Brust, um mich abzustützen. Er hatte instinktiv einen Arm um meine Taille geschlungen, damit ich nicht hinfiel. Ich sah zu ihm auf, um mich zu bedanken – und erstarrte. »Hi, äh, Jack.«

Abrupt ließ er mich los. »Hi.« Etwas blitzte in seinen Augen auf. Belustigung? Gereiztheit? Er war ziemlich schwer zu deuten.

Schon trat er einen Schritt zurück. »Marly, nicht wahr?«

»Ja, die Neue in der Tierarztpraxis.« Ich lächelte ihm zaghaft zu. Seine Miene verdüsterte sich. Wahrscheinlich erinnerte er sich an unsere letzte Begegnung, die ich so königlich vergeigt hatte. Verstohlen ließ ich den Blick über seinen Körper schweifen. Dasselbe Dilemma. Diesmal war es ein grün-blau kariertes Holzfällerhemd, aber ebenso schlammverkrustete Jeans und Schuhe wie am Tag zuvor. Allerdings war das Hemd aufgeknöpft, und darunter kam ein schwarzes Achselshirt zum Vorschein, das eng an seinem Körper anlag und den Blick auf eine muskulöse Brust freigab.

Rasch versuchte ich, mich zusammenzureißen und ihm wieder in die Augen zu sehen. »Bringst du öfter Lieferungen für Dr. Sue in der Praxis vorbei?«

Er blinzelte. War er etwa überrascht, dass ich das Wort an ihn richtete?

»Nur die schweren Pakete«, antwortete er zögerlich.

Wow. Er hatte eindeutig keine Lust, mit mir zu reden. Jetzt kratzte er sich ungeduldig am Hinterkopf, während wir uns weiter stumm musterten.

»Tja, also, man sieht sich«, sagte er nach einer peinlichen Stille. Mit einer ausholenden Geste ließ er mir den Vortritt. Ich starrte ihn noch einen Moment an und machte ihm dann eilig den Weg frei. Nach wenigen Schritten war er aus der Tür, sie fiel scheppernd hinter ihm ins Schloss. Anscheinend konnte er gar nicht schnell genug von mir wegkommen.

Ich blies mir eine vorwitzige Locke aus der Stirn. »Man sieht sich«, wiederholte ich leise. »Wohl besser nicht.«

Doch diese Worte schienen wie eine Gewitterwolke über den folgenden Tagen zu schweben. Ich traf erneut auf Jack, als ich am nächsten Nachmittag im örtlichen Supermarkt einkaufen ging. Er stand in der Schlange gegenüber und schenkte mir nur ein halbherziges Lächeln, als ich ihm zaghaft zuwinkte.

Am darauffolgenden Tag fuhr er abends, als ich auf dem Nachhauseweg von der Arbeit war, in seinem Pick-up-Truck an mir vorbei. Reggie begrüßte mich mit einem freudigen Bellen aus dem offenen Fenster, während Jack mich völlig ignorierte.

Zu allem Überfluss tauchte er tags darauf schon wieder in der Praxis auf. Dr. Sue hatte mich gerade zum ersten Mal gebeten, ihr gemeinsam mit Fiona zu assistieren. Es ging um ein kleines Lamm eines Bauern aus der Region, das in einem Maschendrahtzaun hängen geblieben war. Es blutete aus mehreren Wunden und wollte einfach nicht stillhalten. Mit schreckgeweiteten Augen und schwachem Blöken weigerte es sich, von Dr. Sue behandelt zu werden.

Ich freute mich, endlich bei einer Behandlung aushelfen zu dürfen, und war fest entschlossen, so viel zu lernen, wie ich konnte. Gemeinsam mit Fiona hielt ich das arme Kleine fest. Da klopfte es an der Tür. Jack steckte seinen Kopf herein. Im grellen Licht des Raums sah sein Haar wie flüssiger Honig aus. Ich blickte ihn erschrocken an.

»Hey, Sue, sorry für die Störung. Ich hab noch eine Lieferung für dich.« Er grinste Fiona zu, doch sein Blick streifte mich nur flüchtig.

»Okay, stell sie einfach neben der Rezeption ab. Danke dir.« Sue hatte kaum aufgesehen und widmete sich weiterhin ihrer Patientin.

Als die Tür ins Schloss fiel, starrte ich auf die Stelle, an der Jack eben noch gestanden hatte. Ich wurde aus seinem Verhalten einfach nicht schlau. Okay, ich war bei unserer ersten Begegnung in der Praxis ziemlich unhöflich gewesen, hatte ihn sogar als unsympathisch bezeichnet, aber das war doch noch lange kein Grund, mich nun völlig zu ignorieren.

Fiona stieß mir einen Ellbogen in die Rippen. »Du magst ihn!«

Ich sah sie verdutzt an. »Was? Wen? Jack?«

Sie nickte aufgeregt. »Du stehst auf Jacky-Boy!«

»Absolut nicht.« Wenn meine Hände nicht im weichen Fell des Lamms vergraben gewesen wären, hätte ich die Arme nun demonstrativ vor der Brust verschränkt. »Auf gar keinen Fall.«

»Oooh doch! Du hättest ihn ja beinahe mit Blicken ausgezogen.«

»Hab ich nicht.«

Sie lachte und stieß mich wieder an. »Schäm dich doch nicht. Jack ist heiß.«

Ja, und ich hab es mir gleich von Anfang an mit ihm verscherzt, wollte ich antworten, biss mir aber stattdessen auf die Lippe.

»Kein Grund zur Sorge.« Fiona schien mein Zögern als Schüchternheit zu missdeuten. »Dein Geheimnis ist bei mir sicher.« Sie warf Dr. Sue einen kurzen Blick zu. »Und natürlich auch bei Sue.«

Die Tierärztin schien uns überhaupt nicht gehört zu haben, sie war viel zu vertieft in ihre Arbeit.

Ich schenkte Fiona ein erleichtertes Lächeln und sagte nichts weiter zu dem Thema. Allerdings nahm ich mir vor, Jack in Zukunft nicht mehr so offensichtlich anzustarren. Ich musste mich dringend auf mich selbst und mein Vorhaben konzentrieren. Jack war eine Ablenkung, die ich mir nicht erlauben durfte. Ein bisschen Self-Care konnte jedoch nicht schaden, bevor ich mich meinen Dämonen stellte. Hätte ich doch nur meinen Vibrator mitgenommen. Das letzte Mal mit Dan war nun schon fast zwei Monate her. Unwillkürlich fragte ich mich, wie es ihm wohl ging. Ob er die Sommerferien mit seinen Kumpels in Cancún verbrachte, wie es bei ihnen Tradition war. Ob er an mich dachte. Vielleicht sollte ich ihm schreiben und fragen, wie es ihm ging.

Stopp!

Ich hatte mit *ihm* Schluss gemacht. Ich durfte jetzt auf keinen Fall zu der klammernden Ex-Freundin werden, die ihn nicht in Ruhe ließ, nur weil ich mich einsam fühlte. Ja, ich machte mir Sorgen um ihn, da er das Ende unserer Beziehung ziemlich schwer genommen hatte, aber er würde darüber hinwegkommen.

Das Thema beschäftigte mich den ganzen Nachmittag. Ich ärgerte mich über mich selbst, da ich unaufmerksam war und bei der Arbeit am Computer ein paar Fehler machte. Außerdem wurde mir mit jedem verstrichenen Tag bewusster, dass ich noch nicht dazu gekommen war, das zu tun, weshalb ich eigentlich hierhergekommen war. Der Gedanke saß ständig in meinem Hinterkopf, machte mich fahrig und unruhig. An diesem Abend fragte Fiona mich wieder, ob ich Lust hätte, mit ihr und ihren Leuten auszugehen. Diesmal nahm ich das Angebot an. Vielleicht würde mich ein Abend im Pub auf andere Gedanken bringen.

Als ich am Abend das Cottage verließ, hatte ich mich das erste Mal seit Wochen wieder schick gemacht. Ich trug meine heiß geliebten Air Force 1 Sage Low Platform Sneakers in Hellrosa, die mich mit ihrem dezenten Plateauabsatz ein paar Zentimeter größer machten. Dazu schwarze Lederleggings und ein langes Boyfriend-T-Shirt, das ich an der Taille mit einem Gürtel zusammenhielt, sodass es als Kleid durchging.

Obwohl es Mitte Juni war, trug ich meine Jeansjacke auf dem Weg zur Water Street. Hier an der Küste war es abends noch ziemlich frisch, wenn der Wind vom Meer her wehte.

Voller Vorfreude auf einen Abend mit Fiona und ihren Freunden setzte ich meine Kopfhörer auf. Mit Drake – meinem persönlichen musikalischen Helden – auf den Ohren lief ich durch die ruhigen Straßen, auf denen abends viel weniger los war. Dass es in dieser Stadt nur eine Straße gab, in der sich alles abspielte, hatte auch etwas Gutes: Man konnte sich nicht verlaufen.

Nur wenige Minuten später stand ich bereits vor dem *The Herring Pub,* einem Holzhäuschen mit roter Tür und rotem Dach, auf dessen Außenterrasse sich Dutzende Leute mit Bierflaschen in den Händen drängten. Musik drang aus dem Inneren, der

Geruch von Spirituosen erfüllte die Luft und mischte sich mit dem Salz vom nahen Meer und dem Duft von Frittiertem.

Auf Zehenspitzen suchte ich die sich lautstark unterhaltende Menge vor dem Pub nach Fiona ab, konnte sie aber nirgends entdecken. Wenn ich sie drinnen nicht fand, würde ich mir einfach etwas bestellen und auf sie warten.

Langsam bahnte ich mir einen Weg durch die Menge zum Eingang. Trotz des angenehmen Wetters war es auch im Inneren des Pubs brechend voll, sodass ich kurz brauchte, um die Bar ausfindig zu machen, die ebenso überfüllt war.

Es dauerte ewig, bis ich es endlich zum Tresen geschafft hatte. Ein ganz in Schwarz gekleideter Hüne mit langen Haaren rempelte mich an, sodass ich zur Seite stolperte und gegen den Mann neben mir stieß. Er hatte sich ungeduldig über die Theke gebeugt und hielt ein paar Geldscheine in der Hand. Instinktiv streckte er einen Arm aus, um mich aufzufangen.

»Scheiße«, fluchte ich lautstark. »Tut mir echt leid.«

Doch dann blickte ich in seegrüne Augen, in denen es belustigt funkelte. »Jack«, hauchte ich.

»Du schon wieder«, antwortete er sarkastisch.

Mir fiel auf, dass ich ihm viel zu nah war, sein warmer Atem streifte mein Gesicht, ich hatte das Gefühl, in dem Ozean seiner Augen zu versinken.

»Verdammt«, grummelte ich.

Er hob eine Augenbraue. »Du fluchst wohl gern, was?«

Ich blinzelte überrascht. Er hatte tatsächlich das Wort an mich gerichtet. »Du nicht?«, entfuhr es mir.

Jack musterte mich einen Moment schweigend, sein intensiver Blick bohrte sich in meinen. »Darüber habe ich noch nie nachgedacht.«

Ich konnte sein überhebliches Getue nicht leiden. Als ob er nie fluchte. Der brave Junge im Holzfällerhemd, der wahrscheinlich seine ganze Zeit damit verbrachte, mit seinem Hund durch den Wald zu streifen … *Moment mal!* Ich ließ meinen Blick über seinen Körper gleiten. Keine Spur von Karos und Schlamm. Er trug ein enges, dunkelblaues T-Shirt mit V-Ausschnitt, das seine muskulösen Arme und die breite Brust betonte. Dazu eine Jeans und – ich konnte ein Keuchen kaum unterdrücken – ein Paar ziemlich coole schwarze Air Jordan 1. Er musste bemerkt haben, dass ich seine Schuhe anhimmelte. »Sneaker-Fan?«

Ich nickte stumm und sah wieder zu ihm auf. Er verengte die Augen, als wäre ich ein Rätsel, das er nicht lösen konnte, dann wandte er sich wieder der Bar zu.

Das war alles? Jack war wirklich nicht sonderlich gesprächig. Es sollte mir recht sein. Ich stellte mich neben ihn an den Tresen und zückte meinen Geldbeutel. Wir sprachen kein Wort mehr, während wir darauf warteten, dass uns einer der beiden Barkeeper seine Aufmerksamkeit schenkte. Zu meiner großen Genugtuung wandte sich der Surfer-Typ mit Dreadlocks zuerst an mich. »Was kann ich dir bringen?«

Ich musste den Drang unterdrücken, Jack einen triumphierenden Blick zuzuwerfen. Stattdessen beugte ich mich dicht zu dem Barkeeper vor und brüllte in sein Ohr, damit er mich über die Musik und den Lärm hören konnte.

»Eine Cherry Cola und …« Ich warf Jack einen fragenden Blick zu. »Was willst du?«

Er sah mich überrascht an. »Vier Bier, bitte. Eins alkoholfrei.«

»Eine Cherry Cola und vier Bier, eins alkoholfrei.«

»Wie alt bist du denn?«, fragte der Barkeeper.

Ich funkelte ihn entrüstet an. Doch es war leider nichts Neues, dass ich mit meinen einundzwanzig Jahren immer noch nach meinem Ausweis gefragt wurde, obgleich das legale Alter für Alkoholkonsum in Kanada neunzehn war. Es passierte mir tatsächlich viel zu oft. Und das, obwohl mein zweiundzwanzigster Geburtstag nicht mehr fern war.

Zähneknirschend reichte ich ihm meinen Führerschein. Er prüfte ihn kurz und gab ihn mir mit einem Grinsen zurück. »Eine Cola, vier Bier, kommt sofort.« Schon war er verschwunden und ich wieder mit Jack allein.

Würde er jetzt darauf herumreiten, dass ich nicht mal ein paar Bier bestellen konnte, ohne nach meinem Alter gefragt zu werden?

»Danke.« Er schob mir das Geld für seine Bestellung über die Theke zu. Ich konnte den Widerwillen, der in diesem Wort mitschwang, fast körperlich spüren, doch ich rechnete es ihm hoch an, sich nicht über mich lustig gemacht zu haben. Es wäre die perfekte Vorlage gewesen, sich für meinen Spruch in der Praxis zu revanchieren.

»Kein Ding«, antwortete ich. Wieder verfielen wir in unangenehmes Schweigen, und ich ließ den Blick über die Menge schweifen. Wo steckte Fiona, verdammt noch mal?

Zu meiner Erleichterung machte ich im selben Moment Fionas zu einer komplizierten Flechtfrisur aufgetürmten dunklen Haare aus. Sie bewegte sich winkend durch die Menge auf uns zu.

»Da bist du ja.« Sie begrüßte mich mit französischen Küsschen auf beide Wangen. »Wir haben da drüben zwei Stehtische ergattert.« Grinsend wandte sie sich an Jack, als der Barkeeper unsere Drinks vor uns abstellte. »Komm, Jacky-Baby, ich nehme dir was ab.«

Verblüfft starrte ich die beiden an. Fiona und Jack? Sie waren zusammen hier? Waren sie etwa … ein Paar? Hatte Fiona mich deshalb an der Arbeit so geneckt, als sie mich dabei erwischt hatte, wie ich Jack angestarrt hatte? Schließlich hatte sie gesagt, sie fände ihn heiß.

Ich befreite mich gerade noch rechtzeitig aus meiner Schockstarre, um meine Cola vom Tresen zu schnappen, dem Barkeeper das Geld in die Hand zu drücken und den beiden zu folgen, bevor sie in der Menge verschwanden.

Fiona führte uns zu einer Ecke des Pubs, in der zwei junge Männer gerade zwei Stehtische aneinanderschoben.

»Hier kommt das Bier«, begrüßte Fiona die beiden, die sogleich in überschwängliches Jubeln ausbrachen.

»Marly, das sind Will und Blake.« Sie deutete zuerst auf den Typen mit hohen Wangenknochen, heller, leicht sonnenverbrannter Haut, kurzen braunen Locken und Dreitagebart. Dann auf den durchtrainierten Kerl mit breiten Schultern, umbrabrauner Haut und einem verschmitzten Funkeln in den tiefbraunen Augen.

»Hi!« Ich prostete ihnen mit meiner Cola zu.

»Jack kennst du ja schon«, fügte Fiona zwinkernd hinzu.

Ich warf einen raschen Blick in seine Richtung, doch Jack ignorierte mich geflissentlich und verteilte die Bierflaschen an seine Freunde.

Am liebsten wäre ich im Boden versunken. Warum musste ich den Abend ausgerechnet mit Jack und seinen Freunden verbringen? Fiona hätte mich vorwarnen können. Sie schien meine Überraschung allerdings sehr zu genießen und beobachtete mich genau. Ihr Verhalten verwirrte mich. Warum hatte sie mir nicht gesagt, dass sie mit Jack befreundet war? Ich musste unbedingt herausfinden, was zwischen den beiden lief.

»Du bist also die berühmte Marly.« Blake, der durchtrainierte Athlet, beugte sich über den Stehtisch zu mir vor.

Ich stellte mich ihm gegenüber und warf Fiona einen fragenden Blick zu. »Berühmt?«

»O ja, das ist eine Kleinstadt«, erklärte Will, der Dreitagebart. »Alle zerreißen sich das Maul über die Neue. Ist quasi vorprogrammiert.«

»Und dann auch noch ein Mädchen aus der großen Stadt«, warf Blake ein und beugte sich mit übertrieben hochgezogenen Augenbrauen zu mir vor. »Sehr interessant.«

Ich konnte ein Grinsen nicht unterdrücken. Dieser Blake war wirklich eine Nummer für sich.

»Blake, Honey, kannst du ihr vielleicht wenigstens fünf Minuten geben, bevor du deinen Charme versprühst?« Fiona hustete übertrieben und wedelte mit der Hand durch die Luft, als hätte jemand einen fahren lassen. »Warum bist du immer so vorhersehbar?« Sie legte mir einen Arm um die Schulter. »Keine Sorge, Marly, ich werde ein Auge auf den notorischen Player haben. Ich freu mich so sehr, dass ich heute Abend mal nicht das einzige Mädchen unserer Crew bin.«

»Crew?«, fragte ich amüsiert.

»Wir kennen uns alle schon seit der Highschool«, erklärte Will achselzuckend.

»Aber du wärst sowieso bald nicht mehr die einzige Lady gewesen, Fi«, warf Blake ein. »In ein paar Tagen kommt Liv doch aus Europa zurück.«

Schweigen senkte sich augenblicklich über die Gruppe. Alle warfen Will verstohlene Blicke zu. Er hob abwehrend die Hände. »Okay, können wir alle mal aufhören, mich wie ein rohes Ei zu behandeln? Ich komme schon klar.«

Fiona tat so, als würde sie niesen, und verpackte darin pseudounauffällig das Wort »Lügner«.

Will verdrehte die Augen und trank einen besonders großen Schluck Bier. Anscheinend hatte er Krach mit besagter Liv.

Als Will seine halb volle Flasche abstellte, fiel mir auf, dass Blakes Bier, das danebenstand, schon leer war. Ich musterte die Flasche ungläubig. Wie hatte er sie so schnell getrunken? In allen anderen war noch mehr als die Hälfte. Ich versuchte, ihn nicht allzu offensichtlich anzustarren, sondern mich stattdessen auf das Gespräch zu konzentrieren. Allerdings stiegen sofort Erinnerungen an meine Kindheit in mir auf, wie Luftblasen, die sich ungefragt aus der Tiefe einen Weg an die Oberfläche bahnten. Leere Bierflaschen auf dem Couchtisch. Das laute Plärren des Fernsehers. Ein Schatten, der im Flur auf mich fiel.

Ich musste mich zusammenreißen, nicht den Kopf zu schütteln, um die ungebetenen Bilder zu vertreiben.

»Wie läuft's mit den College-Bewerbungen, Mann?«, fragte Jack gerade Blake. Ich horchte auf. Wenn die Jungs in meinem Alter waren, wie ich glaubte, dann wäre Blake etwas spät dran mit College-Bewerbungen. Wie ich hätte er nach vier Jahren Studium sogar schon einen Bachelor-Abschluss in der Tasche haben können.

»Alter, kannst du mich nicht wenigstens mal einen Abend damit in Ruhe lassen?«, gab Blake gereizt zurück. »Wir sind zum Feiern hier. Mach dich mal locker.« Er deutete mit einer weit ausholenden Armbewegung durch den übervollen Raum, wobei sein Blick an einer Blondine in High Heels hängen blieb, die sich gerade an unserem Tisch vorbeischob. So einer war er also. Im selben Moment wünschte ich mir, Rachel wäre hier. Sie wusste genau, wie man Typen wie Blake eine galante Abfuhr erteilte.

»Also, Marly«, wandte Will sich an mich. »Wir wissen alle, was dich nach St. Andrews verschlagen hat. Aber wie gefällt es dir denn in unserem bescheidenen Städtchen?«

Ich nippte an meiner Cola und überlegte mir die Antwort gut. Natürlich hatten sie keine Ahnung, warum ich *wirklich* hier war. Alle sahen mich gespannt an. Alle außer Jack, der demonstrativ meinen Blick mied.

»Es ist superschön«, schwärmte ich. »Der perfekte Ort, um mal ein bisschen auszuspannen.« Das war zumindest die halbe Wahrheit. Nett und unverfänglich.

»In Toronto kommt man bestimmt nicht so viel dazu, was?«, fragte Fiona.

Ich zuckte mit den Schultern. »Es gibt echt schöne Parks und den Lake Ontario. Im Sommer können wir darin schwimmen gehen, und es gibt auch ein paar Strände, die natürlich immer ziemlich überfüllt sind. Da muss man schon mit dem Boot nach Toronto Island rüberfahren, um etwas Privatsphäre zu haben.«

»Hast du ein Boot?«, fragte Will mit leuchtenden Augen.

»Was? Nein!« Ich blickte ihn verblüfft an. »Du etwa?«

Er nickte. »Drei.«

»Du hast *drei* Boote?« Meine Augen wurden groß.

»Er hat die Firma seines Vaters übernommen«, erklärte Fiona. »Die Boote gehören also eigentlich nicht ihm. Aber es ist schon ziemlich cool, dass er uns immer mit rausnehmen kann, wenn wir Lust haben.«

Ich musterte die Truppe, während ich mir vorstellte, wie sie ihre Jugend verbracht haben mussten. Wie sie auf einem Boot durch die Passamaquoddy-Bucht schipperten, an abgelegenen Stränden Partys feierten, immer nur frische Luft einatmeten, Sonntagsausflüge mit ihren Eltern in die Natur machten … Ihr Leben hatte nichts mit meinem gemein. Keine leeren Flaschen im Wohnzimmer, kein Geschrei und Gepolter in der Nacht, keine Albträume und kein Loch im Herzen, wo eigentlich meine Eltern ihren Platz haben sollten und das meine Großeltern, so gut es ging, zu füllen versuchten.

Will riss mich aus meinen düsteren Gedanken. »Hast du Lust, mal mit uns rauszufahren, Marly?«

»Äh …« Ich warf Jack einen flüchtigen Blick zu, er zeigte keinerlei Reaktion. »Klar, gern.«

»Whoop, whoop!« Fiona hob die Hand, und ich schlug ein. »Das ist mein Mädchen.«

»Wir warten noch ein paar Tage, dann ist die Whale-Watching-Saison eröffnet«, erklärte Will. »Hast du schon mal Wale gesehen, Marly?«

»Wale? So richtig echte? Aus nächster Nähe?«

Will und Blake lachten angesichts meiner Verzückung.

»Ja, so richtig echte«, sagte Blake schmunzelnd. »Wusstest du, dass Wale gigantische Penisse haben? Um die hundertsiebzig Zentimeter lang und …« Fiona bewarf ihn mit einem Erdnussflip aus der Schale auf dem Tisch. Blake fing ihn elegant mit dem Mund auf und schenkte ihr ein freches Grinsen.

Ich wollte der Truppe nicht unbedingt unter die Nase reiben, dass es schon immer ein Traum von mir gewesen war, diese majestätischen Tiere aus der Nähe zu sehen, obwohl ich dabei natürlich nicht an ihre Riesenpenisse gedacht hatte. Wie es schien, würde ich den zweiten Punkt auf meiner Liste viel schneller abhaken als gedacht. Der erste war ein Roadtrip durch Kanada. Den konnte ich zwar noch nicht abhaken, aber zumindest arbeitete ich daran.

»Klingt super«, sagte ich in die Runde. »Ich bin so was von dabei.«

»Okay, das ist dann wohl ein Date«, rief Blake und grinste noch breiter.

Fiona verdrehte die Augen und warf ihm einen warnenden Blick zu. »Wir kommen *alle* mit.«

»Ach, komm schon, Fi«, warf Blake ein. »Marly versteht schon, dass ich nur Witze mache, oder, Marly?«

Ich prostete ihm mit meiner Cola zu. »Na klar. Mal ganz abgesehen davon, dass ich sowieso kein Interesse habe, hier jemanden zu daten.«

»Uff, das hat gesessen.« Blake presste sich mit leidender Miene die Hände auf die Brust, als hätte ich ihm einen Pfeil ins Herz geschossen. Ich musste lachen. Doch aus dem Augenwinkel warf ich Jack einen Seitenblick zu. Er umklammerte sein Bier so fest, dass seine Fingerknöchel weiß hervortraten.

Trotz seiner merkwürdigen Reaktion überkam mich eine kribbelige Vorfreude, wenn ich an den bevorstehenden Ausflug dachte. Diese Art von Ablenkung konnte ich sehr gut gebrauchen.

»Die nächste Runde geht auf mich«, verkündete Will und sammelte die leeren Flaschen ein, um sie mit zurück zur Bar zu nehmen. »Bier für alle?«

Ich schüttelte den Kopf. »Für mich nur eine Cherry Cola, bitte.«

Will musterte mein leeres Cola-Glas. »Magst du kein Bier?«

»Nein«, log ich.

»Dann vielleicht Whiskey-Cola oder Wodka-Cranberry?«

»Nein danke. Ich mag Alkohol allgemein nicht besonders.«

Er nickte und fragte nicht weiter nach, bevor er in der Menge verschwand. Ich war ihm dankbar, dass er nicht nachgebohrt hatte. Es gab einen triftigen Grund, warum ich keinen Alkohol anrührte. Nie. Nicht mal ein Bier oder ein Glas Wein. Doch diesen Grund würde ich für mich behalten – wie ich es immer tat.

Nachdem Will mit der nächsten Runde zurückgekommen war, drehte sich das Gespräch der Jungs eine Weile um Football, während Fiona und ich uns über unsere Lieblingssneakers unterhielten. Ich lachte viel und fühlte mich nach einer Weile nicht mehr nur wie die Neue. Will und Blake hatten mich klaglos in ihrer Crew aufgenommen, und Fiona war sowieso eine coole Socke. Mir fiel allerdings auf, dass Jack verdächtig still war. Er machte zwar Scherze mit seinen Kumpels, verstummte aber jedes Mal, wenn es um mich ging oder ich in das Gespräch mit einstieg.

Als Blake und Will uns verließen, um an einem nicht weit entfernten Tisch Billard zu spielen, trat deshalb zunächst eine peinliche Stille ein.

»Gar nicht so übel, wir Kleinstadtjungs und -mädels, was?«, fragte Fiona mich mit vielsagend hochgezogenen Brauen.

»Äh …« Ich nahm rasch einen Schluck von meiner mittlerweile dritten Cola und wich Jacks Blick aus.

»Marly hat nichts für uns Kleinstädter übrig«, warf Jack mit eisiger Stimme ein. Ich wäre beinahe zusammengezuckt. »Ist es nicht so, Marly?«

Ich funkelte ihn an. »Das habe ich so nie gesagt.«

Er schnaubte und nahm einen Schluck Bier. »Das Mädchen aus der Metropole muss sich bei uns doch zu Tode langweilen«, fuhr er spöttisch fort. »Und dann sind hier alle auch noch so furchtbar *unsympathisch*. Du kannst es sicher kaum erwarten, wieder zu verschwinden.«

»Unsympathisch?«, rief Fiona entrüstet. Natürlich hatte sie keine Ahnung, worauf er anspielte. »Jetzt mach aber mal halblang, Jacky-Baby.« Sie legte ihm eine Hand auf den Arm. Mein Blick folgte ihren Fingern, die beruhigend über seine nackte Haut strichen. »Was gibt's denn an uns nicht zu lieben?«

Jacks Blick bohrte sich herausfordernd in meinen. Einmal mehr hatte ich das Gefühl, in dem windgepeitschten Ozean seiner Augen zu ertrinken. Gleichzeitig brodelte allerdings heiße Wut durch meine Adern. Ich hielt seinem Blick stand. Wir funkelten uns an. Dann tat ich etwas, was ich nur selten, vielleicht sogar noch nie getan hatte. Anstatt ihm eine passende Antwort zu geben, schnappte ich mir meine Cola und wandte mich ab. »Ich spiele 'ne Runde mit den Jungs.«

Ohne ein weiteres Wort verließ ich die Stehtische und schob mich an ein paar tanzenden Leuten vorbei zum Billardtisch. Bei diesem dämlichen Spiel über Groß- und Kleinstadtklischees würde ich nicht mitmachen. Wenn Jack immer noch nicht über meinen Witz hinweg war, dann war das sein Problem und nicht meins.

Als ich mich an den Billardtisch lehnte, hatten die beiden noch nicht angefangen. Will arrangierte die Kugeln gerade in einem Dreieck. Blake reichte mir ein Queue. »Kannst du spielen?«, fragte er.

»Och, ein bisschen«, antwortete ich gedehnt. Ich verschwieg jedoch, dass Grandpa einen alten Poolbillardtisch im Keller stehen hatte und ich in etwa schon spielte, seit ich laufen konnte.

»Dann wollen wir mal.« Blake grinste siegessicher und klatschte sich mit Will ab. »Ladys first.«

Gleich wird dir das Grinsen vergehen, dachte ich amüsiert, als ich das Queue ansetzte.

Bereits nach meinem ersten Spielzug gefror Blake das Lächeln auf dem Gesicht. Nach dem zweiten und dritten starrte er mich verblüfft an. Nach dem vierten stand ihm der Mund offen. Und nach dem fünften warf er die Hände in die Luft und trank sein Bier in einem Zug aus.

»Wo hast du das gelernt?«, keuchte er schockiert, nachdem ich alle Kugeln und am Ende die Schwarze versenkt hatte, ohne dass er überhaupt zum Zug gekommen war.

Ich zuckte mit den Achseln. »Von meinem Grandpa.«

Will klopfte mir anerkennend auf die Schulter. »Verdammt, Marly, du bist badass.« Er lachte, und Blake zeigte ihm den Mittelfinger.

Will wollte ihm das Queue abnehmen, woraufhin ein kurzes Gerangel folgte. Doch da Blake aufgrund seines ausschweifenden Alkoholgenusses schon etwas wackelig auf den Beinen war, verlor er.

»Jetzt bin ich dran«, verkündete Will. Noch sah er so siegessicher wie sein Kumpel aus, doch ich gewann ebenso mühelos gegen ihn wie gegen Blake.

»Das kann doch nicht wahr sein.« Will fuhr sich durch die

braunen Locken und sah Blake verzweifelt an. »Wir wurden beide noch nie so vernichtend geschlagen.«

»Marly hat's einfach drauf«, erwiderte Blake. »Da darf es uns nicht peinlich sein.«

Ich dachte schon, er wäre ein guter Verlierer, doch da drehte er sich zu mir um und verkündete mit theatralischer Stimme: »Ich werde üben, bis mir die Finger bluten. Wenn ich dich das nächste Mal herausfordere, wirst du untergehen. Meine Rache wird kommen, und sie wird vernichtend sein.« Es war scherzhaft gemeint, und ich hätte es auch lustig gefunden, wenn mich im selben Moment nicht sein nach Bier stinkender Atem gestreift hätte. Sofort kroch mir ein Schauer den Nacken herauf. Sein betrunkenes Lallen weckte eine Erinnerung tief in meinem Hinterkopf, und ich erstarrte. Wie so oft holte mich meine Vergangenheit ein. Mein Atem ging automatisch schneller, und ich versuchte, ihn unter Kontrolle zu bekommen. Hastig wischte ich mir die plötzlich feuchten Handflächen an meiner Leggings ab. »Das werden wir ja sehen«, antwortete ich mit einem bemüht lockeren Tonfall, um meinen Schock zu überspielen.

»Auf Marly«, rief Will und hob sein Bier. Beide schienen zum Glück nichts bemerkt zu haben. »Die Meisterin des Poolbillards.«

»Auf Marly«, stimmte Blake mit ein und hob seine leere Flasche. Gleichzeitig fuhr er sich jedoch mit dem Finger quer über die Kehle, und sein Mund formte lautlos die Worte: *Du wirst untergehen.*

Ich schüttelte mein Unbehagen ab und kicherte, aber als ich mich umdrehte, blieb mir das Lachen im Hals stecken. Jack musste gerade auf dem Weg zu uns gewesen sein, doch als er sah, wie seine beiden besten Kumpels mir zuprosteten, blieb er wie angewurzelt einige Schritte von uns entfernt stehen. Erwartungsvoll sahen wir drei ihn an.

»Ich geh dann jetzt. Ciao, Leute.« Er drehte sich auf dem Absatz um und verschwand in der tanzenden Menge.

Verwirrt blickte ich ihm hinterher, bis ich mich an mein Vorhaben erinnerte, das nicht mehr zu tun. Doch ich war genauso verblüfft über sein Verhalten wie seine Freunde. Die beiden wechselten einen vielsagenden Blick, den ich jedoch nicht deuten konnte.

Im nächsten Moment setzten sich meine Füße wie von selbst in Bewegung. Zorn raste durch meinen Körper. Auf Jack und sein Verhalten heute Abend. Und auf mich selbst, da ich es so sehr an mich ranließ. Wir sollten das zwischen uns ein für alle Mal klären. Jetzt sofort.

Mir blieb kaum Zeit, darüber nachzudenken, dass ich gerade tatsächlich hinter Jack Wilson her eilte, da trat ich auch schon hinter ihm auf die Veranda.

7 Jack

Mit großen Schritten bahnte ich mir einen Weg durch die feiernde Menge zum Ausgang. Es war auf einmal viel zu heiß hier drin. Oder lag das vielleicht an der brodelnden Wut in meinen Adern?

Es war nicht genug, dass diese Marly unverschämt, großspurig und unhöflich war, jetzt hatte sie sich auch noch in meinen Freundeskreis eingeschlichen. Fiona war ganz hingerissen von ihr. Sie kaute mir schon seit Tagen ein Ohr darüber ab, wie gut wir doch zusammenpassen würden.

Dass ich nicht lache.

Und dann hatten Will und Blake sie auch noch beim Billard gefeiert. Meine Pläne für den Sommer fielen von einer Sekunde auf die andere wie ein Kartenhaus in sich zusammen.

Ich entschuldigte mich, als ich aus Versehen einen schmalen Typen mit Brille anrempelte, und rieb mir über den heißen Nacken. Ich wollte nur noch raus hier.

Als ich endlich auf die Veranda stolperte, atmete ich die kühle Nachtluft tief ein. Aber selbst die frische Brise, die vom Meer herwehte, half nicht, die Hitze in meinem Inneren abzukühlen. Trotzdem blieb ich einen Augenblick stehen und atmete tief durch. Ich schmeckte Meersalz, hörte das dumpfe Dröhnen der Musik aus dem Pub und die Unterhaltungen der Leute, die in einer Ecke der Veranda rauchten. Selbst hier draußen war es mir zu laut, die Straßenlaternen zu grell, die Blicke der anderen zu aufdringlich. Ich sehnte mich nach der Ruhe und Abgeschiedenheit meiner Insel.

Plötzlich ertönte ihre Stimme hinter mir.

»Hey, Jack!« Marly klang so wütend, wie ich mich fühlte.

Ich schloss die Augen und kniff mir in die Nasenwurzel, in der Hoffnung, sie würde einfach wieder verschwinden. Aber ich spürte ihre Präsenz hinter mir wie ein ungeduldiges Pulsieren. War Marly etwa auf Streit aus?

Langsam drehte ich mich zu ihr um. Sie stand direkt vor mir. Das Licht, das aus den Fenstern des Pubs fiel, ließ ihre Züge weich wirken, fast ein wenig entrückt. Die Brise zauste ihre dunklen Locken. Ihre grauen Sturmaugen funkelten gefährlich. Entgegen jegliche Vernunft raubte mir ihr Anblick den Atem.

Reiß dich zusammen, Wilson!

Schon öffnete sie den Mund. »Wenn dein Verhalten heute Abend mit meinem Scherz in der Praxis zu tun hat, kann ich nur sagen, dass es mir leidtut, der war echt nicht böse gemeint.«

Ihre Worte überraschten mich. Hatte sie sich wirklich gerade bei mir entschuldigt? Ich bemühte mich, meine Züge kühl und gleichgültig zu halten. »Ach, du meinst den Spitznamen, den ich ungefähr schon hundertmal von Frauen wie dir gehört habe? Keine Sorge, die Botschaft ist angekommen.«

»Frauen wie *mir?*« Nun bebte ihre Stimme vor Zorn, sie ballte die Hände zu Fäusten.

Mist, das war vielleicht eine Spur zu gemein gewesen. Aber sie brachte mich regelrecht um den Verstand mit ihren großen Augen, den sinnlichen Lippen … *Jetzt konzentrier dich doch mal, Wilson!* Das war meine Chance, ihr zu zeigen, dass ich nicht einfach nur ein Sensibelchen war, das nicht mal einen harmlosen Witz abkonnte.

»Touristinnen aus der großen Stadt«, erklärte ich etwas ruhiger. »Ihr seid alle nur auf der Durchreise. Auf der Suche nach einem kleinen Abenteuer auf dem Land. Dabei habt ihr doch gar keine Ahnung von unserem Leben hier. Ich bin doch nur ein wandelndes Klischee für euch.«

»Uff, okay.« Sie runzelte die Stirn. »Also, ich kann nur für mich sprechen, und ich bin ganz sicher auf kein Abenteuer aus. Wie gesagt, bin ich völlig unfreiwillig hier. Autopanne, schon vergessen?«

Was sie nicht aussprach, war, dass sie an keinem Abenteuer mit *mir* interessiert war. Das hatte sie heute Abend unmissverständlich klargemacht. Es traf mich mehr, als ich zugeben wollte.

»Na schön«, sagte ich barsch.

»Na schön«, gab sie ebenso barsch zurück.

Wir funkelten uns an. Meine Kiefermuskeln mahlten, während ich überlegte, was ich noch zu ihr sagen sollte. Mir kam da so einiges in den Sinn, aber irgendwie wollte ich sie nicht noch mehr von mir stoßen, als ich es sowieso schon getan hatte.

Ihre Hände waren nach wie vor zu Fäusten geballt. Keiner von uns schien zuerst wegsehen zu wollen. Ihr Blick war so intensiv, dass er mich gefangen hielt. Wut brodelte weiterhin in meinem Inneren, aber darunter mischte sich nun auch etwas anderes. Ich hatte Marly nicht verletzen wollen. Und irgendwie machte ich gerade genau das, was ich ihr vorgeworfen hatte. Wie die meisten Frauen es mit mir taten, hatte ich Marly sofort abgestempelt. Ich biss mir auf die Lippe, und ihr Blick wanderte sofort zu meinem Mund.

Meine Kehle wurde plötzlich ganz eng, als ich mir vorstellte, wie ihre Lippen sich wohl auf meinen anfühlen würden.

Whoa! Schalt mal einen Gang zurück, Wilson.

Ich musste dringend von hier weg, bevor das Ganze noch verwirrender wurde. Ich war doch sonst nicht so unbeholfen in der Gegenwart von Frauen.

»Tja, also dann wäre das ja geklärt«, murmelte ich mit rasselndem Atem und fuhr mir mit der Hand durchs Haar. »Du lagst falsch, was mich angeht, und ich lag falsch, was dich angeht.«

Marly nickte einmal abgehackt, ohne ihren Blick von meinen Lippen zu nehmen.

»Dann … äh, einen schönen Abend noch.« Bevor sie etwas erwidern konnte, fuhr ich herum und eilte von der Veranda.

Einen schönen Abend noch? Wow, das war ein neuer Tiefpunkt. Ich schüttelte den Kopf, während ich mit großen Schritten zu meinem Wagen stapfte. Meine Gedanken rasten. Wie hatte sich innerhalb von ein paar Minuten alles so verändert? Ich musste mich dringend neu sortieren und meine wild umherwirbelnden Gedanken ordnen.

Mit fliegenden Fingern schloss ich meinen Truck auf und sprang hinein. Die Tür knallte ich mit einem lauten Rumms hinter mir zu. Dann saß ich erst einmal einen Moment reglos da und starrte durch die Windschutzscheibe in die Nacht.

Was war da eben passiert? Hatten Marly und ich wirklich so eine Art Waffenstillstand geschlossen? Ich musste zugeben, dass es sich gut anfühlte, wenigstens mal darüber gesprochen zu haben. Überhaupt mit ihr gesprochen zu haben. Denn sosehr ich es in den letzten Tagen versucht hatte, ich hatte einfach nicht aufhören können, an Marly zu denken. Sie hatte sich seit unserer ersten Begegnung in meinen Kopf gestohlen, und ich wurde sie nicht mehr los. Ständig sah ich ihre Augen vor mir, in denen Belustigung und Intelligenz aufblitzten, wenn sie mich anblickte. Ich sah ihre vollen Lippen, die sie meistens zu einem strahlenden Lächeln verzog, wenn sie mit jemandem sprach – außer mit mir natürlich. Und ich hörte ihre leicht rauchige Stimme, die ich unglaublich anziehend fand.

Den ganzen Abend hatte ich versucht, sie nicht allzu offensichtlich anzustarren. Gleichzeitig war ich so wütend auf Fiona gewesen, mich nicht vorgewarnt zu haben, dass ich mich kaum hatte beherrschen können. Im Nachhinein bereute ich meine Unhöflichkeit. Das war aber sowieso egal, denn Marly hatte deutlich gemacht, wie wenig sie von mir hielt.

Aber sie hatte sich auch entschuldigt …

Unwillkürlich breitete sich ein Lächeln auf meinen Lippen aus, das mich völlig verwunderte. Was war, verdammt noch mal, mit mir los? Ich schüttelte den Kopf und nahm mir einen Augenblick, um mich zu sammeln. Dann schaltete ich den Motor ein und fuhr los.

Ich hatte den ganzen Abend nur alkoholfreies Bier getrunken, da ich in meiner Hütte auf Ministers Island schlafen wollte, um am nächsten Tag nicht so früh rauszumüssen. Jetzt musste ich mich beeilen, bevor die Flut einsetzte.

St. Andrews war wie ausgestorben, die Straßen leer, alle Fenster dunkel. Sobald ich den Ort hinter mir ließ, wurde es stockfinster, sodass ich das Fernlicht einschaltete. Meine Scheinwerfer warfen helle Flecken in das Dunkel der Nacht. Motten und Mücken tanzten darin. Ich versuchte, mich auf die Fahrbahn zu konzentrieren, während meine Gedanken immer wieder zu dem Abend zurückkehrten. Und zu Marly.

Wie sie nach jedem Schluck Cherry Coke kurz genüsslich innegehalten hatte.

Wie ihre Augen geleuchtet hatten, als Will sie zum Whale Watching eingeladen hatte.

Wie sie Will und Blake beim Billard abgezogen hatte wie ein Profi.

Sie hatten Marly längst als eine von uns akzeptiert. Der Gedanke versetzte mir einen Stich. Wäre es wirklich so schlimm, wenn sie den Sommer mit uns verbrachte?

Nein, schrie ein Teil von mir. *Gib's doch zu, am liebsten würdest du sie jeden Tag sehen. Warum fährst du sonst in letzter Zeit viel häufiger zu Sues Praxis als nötig?*

Der andere, viel vernünftigere Teil hielt allerdings dagegen: *Wie sollst du Spaß haben, wenn du nur an sie denken kannst? Was würde es schon bringen, etwas mit ihr anzufangen, wenn sie sowieso bald wieder abreist?*

Denn dessen war ich mir sicher: Marly war nicht einfach nur irgendeine Touristin, mit der ich schlafen und die ich dann schnell wieder vergessen würde. Spätestens seit heute Abend war da etwas zwischen uns, eine Anziehungskraft, ein Knistern. Die Sticheleien konnten ganz schnell in etwas anderes umschlagen. Etwas, das mich verbrennen würde, wenn ich nicht aufpasste. Ich redete mir zwar ein, dass ich sie nicht leiden konnte, aber mein Körper sagte mir etwas ganz anderes. Ich fluchte und schaltete das Radio ein, um mich abzulenken.

Es war an der Zeit, eine Entscheidung zu treffen. Entweder traute ich mich, Marly richtig kennenzulernen und zu sehen, wohin das führte. Oder ich musste mir dringend jemand anderen suchen, sonst würde ich irgendwann explodieren.

Aber wollte Marly überhaupt *mich* kennenlernen, den »Lumberjack vom Dienst«? Oder bildete ich mir diese Anziehung zwischen uns ein? Es gab nur einen Weg, es herauszufinden. Es würde mich nicht umbringen, bei unserem nächsten Treffen netter zu ihr zu sein.

Da kam mir ein Gedanke. Wenn Fiona schon so hin und weg von ihr war, würde ein kleiner Stups von mir sicher ausreichen, damit sie Marly zur Strandparty nächsten Dienstag einlud. Ich lächelte, als der Plan in meinem Kopf Form annahm.

Kurz darauf bog ich auf den Schotterweg ein, der zu beiden Seiten von Wasser gesäumt und nur bei Ebbe befahrbar war. Diese Sandbank war der einzige Weg, der zur Insel führte. Ich musste mich voll und ganz konzentrieren, um in der Dunkelheit nicht vom Weg abzukommen. Es war nur sehr wenigen Leuten erlaubt, nachts auf die Insel zu fahren, aber ich wohnte und arbeitete schließlich dort und kannte den Gezeitenkalender auswendig. Manchmal war es gruselig zu wissen, dass ich oft die einzige menschliche Seele auf der Insel war.

Als ich den Pick-up-Truck vor meiner Hütte parkte, entdeckte ich Reggie, der schwanzwedelnd am Fenster stand. Ein warmes Gefühl überkam mich.

Endlich zu Hause.

Ich freute mich darauf, vor dem Schlafengehen ein bisschen mit ihm zu raufen. Ich freute mich auf den vertrauten Geruch meiner Hütte nach Holz, Tannennadeln, Harz und altem Papier. Und ich freute mich auf mein Bett und darauf, dass ich im Schlaf endlich nicht mehr denken musste.

8 Marly

Am Tag nach dem Barabend schlief ich nicht aus. Mein Handywecker klingelte schon um acht, sodass ich mir grummelnd das Kissen über den Kopf zog und mein Vergangenheits-Ich verfluchte. Doch es half nichts, schließlich hatte ich heute einen großen Tag vor mir.

Der Handywecker bimmelte nur noch lauter. Die Sonne schien hell zum Dachfenster herein, und ich hörte das allgegenwärtige Kreischen der Möwen. Mit geschlossenen Augen tastete ich auf dem Nachttisch nach meinem Handy und schaltete den Wecker aus. Dann setzte ich mich langsam auf und rieb mir verschlafen über das Gesicht.

Gestern Abend war es spät geworden, und ich hatte schlecht geschlafen, weshalb ich mich nun wie gerädert fühlte. Der Albtraum, der mich schon plagte, seit ich vier war, hatte mich mal wieder heimgesucht. Darin ging es um meinen Dad. Das letzte Mal war vor Monaten gewesen, sodass ich schon geglaubt hatte, endlich über die zerbrochene Beziehung zu meinem Vater hinweggekommen zu sein. Nach unserem letzten Gespräch hatte ich klargemacht, dass ich ihn nicht mehr in meinem Leben wollte. Ich hatte geglaubt, es wäre endlich vorbei. Da hatte ich wohl falschgelegen. Der Abend im Pub hatte so einiges wieder an die Oberfläche gespült.

Allerdings musste ich zugeben, dass ich mich gut mit Fionas Freunden amüsiert hatte. Will und Blake waren echt witzig, und Fiona … Siedend heiß fiel mir wieder ein, dass sie und Jack im Pub so vertraut gewirkt hatten. Erneut sah ich ihre Hand auf seinem Arm, wie ihre Finger über seine Haut strichen, und hörte, wie sie ihn *Baby* nannte. Waren sie nur alte Freunde, oder hatten sie vielleicht früher was miteinander gehabt?

Und Jack – ich konnte mir nach wie vor keinen Reim auf ihn und unser Gespräch auf der Veranda machen. Konnte er mich wirklich so wenig leiden? Und lag es nur an meinem Kommentar über seinen Lumberjack-Aufzug? Oder steckte mehr dahinter? An der Bar hatten wir fast so etwas wie ein normales Gespräch geführt, doch später am Abend war er bei jeder sich bietenden Gelegenheit zum Angriff übergegangen. Selbst nachdem ich mich entschuldigt hatte, war diese Spannung zwischen uns geblieben.

Wieder hallten seine Worte in meinem Kopf nach.

»Marly hat nichts für uns Kleinstädter übrig. Das Mädchen aus der großen Stadt muss sich bei uns doch zu Tode langweilen. Und dann sind hier alle auch noch so furchtbar unsympathisch. Du kannst es sicher kaum erwarten, wieder zu verschwinden.«

Sollte er doch glauben, was er wollte. Es war mir egal, was er von mir hielt. Schließlich war ich nicht in St. Andrews, um zu daten. Ich hatte Besseres zu tun. Und dazu war ich in meinen ersten Tagen hier nicht gekommen. Alles war so neu und aufregend gewesen. Schließlich hatte ich jetzt einen Vollzeitjob. Doch dieses Wochenende würde ich nutzen, um endlich mit meiner Suche voranzukommen. Ich musste Jack Wilson dringend aus meinen Gedanken verbannen und mich auf das konzentrieren, weshalb ich hergekommen war.

Entschlossen schlug ich die Bettdecke zurück. Heute war der Tag, der das Potenzial hatte, mein Leben zu verändern.

An der Rezeption erklärte Janet mir den Weg zur Town Hall von St. Andrews, wo sich das Einwohnermeldeamt befand. Wenn ich irgendwo etwas darüber herausfinden konnte, ob meine Mom jemals hier gewohnt hatte, dann dort.

Janet war in ihrem Element und gab mir eifrig weitere Tipps für unzählige Dinge, die es in St. Andrews und Umgebung zu sehen gab – so gut es ohne Auto und mit kleinem Budget eben ging.

Nachdem ich mich bei ihr bedankt hatte, ging ich voller Tatendrang in Richtung Tür. Ich konnte es kaum erwarten, endlich einen Schritt weiterzukommen. Als ich ins Freie trat, überkam mich jedoch ein leichtes Schwindelgefühl. Mein Magen kribbelte so stark, dass ich eine Hand darauf pressen musste. Die Tragweite dessen, was ich im Begriff zu tun war, wurde mir erst in diesem Moment bewusst.

Okay, jetzt nur nicht in Panik verfallen, ermahnte ich mich streng. Allerdings war heute womöglich der Tag, an dem ich nach siebzehn Jahren endlich etwas über meine Mutter erfuhr. Natürlich schob ich Panik!

Auf dem gesamten Weg ins Stadtzentrum redete ich mir in Gedanken gut zu. Ich durfte mich auf keinen Fall zu sehr auf Erfolg einschießen, Dann würde ich nur enttäuscht werden.

Als ich in die Water Street einbog, waren meine Handflächen jedoch trotz aller Bemühungen schweißfeucht, und ich hatte das Gefühl, als müsste ich mich jeden Moment übergeben.

Von Weitem sah ich, dass auf dem großen Platz vor dem Pier Marktstände aufgebaut waren. Ein Farmers Market direkt am Wasser. Sofort hielt ich darauf zu. Ein wenig Ablenkung konnte nicht schaden, bevor es zur Town Hall ging. Ich musste meine Nervosität dringend in den Griff bekommen.

Mit zittrigen Beinen schlenderte ich zwischen den Ständen entlang, betrachtete das frische Gemüse und Obst aus der

Gegend und genoss die Sonne auf meinem Gesicht. Immer wieder zuckte mein Blick rüber zur Town Hall, die ich dummerweise bereits auf der anderen Straßenseite schräg gegenüber dem Pier entdeckt hatte.

Um mich abzulenken, kaufte ich mir einen frischen Smoothie am Stand einer älteren Dame mit roten Pausbacken. Dann setzte ich mich auf eine Bank, der Water Street demonstrativ den Rücken zugewandt, und schlürfte das Getränk in Zeitlupe. Ich konzentrierte mich auf meine viel zu schnelle Atmung und blickte aufs Meer hinaus. Die Gespräche der Leute, das Lachen einiger spielender Kinder, das Klirren der Münzen an den Marktständen und das Schwappen der Wellen, die gegen den Steg brandeten, vermischten sich zu einem angenehmen Hintergrundrauschen. Doch in meinem Inneren war es viel zu laut. Tausend Gedanken rasten durch meinen Kopf. Immer wieder ging ich verschiedene Szenarien durch. Was, wenn ich Mom fand? Was, wenn sie hier wohnte? Würde ich einfach zu ihr gehen? Was würde ich zu ihr sagen? *Hi, ich bin deine Tochter. Die, die du vor siebzehn Jahren mit dem gewalttätigen Alkoholiker, den sie Vater nennt, alleingelassen hast.*

Und was, wenn sie zwar hier gelebt hatte, jetzt aber fortgezogen war? Würde ich meiner Mutter quer durch Kanada folgen, wenn ich ihre neue Adresse in Erfahrung brachte? Nein, so verzweifelt war ich nicht. Ich wollte nur … Ja, was wollte ich eigentlich? Einmal mehr war ich mir nicht sicher, ob das Ganze eine gute Idee war. Wie ging noch gleich dieses Sprichwort? Schlafende Hunde sollte man nicht wecken. Und wer wusste schon, ob Mom mich überhaupt sehen wollte. Eine Frau, die fähig war, ihren Mann und ihr kleines Kind zu verlassen, wollte sicher nicht gefunden werden. Allerdings hatte meine Mutter gute Gründe gehabt, von meinem Dad wegzuwollen, da konnte ich ihr keine Vorwürfe machen. Eher würde ich ihr gratulieren, dass es ihr gelungen war, von ihm loszukommen, während ich immer noch daran arbeitete.

Andererseits hatte ich schon mein Leben lang bohrende Fragen, die ich ihr stellen wollte. *Warum hast du mich zurückgelassen? Warum war ich dir nicht wichtig genug, dass du mich mitgenommen hast? Warum hast du nie versucht, Kontakt zu mir aufzunehmen?*

Der altvertraute Schmerz, der sich bei diesen Gedanken durch meine Brust fraß, ließ mich nach Luft schnappen. Meine Finger krallten sich um den To-go-Becher des Smoothies, und ich schloss die Augen, atmete langsam ein und aus, bis die Welle der Panik wieder verebbt war. Vielleicht würde ich nie Antworten auf diese Fragen bekommen. Aber nun, da ich hier war, würde ich wenigstens den nächsten Schritt gehen. Und dann den nächsten und den übernächsten. Denn wie Grandma immer sagte, war es reine Zeitverschwendung, in der Vergangenheit zu leben.

Entschlossen öffnete ich die Augen, warf den leeren Becher in den Abfalleimer neben der Bank und stand auf. Mir war flau im Magen, aber ich schaffte es über die Straße zu meinem Ziel.

Die Town Hall von St. Andrews war überraschend unscheinbar. Ein verklinkerter Bungalow, der zwischen dem pompösen Backsteingebäude der Bank of Nova Scotia und einem wunderschönen weißen Haus mit einem von Säulen getragenen Balkon stand. Auf der grünen Rasenfläche vor dem Gebäude wurde eine riesige, historische Glocke ausgestellt. Ich passierte sie und stand im nächsten Moment auch schon vor der Tür. Mein Herz flatterte wie ein Nachtfalter in der Sonne – viel zu schnell und viel zu schwach. Meine Hand zitterte, als ich sie auf den Türknauf legte. Langsam drehte ich ihn.

Jetzt gibt es kein Zurück mehr.

Ich trat ein.

An diesem sonnigen Vormittag war hier nichts los. Der geflieste Boden strahlte eine angenehme Kühle aus, über mir drehte sich leise surrend ein Deckenventilator. Ich war dankbar für den erfrischenden Luftzug, der meine Locken zauste, als ich darunter entlangging, denn meine Hände und meine Stirn waren schon wieder feucht.

Eine Frau mittleren Alters saß an einem Schreibtisch direkt gegenüber der Tür. Sie blickte von dem Bildschirm ihres Computers auf, als ich mich ihr näherte. Ihre Haut hatte die Farbe von hellem Bernstein, ein sanftes Braun, wie wenn Sonnenstrahlen durch ein Glas Waldhonig fallen. Ihre Haare waren unter einem bunt gemusterten Kopftuch verborgen.

»Guten Morgen, wie kann ich Ihnen helfen?«

Ich räusperte mich und blieb vor dem Schreibtisch stehen. »Guten Morgen, ich heiße Marly Macpherson und bin auf der Suche nach meiner Mutter.« Wow, das klang merkwürdig.

In dem runden Gesicht der Frau suchte ich nach einem Anflug von Verwunderung, aber da war nichts als ein freundliches Lächeln. Sie sah mich an und nickte mir aufmunternd zu, als wartete sie darauf, dass ich weitersprach.

»Äh, ich meine, ich wollte mich erkundigen, ob meine Mutter hier in St. Andrews lebt. Wir hatten jahrelang keinen Kontakt.«

»Und wie heißt Ihre Mutter?«

Meine Kehle war auf einmal so ausgetrocknet, dass ich mich wieder räuspern musste. »Sandra Macpherson.« Ich schluckte. »Aber ihr Mädchenname war Sandra Akagi, falls das hilft.«

Die Frau zog leicht die perfekt geformten Brauen zusammen, als würde sie überlegen. »Persönlich kenne ich sie nicht. Aber ich muss Ihnen leider sagen, dass ich die Adressen unserer Bürgerinnen und Bürger nicht einfach herausgeben darf. Haben Sie schon mal im Telefonbuch nachgesehen? Wir haben ein Online-Verzeichnis. Sie können einen der Computer benutzen.«

Sie deutete hinter mich, wo ein paar Rechner zur öffentlichen Nutzung bereitstanden.

»Ja, habe ich.«

Schon ungefähr tausendmal, fügte ich in Gedanken voller Bitterkeit hinzu.

Die Frau sah mich mit einer Mischung aus Mitleid und Bedauern an. »Dann tut es mir wirklich leid.«

Mein Herz sank. Das konnte doch nicht alles gewesen sein.

Mein Blick fiel auf das Namensschild an ihrer Bluse, auf dem in goldenen Lettern *Farah Aziz* stand.

»Ich bitte Sie, Mrs Aziz, könnten Sie nicht vielleicht wenigstens nachschauen, ob sie hier wohnt oder früher mal hier gelebt hat. Sie müssen mir auch keine Adresse nennen.«

Mrs Aziz schien das Beben in meiner Stimme nicht zu entgehen. Sie kaute kurz nachdenklich auf ihrer Unterlippe herum und sah sich dann nach allen Seiten um.

»Okay, aber wenn ich etwas finde, darf ich es Ihnen wirklich nicht weitersagen«, flüsterte sie.

Ich nickte und versuchte mich an einem Lächeln. »In Ordnung.«

Sie tippte auf ihrer Tastatur herum und schien dann die Suchergebnisse durchzugehen, die das Programm ihr anzeigte. »Es gibt keinen Eintrag unter Macpherson, dafür aber ein paar unter Akagi.« Mein Herz machte einen Salto und schlug dann doppelt so schnell weiter.

»Allerdings ist das nichts Ungewöhnliches. Der Nachname ist unter unseren First-Nation-Bürgern recht verbreitet.« Ihre Augen zuckten hin und her, während sie las. Meine Nerven waren zum Zerreißen gespannt. Ich starrte angestrengt auf den Bildschirm, als könnte ich die Suchergebnisse mit meinen Gedanken beeinflussen. Aus der Entfernung konnte ich allerdings nichts erkennen.

Schließlich wandte sich Mrs Aziz wieder mir zu. »Leider gibt es keine Sandra mit diesem Nachnamen. Weder unter den ehemaligen Bürgern und Bürgerinnen noch unter den aktuellen. Die meisten mit diesem Namen sind männlich.«

Ich stieß scharf die Luft aus. Doch in diesem Moment wusste ich nicht, ob aus Enttäuschung oder aus Erleichterung. Im selben Augenblick beruhigte sich mein Herzschlag. Es war, als hätten sich die Wogen auf einem zuvor windgepeitschten Meer geglättet. Ich hatte meine Antwort erhalten.

Wie aus weiter Entfernung hörte ich, dass sich Mrs Aziz bei mir entschuldigte und mir viel Glück bei meiner weiteren Suche wünschte. Ich bekam nur am Rande mit, dass ich mich bedankte und verabschiedete. Wie ein Roboter drehte ich mich um und setzte einen Fuß vor den anderen.

Im nächsten Moment stolperte ich ins Freie. Meine Augen brannten, und als ich zur Sonne aufblickte, sah ich alle Regenbogenfarben durch meine feuchten Wimpern.

Ich hatte es getan. Ich war der Spur gefolgt, hatte meine Angst überwunden, war über mich hinausgewachsen. Und das Ergebnis, das mich eigentlich hätte niederschmettern sollen, wirkte stattdessen irgendwie … befreiend. Mom war nicht hier. Sie hatte nie hier gewohnt. Ich würde ihr nicht bald gegenüberstehen, wie ich es mir unzählige Male vorgestellt hatte. Und das war … okay. Die Angst, die ich verspürte, seit ich auf diesen Roadtrip aufgebrochen war, war nicht davor gewesen, dass meine Suche in einer Sackgasse endete, sondern davor, Mom tatsächlich zu finden. Ich war nicht bereit. Würde es vielleicht nie sein.

Benommen klammerte ich mich mit beiden Händen an einen Laternenpfahl, um mich zu sammeln. Eilig schloss ich die Augen und tastete nach meinem Innersten. Das war eine Übung, die ich als Kind von meinem Therapeuten gelernt hatte, um meine Gefühle zu beschreiben. Oft hatte ich keine Worte dafür gehabt, also hatte er mich aufgefordert, tief in mich hineinzuhorchen und ihm alles zu sagen, was ich dort fand. Es funktionierte noch heute für mich, wenn ich nicht wusste, wohin mit all meinen Emotionen.

Und tatsächlich ging meine Atmung nun wieder langsamer, während ich einzelne Empfindungen entwirrte. Ich fühlte mich, als wäre ich aus großer Höhe gestürzt, aber nie aufgeschlagen. Es war, als befände ich mich ohne Unterlass im freien Fall, nur dass ich mich mit dem Gefühl, keine Kontrolle zu haben, abgefunden hatte. Jetzt war da eine Leere in mir, als würde ich sanft dahinschweben. Ich wusste nicht recht, was ich damit anfangen sollte.

Ich öffnete die Augen, blinzelte ein paarmal. Plötzlich war mir alles zu viel. Die lachenden Passanten, die Autos, ein Straßenmusiker, der neben dem Farmers Market zu spielen begonnen hatte. Ich brauchte etwas Ruhe, um alles zu verarbeiten. Mechanisch setzte ich mich in Bewegung.

Mit großen Schritten lief ich die Water Street entlang, unschlüssig, wohin ich gehen sollte. Da ich die ganze Woche gearbeitet hatte, war kaum Zeit geblieben, das Städtchen zu erkunden. Zum *Cory Cottage* wollte ich aber auch nicht zurück.

Da erinnerte ich mich an einen von Janets Tipps von heute Morgen: »Das Pagan Point Naturreservat erstreckt sich an der Passamaquoddy-Bucht. Es besteht aus sumpfigem Grasland, das unzählige Vogelarten beherbergt, einem hübschen Waldstück und einem kilometerlangen Sandstrand. Dort kann man wunderbar wandern oder einfach in Ruhe die Natur genießen.«

Ruhe und Abgeschiedenheit waren genau das, was ich jetzt brauchte. Ich zog mein Handy aus der Tasche, gab den Namen in Google Maps ein und ließ mich von der App führen.

In nur fünfzehn Minuten hatte ich die Stadt hinter mir gelassen und befand mich mitten in der Natur. Nachdem ich über saftig grüne Wiesen voller Wildblumen und durch ein kleines Wäldchen gelaufen war, hatte ich plötzlich einen atemberaubenden Ausblick auf das Meer. Ich beeilte mich, zum Strand zu gelangen.

Es wurde immer wärmer. Obwohl ich ein dünnes Top trug, schwitzte ich schon nach kurzer Zeit. Sobald ich den Sand erreichte, zog ich meine Nike Downshifter 7 aus und vergrub die nackten Zehen im Sand. Ein herrliches Gefühl. Sofort regte sich eine Erinnerung in meinem Hinterkopf.

Ich war erst ein Mal in meinem Leben am Meer gewesen und konnte mich kaum daran erinnern. Es war so lange her, dass meine Mom zu dem Zeitpunkt noch bei uns gewesen war. Eine der seltenen Erinnerungen, die ich von ihr hatte, und deshalb besonders wichtig für mich. Schon als Kind war ich die Szene immer wieder im Kopf durchgegangen. Ich erinnerte mich an Moms Lachen, an ihren Sonnenhut mit der hellblauen Borte und daran, dass wir eine Sandburg gebaut hatten. Ihre sandverkrusteten, rot lackierten Fingernägel. Der Geruch ihrer Haut, als sie mich in die Arme schloss – nach Sonne, Meersalz und ihrem Lavendelparfüm. Ihre langen, schwarzen Haare, die in der sanften Brise wehten.

Dad kam in der Erinnerung nicht vor. Vielleicht war er nicht dabei gewesen. Oder mein Gedächtnis hatte ihn herausgeschnitten. Das tat es oft.

Purer Selbstschutz.

Ich schüttelte den Kopf, um die düsteren Gedanken zu vertreiben, zog meine Pilotensonnenbrille auf und machte mich auf den Weg zum Wasser. Die Wellen waren hoch, das Wasser aufgewühlt. Als ich den großen Zeh ins Wasser steckte, riss ich ihn sofort wieder zurück. Der Atlantik war zu dieser Jahreszeit noch eiskalt, und ich bezweifelte, dass er selbst im Hochsommer besonders warm wurde.

Ich ging am Wasser entlang, genoss die Seeluft und die Sonne auf meiner Haut, das Gezwitscher der Vögel auf den Wiesen rechts von mir, den Sand zwischen meinen Zehen und die sich langsam ausbreitende Leere in meinem Kopf. Es gelang mir tatsächlich, meine lauten Gedanken, Ängste und Hoffnungen zurückzudrängen und mich ganz im Hier und Jetzt aufzuhalten – wenn auch nur für einen Moment.

Dann brach die Enttäuschung über mich herein wie eine mächtige, kalte Woge. Sie riss mich mit sich fort, sodass ich mich fühlte, als würde ich hilflos und ohne Halt dahindriften. Ich war den ganzen Weg hierhergekommen, nur um absolut nichts zu erreichen. Natürlich hatte ich von Anfang an gewusst, dass die Wahrscheinlichkeit, hier fündig zu werden, nicht besonders groß war. Aber es war der einzige Anhaltspunkt seit Jahren gewesen. Ich hatte dieser Spur einfach folgen müssen. Sonst hätte ich es mir mein Leben lang nicht verziehen.

Während meines Studiums der indigenen Sprachen und Völker Kanadas hatte ich zum ersten Mal in meinem Leben auch nur annähernd das Gefühl gehabt, meiner Mom näherzukommen. Obwohl ich keine Ahnung hatte, ob sie überhaupt eine andere Sprache als Englisch sprach, ob sie etwas mit der Kultur ihrer Vorfahren am Hut hatte, ob sie mir etwas darüber beigebracht hätte, wenn wir die Zeit dafür gehabt hätten. Als ich dann bei meinen Recherchen an der Uni darauf gestoßen war, dass viele Passamaquoddy – der First-Nation-Stamm, von dem meine Mutter abstammte – heute noch in der Gegend um St. Andrews lebten, war das Ziel für meinen Roadtrip nach dem Abschluss klar gewesen.

Doch mit meiner aufkeimenden Hoffnung hatte ich mich nur selbst belogen. Denn jetzt war ich genauso schlau wie vorher. Naiv war ich durchs halbe Land gefahren, nur um enttäuscht zu werden.

»Verdammt«, murmelte ich und trat mit einem nackten Fuß in eine heranrauschende Welle, sodass Wasser in alle Richtungen spritzte. Die Kälte half mir, ein wenig klarer zu sehen. Ich ging weiter, zückte mein Handy und schoss ein paar Fotos, um mich abzulenken. Nach einer Weile ließ ich mich rittlings in den Sand fallen, um ein Selfie an Rachel zu schicken. Dazu schrieb ich:

War in der Town Hall. Mom hat nie hier gelebt. ☹ Nach diesen News brauche ich erst mal ein bisschen Meer. Telefonieren wir heute Abend?
XOXO

Dann lehnte ich mich auf die Ellbogen zurück und schloss die Augen. Sonnenflecken tanzten vor meinen geschlossenen Lidern. Da war unverändert das Gefühl der Leere, des freien Falls. Das lag wohl daran, dass ich keine Ahnung hatte, wie es in meinem Leben weitergehen sollte. Ich fühlte mich, als würde ich nirgendwohin gehören. So war es mir mein Leben lang gegangen. Meine Mom hatte mich verlassen. Mein Dad hatte sich lieber betrunken, als sich um mich zu kümmern. Ohne meine Großeltern hätte ich überhaupt kein Zuhause gehabt.

Mein Herz war zerbrochen, bevor ich überhaupt alt genug gewesen war, um zu verstehen, was das bedeutete. Dort würde immer ein Loch sein, das nicht gefüllt werden konnte. Von keinem Menschen auf der Welt. Denn wenn man einmal verlernt hatte, anderen zu vertrauen, gab es kein Zurück mehr. Das hatte ich auf die harte Tour gelernt.

Und trotzdem rannte ich meiner Mom hinterher. Hatte ich denn gar nichts dazugelernt?

Ich hätte wissen müssen, dass es zu schmerzhaft sein würde. Schmerzhaft und sinnlos, da es mir die verlorenen Jahre mit Mom sowieso nie zurückbringen würde, selbst wenn ich sie fände.

Wütend vergrub ich die Hände tief im Sand und ballte sie zu Fäusten. Ich beugte mich vor, steckte den Kopf zwischen meine angezogenen Knie und kämpfte gegen die Tränen an. So blieb ich reglos sitzen.

Bis plötzlich ein Schatten auf mich fiel.

9 Jack

Im Gleichschritt trottete ich neben Blake her. Meine ausgetretenen Turnschuhe hallten dumpf auf dem Asphalt, mein Atem ging schnell, aber gleichmäßig. Schweißperlen bildeten sich immer wieder an meinem Nacken und auf meiner Stirn, wurden aber rasch von der Meeresbrise getrocknet. Reggie lief leise hechelnd einen Schritt hinter uns an der Leine.

Ich hatte mein Tempo Blakes angepasst. Er war nicht hundertprozentig in Form, aber das hier war wenigstens ein Anfang. Seit knapp einem Jahr konnte er wieder schmerzfrei joggen, und ich verdonnerte ihn einmal die Woche zu einer Runde mit mir. Meine Hoffnung war, dass ihm die körperliche Aktivität ein wenig von seiner alten Form und seinem Selbstvertrauen zurückgeben würde. Zwar beschwerte er sich immer, aber wenn wir erst einmal losgelaufen waren, schien er es zu genießen.

Ich warf ihm einen Seitenblick zu. Er hatte das Gesicht grimmig verzogen und den Blick starr geradeaus gerichtet. Sein Atem ging schneller als meiner, seine Beinbewegungen waren nicht ganz so gleichmäßig. Aber er hielt durch.

Am Anfang hatte er schon nach fünfzehn Minuten schlappgemacht. Wir hatten uns langsam gesteigert. Mittlerweile schaffte er die große Runde zum Pagan Point und zurück. Wie früher, als wir an der Highschool mit unserem Footballteam hier entlanggejoggt waren. Es musste einige Erinnerungen in ihm wachrütteln und alte Wunden aufreißen. Aber das war genau richtig so. Es brachte rein gar nichts, wenn er sich zu Hause verkroch und in Selbstmitleid zerging. Egal, wie viel er trank, egal, wie oft er bedeutungslosen Sex mit fremden Frauen hatte, er würde nie wieder auf die Beine kommen, wenn er sich nicht mit seinem Schmerz auseinandersetzte. Das wusste ich von den Jugendlichen, um die ich mich bei meinen Pfadfinder-Camps kümmerte. Sie kamen alle aus schwierigen familiären Verhältnissen. Manche hatten Vorstrafen. Aber sosehr sie sich am Anfang verschlossen, irgendwann brach jede harte Schale. Darunter kam viel Schmerz, aber auch eine Menge Potenzial zum Vorschein. Bei Blake würde es noch eine Weile dauern. Aber ich gab die Hoffnung nicht auf.

»Was sagt eigentlich dein Physiotherapeut?«, fragte ich so unbefangen wie möglich.

Blake hatte lange nichts von seinen Fortschritten mit dem verletzten Knie erzählt. Am Anfang war es sehr langsam vorangegangen, dann immer schneller. Aber für ihn und seine Karriere nicht schnell genug.

»Nicht viel«, grunzte Blake. »Gehe ja nur noch einmal im Monat hin.«

»Und Coach? Irgendwelche Neuigkeiten? Konnte er noch irgendetwas bei den kanadischen Mannschaften reißen?«

»Nein. Nichts Neues.« Nun mahlten Blakes Kiefermuskeln.

Ich wusste, dass ich mich auf gefährliches Terrain vorwagte, aber das hatte mich noch nie abgehalten. Es war ein Spiel, das wir regelmäßig spielten. Er hatte sich aufgegeben, ich ihn aber nicht. Und das würde ich ihn nicht vergessen lassen. »Und die Ärzte? Was sagen sie dazu? Du warst doch gerade erst zum Check-up in St. John.«

Nicht, dass er danach irgendetwas erzählt hätte.

»Hm«, grummelte er. So laut Blake sonst war, so still konnte er sein, wenn es um gewisse Themen ging.

»Also gibt es überhaupt nichts Neues?«

»Was willst du denn hören, Mann?«, explodierte Blake. Er schüttelte so heftig den Kopf, dass ein paar Schweißperlen umherflogen. »Es ist verheilt, ich bin wieder fit. Aber ich werde nie wieder richtig spielen können. Und das ist alles, was zählt.«

Reggie sah aufgrund seines wütenden Tonfalls fragend zu mir auf. Ich fuhr ihm im Laufen beruhigend mit der Hand über den Kopf.

»Okay, ich hab's kapiert«, antwortete ich. »Aber dann solltest du wenigstens mal übers College nachdenken. Einfach ein bisschen googeln, welcher Studiengang dich interessieren könnte.«

»Mich interessiert nichts außer Football.«

Ich schnaubte. Das stimmte einfach nicht, und er wusste es genau. Blake warf mir einen warnenden Blick zu, der einen neunzig Kilo schweren Profiboxer in die Flucht geschlagen hätte. Ich hob abwehrend die Hände. »Okay, okay.«

Blake starrte mich mit zusammengezogenen Brauen an. Dann hoben sich seine Mundwinkel zu einem spitzbübischen Grinsen. »Ich glaube, ich habe da eben wirklich Panik in deinem Blick gesehen, Mann.«

Ich lachte laut auf. »Da musst du dich getäuscht haben.« Ich bleckte die Zähne und schenkte ihm ein ebenso bösartiges Grinsen. »Aber ich hätte schwören können, dass du bei dem Wort College zusammengezuckt bist.«

Blake holte zum Schlag gegen meinen Oberarm aus. Ich duckte mich weg und tänzelte ein paar Schritte zur Seite, wobei ich fast über Reggies Leine gestolpert wäre. Er bellte aufgeregt und wuselte um meine Beine herum. Ich ließ meine Faust auf Blakes Rippen zusausen. Er blockte sie mühelos ab.

Wir liefen weiter, während wir immer wieder versuchten,

einen Schlag zu landen. Meine innere Anspannung lockerte sich ein wenig. Es tat gut, Blake lachen zu sehen. So ein richtig freies Lachen – nicht unter Alkoholeinfluss. Seine blendend weißen Zähne blitzten auf, seine braunen Augen funkelten. Aber es war eindeutig, dass er an seine Grenzen stieß. Sein Atem ging rasselnd, er wischte sich über die feuchte Stirn.

Zum Glück näherten wir uns der Abzweigung, an der es entweder zurück nach St. Andrews oder weiter durch die Natur ging. Hier gab es unzählige Wanderwege, die am Wochenende meistens gut besucht waren. Sofort spürte ich, wie sich Reggies ganzer Körper neben mir vor Freude anspannte. Er liebte diese Gegend.

Ich fühlte mich ebenfalls rastlos und war noch längst nicht ausgepowert. Blake schien eine kalte Dusche hingegen kaum erwarten zu können. »Hey, ich werde mit Reggie noch 'ne Runde am Strand entlangjoggen. Vielleicht ein paar Sprints einlegen«, sagte ich, kurz bevor wir in Richtung Stadt abbogen.

Blake sah kaum auf. »Alles klar, Mann. Wir sehen uns.«

Ich joggte noch ein bisschen auf der Stelle und sah ihm hinterher, bis er um die Ecke gebogen war. Voller Vorfreude zog Reggie ungeduldig an der Leine. »Ist ja gut, Reg.«

Ich wandte mich in Richtung des Naturreservats zu meiner Linken. Hinter ein paar Bäumen konnte ich schon das Meer ausmachen. In Gedanken versunken hielt ich darauf zu. Meine Sorge um Blake hing wie eine dunkle Wolke über meinem Kopf. Will und ich mussten uns dringend etwas einfallen lassen. Blake durfte sich nicht länger aufgeben. Er musste erkennen, dass es eine Zukunft für ihn gab. Wenn auch eine andere als ursprünglich gedacht.

Als wir den Strand erreichten, blieb ich kurz stehen, um Reggie von seiner Leine zu befreien. »Na, mein Junge, hast du Lust auf eine Abkühlung im Meer?« Er sprang fröhlich im Kreis, sodass ich Mühe hatte, die Leine von seinem Halsband zu lösen. Sobald ich es geschafft hatte, raste er los.

Ich folgte ihm in einiger Entfernung und behielt ihn im Auge. Die Wellen waren zu hoch, sodass er nur am Ufer entlanglief und sich nicht hineintraute.

Wir begegneten einigen Joggern und Spaziergängern, die ich alle grüßte. Reggie spielte mit ein paar anderen Hunden am Wasser. Der Wind trug ihr fröhliches Gebell an meine Ohren.

Nach einer Weile waren wir wieder allein. Nichts als der breite Sandstreifen, die donnernden Wellen und der frische Wind. Es knirschte bei jedem Schritt, und der Sand rieselte in meine Turnschuhe.

Ich genoss das Gefühl, wie meine Muskeln sich anstrengen mussten, um nach jedem Einsinken voranzukommen. Meine Beine brannten, aber mein Kopf war endlich frei. Einmal durchgepustet von Gischt und Wind.

Da sah ich von Weitem eine einsame Gestalt am Boden sitzen, nicht weit von den Wellen entfernt, die immer heftiger an den Strand krachten. Ich sah mich nach Reggie um. Er war weit hinter mir zurückgeblieben und schnüffelte an einem Stück Treibholz.

Im Näherkommen erkannte ich, dass die Person den Kopf zwischen den Knien vergraben hatte. Ich beschleunigte meine Schritte. Brauchte sie vielleicht Hilfe?

Als ich nur noch wenige Meter entfernt war, wollte ich ihr etwas zurufen, doch dann erstarrte ich.

Es war Marly.

Ihre dunklen Locken, die bunten Sneakers neben ihr im Sand – unverwechselbar. Ich schluckte. Was war wohl mit ihr los?

Sie hatte mich immer noch nicht bemerkt. Ich drosselte mein Tempo, um sie nicht zu erschrecken. Langsam näherte ich mich ihr, bis ich direkt vor ihr stand. Mein Schatten fiel auf sie, und sie blickte verwundert auf. Sofort fielen mir ihre feuchten Wangen und rot umränderten Augen auf.

»Ist alles in Ordnung, Marly?«

Sie blinzelte mich an, als wäre ich eine Erscheinung. Dann wischte sie sich über das Gesicht und sah demonstrativ in die andere Richtung. »Mir geht's gut.«

Es sah allerdings nach dem genauen Gegenteil aus. Alles in mir sträubte sich dagegen, sie in diesem Zustand allein zu lassen.

Ich ging vor ihr in die Hocke. »Kann ich dir irgendwie helfen? Jemanden für dich anrufen?« Meine Hand fuhr zu meiner Shorts. Mein Handy hatte ich selbst beim Joggen immer in der Hosentasche.

»Lass mich einfach in Ruhe, okay?« Marly funkelte mich an.

Ich stand mit erhobenen Händen auf, um ein paar Schritte zurückzuweichen. »In Ordnung.«

Ich musterte sie, während sie zu Boden starrte. Ihre Finger, die auf ihren Knien lagen, zitterten leicht. »Hey, wie wär's, wenn ich mich hier ein paar Schritte entfernt hinsetze? Einfach so, ohne zu reden. Oder doch, wenn dir später vielleicht danach ist.«

Sie zuckte mit den Schultern, widersprach jedoch nicht. Ich machte ein paar große Schritte von ihr fort und setzte mich in den Sand. Auf keinen Fall wollte ich mich aufdrängen, aber sie sah so verloren aus. So völlig in sich zusammengesunken.

Eine lange Weile saßen wir beide schweigend da. Es war nichts zu hören als das Rauschen des Meeres. Und mein eigenes Herz, das in meiner Brust hämmerte. Ab und zu schniefte Marly leise.

Wortlos reichte ich ihr ein Taschentuch. Tempos hatte ich ebenfalls immer dabei. Sie starrte es an, als wäre es eine Handgranate. Dann streckte sie den Arm aus, um die Distanz zwischen uns zu überbrücken und es entgegenzunehmen. »Danke«, grummelte sie verstimmt. Sie putzte sich die Nase, blickte jedoch weiterhin aufs Meer hinaus. »Was machst du überhaupt hier?«, fragte sie schließlich, ohne mich anzusehen.

»Ich war mit Blake joggen und wollte mich zum Schluss noch mal am Strand auspowern. Mache ich oft. Reggie ist gerne hier.« Ich deutete in die Richtung, in der Reggie nun am Wasser entlang auf uns zukam.

Stille.

Gespannt wartete ich darauf, ob Marly noch mehr sagen würde. Meine Hände vergrub ich derweil im Sand, spürte, wie kühl er unter der oberen, von der Sonne gewärmten Schicht war.

»Was ist eigentlich mit Blake?«, fragte Marly unvermittelt. Ich wandte mich ihr zu und sah sie fragend an. »Hat er … ein Alkoholproblem?«

Sie presste die Lippen zusammen, umklammerte ihre Knie so fest, dass ihre Fingerknöchel weiß hervortraten. Anscheinend war das ein Thema, das ihr naheging.

»Er hatte vor fast vier Jahren einen schlimmen Sportunfall«, sagte ich langsam. Ich wollte ihr nicht zu viel verraten, weil ich wusste, dass es Blake nicht gefallen würde. Andererseits schien Marly ehrlich besorgt um ihn zu sein. Als sie mich nun ansah, waren ihre Augen groß und rund, immer noch leicht feucht.

Ich seufzte. »Blake war ein richtig guter Footballer. Er hatte ein Stipendium und alles. Er wäre mal ein ganz Großer geworden, gut genug für die amerikanische NFL. Aber kurz vor dem Highschool-Abschluss kam alles anders.«

Ich schluckte, als ich mich an das Spiel erinnerte. Ich war auch auf dem Feld gewesen, als ich Blakes Schrei gehört hatte. Wenn ich daran dachte, bekam ich jedes Mal eine Gänsehaut. Meine Finger malten wie von selbst Kreise in den Sand, während ich gedankenversunken aufs Meer hinausblickte. »Seitdem ist Blake nicht mehr derselbe. Es hat ihn wirklich hart getroffen.

Wir haben alle ein Auge auf ihn, aber er hört meistens nicht auf uns. Auf niemanden.«

»Also ist es eine Art selbstzerstörerisches Verhalten, das Trinken«, sagte Marly. Es war keine Frage. »Er versucht, irgendwie mit seinem neuen Leben klarzukommen, aber die Realität holt ihn immer wieder ein.«

Überrascht sah ich sie an. Ihr Blick war ebenfalls aufs Meer gerichtet. Oder auf etwas, das sehr weit entfernt lag und das nur sie sehen konnte.

»Ja, das kann man wohl so sagen«, antwortete ich.

Marly schluckte schwer und rieb sich hastig über die Augen.

»Warum hast du gefragt?«

»Ob Blake trinkt?«

»Ja.«

Zögerliche Stille, nur durchbrochen vom Meeresrauschen.

»Mein Dad.« Mehr sagte sie nicht.

Ich gab ihr Zeit, wartete darauf, dass sie es erklären würde. Sie schlang wieder beide Arme fest um ihre Knie, als müsste sie sich selbst Kraft spenden, um die nächsten Worte auszusprechen. »Deshalb bin ich bei meinen Großeltern aufgewachsen und nicht bei ihm. Wir hatten in den letzten Jahren nur sporadisch Kontakt.«

Ich versuchte, meine Überraschung für mich zu behalten, aber in meinem Kopf bildeten sich hundert Fragen auf einmal. Hatte Marly eine schwere Kindheit gehabt? War das der Grund, warum sie keinen Alkohol anrührte? Wie war es wohl für sie, in der Nähe von jemandem zu sein, der betrunken war?

»Bist du deswegen hier am Strand? Ist etwas vorgefallen mit deinem Dad?«

»Nein.« Sie zögerte, runzelte die Stirn. »Ich war auf der Suche nach … jemandem. Deshalb bin ich nach St. Andrews gekommen. Aber vorhin habe ich erfahren, dass sie nie hier war. Ich hatte nur diesen einen Anhaltspunkt, und jetzt … tja, jetzt ist es wohl vorbei.«

Meine Augenbrauen hoben sich wie von selbst. Also war Marly doch nicht einfach nur hier gestrandet, weil sie eine Autopanne hatte. Sie war gar keine Touristin. Marly war auf der Suche nach etwas. Nach *jemandem*. Einer Frau. Vielleicht eine alte Freundin? Eine Angehörige?

Das Bild, das ich mir bisher von ihr gemacht hatte, zerbrach in Tausend Teile. Langsam setzten sie sich neu zusammen. Aber es fehlten immer noch große Stücke. Marly war ein absolutes Mysterium. Vielschichtig. Geheimnisvoll. Doch irgendetwas sagte mir, dass es sich lohnte, einen tieferen Blick zu wagen. Ich konnte die Traurigkeit in ihren grauen Augen kaum ertragen.

Gerade wollte ich mich weiter vortasten, da raste Reggie heran. Sand stob auf, und Marly riss überrascht die Hände in die Höhe, um ihre Augen zu schützen.

»Reggie«, sagte ich streng. »Komm mal wieder runter.«

Er wuselte ein paarmal um uns herum. Dann ließ er sich laut hechelnd zwischen Marly und mir in den Sand fallen und sah sie erwartungsvoll an.

»Hi, Reggie«, sagte sie mit einem schüchternen Lächeln. Als sie ihn hinter dem Ohr kraulte, schmiegte er den Kopf an ihre Hand.

»Er mag dich«, sagte ich amüsiert. »Er ist ja ganz aus dem Häuschen, dich wiederzusehen.«

Ihr Lächeln wurde breiter. Jetzt erreichte es auch ihre Augen. Keine Spur mehr von den vorhin geweinten Tränen.

»Wie alt ist er eigentlich?«, fragte sie.

»Zwei Jahre, gerade erst ausgewachsen. Trotzdem ist er noch ziemlich verspielt und neugierig.«

Sie schmunzelte. Vielleicht erinnerte sie sich an die Begegnung vor dem *Whale Store,* als Reggie seinem eigenen Schwanz hinterhergejagt war.

»Ich habe ihn, seit er acht Wochen alt ist.« Aus irgendeinem Grund wollte ich nicht, dass das Gespräch endete. Oder dass die Traurigkeit in Marlys Augen zurückkehrte, also redete ich weiter. »Da war er noch ganz winzig. Es ist verrückt, wie schnell sie wachsen und dazulernen.«

Marly nickte. »Ich habe selbst nie ein Haustier gehabt, obwohl ich mir immer eins gewünscht habe. In den Sommerferien habe ich oft im Tierheim in Toronto ausgeholfen, das habe ich immer sehr genossen.« Sie kraulte Reggie wieder, der sich auf den Rücken warf und wohlig im Sand herumrollte. Sie lachte leise. »Die Arbeit in Dr. Sues Praxis macht mir einmal mehr bewusst, wie sehr ich Tiere liebe. Vielleicht schaffe ich mir irgendwann auch mal einen Hund an. Oder eine Katze.«

Es freute mich, wie Marly bei diesem unverfänglichen Thema aufblühte. Als sie zu mir aufsah, lächelte ich sie an. Sie erwiderte das Lächeln, doch plötzlich gefror es auf ihrem Gesicht. Ich konnte sehen, wie sie kurz verwirrt die Stirn runzelte und dann eine neutrale Maske aufsetzte. »Ich sollte jetzt wohl besser gehen.«

Verblüfft verfolgte ich, wie sie von Reggie abließ und aufstand. Sie klopfte sich den Sand von der Jeans und hob ihre Sneakers auf.

Ich sprang auf, wusste plötzlich nicht, wohin mit meinen Händen. Oder meinen Worten. »Äh, wenn du möchtest, könnten Reggie und ich dich zurück in die Stadt begleiten. Wir müssen ja in dieselbe Richtung.«

Sie zögerte, musterte mich prüfend. Dann fiel ihr Blick auf Reggie, der ebenfalls aufgesprungen war und erwartungsvoll zu ihr hochsah. »Tja, also, wenn ihr sowieso nach Hause wolltet.«

Ich nickte und deutete auf mein verschwitztes T-Shirt. »Ja, es ist langsam Zeit für eine Dusche.«

Schweigend liefen wir über den Strand, weg vom Meer in

Richtung Straße. Reggie war so aufgeregt, dass er Marly ständig vor die Füße lief. Irgendwann schnappte ich mir einen Stock und warf ihn weit weg, damit wir ein paar Sekunden Ruhe hatten. Reggie brachte ihn jedoch in Rekordzeit zurück. Ich hielt Marly den Stock hin. »Möchtest du vielleicht auch mal?«

Sie sah zuerst das Stück Holz an, dann mich. »Gerne.« Schon hatte sie ihn mir aus der Hand genommen und in hohem Bogen geworfen.

Reggie raste los und brachte ihn stolz zurück. Wieder und wieder warf Marly den Stock. Ich beobachtete, wie sie stetig lockerer wurde, wie ihre Wangen wieder mehr Farbe bekamen und das verschmitzte Blitzen in ihre Augen zurückkehrte. Als wir die Straße erreichten, waren wir so weit, dass wir ungezwungenen Small Talk betrieben. Über Reggie. Über das Wetter. Über ihre Leidenschaft für Sneakers, die sie schon hatte, seit sie vierzehn und ein Riesenfan von Sneaker-King Pharrell Williams war.

Als wir zum *Cory Cottage* kamen, erwachte ich wie aus einer Trance. Ich war so versunken in Marlys Erzählungen gewesen, in ihre Stimme, ihre Gesten, ihre Augen, dass ich kaum bemerkt hatte, dass wir schon da waren.

»Also, hier wohne ich«, verkündete sie.

Das wusste ich natürlich längst, schließlich war das hier eine Kleinstadt, aber ich wollte nicht wie ein Stalker rüberkommen. »Hübsche Bleibe«, sagte ich deshalb grinsend.

Marly nickte. »Dann, äh, danke, dass ihr mich nach Hause begleitet habt.« Sie strich Reggie noch einmal über den Kopf, bevor sie durch die Gartentür ging. »Bye, Jack.«

»Bye, Marly.« Ich sah ihr hinterher, während ich mir den Kopf zermarterte, was ich noch zu ihr sagen könnte. Ich wollte nicht, dass sie ging, verspürte den Drang, mehr Zeit mit ihr zu verbringen. Allerdings hatten wir uns nach unserem fragilen Waffenstillstand gerade erst ein wenig angenähert. Das wollte ich nicht kaputt machen.

»Marly?«

Sie war schon an der dunkelgrünen Eingangstür angekommen und drehte sich noch einmal mit erwartungsvollem Blick um.

»Ich hoffe, dass du in St. Andrews vielleicht doch noch findest, was du suchst.«

Sie lächelte, ein wenig traurig, aber ehrlich. Bei diesem Lächeln regte sich etwas in meinem Inneren. Mir wurde warm. So warm, dass ich schon glaubte, ich würde vom Joggen nachschwitzen. Das Gefühl breitete sich in meiner Brust aus und flutete durch meinen ganzen Körper. Verwundert sah ich an mir hinab. Reggie leckte über meine Hand, als spürte er, dass etwas Merkwürdiges in mir vorging. Als ich aufsah, war Marly im Haus verschwunden.

Ich rieb mir über den heißen Nacken und seufzte. »Komm, mein Junge. Zeit für eine kalte Dusche.«

10 Marly

Es war bereits spät am Nachmittag, als ich ins *Cory Cottage* zurückkehrte. Das unerwartete Treffen mit Jack hatte zum Glück geholfen, meine düstere Stimmung auf Abstand zu halten. Immer wieder wanderten meine Gedanken zu unserem Gespräch zurück. Zu den Worten, die er mir am Ende zugerufen hatte. *Ich hoffe, dass du in St. Andrews vielleicht doch noch findest, was du suchst.*

Nun, da ich wusste, dass es hier keine Spuren meiner Mom gab, war ich mir nicht so sicher, ob ich überhaupt noch etwas suchte. Ich musste nur noch eine Woche rumkriegen, bis ich wieder von hier verschwinden konnte. Dann wäre mein Auto repariert, und ich könnte dieses ganze Debakel hoffentlich vergessen. Der Gedanke machte mich irgendwie traurig. Jack hatte es gut gemeint, aber er hatte natürlich keine Ahnung, wovon er sprach. Schließlich hatte ich ihm nicht mehr als das Nötigste erzählt. Es rührte mich allerdings, dass er bei mir geblieben war und mich sogar nach Hause gebracht hatte. Seine und Reggies Gegenwart hatten mich abgelenkt, sodass ich mich jetzt nicht mehr ganz so verloren fühlte. Die Traurigkeit war fürs Erste verschwunden. Zurück blieb ein Riesenhunger, da ich nicht zu Mittag gegessen hatte.

Ich zog mich schnell um und ging in die Stadt, um mir etwas zu besorgen.

Als ich nach dem Abendessen in einem lokalen Restaurant auf mein Zimmer zurückkehrte, war es höchste Zeit, Rachel anzurufen und ihr alles zu erzählen. Sie war die Einzige, die es wirklich verstehen würde. Sicher hatte sie gerade die Zeit ihres Lebens in New York, doch ich wollte unbedingt ihre Stimme hören. Nicht nur wollte ich ihr von meiner erfolglosen Suche berichten, sondern auch alles über ihren neuen Job in Erfahrung bringen. Zu meiner großen Überraschung nahm sie nach dem ersten Klingeln ab.

»Marly-Honey«, rief sie überschwänglich. »Ich vermisse dich schrecklich!«

»Ich dich auch«, antwortete ich mit gespielt weinerlicher Stimme. Das Ziehen in meiner Brust, das nie ganz verschwunden war, seit wir uns das letzte Mal gesehen hatten, wurde stärker.

»Es ist so schön, deine Stimme zu hören. Warte mal 'nen Moment … Könnt ihr, verdammt noch mal, ruhig sein? Ich versuche hier, zu telefonieren!«

Ich hörte sehr deutlich, was die Leute im Hintergrund von Rachels Beschwerde hielten, da sie mit lautstarken Beleidigungen antworteten. Doch Rachel lachte nur. Ich hörte Schritte, dann schloss sich eine Tür, und es wurde ruhiger. Nur im Hintergrund war noch das entfernte Heulen einer Sirene zu hören. Oh, wie ich die Großstadt vermisste.

»New Yorker«, seufzte Rachel schnippisch, und ich stellte mir vor, wie sie die Augen verdrehte. »Wenn man nicht so mit ihnen redet, machen sie einen platt. Ich sag's dir, Amerikaner sind so unhöflich.«

Ich schluckte. Anscheinend war das ein Problem, das auch Kanadier betraf, zumindest *einen* von ihnen. Allerdings musste ich bei dem Gedanken daran, dass jemand versuchte, Rachel plattzumachen, schmunzeln. Diese Frau warf so schnell nichts aus der Bahn.

Rachel hatte mein kurzes Zögern natürlich sofort bemerkt. »Wie geht's dir da mitten im Nirgendwo, Honey? Erzähl mir alles.«

»Ach, es ist gar nicht so schlimm. Grandpas alte Karre stand kurz vor einem Motorschaden, und die Reparatur dauert zwei Wochen. Also sitze ich hier so lange fest. Aber ich habe schon einen Job und verdiene mir was dazu. Echt kein Ding. Die erste Woche ist schon rum, und in ein paar Tagen lachen wir über das Ganze.«

Ich konnte beinahe hören, wie Rachel die Stirn runzelte. Sie nahm mir meinen lockeren Tonfall nicht ab. »Und deine Mom?«, fragte sie besorgt. »Deine letzte Nachricht klang ja nicht gerade positiv.«

Da war er wieder, der verdammte Kloß in meinem Hals. Ich schluckte. »Sie hat anscheinend nie hier gewohnt. Oder sie war zumindest nicht hier gemeldet.« Ich hörte selbst, wie enttäuscht ich klang. »Es ist so merkwürdig. Irgendwie hat es sich von Anfang an so angefühlt, als würde ich etwas Verbotenes tun, indem ich nach ihr suche. Als ob sie nicht gefunden werden will. Aber jetzt, da ich weiß, dass ich hier nicht fündig werde, bin ich trotzdem enttäuscht. Ich sollte es einfach aufgeben. Wahrscheinlich bin ich ohne sie sowieso besser dran.«

»Ich verstehe es, wenn du nicht weitersuchen möchtest«, sagte Rachel. »Aber es wäre auch schade, wenn du es nicht wenigstens versuchst. Immerhin bist du doch extra in die Gegend gefahren. Lass dich von einem Misserfolg nicht kleinkriegen.«

Ich seufzte schwer. »Du hast ja recht. Es ist nur … Es ist nicht leicht für mich, hier zu sein. So vieles kommt wieder hoch. Obwohl ich noch nie in St. Andrews war, lauern hinter jeder Ecke Erinnerungen.«

»Ach, Süße, es tut mir so leid, dass ich nicht bei dir sein kann.«

»Ist schon okay. Wirklich.«

»Gib nicht auf.«

»Mal sehen.« Ich klang so abweisend, dass es mir sofort leidtat.

Rachel hatte es natürlich bemerkt. »Okay, Themawechsel«, flötete sie heiter, aber bestimmt. »Was ist mit Dan? Hast du was von ihm gehört?«

Ich war dankbar dafür, dass sie selbst am Telefon mitbekam, wenn ich nicht über etwas sprechen wollte. Nun schnaubte ich theatralisch und verdrehte die Augen, obwohl sie das nicht sehen konnte. Ich hatte tatsächlich seit unserem Beziehungsaus nichts mehr von meinem Ex gehört. Wahrscheinlich leckte er seine Wunden irgendwo in Mexiko.

»Nein, kein Wort von ihm. Ich bin einfach froh, dass er es nicht zu schwer nimmt.«

»Nicht zu schwer? Du machst nach drei Jahren Beziehung aus heiterem Himmel mit ihm Schluss, und er rastet völlig aus und wirft dir Tausend Gemeinheiten an den Kopf. Das nennst du ›nicht zu schwer nehmen‹?«

»Ist ja gut, können wir uns nicht einfach auf dich konzentrieren? Schließlich hast du im Gegensatz zu mir wirklich etwas zu erzählen.«

Rachel holte tief Luft, und ich machte mich auf eine weitere Schimpftirade über Dans Meltdown und meine nicht gerade feine Art, mit ihm Schluss zu machen, gefasst, doch stattdessen kreischte sie: »Ich hab den Job!«

Ein Grinsen breitete sich auf meinem Gesicht aus, und ich brüllte ebenso laut zurück. »Du hast den Job!«

Nachdem wir beide noch eine Weile gekreischt hatten, beruhigten wir uns wieder, um das Gespräch weiterzuführen.

»Es war verrückt, Marly, ich schwör's dir. Ich hab noch nie so viele gut angezogene Leute auf einem Haufen gesehen wie bei dem Bewerbungsgespräch, und …« Sie machte eine Kunstpause. Ich dachte schon, sie wollte sagen, dass sie sich eingeschüchtert gefühlt hatte, doch dafür kannte ich Rachel zu gut.

»… und ich war natürlich die Bestangezogene von allen, Baby!«, rief sie mit so viel Swag, dass ich in lautes Jubeln ausbrach. Wir hatten ihr Outfit zusammen ausgesucht, und ich konnte mir genau vorstellen, wie umwerfend sie in ihrem perfekt sitzenden Hosenanzug ausgesehen hatte, das lange braune Haar zu einem eleganten Knoten gedreht und die hohen Wangenknochen mit ein wenig Rouge auf der blassrosa Haut hervorgehoben. Natürlich hätte sie den Job auch ergattert, wenn sie in einem Kartoffelsack zu dem Gespräch gegangen wäre. Sie war eine der Besten ihrer Abschlussklasse.

»All die harte Arbeit, das jahrelange Pauken, die nicht vorhandene Freizeit … jetzt zahlt es sich aus. Ich bin so glücklich, Marly.«

»Ich weiß, Rach.« Am liebsten hätte ich sie fest umarmt und ihren Triumph an ihrer Seite gefeiert. »Was sagen deine Eltern?«

Sofort veränderte sich ihr Tonfall, wurde steif und kühl. »Ich habe es ihnen noch nicht gesagt. Sollen sie schön schmoren. Ich hab's schließlich nicht für sie gemacht.«

Ich wusste zwar, dass das nicht ganz stimmte, hielt aber den Mund. Rachels strenge Eltern hatten sie von klein auf erbarmungslos gedrillt, immer die Schnellste, Schlaueste, Schönste und Beste zu sein. Sie konnten froh sein, dass Rachel sich nicht irgendwann gegen sie aufgelehnt, sondern immer hart gearbeitet und ihre Ziele verfolgt hatte. Infolgedessen war Rachels Beziehung zu ihrer Familie jedoch nun, da sie erwachsen und unabhängig war, mehr als angespannt. Im Vergleich kam es mir manchmal gar nicht so schlimm vor, ohne meine Eltern aufgewachsen zu sein.

»Und wie geht es jetzt weiter?«, fragte ich sie mit klopfendem Herzen.

»Sie haben drei Praktikanten eingestellt, mich und zwei Kerle. Kannst du dir das vorstellen? Ich! Als einzige Frau.«

Ich konnte es mir nur allzu gut vorstellen. »Bitte, lass die Finger von deinen Kollegen«, ermahnte ich sie belustigt. »Das würde nur zu Komplikationen führen.«

Ich konnte beinahe hören, wie sie ihre Unterlippe schmollend vorschob. »Aber Brian ist einfach *so* heiß. Ich schicke dir nachher den Link zu seinem Insta.«

»Lenk nicht vom Thema ab, Rach.«

»Ach ja, wo waren wir? Das Praktikum beginnt schon am Montag und geht dann zwei Monate.«

»Zwei Monate?« Ich schnappte nach Luft.

»Ja. Und ich bin mir endlich sicher, dass ich dann nach New York wechseln werde. Du weißt ja, dass ich an der NYU angenommen wurde. Jetzt muss ich nur noch sehen, ob die meine Credits anerkennen und so weiter.«

Ich brauchte ein paar Sekunden, um die Neuigkeiten zu verarbeiten. Ich hatte natürlich gewusst, dass Rachel lange fort sein würde, doch dass sie nun langfristig nach New York ziehen wollte, änderte alles. Sie war nicht nur meine beste Freundin, sondern auch mein Fels in der Brandung, neben meinen Großeltern die einzige Person, die mich wirklich gut kannte und so gut wie alles über mich wusste.

Und wie es aussah, würde sie nun die nächsten Jahre in New York verbringen. Zugegeben, es hätte schlimmer kommen können. Von Toronto waren es knapp acht Stunden mit dem Auto. Die Greyhound-Busse boten Nachtfahrten an. Man stieg ein, schlief die Nacht durch und erwachte am nächsten Morgen im Big Apple. Doch es würden uns nicht nur Hunderte Kilometer trennen, sondern auch eine Landesgrenze, und ich hatte nicht das Geld, um Rachel so oft zu besuchen, wie ich es mir wünschen würde.

Natürlich wusste Rachel genau, was gerade in mir vorging. »Mach dir bitte keine Sorgen, Marly. Wir werden uns oft genug sehen. Und wer weiß, vielleicht findest du ja ein Masterprogramm an der NYU, das dir gefällt. Dann könnten wir hier zusammen studieren. Oder du suchst dir einen Job. Mit deinem Bachelor bist du doch schon qualifiziert genug.«

Ich schnaubte. Mein Bachelor in Geschichte, Französisch und den Indigenen Sprachen der kanadischen Ureinwohner qualifizierten mich nicht gerade für besonders viele Jobs in den USA. »Hm, ja, vielleicht«, erwiderte ich. Dann kniff ich mich in den Arm und riss mich zusammen. »Hey, Rach?«

»Ja, Marly?«

»Ich freu mich wahnsinnig für dich. Wirklich. Ich wünschte, ich könnte dich jetzt umarmen und wir könnten so richtig einen draufmachen. Du hast es so was von verdient, und ich bin sehr stolz auf dich.«

»Das holen wir nach, wenn wir uns das nächste Mal sehen«, antwortete sie, doch auch ihre Stimme klang belegt, als würde sie Tränen fortblinzeln. In diesem Moment wusste ich, dass wir es schaffen würden. Eine Freundschaft wie unsere konnten ein paar Kilometer, die zwischen uns lagen, nicht zerstören. So bald wie möglich würde ich sie besuchen fahren, sodass sie mir ihre neue Welt zeigen konnte.

»Und jetzt zu dir, Miss Kleinstadt«, sagte Rachel scharf. »Wie sind die Männer dort?«

Ich stellte mir vor, wie sie mich anfunkelte und fragend beide Augenbrauen hochzog.

»Aaaalso …« Ich zog das Wort so sehr in die Länge, wie ich konnte. »Ich war Freitagabend aus und habe ganz nette Bekanntschaften gemacht.«

»*Was?* Und das erwähnst du erst jetzt? Ich will Details!«

Ich lachte und erzählte ihr von Fiona, unserem Abend im Pub und meiner Billardpartie mit Will und Blake.

»Lass die Finger von diesem Blake«, kam Rachels prompte Antwort. »Der hört sich nach einem ziemlichen Player an.«

»Ja, nach einem Player mit einem kleinen Alkoholproblem«, warf ich ein.

Rachels Lachen klang leicht gezwungen. Über diese Dinge scherzten wir normalerweise nicht.

»Und Will scheint noch seiner Ex hinterherzuheulen«, fuhr sie fort. »Hm. Was ist mit diesem Jack? Den hast du nur so am Rande erwähnt.«

»Vergiss Jack. Mit dem hab ich's mir gleich am Anfang verscherzt.« Obwohl ich mir nach unserem heutigen Gespräch nicht mehr so sicher war. Etwas hatte sich zwischen uns verändert.

»Ach, Marly. Was hast du getan? Bist du etwa schon am ersten Abend mit ihm ins Bett gestiegen?«

Ich schnaubte empört. »Nein, Miss Neugierig, ich bin schließlich nicht du.«

Das brachte Rachel kurzzeitig zum Schweigen. »Jetzt hör aber mal auf«, erwiderte sie dann in gespielt schnippischem Ton. »Mein letzter One-Night-Stand ist jetzt schon ein paar Wochen her.«

»Ein paar *Wochen?*«

»Ja, und hör auf, mich zu verurteilen. Du bist eine unabhängige, wunderschöne Frau, gerade frisch getrennt, hast den Bachelor in der Tasche und solltest dich mal so richtig gehen lassen. Jetzt ist der Zeitpunkt dafür, Marly.«

»Du hast ja recht, aber Jack ist wirklich nicht der richtige Kandidat dafür.«

»Für einen One-Night-Stand? Ist er eher Beziehungsmaterial?« Nun klang sie wirklich interessiert. Verdammt! Ich musste sie ganz schnell von Jack abbringen.

»Nein, überhaupt nicht. Ich meine, er sieht wirklich umwerfend aus, hat diese breiten Schultern und ein Grübchen am Kinn …« Ich ertappte mich selbst dabei, wie ich ins Schwärmen verfiel.

»Oh, Süße, ist es etwa schon um dich geschehen?« Der Triumph in Rachels Stimme gefiel mir überhaupt nicht.

»Absolut nicht. Und ich glaube sowieso, dass er etwas mit Fiona, meiner Kollegin in der Praxis, hat oder früher mal hatte. Da will ich mich lieber nicht einmischen.«

»Aber du weißt es nicht mit Sicherheit«, merkte Rachel mit ihrer Juristinnenstimme an. »Du musst es auf jeden Fall rausfinden.«

»Ich muss gar nichts. Können wir jetzt das Thema wechseln?«

»Na schön, aber nur, wenn du mir nachher noch sein Insta schickst.«

Ich zögerte. Bisher war ich nicht auf die Idee gekommen, Jack in den sozialen Medien hinterherzuspionieren. Ich nutzte mein eigenes Profil auf Instagram nur sporadisch und meistens lediglich, um Rachels Fotos von uns beiden zu liken, da sie eine wahre Insta-Queen war.

»Okay«, grummelte ich.

Rachel quietschte vor Vergnügen, hielt aber Wort und wechselte das Thema. Während sie mir New York, ihre Mitbewohner, die Anwaltskanzlei, bei der sie ihr Praktikum machte, und ihre neuen Kollegen in allen Einzelheiten beschrieb, lehnte ich mich zurück und hörte zu. Wir unterhielten uns bis tief in die Nacht hinein. Ich erzählte ihr von meinem Job, St. Andrews und meinen neuen Bekanntschaften hier. Irgendwann waren wir beide so müde, dass wir fast am Telefon einschliefen. Nachdem wir aufgelegt hatten, fiel ich sofort in einen tiefen Schlaf voller wirrer Träume.

11 Marly

Als ich am Montag zur Tierarztpraxis kam, sah ich Fiona bereits von Weitem vor dem Gebäude stehen. Sie lehnte am Verandageländer und blickte auf ihr Handy.

»Hey, Fiona«, rief ich und eilte auf sie zu. Es war die perfekte Gelegenheit, mehr über ihre und Jacks Beziehung zueinander herauszufinden.

»Guten Morgen.« Fiona sah von ihrem Handy auf und winkte mir zu. »Hattest du ein schönes Wochenende?«, fragte sie, als ich mich neben sie stellte.

Die Sonne war bereits warm, stand aber noch tief, sodass ich blinzeln musste. »Ja, ziemlich ruhig. Ich habe St. Andrews erkundet.«

Nach dem Debakel am Samstag, hatte ich am Sonntag Janets Sightseeing-Liste abgearbeitet. An nur einem Tag hatte ich das Ross Memorial Museum, das Huntsman Marine Science Centre Aquarium, die Kingsbrae-Gärten, das Sunbury-Shores-Kunst- und Naturzentrum, das historische Sheriff-Andrews-Haus und den Pendlebury-Leuchtturm besichtigt. Keine der Sehenswürdigkeiten war weiter als dreißig Minuten zu Fuß entfernt, und selbst im Aquarium hatte ich nicht mehr als eineinhalb Stunden verbracht. Was taten die Leute hier nur in ihrer Freizeit? Außer den Souvenirläden gab es keine Geschäfte, um shoppen zu gehen, keine Nachtclubs, keine Kinos und keine Malls. Außerdem war mir schnell klar geworden, dass sich die geschichtlichen Informationen und Ausstellungen alle auf die Zeit bezogen, nachdem die Europäer in dieser Gegend gelandet waren. Ich hatte nicht viel über die Passamaquoddy herausfinden können. Es war zwar frustrierend, aber keine Seltenheit, wenn es um kanadische Geschichte ging.

»Und hat unsere schöne Stadt dein Herz im Sturm erobert?« Fiona lächelte mich erwartungsvoll an.

»So würde ich das nicht formulieren …« Ich suchte nach den richtigen Worten. »Es war eher ein langer, steiniger Weg, aber wir haben uns angefreundet.«

Fiona runzelte die Stirn, als ob sie kurz darüber nachdenken musste, nickte dann aber und grinste breit. »Wusste ich es doch. Dem Kleinstadtcharme kann niemand lange widerstehen.« Sie knuffte mich in die Seite und lachte.

Ich nahm das als Aufforderung, den Small Talk in eine etwas persönlichere Richtung zu lenken. »Und, habt ihr Freitagabend noch lange gemacht?«

Als ich den Pub kurz nach Mitternacht verlassen hatte, waren Fiona, Will und Blake noch lange nicht müde gewesen.

»Och, nur noch so bis zwei Uhr.« Sie winkte ab. »Die beiden alten Opis halten nicht mehr so lange durch wie früher. Und ich wurde zu Hause erwartet.«

Erwartet? Ich horchte auf. Etwa von Jack? Immerhin war er vor allen anderen gegangen. Ich straffte die Schultern und bereitete mich auf die unangenehme Frage vor. Jetzt oder nie. »Hast du was mit Jack?«, entfuhr es mir auf wenig elegante Weise.

Fiona reagierte zuerst kaum, da ihr Blick auf etwas am anderen Ende der Straße gerichtet war, doch als die Bedeutung meiner Worte bei ihr ankam, riss sie die Augen auf. »Ich? Mit Jacky-Boy?« Ihr Schock währte nur kurz, dann zeichnete sich ein verschlagenes Grinsen auf ihren Lippen ab, und ihre Augen funkelten verschmitzt. »Wusste ich es doch, dass du ihn magst!«

»Nein, ich … ich habe mich nur gefragt … weil ihr im Pub so vertraut miteinander umgegangen seid.« Ich ärgerte mich über mein unzusammenhängendes Gestammel. Es kam wirklich selten vor, dass ich sprachlos war.

»Marly, keine Sorge. Jack und ich haben schon zusammen im Sandkasten gespielt. Was du andeutest, ist … amüsant, aber, um ehrlich zu sein, auch ziemlich eklig. Und glaub mir, da würde er mir zustimmen.« Nun kicherte sie, als würde sie ein Geheimnis kennen, von dem ich nichts wusste. »Er ist wie ein Bruder für mich.«

Als ich erleichtert ausatmete, wunderte ich mich über mich selbst. Das Thema hatte mich wirklich mehr beschäftigt, als mir bewusst gewesen war. »Dann hat Jack also keine …?«

»Freundin? Beziehung? Nein, und das schon ziemlich lange nicht mehr.«

Was ich mit dieser Antwort anfangen sollte, wusste ich nicht, doch ein warmes Kribbeln breitete sich in meinem Magen aus, stieg höher und höher und griff mit seidigen Fingern nach meinem Herzen. Es fühlte sich an, als würde es in meiner Brust anschwellen.

»Und was mich angeht«, fuhr Fiona fort. »Ich bin glücklich verheiratet.«

»Verheiratet?« Ich starrte sie entgeistert an. Mein Blick schoss sofort zu ihren Händen, an denen allerdings kein Ring zu sehen war. Das wäre mir schon längst aufgefallen. Fiona lächelte wissend und zog eine Goldkette aus ihrem Dekolleté. An dem filigranen Kettchen um ihren Hals baumelte ein schlichter Ehering. Ich konnte vage erkennen, dass er graviert war. Im nächsten Moment ließ sie ihn bereits wieder fallen und riss winkend die Hand hoch. »Da kommt sie auch schon. Wir sind hier, Babe!«

Ich fuhr herum und sah eine junge Frau auf uns zukommen. Sie musste ein paar Jahre älter als wir sein und trug ein Papptablett mit vier To-go-Bechern. Im Näherkommen bewunderte ich, wie die Morgensonne ihren goldbraunen Hautton und das lange gewellte schwarze Haar zum Schimmern brachte. Als mein Blick dann auf ihre kribbelbunten PUMA RS-X Colorblock Sneakers fiel, war es um mich geschehen.

»*Das* ist deine Frau?«, entfuhr es mir auf recht unhöfliche Weise.

Doch Fiona schien überhaupt nicht beleidigt zu sein. Wahrscheinlich reagierten viele Leute so auf ihre wunderschöne bessere Hälfte.

»Jep«, sagte sie voller Stolz. »Cool, oder?«

Ich konnte nur nicken, da trat Fiona auch schon vor, um sie zu begrüßen. Die beiden gaben sich einen innigen Kuss, bevor Fiona sich wieder mir zuwandte. »Marly, das ist Elena. Ellie, Marly.«

»Nenn mich einfach Ellie«, sagte Elena, bevor sie mich in eine herzliche Umarmung zog. Ich erwiderte sie und konnte es mir nicht verkneifen, einen weiteren bewundernden Blick auf ihre Schuhe zu wagen. »Ich verehre deine Pumas.«

Sie lachte, ein tiefer, warmer Laut, und deutete auf meine Air Jordans. »Deine sind aber auch nicht zu verachten.« Ich mochte Ellie auf Anhieb, ihre melodiöse Stimme mit einem kaum auszumachenden hispanischen Akzent, ihre herzliche Art und natürlich ihren Style. »Hier.« Sie reichte mir einen der Kaffeebecher.

»Für mich?«, fragte ich überrascht.

»Na klar, ich habe was für alle dabei. Ich wusste nicht, wie du deinen Kaffee am liebsten trinkst, also habe ich Zucker und Milch mitgebracht.« Sie deutete auf das Papptablett mit drei weiteren Bechern, in deren Mitte sich Zucker- und Milchpäckchen türmten.

Dankbar nahm ich mir gleich drei Päckchen Zucker. »Das ist so lieb von dir, vielen Dank.«

»Ellie ist Krankenschwester«, erklärte Fiona. »Sie arbeitet im Charlotte County Hospital und kommt gerade von einem langen Wochenenddienst. Deshalb war sie auch am Freitag im Pub nicht dabei.«

Ellie stöhnte und verzog das Gesicht. »Nachtschicht ist das Schlimmste.«

Fiona drückte ihr einen Kuss auf die Stirn. »Es ist unsere kleine Tradition, dass sie auf dem Nachhauseweg mit Kaffee hier vorbeikommt, damit wir uns wenigstens kurz sehen.« Ihre Miene verdunkelte sich unmerklich. Es war sicher nicht immer einfach, mit einer Krankenpflegerin verheiratet zu sein, wenn die beiden sich durch Ellies Schichtarbeit nicht oft sahen. Umso schöner fand ich es, dass sie diese kleine Tradition am Leben hielten.

»Guten Morgen, die Damen.« Dr. Sue näherte sich uns auf einem türkisen Fahrrad mit Korb am Lenker. Als sie neben uns anhielt, roch es aus der Tüte im Korb verdächtig nach frischen Bagels.

»Montag ist Bagel-Tag«, erklärte sie auf meinen fragenden Blick hin fröhlich. Wieder einmal konnte ich die Freundlichkeit der Kleinstädter kaum fassen. Die Chefin höchstpersönlich brachte Bagels für alle mit? Dazu Kaffee spendiert von der Frau meiner Kollegin? Ich nahm mir vor, später in der Woche auch mal eine Runde auszugeben.

Wir drei folgten Dr. Sue auf die Veranda. Sie schloss die Praxistür auf und eilte sofort zum Schreibtisch. »Hier, für dich.« Mit aufgeregt funkelnden Augen hielt sie mir einen Umschlag entgegen. »Deine erste Gehaltsabrechnung.«

»Oh, danke.« Verblüfft nahm ich den Umschlag entgegen. Ich hatte Dr. Sue zwar in der letzten Woche meine Kontaktinformation und meine Bankdaten gegeben, hätte aber nie gedacht, dass sie sich so schnell um alles kümmern und mich tatsächlich wöchentlich bezahlen würde. Sie wirkte immer leicht zerstreut. Doch ich musste zugeben, dass sie ihre Praxis trotzdem im Griff hatte und eine hervorragende Tierärztin und Chefin war – soweit ich das beurteilen konnte.

Dr. Sue platzierte die Bagels auf einem Teller, den sie aus dem Schrank neben der Rezeption geholt hatte. Fiona und Ellie stürzten sich sogleich darauf. Ich hatte zwar in der Pension gefrühstückt, aber einem Sesam-Bagel mit Frischkäse hatte ich noch nie widerstehen können. Auch Dr. Sue nahm sich eins der Gebäckstücke, bevor sie in einem Behandlungsraum verschwand. »Schön, dich zu sehen, Ellie. Danke für den Kaffee.«

»Dich auch, Sue«, rief Ellie ihr hinterher. »Danke für die Bagels.«

Ich erinnerte mich an meine Pflichten, nahm auf dem Stuhl hinter dem Schreibtisch Platz, fuhr den Computer hoch und warf einen Blick auf die Termine für den heutigen Tag, während ich von meinem Bagel abbiss.

Da beugte sich Ellie über den Tresen zu mir vor. »Also, Marly, wie ich höre, gefällt es dir ganz gut bei uns in St. Andrews?«

Ich nickte lächelnd. »Die Stadt und ich haben uns nach anfänglichen Startschwierigkeiten arrangiert.«

Fiona stieß Ellie verschwörerisch mit dem Ellbogen an. »Außerdem hat Marly ein Auge auf Jack geworden.«

Ich strafte Fiona mit einem strengen Blick, die sofort eine Unschuldsmiene aufsetzte. »Entgegen Fionas Behauptungen habe ich absolut kein Interesse an Jack. Und er nicht an mir, das kann ich euch versichern.«

»Ist das so?«, fragte Fiona mit hochgezogenen Augenbrauen. Sie tippte sich nachdenklich mit einem Finger ans Kinn. »Das könnte ich nämlich wirklich schnell in Erfahrung bringen.« Sie zog ihr Handy aus der Hosentasche. »Lass mal sehen, Jack … Jack … Jack. Ach, da ist er ja. Anrufen!«

»Nein«, kreischte ich viel zu laut, sodass Dr. Sue den Kopf aus dem Behandlungszimmer steckte.

»Alles in Ordnung?«

»Ja, Sue«, flötete Fiona mit einem süffisanten Grinsen. »Alles *bestens.*« Sie betonte das letzte Wort genüsslich.

»Steck das Handy weg«, knurrte ich, nachdem Dr. Sue sich wieder verzogen hatte. »Ich meine es ernst. Jack und ich passen in etwa so gut zusammen wie Tag und Nacht. Wir sind wie Schwarz und Weiß, heiß und kalt, Sommer und Winter –«

»Okay, okay, wir haben es kapiert.« Fiona hob abwehrend die Hände. »Du musst uns nicht weiter mit schlechten Metaphern bombardieren.« Sie warf Ellie ein spitzbübisches Grinsen zu. »Gegensätze ziehen sich bekanntlich an.«

»Ich warne dich.« Es gefiel mir nicht, in welche Richtung sich das Gespräch entwickelte. Und noch weniger, dass das Kribbeln in meinem Magen trotzdem stetig stärker wurde. »Jack hat unmissverständlich klargemacht, dass er nicht an mir interessiert ist.«

»Lass mir doch meinen Spaß, ich habe seit Will und Liv in der achten Klasse niemanden mehr verkuppelt.« Nun schmollte Fiona vor gespielter Enttäuschung. Ellie tätschelte ihr liebevoll den Rücken.

»Und außerdem«, fuhr ich mit brennenden Wangen fort, »habe ich gerade erst eine lange Beziehung hinter mir. Ich suche nichts Neues.« Fiona zwang mich, die schweren Geschütze aufzufahren.

»Aha!« Schon hatte Fiona das Schmollen vergessen. »Erzähl mir mehr. Wie heißt er? Wie lange wart ihr zusammen? Warum habt ihr euch getrennt?«

Zu meinem großen Glück betrat da die erste Patientin die

Praxis. Es war Mrs Crawford, die Princess Purrfect wie immer an der Leine hereinführte.

»Tut mir leid, Fiona.« Ich schenkte ihr ein übertrieben bedauerndes Grinsen. »Die Pflicht ruft.«

»Glaub ja nicht, dass du so einfach davonkommst.« Sie wedelte mit dem Finger vor meinem Gesicht herum. »In der Mittagspause bist du dran.«

Sie küsste Ellie auf den Mund, warf ihren leeren Kaffeebecher in den Mülleimer und eilte dann den Gang entlang, um sich ihren Kittel überzuziehen. »Ciao, Babe«, rief sie über die Schulter. »Schlaf gut.«

»Das werde ich«, rief Ellie ihr hinterher. »Und lass bitte in Zukunft die arme Marly in Ruhe. Sie wird es sonst noch bereuen, hier in der Praxis angefangen zu haben.«

Fiona warf ihr nur eine Kusshand zu, bevor sie hinter einer Tür verschwand.

Ellie wandte sich mir mit einem entschuldigenden Schulterzucken zu. »Fiona macht nur Spaß. Sie freut sich einfach riesig, eine neue Kollegin zu haben, und sie hat dich wirklich gern.«

»Was ist denn mit meiner Vorgängerin, Linda?«, fragte ich, um die in mir aufwallende Freude darüber, dass Fiona mich ebenso gern hatte wie ich sie, zu überspielen.

»Linda ist sehr nett, aber schon siebzig Jahre alt«, antwortete Ellie. »Sie sollte eigentlich gar nicht mehr arbeiten. Dr. Sue hat sie nur weiter beschäftigt, damit sie etwas zu tun hat und nicht allein zu Hause sitzt. Sie hat viele Jahre hier gearbeitet, schon für Sues Vorgänger.«

»Ach so.« Ich musste zugeben, dass ich mir keine bessere Kollegin als Fiona wünschen konnte. Doch das würde ich ihr sicher nicht sagen, da sie es mich niemals vergessen lassen würde.

Ellie zwinkerte mir verschwörerisch zu. »Lass dich nicht

unterkriegen. Ich versuche in der Zwischenzeit, Fiona davon abzubringen, Jack und dich verkuppeln zu wollen.«

Ich seufzte erleichtert. »Vielen Dank.«

Ellie prostete mir zum Abschied mit ihrem Kaffeebecher zu und ging zur Tür. Dort grüßte sie Mrs Crawford und Princess Purrfect, die beide im Schneckentempo auf mich zukamen, bevor sie hinausschlüpfte. Zurück blieb nur ihr Duft nach Vanille und Rosenblüten, der noch den ganzen Vormittag in der Luft hing.

In der Mittagspause entschied ich mich, Fiona zu meinen eigenen Bedingungen etwas von Dan zu erzählen. Wie wir uns kennengelernt hatten – an der Uni. Dass wir drei Jahre zusammen gewesen waren, ich aber am Ende Schluss gemacht hatte, weil ich mir nicht hatte vorstellen können, mein Leben mit ihm zu verbringen. Wir waren schlicht an einem Punkt in der Beziehung angekommen, an dem ich keine Zukunft für uns sah. Und nur aus Bequemlichkeit mit jemandem zusammenzubleiben war keine Option für mich. Ich war gut darin, allein zu sein, hatte mein Leben lang viel Übung darin gehabt. Und während ich sprach, wurde mir klar, dass ich Dan wirklich nicht vermisste. Es war die richtige Entscheidung gewesen. Auch wenn er mir am Ende einige ziemlich fiese Dinge an den Kopf geworfen hatte.

»Wow«, sagte Fiona, als ich fertig war. »Du sprichst echt nüchtern darüber, obwohl ihr drei Jahre zusammen wart. Das ist eine lange Zeit.«

»Ist es wohl«, antwortete ich seufzend. »Wie lange warst du denn mit Ellie zusammen, bevor ihr geheiratet habt?«

Fionas Augen begannen sofort zu leuchten, als sie von Ellie sprach. »Wir haben uns während der Ausbildung kennengelernt. Sie zur Krankenschwester und ich zur Tierarzthelferin. Ellie musste dringend raus. Sie kommt aus Montreal, und ihre Familie ist wirklich speziell.«

»Wie denn das?«

»Ihre Eltern sind ursprünglich aus Puerto Rico und streng katholisch. Sie musste ihre Sexualität immer vor ihnen verstecken, also ist sie weit weg, sobald sich ihr eine Gelegenheit bot: ein Ausbildungsplatz im Charlotte County Hospital. Mein Glück. Wir waren knapp drei Jahre zusammen, bevor ich ihr einen Antrag gemacht habe, und sind jetzt seit fast einem Jahr verheiratet.«

Drei Jahre. Ich schluckte. So wie ich und Dan. Aber wenn man wusste, dass man die richtige Person gefunden hatte, wusste man es eben.

»Du solltest Ellie unbedingt näher kennenlernen«, fuhr Fiona fort. »Was hast du morgen Abend vor?«

Ich warf ihr einen misstrauischen Blick zu. »Äh, noch nichts?« Er klang mehr wie eine Frage. Was sollte ich hier auch schon zu tun haben?

»Perfekt! Du kommst mit zum Strand. Wir machen ein Lagerfeuer. Eine kleine Tradition zum Saisonbeginn. Es wird Marshmallows geben und S'Mores und Stockbrot und …«

»Okay«, unterbrach ich sie lachend. »Du hattest mich bei S'Mores.«

Fiona grinste triumphierend. Mir war nicht entgangen, dass sie die Crew zwar nicht erwähnt hatte, aber dass sie mit *wir* sicher nicht nur sich und Ellie meinte. Würden die Jungs auch kommen? Würde Jack kommen?

Wieder stieg das Kribbeln in mir auf, zog sich nun auch über Rücken und Arme und ließ mich voller Vorfreude auf den Abend am Strand zurück. Eine weitere Möglichkeit, Jack zu zeigen, dass ich gar nicht so übel war. Wenn auch nur, weil er ein guter Freund von Fiona war. Das redete ich mir zumindest ein.

12 Jack

Ich parkte meinen Pick-up-Truck auf dem Parkplatz neben dem Strand. »Da wären wir, Buddy.« Ich grinste Reggie an, der wie immer auf dem Beifahrersitz saß. »Bist du bereit für mehr Stöckchen, als du jemals fangen kannst?«

Er bellte freudig und kratzte an der Tür.

»Alles klar, ich komme ja schon.«

Ich stieg aus dem Wagen, um die Beifahrertür zu öffnen, doch Reggie war bereits aus dem offenen Fenster gesprungen und stürmte auf Will und Blake zu. Die beiden schichteten gerade Scheite für das Lagerfeuer im Sand auf.

Heute Abend würde unsere berühmt-berüchtigte Strandparty steigen. Eine lange Tradition, die immer am Abend vor dem 1. Juli, dem Canada Day, stattfand. Schon seit vielen Jahren organsierten wir sie gemeinsam mit einigen Freunden. Dabei feierten wir einen der letzten Abende in Freiheit, bevor die Touristen nach St. Andrews strömten und die Strände bevölkerten. Jedes Mal gab es ein großes Lagerfeuer, Musik und jede Menge Alkohol. Eine tolle Gelegenheit, um alte Freunde wiederzusehen, die teilweise extra für diese legendären Partys anreisten. Oder um neue Bekanntschaften zu machen.

Ich lachte, als Reggie an Blake hochsprang und ihn beinahe umwarf. Sie rangelten im Sand, bis es Blake gelang, Reggie mit einem Stock von dem stetig wachsenden Holzstapel abzulenken. Er flog in hohem Bogen in Richtung Meer, und Reggie raste so schnell hinterher, dass Sand hinter ihm aufstob.

Mit einem Schmunzeln öffnete ich die Tragfläche meines Trucks und begann, die Getränke auszuladen. Wie gewohnt hatte ich eine Kühltruhe voll Wodka, Tequila, Bier und Whisky mitgebracht. Aber diesmal war da noch ein Sixpack Cherry Cola.

Ich konnte mir nach wie vor nicht ganz erklären, warum ich es überhaupt gekauft hatte. In Gedanken versunken war ich durch den Getränkemarkt geschlendert und hatte eine Flasche nach der anderen aus dem Regal genommen, bis ich direkt vor der Cola stehen geblieben war. Wie festgefroren hatte ich das lila-rote Etikett der Cherry Coke angestarrt. Dabei hatte ich schon wieder Marlys Sturmaugen vor mir gesehen. Sie würde sich sicher freuen, wenn es auf der Party ihr Lieblingsgetränk gäbe. Wäre sie mir dankbar, wenn ich die Cola extra für sie kaufte? Würde sie mich endlich in einem anderen Licht sehen? Nicht mehr nur als den Kleinstadt-Lumberjack? Diese Fragen hatten mich ganz verrückt gemacht, also hatte ich mir das Sixpack geschnappt und war zur Kasse geeilt.

Seit unserem Gespräch am Wochenende war mir klar geworden, dass es mir nicht nur darum ging, ihr zu beweisen, dass ich nicht dem Stempel entsprach, den sie mir aufgedrückt hatte. Irgendwie war da mehr. Marly hatte mich in ihren Bann gezogen. Ich wollte sie besser kennenlernen, wollte verstehen, warum sie am Strand so traurig gewesen war. Nur hoffte ich, dass ich mich dabei nicht lächerlich machte. Die Jungs würden mich auf jeden Fall damit aufziehen, dass sie es von Anfang an gewusst hatten.

Am liebsten hätte ich die Cola im Auto gelassen und einfach so getan, als hätte ich sie nie gekauft. Als hätte es diesen sentimentalen Moment nie gegeben. Aber hey, vielleicht freute sich ja noch jemand anders, wenn es heute Abend etwas zum Mixen gab.

Mit der Kühltruhe in der einen und dem Sixpack in der anderen Hand hielt ich auf meine Freunde zu. Sand rieselte in meine Schuhe und knirschte bei jedem Schritt.

»Hey, Leute!« Ächzend ließ ich meine Last in den Sand fallen und buddelte sie ein wenig ein, um sie kühl zu halten – und vielleicht auch, um die Cherry Coke vor neugierigen Blicken zu verstecken. Aber da kannte ich meine Jungs schlecht.

Während ich meine Schuhe und Strümpfe auszog, als wäre alles wie immer, starrte Blake mich mit offenem Mund an. »Jack«, hauchte er mit hoher Stimme, die wohl den Tonfall einer Frau nachahmen sollte. »Hast du etwa …? Hast du wirklich …?« Er griff sich voll übertriebener Ergriffenheit an die Brust. »Extra für mich?«

Will ließ das Stück Treibholz auf den Stapel fallen, das er gerade vom Meer hergetragen hatte. Reggie war ihm laut hechelnd auf den Fersen und schnappte nach dem Holz. Angesichts Blakes theatralischer Performance hob Will fragend die Brauen. Ich winkte ab und verdrehte die Augen.

»Oh, Jack, das wäre doch nicht nötig gewesen«, säuselte Blake und bückte sich, um die Colaflaschen zu begutachten, wobei er seinen Hintern keck in die Höhe reckte.

»Lass gut sein«, knurrte ich.

Endlich hatte Will es auch verstanden und lachte laut. »Mann, es ist echt um dich geschehen, oder?« Er klopfte mir mitfühlend auf die Schulter. »Ich glaube nicht, dass du jemals etwas so Aufmerksames für eine Frau getan hast.«

»Okay, können wir bitte alle mal aufhören, so ein Riesending daraus zu machen?« Ich warf die Arme in die Luft. »Schön, ich habe Cherry Coke gekauft. Ja, es ist zufällig Marlys Lieblingsgetränk. Na und?«

»Zufällig?«, riefen Will und Blake gleichzeitig und brachen in schallendes Gelächter aus.

»Bro, das war … ich glaube, das war der Witz des Jahrhunderts«, keuchte Blake zwischen zwei Lachern. »Du … der war echt gut.«

Vor mich hin grummelnd schnappte ich mir einen Stock vom Holzstapel und stapfte mit großen Schritten in Richtung Meer. Sollten die beiden sich erst mal einkriegen. In diesem Zustand war kaum mit ihnen zu reden.

Doch als ich den Stock in hohem Boden in die Wellen warf und Reggie ihm laut bellend hinterherjagte, ertappte ich mich dabei, wie ich lächelte.

Verwundert hob ich eine Hand an meine Wange. Der Gedanke daran, Marly heute Abend wiederzusehen, versetzte mich tatsächlich in Hochstimmung. Ich konnte es kaum erwarten, wie sie auf die Cola reagieren würde. Ich wollte ihre rauchige Stimme hören, in ihre Augen schauen, ein weiteres Gespräch mit ihr führen, bei dem wir uns nicht beinahe gegenseitig die Köpfe einschlugen.

Plötzlich war es mir nicht mehr peinlich, dass ich die Getränke absichtlich für sie gekauft hatte. Die Jungs konnten sich darüber lustig machen, so viel sie wollten. Sie hatten schließlich längst erkannt, was wirklich hinter der Geste steckte. Und wenn ich es mir selbst eingestand, machte es so auch viel mehr Spaß. Ich wollte Marly eine Freude machen, ihr ein Lächeln aufs Gesicht zaubern.

Als Reggie mir tropfnass, aber glücklich den Stock aus den Wellen zurückbrachte, kraulte ich ihn hinter einem Ohr. »Guter Junge, willst du noch mal?«

Zur Antwort schüttelte er sich, sodass eiskalte Tropfen aus seinem Fell flogen und in meine Haut stachen.

»Okay, ist ja gut.« Wieder warf ich den Stock und sah dabei zu, wie er platschend aufs Wasser traf. Es war windig, das Meer war aufgewühlt und zeigte sich in verschiedenen Grauschattierungen, die nur hier und da vom gewöhnlichen Blau durchbrochen wurden.

Wie Marlys Augen, dachte ich. Erneut breitete sich ein Lächeln auf meinem Gesicht aus. Heute Abend würde ich sie endlich wiedersehen.

13 Marly

Eine rasiermesserscharfe Mondsichel hing zwischen unzähligen Sternen am Himmel, als ich am Dienstagabend durch die gut besuchte Water Street schlenderte. Übers Wochenende mussten bereits die ersten Touristen angereist sein, denn hier hatte sich einiges verändert. Vor den Restaurants und Cafés standen Stühle und Tische, Souvenirshops lockten mit tollen Sommerrabatten. Die Gespräche der Passanten, das Geklirr des Bestecks auf vielen Tellern und die leisen Musikfetzen, die aus den verschiedenen Etablissements drangen, vermischten sich zu einem erwartungsvollen Summen in der Luft. Die schönste Jahreszeit war auf dem Vormarsch. Dieser Gedanke versetzte mir einen Stich, und ich begriff, dass ich St. Andrews wirklich gerne im Sommer erleben würde. Sofort schob ich den Gedanken von mir. In ein paar Tagen wäre mein Auto fertig, und ich würde von hier verschwinden. Zumindest würde ich heute Abend schon mal einen kleinen Vorgeschmack vom Sommer in St. Andrews bekommen.

Der Strand, an dem wir uns treffen wollten, lag direkt außerhalb der Stadt. Als ich die Häuser und Straßenlaternen hinter mir gelassen hatte, brauchte ich nicht lange, um Feuerschein, laute Stimmen und Musik auszumachen. Der angenehm beißende Geruch von Holzrauch mischte sich mit der salzigen Brise und lockte mich zum richtigen Ort.

Schon im Näherkommen erkannte ich, dass es eindeutig kein gemütliches Treffen mit Fiona und Ellie allein werden würde. Knapp dreißig Leute tummelten sich um die hoch auflodernden Flammen des Lagerfeuers. Manche saßen auf Decken darum herum, andere standen mit Bierflaschen in der Hand etwas abseits, jemand spielte Gitarre, und ein paar Leute wiegten sich im Takt dazu.

Ich blieb kurz stehen, um meine Nike React Element 55 auszuziehen und den Ausblick zu bewundern.

Hinter der feiernden Menge erstreckte sich die von bewaldeten Hügeln umgebene Bucht. Das Licht der schmalen Mondsichel spiegelte sich auf dem Meer, sodass es fast mystisch wirkte. Alles war in silbriges Licht getaucht, das sich mit dem warmen Feuerschein vermischte und die Konturen der näheren Umgebung weich wirken ließ.

»Marly!« Fiona hatte mich entdeckt und winkte mich zu sich. Sie stand mit Ellie bei einer kleinen Gruppe um die Gitarrenspielerin herum. Ich winkte zurück und machte mich auf den Weg zu ihnen. Der Sand war zwar kühl unter meinen nackten Füßen, doch nicht auf unangenehme Weise. Im Näherkommen sah ich Blake, Will und einen jungen Mann, den ich noch nicht kannte. Ich stellte meine Sneakers neben den Bierkästen und Kühltruhen ab, wo sich schon eine beachtliche Menge Schuhe angesammelt hatte.

Fiona und Ellie umarmten mich, Blake und Will klatschten sich mit mir ab. »Das ist Liv«, verkündete Fiona und deutete auf die Gitarrenspielerin, die gerade *Lego House* von Ed Sheeran beendet hatte. »Sie ist gestern aus Europa zurückgekommen.«

Ich warf Will einen verstohlenen Blick zu, doch er wich mir aus und tat so, als ob ihn Livs Anwesenheit nicht im Geringsten juckte. Meine Vermutung, dass es zwischen den beiden böses Blut gab, war also richtig gewesen.

Liv, eine junge Frau mit langer, blonder Mähne und Sommersprossen auf der sonnengebräunten Haut, legte ihre Gitarre beiseite und sprang auf. »Du bist also der neueste Zuwachs unserer Crew.« Sie umarmte mich stürmisch. Mir fiel auf, dass sie sehr kurze Jeansshorts trug, die zwar ihre beeindruckend langen, schlanken Beine zur Schau stellten, in denen sie allerdings sicher frieren musste. Schon zog sie den dritten Mann der Gruppe zu sich und schmiegte sich an seine Schulter. »Das ist Björn. Mein Freund.«

Letzteres sagte sie mit einem Seitenblick zu Will, der sich allerdings abgewandt hatte und ein paar Schritte in Richtung Feuer gegangen war, in das er nun abwesend starrte.

»Hey.« Björn reichte mir seine Hand, und ich schüttelte sie. »Freut mich, dich kennenzulernen, Marly.« Mit seinen blonden Haaren, der hellen Haut und den blauen Augen sah Björn irgendwie skandinavisch aus. Meine Vermutung wurde mir eine Sekunde später bestätigt.

»Björn kommt aus Stockholm«, erklärte Liv. »Wir haben uns auf meiner Reise durch Europa kennengelernt.«

»Äh, freut mich auch«, sagte ich und lächelte Björn an, in der Hoffnung, dass ihm Kanada gefiel und er nicht wusste, dass er vermutlich nur hier war, um Will eifersüchtig zu machen. Ich wusste nicht recht, was ich von Liv halten sollte, dachte mir aber, dass ich sie überhaupt nicht kannte und mir kein Urteil erlauben durfte. Ich wusste nur, dass ich Will mochte und er etwas Besseres verdient hatte als kindische Spielchen. Vielleicht würde ich irgendwann erfahren, was zwischen den beiden vorgefallen war.

»Willst du ein Bier, Marly?«, fragte Blake, der mal wieder eine beinahe leere Flasche in der Hand hielt.

»Nein, Mann«, ertönte da eine mir nur allzu vertraute Stimme hinter mir. »Sie hat doch am Freitag gesagt, dass sie kein Fan von Alkohol ist.«

»Ach ja, richtig.« Blake schlug sich gegen die Stirn. »Sorry, Marly.«

Ich drehte mich um und sah in die Augen, die mich nach unserer Begegnung am Samstag das ganze Wochenende über verfolgt hatten. Unwillkürlich stieg Hitze in meine Wangen, worüber ich mich sofort ärgerte. Jack wusste schließlich nicht, dass er in meinem Kopf herumgeisterte. Er reichte mir eine noch verschlossene Flasche Cherry Cola. Ein weiteres Friedensangebot?

»Hey, Marly.«

»Hi, Jack.« Ich nahm ihm die Flasche aus der Hand. »Danke, das ist … sehr aufmerksam von dir.«

Er zuckte nur lässig mit den Schultern und beachtete mich nicht weiter, sondern begann ein Gespräch mit Liv. Ich musste mich zusammenreißen, um nicht verwirrt seinen Rücken anzustarren. Ich wurde aus dem Kerl einfach nicht schlau. Er hatte sich gemerkt, dass ich keinen Alkohol trank, und mir sogar das Getränk gebracht, das ich den ganzen Freitagabend getrunken hatte. War er einfach nur eine sehr aufmerksame Person? Aber er hatte die Cola ja sicher nicht schon in der Hand gehalten, bevor ich gekommen war. Er musste mich also gesehen und sie geholt haben.

Stirnrunzelnd wandte ich mich dem Gespräch zu, das Fiona, Ellie und Blake begonnen hatten, und versuchte, Jack auszublenden. Fiona warf mir nur einen Seitenblick zu, als ich mich neben sie stellte, und knuffte mich in die Seite. Ich war froh, dass sie das Ganze nicht weiter kommentierte, und hoffte, dass sie nicht mit Jack über mich gesprochen hatte.

Fiona, Ellie und Blake unterhielten sich über irgendeinen lokalen Coffeeshop, in dem es einen Wasserrohrbruch gegeben hatte. Doch ich hörte nicht richtig zu. Mit halbem Ohr lauschte ich Jacks Stimme, die sich mit Livs melodischem Lachen und

Björns tiefem Bass vermischte. Sprachen sie über Schweden? Europäische Küche?

»Marly! Hier, für dich.« Will stellte sich neben mich und reichte mir ein auf einen Stock gespießtes Marshmallow.

In gespielter Empörung blickte ich das winzige weiße Ding an. »Mir wurde gesagt, es würde S'Mores geben. Um ehrlich zu sein, ist das der einzige Grund, aus dem ich hergekommen bin.«

»Ach ja? Nicht etwa wegen der guten Aussicht?«, rief Blake von der Seite, riss sein T-Shirt hoch und präsentierte sein Sixpack.

»Ganz sicher nicht wegen *dieser* Aussicht!« Fiona boxte Blake in den Magen, und er krümmte sich zusammen, ließ sich auf den Boden fallen und brüllte: »Foul! Foul!«

Alle lachten, als Fiona und Ellie sich auf ihn stürzten und ihn mit Sand zu bedecken begannen, wobei Blake sich nur halbherzig wehrte.

Will gesellte sich wieder zu mir. »Beachte Blake am besten gar nicht. Er hatte es in den letzten Monaten nicht leicht und versucht, seine Unsicherheit mit blöden Witzen zu überspielen. Eigentlich ist er wirklich ein guter Kerl.« Dank meinem Gespräch mit Jack wusste ich genau, was er meinte.

Will nahm mir den Stock aus der Hand und reichte mir stattdessen ein kleines Sandwich, das aus einem bereits gerösteten Marshmallow und einem Stück schmelzender Schokolade, eingebettet in zwei Kekse, bestand. »Bitte, die Dame.«

»S'Mores!« Ich biss ein Stück von der zähflüssigen Köstlichkeit ab und kaute glückselig. Dann schenkte ich Will ein ziemlich klebriges Lächeln. »Du weißt, wie man eine Frau glücklich macht.«

Will errötete leicht und murmelte etwas von »gern geschehen« und »für dich doch immer«. Doch mir war Livs entsetzter Seitenblick nicht entgangen.

Jetzt steht es wohl eins zu eins bei den beiden, dachte ich schmunzelnd, als Liv sich wieder ihrem »Freund« Björn zuwandte.

Während ich dicht beim Feuer stehend ein S'More nach dem anderen verdrückte, unterhielt ich mich weiter mit Will, um ihm wenigstens ein bisschen Selbstbewusstsein zurückzugeben, das ihm heute Abend eindeutig zu fehlen schien.

Irgendwann wagte ich es, ihn nach Liv zu fragen. »Also, wie lange seid du und Liv schon getrennt?«

Der arme Will verschluckte sich beinahe an seinem Stockbrot und musste husten. Ich klopfte ihm lachend auf den Rücken.

»Geht schon wieder.« Er warf einen sehnsüchtigen Blick in Livs Richtung und räusperte sich. »Wir waren seit der achten Klasse zusammen. Ich dachte, sie wäre es. Die Eine, weißt du? Ich hatte einen Ring, eine ganze Rede vorbereitet. Ich hatte einen Plan, Marly.« Er fuhr sich frustriert durch die kurzen braunen Locken. »Und dann macht sie mit mir Schluss und haut für vier Jahre nach Europa ab, um herumzureisen und dort zu studieren.«

»Vier Jahre?«

Er nickte heftig. »Sie hat sich nicht gemeldet. Kein einziges Mal. Wir haben uns nur immer mal wieder auf solchen Veranstaltungen wie heute Abend gesehen, wenn sie zu Besuch nach Hause kam.«

Ich kannte zwar Livs Seite der Geschichte nicht, doch es hörte sich sehr danach an, dass sie Will das Herz gebrochen hatte. Und zwar so richtig. Ich legte ihm eine Hand auf den Arm. »Das tut mir echt leid, Will.«

»Ist schon okay. Ich bin drüber weg.«

Es war nur zu eindeutig, dass er ganz und gar nicht über sie hinweg war, doch ich hielt den Mund. Das war etwas, was er mit sich selbst ausmachen musste. Und schließlich kannte ich ihn kaum. Aber ich hatte ihn gern und wollte nicht, dass er litt.

»Und jetzt ist sie für länger wieder da?«, fragte ich. »Ist sie zurück nach St. Andrews gezogen?«

»Das weiß ich noch nicht«, antwortete er mit düsterer Miene. »Sie hat ihr Studium abgeschlossen, aber ich kann mir nicht vorstellen, dass sie zurück nach St. Andrews ziehen möchte.«

Ich seufzte. »Wenn es dir irgendwie hilft, ich glaube, dass das mit Björn nicht besonders lange halten wird.«

Er riss die Augen auf, sah mich so voller Hoffnung an, dass ich mir ein Schmunzeln verkneifen musste. »Meinst du echt, Marly? Woher weißt du das?«

»Ach, ich habe es so im Gefühl.« Ich zwinkerte ihm zu, und seine Miene hellte sich ein wenig auf.

»Sag mal, hast du am Wochenende schon was vor?«, fragte er, und ich glaubte für einen kurzen Moment, dass er mich nach einem Date fragen würde.

»Äh, noch nicht.«

Er grinste breit. »Dann bist du am Samstag hiermit offiziell auf die *Carlotta* eingeladen.«

»Die *Carlotta?*«

»Eins der Boote meiner Familie. Carlotta war der Name meiner Uroma.«

Ich erinnerte mich daran, dass er mich schon am Freitag eingeladen hatte. »Zum Whale Watching?« Vor Aufregung klang meine Stimme eine Spur zu schrill. Ich musste mich zurückhalten, um nicht aufgeregt herumzuspringen.

»Ganz genau.« Will schien sich über meine überschwängliche Reaktion zu freuen. »Das ist die erste Fahrt dieses Jahr. Die Saison beginnt immer Ende Juni. Die anderen kommen auch mit. Ist so eine kleine Tradition von uns.«

»Liv auch?«, fragte ich skeptisch.

Doch als sein Blick schon wieder zu ihr wanderte, verfluchte ich mich dafür, ihn gefragt zu haben. Rasch hakte ich mich bei ihm unter und zog ihn mit mir, bevor er antworten konnte. »Komm, wir helfen Blake.«

Der Arme war mittlerweile bis zum Hals im Sand eingebuddelt. Fiona und Ellie hatten sich aus dem Staub gemacht, und Blake versuchte verzweifelt, mit dem Mund seine Bierflasche zu erreichen, die neben ihm im Sand steckte. Dabei sah er aus wie ein Fisch auf dem Trockenen, und ich musste so sehr lachen, dass mir die Tränen kamen.

Auch Will klopfte sich brüllend auf die Oberschenkel. »Alter, wie ist das denn passiert?«, kicherte er zwischen zwei Lachanfällen.

»Wenn ihr euch dann beruhigt habt, könntet ihr mir bitte hier raushelfen?« Blake war überhaupt nicht amüsiert und spitzte erneut die Lippen, um sein Bier zu erreichen.

Wieder brachen wir in schallendes Gelächter aus, und er schnaubte aufgebracht. »Dann eben nicht, ich werd's schon allein schaffen.« Der Sand wölbte sich an der Stelle, wo ich seine Arme vermutete.

»Beweg dich nicht«, rief ich. »Wir kommen ja schon.«

Will und ich fielen auf die Knie, um ihn auszubuddeln, während wir immer noch lachten. Als wir Blake schließlich aus seinem sandigen Gefängnis befreit hatten, flitzte er los, um sich bei Fiona und Ellie zu revanchieren, dicht gefolgt von Will.

Ich blieb allein am Feuer zurück. Ein breites Lächeln lag auf meinem Gesicht, während ich den Blick umherwandern ließ. Ich betrachtete die lachenden, trinkenden, tanzenden Leute um mich herum und fühlte mich ihnen seltsam zugehörig, obwohl ich nur eine Handvoll von ihnen kannte. Die Atmosphäre war locker, niemand war aufgebrezelt, niemand warf Pillen ein oder prügelte sich, wie ich es so manches Mal auf Strandpartys am Lake Ontario miterlebt hatte. Keine Sirene heulte irgendwo weit weg, und es waren auch keine hoch aufragenden, hell erleuchteten Wolkenkratzer im Hintergrund zu sehen. Neben der Musik und den Geräuschen der Party war nichts als das leise Rauschen der Wellen und die friedliche Stille der Nacht zu hören. Der perfekte Abend an einem perfekten Ort. Es fühlte sich beinahe an wie ein Traum.

Ich sah zum Feuer und erstarrte, als ich in ein mir mittlerweile vertrautes Augenpaar blickte. Jack stand auf der anderen Seite, wo er sich mit einer Gruppe mir unbekannter Leute unterhielt. Er musste mich beobachtet haben, denn er wirkte leicht ertappt. Seine Augen weiteten sich unmerklich, die Lippen öffneten sich. Ich hielt seinem Blick stand, konnte sowieso nicht wegsehen, da das Seegrün mich einmal mehr gefangen nahm. Im flackernden Feuerschein war es so dunkel, dass es fast schwarz wirkte. Wie hypnotisiert sahen wir uns über die auflodernden Flammen hinweg an. Es knisterte und knackte, und ich hatte das Gefühl, mitten im Feuer zu stehen. Sein Blick war so intensiv, so einnehmend, dass er sich gleichzeitig in mich hineinbrannte und mich angenehm kühlte, als würde ich in das Meer seiner Augen waten. Es lockte mich, und ich wäre seinem Ruf am liebsten gefolgt. Ich blinzelte kurz, und der Zauber war gebrochen. Jack wandte sich wieder seinen Gesprächspartnern zu, und ich blieb allein und zitternd zurück.

Plötzlich fiel mir auf, wie kühl es geworden war, und ich knöpfte meine Jeansjacke zu. Ich hob die Hände ans Feuer und rieb sie aneinander, trat von einem Bein aufs andere. Letzteres hatte allerdings noch einen anderen Grund: Ich musste dringend aufs Klo. Ich schaute mich um, konnte aber keine öffentlichen Toiletten entdecken. Dann blieb mir wohl nur das Gebüsch neben dem Strand. Mit einem letzten Blick auf Jack, der mir den Rücken zugewandt hatte, schnappte ich mir meine Schuhe und machte mich auf den Weg durch den Sand.

Als ich ein paar Minuten später vorsichtig wieder aus dem

Gebüsch kraxelte und dabei an allerlei Zweigen und Dornen hängen blieb, fiel mein Blick einmal mehr auf den atemberaubenden Nachthimmel. Da der Mond so schmal war, verdeckte sein Licht nicht das der Sterne. So wirkte es, als funkelten noch viel mehr als sonst am Himmel. Es war atemberaubend.

Mit nach oben gerichtetem Blick schlenderte ich abseits der Feiernden am Strand entlang und blieb am Meer stehen, um das kleine Wunder am Himmel zu betrachten. Hier am Wasser war es noch frischer, und ich schlang die Arme um meinen Oberkörper.

»Schön, was?« Jack hatte sich so lautlos neben mich gestellt, dass ich zusammenzuckte und ein sehr unelegantes Quietschen von mir gab. »O Gott, du hast mich erschreckt.«

»Tut mir leid.« Er lächelte zerknirscht, wobei sich sein Grübchen zeigte. Dann reichte er mir eine weitere, noch zugeschraubte Flasche. »Cherry Cola?«

Ich nahm sie entgegen, öffnete sie und bemühte mich, ihn nicht allzu offensichtlich anzustarren. Ich trank einen Schluck, um meine Nervosität zu überspielen und meinen völlig leeren Kopf nach einem anderen Gesprächsthema zu durchforsten.

»In Toronto sieht man fast nie die Sterne. Zumindest nicht so wie hier. Zu viele Lichter.« Ich deutete zum Himmel. Doch im selben Moment verfluchte ich mich innerlich. Warum musste ich unbedingt wieder das Thema anschneiden, das von Anfang an zwischen uns stand? Warum musste ich ihm unter die Nase reiben, dass ich aus der Metropole kam? Ich hatte ihm doch eigentlich zeigen wollen, dass ich ganz anders war, als er glaubte.

Ich erwartete eine zynische Bemerkung, aber Jack schwieg, die Stirn nachdenklich gerunzelt. »Das muss … traurig sein«, sagte er dann ernst, ohne jede Spur von Zynismus. »Abgeschnitten von den Sternen zu leben.«

Seine Worte trafen mich mehr, als ich zugeben wollte. Es

fühlte sich nicht so an, als hätte er es gesagt, um mich zu verletzen. Es war ein harmloser Kommentar. Doch darin lag so viel Wahrheit, dass ich schauderte. Bis zu diesem Zeitpunkt war mir nämlich nicht aufgefallen, wie traurig es wirklich war. Wie sehr ich diesen Anblick genoss, und wie für mich alles hier einem kleinen Wunder glich. Jack war hingegen mit diesem atemberaubenden Sternenhimmel über sich aufgewachsen. Er konnte ihn so gut wie jede Nacht betrachten.

Ich verspürte ein wenig Neid und noch etwas anderes. Das Kribbeln war zurück. Ich hatte das Gefühl, vom Boden abzuheben, völlig schwerelos zu den Sternen zu schweben. Lag das etwa daran, dass Jack so dicht neben mir stand? Ich spürte die Wärme, die von seinem Körper ausging, roch seinen natürlichen Duft nach sonnengebräunter Haut, Salzwasser, Holzrauch und einem dezenten Aftershave. Sein blondes Haar wirkte im schwachen Licht des fernen Feuerscheins und der Sterne viel dunkler. Das Meer in seinen Augen lud mich ein, hineinzuspringen und seine Geheimnisse zu erkunden. So viele Geheimnisse.

»Wo hast du eigentlich Reggie gelassen?«, fragte ich, um die Stimmung ein wenig aufzulockern.

Ein Lächeln zupfte an seinen Mundwinkeln. Dies war eindeutig ein Thema, das ihn aufheiterte. Und ihn vielleicht dazu brachte, mich einen Blick durch seine harte Schale werfen zu lassen.

»Ich habe ihn vor Beginn der Party zu meinen Eltern gebracht. Ist ein bisschen zu laut und zu hektisch hier am Strand, und ich kann ihn im Dunkeln unter all den Leuten nicht so gut im Auge behalten, wie ich gerne würde. Außerdem habe ich tatsächlich ein bisschen Angst, dass ihm etwas passieren könnte.«

Etwas in seiner Stimme hatte sich beim letzten Satz verändert, sodass ich neugierig wurde. Er klang irgendwie ernster, als wäre schon mal etwas in der Art vorgefallen.

»Hattest du vor Reggie schon mal einen Hund?«

Nun verdüsterte sich Jacks Miene, und es war, als würden sich Gewitterwolken über dem Meer seiner Augen zusammenbrauen. Das Grün wurde dunkel und stürmisch. »Meine Eltern hatten eine Hündin. Libby. Meine Schwestern und ich sind mit ihr aufgewachsen. Als sie starb, hat uns das alle tief getroffen. Meine Eltern wollten danach keinen Hund mehr, also habe ich mir Reggie selbst angeschafft.«

»Das tut mir leid«, sagte ich und hätte am liebsten tröstend eine Hand auf seinen Arm gelegt, konnte mich aber gerade noch davon abhalten. Ich war so überrascht von Jacks plötzlicher Redseligkeit und den persönlichen Dingen, die er mir anvertraute, dass ich nicht wollte, dass er aufhörte.

»Hast du schon immer hier in St. Andrews gewohnt?«, tastete ich mich vorsichtig weiter vor.

Er nickte. »Mein ganzes Leben lang. In einem Haus nicht weit von hier.« Er deutete vage nach links, wo hinter dem Feuerschein jedoch nichts als Dunkelheit lag.

»Dann wohnst du noch bei deinen Eltern?«

»Ja und nein. Ich arbeite für den Van Horne Estate, das ist eine Non-Profit-Organisation, die sich um Ministers Island und die Erhaltung von Covenhoven, das alte Herrenhaus auf der Insel, kümmert. Man kann nur bei Ebbe auf die Insel rauf oder von ihr runter, also bleibe ich meistens über Nacht dort. Deshalb habe ich da eine kleine Bleibe.«

Ich nickte und erinnerte mich daran, dass Janet die Insel als eine der Top-Attraktionen in der Umgebung angepriesen hatte. »Dann bist du also so was wie ein Hausmeister?«

Er kratzte sich mit einem schiefen Lächeln am Hinterkopf, sodass sein sowieso schon zerzaustes Haar in alle Richtungen abstand. »Kann man wohl sagen. Ich kümmere mich um das Anwesen, halte alles instand, aber ich führe auch Besuchergruppen auf der Insel herum und leite Pfadfinderkurse für schwer erziehbare Kinder und Jugendliche.«

»Also Hausmeister, Tourguide *und* Sozialarbeiter?«

»Jap.«

Ich fragte mich unwillkürlich, ob Jack wohl aufs College gegangen war. Ob er jemals aus diesem verschlafenen Küstenort rausgekommen war. Er kam mir nicht naiv oder engstirnig vor. Sondern ziemlich zufrieden mit sich selbst, in sich ruhend. Nicht viele Leute würden von sich selbst behaupten, ein Hausmeister zu sein. Doch er hatte es fast schon stolz bestätigt.

»Und du?«, fragte er unvermittelt. »Du bist Studentin?«

»Gerade fertig geworden. Yay!« Ich reckte eine Faust in die Luft. »Bachelor in Geschichte und im Nebenfach Linguistik.«

»Welche Sprachen?«

»Französisch und Indigene Sprachen.«

»Interessante Kombi.«

»Ja, ich war schon immer fasziniert von Ursprüngen. Schon als ich ganz klein war, wollte ich den Sachen auf den Grund gehen und lernen, woher alles kommt. Sei es die Geschichte meiner Vorfahren oder die Herkunft der Sprache. Wurzeln sind wichtig. Sie verraten einem so viel über sich selbst.«

Jack hob kaum merklich die Brauen. Wahrscheinlich stellte er die Verbindung zu unserem Gespräch am Samstag her. Er warf einen flüchtigen Blick auf meine Haut, die einige Töne dunkler als seine war, auf meine schwarzen Locken, die grauen Augen.

»Indigene Sprachen«, wiederholte er. »Bist du …?«

»Ich … ja …« Ich räusperte mich verlegen. »Um ehrlich zu sein, weiß ich nicht so wirklich, wer ich bin. Mir fehlt ein Teil meiner Wurzeln.« *Ein Teil meiner selbst.*

»Wie meinst du das?«

Ich zögerte kurz. Wie immer zog sich mein Magen bei diesem Thema zusammen. Kurz schloss ich die Augen, spürte den Nachtwind auf meinem Gesicht, versuchte, mein Unbehagen abzuschütteln. Dann öffnete ich die Augen, und plötzlich sprudelten die Worte einfach so aus mir heraus.

»Die Person, nach der ich hier in St. Andrews gesucht habe, von der ich dir am Samstag erzählt habe … das ist meine Mom.« Ich schluckte, als meine Kehle eng wurde. »Sie hat mich und meinen Vater verlassen, als ich vier war. Ich habe sie nie wirklich kennengelernt und so gut wie keine Andenken an sie. Keine Kleidung oder persönlichen Gegenstände.« Unwillkürlich hob ich eine Hand zu meiner Jackentasche, in der sich mein Portemonnaie mit dem Foto befand. »Dad spricht nicht über sie. Er hat alles weggegeben, was ihn an sie erinnert hat. Der anderen Seite meiner Familie bin ich nie begegnet. Deshalb musste ich mich auf eigene Faust auf die Suche machen.« Ich wich Jacks Blick aus, starrte angestrengt auf die vom Mondlicht beschienenen Wellen. »Dad ist nie drüber weggekommen.«

Jack blieb still, blickte mit mir aufs Meer hinaus. Ich war ihm dankbar, dass er mir Zeit gab, nicht nachhakte, sondern mich meine Geschichte erzählen ließ – in meinem eigenen Tempo.

»Von den Eltern meines Vaters kenne ich zumindest ihren Mädchennamen und ein paar wenige Anekdoten. So konnte ich im Internet recherchieren und habe eine Spur nach St. Andrews verfolgt. Als kleines Kind habe ich mir oft vorgestellt, wie es wäre, wenn ich meine Mom suchen gehen und sie finden würde. Aber …« Ich zögerte, als meine Augen verräterisch brannten. »Aber ich glaube, jetzt habe ich verstanden, dass es nur alte Wunden aufreißt.«

Ich wischte mir über die Augen und räusperte mich. Als ich den Arm wieder sinken ließ, berührten Jacks Finger meinen Handrücken. Ich sah ihn überrascht an. Er schenkte mir ein warmes, aufmunterndes Lächeln. Als ich meine Hand nicht wegzog, nahm er sie vorsichtig in seine und hielt sie fest. Das gab mir die Kraft weiterzusprechen.

»Manchmal stelle ich mir vor, dass sie irgendwo ein besseres Leben führt, und dann freue ich mich für sie. Ich will ihr Glück nicht zerstören.«

Ich blinzelte verwirrt, nachdem ich die Worte ausgesprochen hatte. Noch nie in meinem Leben hatte ich das jemandem anvertraut. Selbst Rachel nicht. Ich war überrascht, wie leicht es mir in Jacks Gegenwart gefallen war. Ich hatte zwar den Drang verspürt, ihm mehr von mir preiszugeben, doch dabei hatte ich sicher nicht an eins meiner bestgehüteten Geheimnisse gedacht.

Erschrocken sah ich Jack an, erwartete Spott oder Hohn oder dass ich ihn mit meiner kleinen traurigen Geschichte verschreckt hatte. Doch er erwiderte meinen Blick, sah nicht weg. Darin lag keine Spur von dem typischen Mitleid, das sich sonst auf den Zügen der Leute abzeichnete, wenn sie hörten, dass ich ohne Mutter aufgewachsen war. Oder dass ich von den First Nations abstammte. Doch als ich Jack tief in die Augen sah, erkannte ich nur ehrliches Interesse und noch etwas anderes. Eine Art kaltes Feuer. Ein Beschützerinstinkt? Wut auf meine Mutter, weil sie mir das angetan hatte? Bedauern, dass ich sie nie richtig gekannt hatte?

»Ich will dir nicht zu nahe treten«, sagte er zögernd. »Aber meiner Erfahrung nach sind Leute, die auf der Suche nach jemandem sind – einem Familienmitglied, einem alten Freund – oft auf der Suche nach sich selbst.«

War es möglich, dass Jack recht hatte? Er musterte mich, als suchte er in meinem Gesicht nach Zustimmung, um fortzufahren. Ich deutete ein Nicken an.

»Wenn du das Gefühl hast, dass etwas fehlt, hilft es, tief in dich hineinzuhorchen und dich zu fragen, warum das so ist. Ist es wirklich die andere Person, die du finden möchtest, oder geht es tiefer?«

Seine Worte trafen mich wie eine Ohrfeige. Ich zog die Brauen zusammen.

»Vielleicht kannst du ja auf eigene Faust in Erfahrung bringen, wer *du* bist«, sagte er mit sanfter Stimme. »Losgelöst von deinen Eltern und Großeltern, von allen Erwartungen, die andere Leute an dich stellen, und von allen Vorurteilen. Du entscheidest selbst.«

Ich blinzelte mehrmals erstaunt. Ich war so erpicht darauf gewesen, meine Mom wiederzufinden, dass ich gar nichts anderes gesehen hatte. Bisher war mir das Potenzial, das sich an diesem Ort befand, gar nicht aufgefallen. Plötzlich hallten die Worte von Mrs Aziz in meinem Kopf nach: *Der Nachname Akagi ist unter unseren First-Nation-Bürgern recht verbreitet.* Was, wenn ich hier Familie hatte? Lohnte es sich nicht, die Menschen kennenzulernen, von denen auch ich abstammte? Nur für mich selbst. Um etwas über *mich* herauszufinden?

»Deine Mutter …« Jack riss mich aus meinen wild umherwirbelnden Gedanken. »Stammt sie von den Passamaquoddy ab?«

Ich nickte, noch zu aufgewühlt, um zu sprechen.

Jack lächelte. »Der Stamm kommt aus dieser Gegend. Einige von ihnen wohnen heute noch in St. Andrews.«

Ja, das wusste ich. Deshalb war ich ja hierhergekommen. Die Abstammung meiner Mutter von den Passamaquoddy war mein einziger Anhaltspunkt gewesen.

»Du hast gesagt, du hast das Gefühl, dass deine Wurzeln fehlen«, wandte Jack ein. »Vielleicht würde es ja schon helfen, den Stamm deiner Mutter besser kennenzulernen. Es ist schließlich nicht nur ihr Erbe, sondern auch deins.«

Ich rang die Hände, wusste nicht, was ich antworten sollte. Die Passamaquoddy. *Mein* Stamm. So hatte ich sie noch nie gesehen. Vielleicht könnte ich von den Stammesmitgliedern etwas über Mom erfahren. *Nein,* verbesserte ich mich in Gedanken. *Über mich selbst.*

Plötzlich fiel mir auf, dass ich mich viel zu fest an Jacks Hand klammerte. Hastig ließ ich los und trat einen kleinen Schritt zurück. Jack schien zu bemerken, dass gerade alles ein bisschen zu viel für mich war. »Wow, das ist ein wirklich ernstes Thema«, sagte er und rieb sich verlegen über den Nacken.

Ich nickte, ebenso verlegen. »Und ziemlich viele Infos für einen Abend. Es kam irgendwie einfach so über mich. Sorry, wenn ich deine Partystimmung total ruiniert hab.«

Er schüttelte den Kopf. »Überhaupt nicht. Danke, dass du mir das erzählt hast. Das war sicher nicht einfach für dich.« Er hob seine Bierflasche. »Auf unsere Wurzeln, auch wenn wir nicht immer genau wissen, wo sie liegen.«

Ich hob meine Cola, und er drückte sein Bier mit einem leisen Klirren dagegen. Während ich trank, warf ich ihm einen Seitenblick zu. Was hatte Jack nur an sich, dass er mein Innerstes so sehr aufwühlte und mich zur Weißglut treiben konnte, mir aber gleichzeitig das Gefühl gab, bei ihm sicher und geborgen zu sein?

Diese neu entdeckte Seite an ihm gefiel mir. Unwillkürlich holte ich ihn in Gedanken aus der Schublade in meinem Geist, auf der in großen Lettern *Lumberjack* stand. Mir fiel auf, dass es keine neue Schublade für ihn gab. Jack war einfach Jack. Und es gab noch viel mehr, das ich unbedingt über ihn wissen wollte.

In stillem Einverständnis schlenderten wir zurück zum Lagerfeuer. Das Schweigen zwischen uns war diesmal nicht unangenehm, sondern aufgeladen mit Gefühlen. Es war, als würden wir beide verarbeiten, was eben geschehen war. Wie wir uns nähergekommen waren.

Jack ging dicht neben mir. Seine Finger streiften meine, und ein Schauer fuhr durch meinen ganzen Körper.

»Hey, ihr zwei!« Blake winkte uns schon vom Weitem zu und torkelte uns entgegen.

Ich seufzte. Der intime Moment zwischen Jack und mir war mit einem Schlag vorbei.

War Blake etwa schon wieder betrunken? Mit einer raschen Bewegung nahm Jack seinem Kumpel eine Wodkaflasche aus der Hand und stellte sie neben die Kühltruhen zu den anderen leeren Flaschen. »Ich glaube, du hattest genug für heute, Buddy.«

Blake legte einen Arm um Jack und den anderen um mich. Ich hielt die Luft an, um nicht wieder seinem Alkoholatem ausgesetzt zu werden. Er zog uns beide so dicht an seine Brust, dass Jacks und mein Kopf beinahe gegeneinandergestoßen wären. Unsere Blicke trafen sich kurz, Jacks warmer Atem fuhr über meine Lippen, und das Kribbeln in meinem Bauch wurde unwillkürlich zu einem Brennen. Doch dann war der Moment auch schon vorbei. Jack sah schnell weg und richtete sich auf.

»Kommt mit«, lallte Blake. »Wir wollen gleich Wahrheit oder Pflicht spielen. Das dürft ihr nicht verpassen.«

Als wir neben ihm in den warmen Feuerschein traten, warf Fiona mir einen vielsagenden Blick zu. Sie musste Jack und mich die ganze Zeit über beobachtet haben. Ich streckte ihr die Zunge heraus, und sie grinste breit.

Dann versuchte ich, mich ganz auf die Gespräche der anderen zu konzentrieren und mich nicht allzu sehr von Jacks solider, warmer Präsenz neben mir ablenken zu lassen. Doch ich musste zugeben, dass die Kälte der Nacht mir nichts mehr anhaben konnte. Meine Gedanken rasten und wanderten immer wieder zu dem Gespräch mit Jack zurück. Zu den Passamaquoddy. Zu all den Möglichkeiten, die sich mir plötzlich auftaten. In mir brannte ein Feuer, von dem ich nicht wusste, wann es entfacht worden war. Und bis jetzt hatte ich nicht geahnt, dass ich die Fähigkeit, es zu entzünden, die ganze Zeit bereits in mir getragen hatte.

14 Jack

Nach dem Gespräch mit Marly fühlte es sich den ganzen restlichen Abend so an, als würde ich auf Wolken schweben. So richtig fluffige Wolken. Shit, jetzt hörte ich mich schon wieder so lächerlich an. Aber ich konnte nun mal nicht leugnen, dass da etwas zwischen uns passiert war. Etwas, das mich nicht losließ.

Wir kamen nicht mehr dazu, unter vier Augen miteinander zu sprechen, obwohl es vieles gab, was ich Marly noch gern gesagt hätte. Trotzdem wusste ich immer, wo sie gerade war. Wie zwei Magnete, die sich anzogen, suchten wir die Nähe der anderen Person. Zumindest redete ich mir ein, dass es Marly ebenso ging. Unsere Blicke trafen sich immer wieder über dem Feuer. Meine Schulter streifte ihre, wenn wir nebeneinanderstanden. Marly lächelte mir von Weitem zu, wenn ich mich mit jemand anderem unterhielt.

Die ganze Zeit über fragte ich mich, ob ich sie einladen sollte, nach der Party mit mir zu kommen. Nicht nach Hause. Nicht in mein Bett. Sondern zu der Passamaquoddy-Zeremonie, an der ich jedes Jahr teilnahm. Ich war eingeladen, bei Sonnenaufgang mit Debbie, Ed, allen ortsansässigen Passamaquoddy und ihren Stammesbrüdern und -schwestern aus Maine die Sonne zu begrüßen.

Vielleicht wäre das für Marly eine tolle Gelegenheit, eine besonders schöne Tradition der Passamaquoddy kennenzulernen.

Jedes Mal, wenn ich kurz davor war, sie zu fragen, verwarf ich den Gedanken wieder. War es zu viel? Zu schnell? Zu aufdringlich? Vielleicht war Marly noch nicht bereit dazu. Sie hatte gerade erst einen herben Schlag wegen der Suche nach ihrer Mom einstecken müssen. Vielleicht wollte sie nicht weitersuchen. Das hatte sie zumindest angedeutet.

Außerdem musste ich diese neuen Empfindungen erst mal verstehen, bevor ich einen Schritt weiter ging.

Und dann war da noch Will.

Mein Blick wanderte zu ihm. Er stand mal wieder allein am Feuer und starrte in die Flammen. Ich schluckte. Livs Rückkehr hatte ihn so sehr aufgewühlt, wie ich es befürchtet hatte. Er tat zwar so, als würde es ihm nichts ausmachen, dass sie einen neuen Typen aus Europa mitgebracht hatte, aber ich kannte meinen besten Freund zu gut. Er konnte mir nichts vormachen.

Ich schlenderte zu ihm und stellte mich neben ihn. Bevor ich den Mund aufmachen konnte, war er mir schon zuvorgekommen. Will kannte mich eben genauso gut wie ich ihn.

»Ich habe Marly eingeladen, nächsten Samstag mit uns zum Whale Watching rauszufahren.«

»Du hast *was?*«

Will löste seinen Blick vom Feuer und sah mich an. Seine Augen wirkten glasig. »Sie war ganz aus dem Häuschen. Und ganz ehrlich, Mann, ich sehe dir doch an, wir sehr du dich jetzt schon darauf freust.«

Er hatte recht. Mein Herz hämmerte plötzlich im doppelten Tempo gegen meine Rippen. Sofort hatte ich Tausend Szenarien im Kopf, wie ich Marly auf dem Boot näherkommen konnte.

Verlegen senkte ich den Blick und rieb mir über den Nacken. »Ich will nur nicht … Verdammt, ich will nicht, dass mir dasselbe passiert wie dir, Will.«

»Und deshalb ziehst du es vor, immer nur bedeutungslosen Sex zu haben und nie das Risiko einzugehen, die Frau fürs Leben zu finden? Weil du sie wieder verlieren könntest?« Ich sah zu ihm auf. Wut funkelte in seinen braunen Augen. »Das ist doch kein Leben, Jack. Trau dich, spring ins kalte Wasser. Ich verspreche dir, dass es sich lohnt. Die schöne Zeit mit Liv würde ich nicht missen wollen, egal, was später passiert ist. Und wer weiß …« Sein Blick wanderte zu dem Platz am Feuer, auf dem Liv zuvor gesessen und Gitarre gespielt hatte. »Wer weiß, was vielleicht noch kommt?«

Wills unverbesserlicher Optimismus versetzte mir einen Stich. Wenn er noch Hoffnung hatte, obwohl er durch die Hölle gegangen war, musste ich mich dringend zusammenreißen.

Samstag …

Ich hatte einige Tage Zeit, mir zu überlegen, wie es weitergehen sollte. Ob ich Marly in mein Leben lassen wollte oder nicht.

Ich drehte mich zu Will, aber er hatte sich schon wieder den knisternden Flammen zugewandt. Schweigend standen wir nebeneinander und blickten ins Feuer.

Einige Stunden später saß ich mit Ed in seinem geräumigen Kanu und warf meine Angel neu aus. Es war leicht bewölkt. Der graue Morgenhimmel spiegelte sich in der beinahe unbewegten Oberfläche des St. Croix River. Ein paar Vögel zogen über uns dahin. Am Ufer raschelte das Schilfgras in der sanften Brise. Ansonsten war alles ruhig.

Für Ed, einen meiner ältesten Freunde, reservierte ich mindestens einmal im Monat einen Tag, um gemeinsam Steinköhler angeln zu gehen. Das war unser Ding. Eine Tradition, die wir schon pflegten, seit wir klein waren. Nur waren damals noch unsere Dads dabei gewesen.

»Danke noch mal, dass du Debbie im *Whale Store* ausgeholfen hast«, sagte Ed. »Durch den Wasserrohrbruch im Coffeeshop haben wir echt geglaubt, wir müssten beide Läden schließen.«

»Ach, überhaupt kein Problem.« Ich winkte ab und nahm einen großen Schluck von meiner Thermoskanne. Der Geschmack des starken Kaffees explodierte in meinem Mund. Ich schloss wohlig die Augen, als er mich von innen wärmte. Es war viel zu früh am Morgen, und ich hatte nach der Strandparty kaum geschlafen, bevor ich gemeinsam mit Ed und seiner Frau Debbie zum Indian Point aufgebrochen war. Dort hatten wir um sechs Uhr morgens der Sunrise Ceremony beigewohnt, wie jeden 1. Juli.

Deshalb brauchte ich jetzt viel Koffein.

»Du weißt doch, wenn ich nicht gerade einen Kurs leite oder eine gebuchte Gruppe führe, bin ich flexibel und kann immer einspringen, wenn Not am Mann oder an der Frau ist.«

Mit einem zufriedenen Seufzen streckte ich die Beine aus und lehnte mich an den Bug, während ich darauf wartete, dass etwas anbiss.

Ed musterte mich mit einer hochgezogenen Augenbraue. »Was ist los?«, fragte er und schob sich eine Strähne seines langen schwarzen Haars hinters Ohr.

»Was soll denn sein?«

Nun zog er seine rotbraune Stirn in Falten. »Du hast jetzt bestimmt schon fünfmal geseufzt, seit wir losgepaddelt sind.«

»Echt? Ist mir gar nicht aufgefallen.«

Ed setzte sich auf, sodass das Kanu leicht schwankte. »Du glaubst doch nicht wirklich, dass du mich so schnell abwimmeln kannst.«

Ich kratzte mich am Hinterkopf und lachte leise. Nein, so schnell würde er mich nicht vom Haken lassen. Dafür kannte Ed mich einfach zu gut. Das hatte er mit Will gemeinsam.

»Na schön. Da ist diese Frau …«

»Eine Frau?« Ed horchte zwar auf, wirkte aber nur vage interessiert. Er blickte aufs Wasser, auf dem sein Köder zwischen einigen Mücken auf und ab tanzte. In der Vergangenheit hatte ich einfach zu viele Frauen gehabt, als dass er meinen Worten diesmal mehr Bedeutung beimessen würde.

Aber nach letzter Nacht konnte ich auf keinen Fall mehr leugnen, dass Marly besonders war. Sie löste etwas in mir aus, das mir fremd war und doch irgendwie vertraut schien. Wenn wir nicht zusammen waren, dachte ich ständig an sie. Ich fragte mich, was sie wohl gerade tat. Und ob sie auch an mich dachte. Wenn sie in meiner Nähe war, wirkte ihre Anziehungskraft beinahe hypnotisch. Es zog mich immer wieder zu ihr, als wäre sie der Köder und ich der Fisch. Ich fragte mich nur, ob es ihr wirklich gelingen würde, mich an Land zu ziehen. Denn an diesem Morgen nach der Strandparty spürte ich noch viel deutlicher, dass es mit Marly etwas anderes wäre als mit anderen Frauen. Mehr als ein unbedeutender One-Night-Stand oder ein paar gestohlene Momente in lauen Sommernächten.

Allerdings hatte sie eins mit all den anderen Frauen gemeinsam, die sich sonst in meinem Teich tummelten: Sie würde wieder abreisen. Und genau aus diesem Grund war es eigentlich viel zu gefährlich, mich auf mehr mit ihr einzulassen. Es war sinnlos. Ich wusste nur nicht, ob ich ihrer Wirkung auf mich noch länger widerstehen konnte – ob ich es überhaupt wollte. Die ganze Nacht hatte ich über dieses Dilemma nachgegrübelt.

Plötzlich war ich mehr als froh, dass Ed neben mir saß. Er war seit drei Jahren glücklich mit Debbie verheiratet. Obwohl er auf meine Frauengeschichten sonst nur mit einem müden Lächeln und einem Kopfschütteln reagierte, würde er mir dieses Mal vielleicht einen wirklich guten Rat geben können.

Ich räusperte mich. »Sie ist … etwas Besonderes.«

Ed wandte sich mir mit fragend gerunzelter Stirn zu.

»Ich habe sie wirklich gern.« Meine Wangen wurden heiß, und ich fügte eilig hinzu: »Auch wenn sie mir gleichzeitig den letzten Nerv raubt.«

Nun hätte Ed beinahe seine Angel fallen lassen. Er starrte mich so verblüfft an, dass ich laut lachte. Das Kanu schwankte bedrohlich, und ich hielt mich mit der freien Hand am Rand fest, um nicht rauszufallen.

»Okay, lass mich das mal kurz zusammenfassen: Du hast endlich eine Frau kennengelernt, die dir etwas bedeutet, und ich erfahre erst *jetzt* davon?« Ed klang kein bisschen verärgert. Er war total aufgeregt. Schon band er sich das lange Haar zu einem Pferdeschwanz zusammen – ein Zeichen, dass ich nun seine volle Aufmerksamkeit hatte – und beugte sich zu mir vor. »Wer ist sie? Doch hoffentlich nicht schon wieder so eine Touristin?«

Ich fuhr mir verlegen durchs Haar. »Nicht wirklich. Sie ist hier gestrandet, weil ihr Auto liegen geblieben ist. Jetzt arbeitet sie in Sues Praxis, um sich das Geld für die Reparatur zu verdienen.«

»Also wird sie nicht ewig bleiben?«

Ich zuckte mit den Achseln. »Anscheinend nicht. Keine Ahnung, Mann. Eigentlich kenne ich sie kaum. Aber …« Ich sah aufs Wasser hinaus. Das hier war mein Safe-Space, der Ort, an den ich mit Ed flüchtete, um ein bisschen Ruhe und Frieden zu finden. Wenn ich es hier nicht schaffte, offen über meine Gefühle zu reden, wo sonst? Hier würde mich niemand verurteilen.

»Aber was?«

»Gestern Nacht sind wir uns nähergekommen, und seitdem ist alles anders. Ich habe vorher schon ständig an sie gedacht und ihr sogar Cherry Cola gekauft, aber jetzt habe ich das Gefühl, dass sie mich auch mag.«

»Okaaay …« Ed zog das Wort nachdenklich in die Länge. »Das mit der Cola muss ich nicht verstehen, oder?«

Ich winkte lachend ab.

»Also habt ihr gestern miteinander geschlafen?«, fragte Ed skeptisch.

Ich konnte ihm nicht übel nehmen, dass er dem Ganzen noch nicht traute.

»Nein«, antwortete ich. »Nichts dergleichen. Wir haben uns ja noch nicht mal geküsst.«

Ed zupfte nachdenklich an seinem Pferdeschwanz. Der Blick aus seinen dunklen Augen bohrte sich in meinen. »Wie heißt sie?«

»Marly. Sie kommt aus Toronto, aber …«

»Aber was? Muss ich dir echt alles aus der Nase ziehen?«

»Sie ist hier, weil …« Ich schluckte, weil ich nicht wusste, wie Ed meine nächsten Worte aufnehmen würde. Seine Herkunft war immer ein heikles Thema. Da war so viel Schmerz, der Generationen zurückreichte. Zwischen uns war das nie ein Problem gewesen. Aber ich wusste, dass Ed sich gegen die Ungerechtigkeiten und Missstände von First-Nation-Stämmen in Kanada engagierte und dass er es wie so viele andere gehörig satthatte, immer den Kürzeren zu ziehen. Vor allem, da die Passamaquoddy in Kanada noch nicht einmal als offizieller Stamm anerkannt waren. Ich stand zu hundert Prozent auf seiner Seite und wusste, was es für ein Vertrauensbeweis war, dass er so viel Wissen seiner jahrhundertealten Kultur mit mir teilte. Irgendwann würden wir mit unseren Söhnen hier sitzen und unsere Angeltradition pflegen.

»… Marly ist zur Hälfte Passamaquoddy«, beendete ich meinen Satz unbeholfen. »Aber sie kennt ihre Mom so gut wie gar nicht, und jetzt ist sie hier, um … na ja, um etwas über ihre Wurzeln zu erfahren.«

Eds Augen weiteten sich. Das hatte er nicht kommen sehen. Innerhalb weniger Minuten hatte ich ihn zweimal kalt erwischt.

»Hat sie schon mit dem Chief gesprochen?«, fragte er unvermittelt. »Hat sie Fragen gestellt? Möchte sie sich mit der Community treffen?«

»Nein, noch nicht. Ich glaube, sie ist total verunsichert. Sie hat sich zwar einiges an Wissen angelesen, aber sie weiß so gut wie nichts über diese Seite ihrer Familie. Und es scheint, als hätte sie lange Angst davor gehabt, mehr herauszufinden. Ihre Familienverhältnisse sind wohl recht kompliziert.« Ich wollte Marlys Privatsphäre nicht verletzen, indem ich zu viel von dem preisgab, was sie mir bisher anvertraut hatte. »Sie dachte, ihre Mom würde vielleicht hier wohnen, tut sie aber nicht.«

Eddie nickte abgehackt. Ihm brauchte ich nichts davon zu erklären. Er wusste, wie viele junge Leute aus First-Nation-Stämmen mit ähnlichen Problemen zu kämpfen hatten. Gleichzeitig sah ich etwas in seinen Augen funkeln. War es Stolz? Respekt?

»Der erste Schritt ist getan«, sagte er. »Es ist beeindruckend, dass Marly überhaupt hergekommen ist. Sie kann sich jederzeit an Debbie oder mich wenden, wenn sie bereit dazu ist. Es erfordert viel Mut, sich seiner Vergangenheit und seinem Erbe zu stellen.«

Wieder wurden meine Wangen heiß, als ich an Marly dachte. Ed hatte recht. Es hatte Marly sicher viel Überwindung gekostet, das Thema überhaupt anzusprechen.

Sie wirkte tough und abgeklärt, hatte eine große Klappe und einen Sinn für Humor. Allerdings wusste ich spätestens seit gestern Nacht, dass da auch etwas Verletzliches unter der harten Schale schlummerte. Eine Weichheit, die viel Einfühlungsvermögen versprach und einige Narben, die noch nicht ganz verheilt zu sein schienen. Einer der Gründe, warum ich mich gestern Abend nicht getraut hatte, sie zur Sunrise Ceremony einzuladen.

Ich wünschte mir, mehr Blicke auf die echte Marly zu erhaschen, die sich hinter ihrer frechen, fröhlichen Art verbarg.

Meine Gedanken und Gefühle mussten sich klar und deutlich auf meinem Gesicht abgezeichnet haben, denn Ed musterte mich interessiert. »Und diese Marly hat etwas in dir ausgelöst?«, fragte er. »Etwas, das dich bis in die Grundfesten deines Seins erschüttert hat?«

Ich zuckte mit den Achseln und verdrehte die Augen. Na toll, jetzt wurde Ed schon wieder total philosophisch. Er wusste genau, dass es mich nervte, wenn er so geschwollen daherredete. Allerdings hatte er es auch ziemlich gut auf den Punkt gebracht.

»Kann man wohl so sagen«, antwortete ich.

Ed klatschte in die Hände, sodass jetzt wahrscheinlich alle Fische im Umkreis eines Kilometers vor uns flohen.

»Es geschehen noch Zeichen und Wunder«, rief er mit theatralisch gen Himmel gereckten Armen, als wollte er *Kci Niwesq*, den Großen Geist, höchstpersönlich über die Neuigkeiten informieren. »Ich glaube, Jack Wilson ist verliebt.«

15 Marly

Als ich am Morgen nach der Strandparty in die Praxis kam, war ich trotz zweier Kaffees hundemüde, grummelig und unkoordiniert. Meine Augenlider waren schwer, meine Kehle trocken, und mein Kopf pochte. Fühlte es sich so an, wenn man einen Kater hatte? Ich wusste es nicht und plante auch nicht, es jemals herauszufinden. Bei mir waren die Symptome lediglich auf Schlafmangel zurückzuführen.

Wegen der Strandparty war ich nicht nur viel zu spät ins Bett gegangen, sondern hatte noch lange wach gelegen und an Jack gedacht. An sein aufmerksames Verhalten mir gegenüber. An das Meer in seinen Augen, das im Dunkeln noch viel tiefer wirkte. An die brennenden Blicke, die er mir übers Feuer zugeworfen hatte. Doch vor allem anderen hatte ich an seine Worte gedacht: *»Auf unsere Wurzeln, auch wenn wir nicht immer wissen, wo sie liegen.«*

Ich konnte mir immer noch nicht erklären, warum ich ihm so viel über mich erzählt hatte. Einfach so. Ohne nachzudenken. Er wusste nun Dinge über mich, die ich selbst vor Rachel noch nicht ausgesprochen hatte. Doch er ahnte längst nicht alles, hatte keinen Schimmer, wie verkorkst ich wirklich war, und würde es auch nie erfahren. Dafür würde ich sorgen. Was er bisher über mich wusste, war bereits viel zu intim.

Andererseits hatte er mich nicht ausgelacht. Und er war mir aufgrund meiner Herkunft auch nicht mit Vorurteilen begegnet. Er hatte mir einfach zugehört, mich erzählen lassen. Und zu meiner Überraschung hatte er mir auch etwas über sich selbst preisgegeben. Irgendetwas hatte gestern Nacht in der Luft gelegen, irgendeine Art von Magie, die uns beiden die Zunge gelockert hatte. War er betrunken gewesen? Soweit ich das beurteilen konnte, hatte er nur alkoholfreies Bier getrunken. Ich mochte, dass er immer bei Bier blieb und nicht zu härterem Alkohol griff. Ich mochte mittlerweile so ziemlich alles an Jack. Aber empfand er ebenso, was mich anging? Bei dem Gedanken überkam mich das verräterische Kribbeln noch stärker als zuvor.

Fest stand, dass Jacks Worte etwas in mir wachgerüttelt hatten. Nun hatte ich es plötzlich nicht mehr so eilig, nach meiner gescheiterten Suche aus St. Andrews wegzukommen. Es gab noch so viel mehr zu entdecken. Die Passamaquoddy. Mich selbst. Doch heute war es erst mal meine Aufgabe, Fiona vergessen zu lassen, was sie letzte Nacht zwischen Jack und mir beobachtet hatte.

Ich drehte den Türknauf der Praxis und trat ein. Zum ersten Mal war ich ein paar Minuten zu spät dran – mit voller Absicht, um Fiona aus dem Weg zu gehen. Warum mussten wir auch unbedingt am Canada Day arbeiten, an dem so gut wie alle anderen freihatten?

Ich wusste, dass Fiona mich schamlos ausquetschen würde, sobald sie einen ruhigen Moment fand. Doch diese Gelegenheit würde ich ihr nicht bieten. Wie schwer konnte es schon sein, sie abzulenken? Anscheinend schwerer als gedacht, denn als ich eintrat, sprang sie vom Schreibtischstuhl hinter der Rezeption auf. »Marly«, trällerte sie gut gelaunt.

»Guten Morgen«, grummelte ich und stellte meinen Kaffeebecher auf der Theke ab.

»Ich hab schon mal den Computer hochgefahren und …« Da erst fiel ihr Blick auf mein Gesicht. »Wilde Nacht, was?«

O nein, da war es wieder, Fionas Inquisitionsgesicht: beinahe bis zum Haaransatz hochgezogene Augenbrauen, breites Grinsen, leicht zuckende Nasenspitze.

Zum Glück eilte da Dr. Sue aus Behandlungszimmer vier heran und schlüpfte im Laufen in ihren Arztkittel.

»Fiona, du musst mir heute früh bitte bei der Vasektomie von Mr Boltons Rüden helfen.« Sie rückte ihre pinkfarbene Brille zurecht, als sie mich entdeckte. »Guten Morgen, Marly.«

»Guten Morgen, Dr. Sue.« Ich schenkte ihr ein besonders breites Lächeln und gab Fiona mit einer ausholenden Handbewegung und einem triumphierenden Blick zu verstehen, dass ich ihr den Vortritt ließ. Sie kam um die Rezeptionstheke herum und bedachte mich mit einem belustigten Blick. »Wir sprechen uns später«, sagte sie fröhlich, doch es klang wie eine Drohung.

Seufzend ließ ich mich auf den Schreibtischstuhl fallen und wandte mich dem Computer zu. »Das werden wir ja sehen.«

Zu meinem Glück gab es den ganzen Vormittag über tatsächlich so viel zu tun, dass ich Fiona kaum zu Gesicht bekam. Mein Ziel war, bis zum Mittag durchzuhalten. Mittwochs schloss die Praxis bereits um dreizehn Uhr, und wenn ich mich beeilte, würde Fiona mich nicht abfangen können.

Um kurz vor eins lungerte sie jedoch jedes Mal länger vor der Rezeption herum, wenn sie sich nach einer Behandlung von Dr. Sues tierischen Patienten und ihren Besitzern verabschiedete. Es war eindeutig, dass ich meine Taktik ändern musste. Zwar ging es mir schon besser, aber ich freute mich auf einen ausgiebigen Mittagsschlaf und konnte mein häufiges Gähnen nur noch selten unterdrücken. Ich war eindeutig nicht in der Verfassung, mich Fionas Fragen zu stellen. Verdammt, ich wusste ja selbst nicht mal, was letzte Nacht zwischen Jack und mir passiert war.

Leider verließ der letzte Patient, ein geschecktes Meerschweinchen namens Pünktchen, das von einem kleinen Mädchen in einem alten Schuhkarton sorgsam aus der Tür getragen wurde, die Praxis schon fünf Minuten vor Feierabend. Sofort tauchte Fiona an der Rezeption auf und stützte sich betont lässig mit dem Ellbogen darauf. Bevor sie auch nur den Mund öffnen konnte, sprudelte ich bereits los wie ein Wasserfall.

»Ganz schön viel los heute, was? Puh, ich bin echt froh, dass wir jetzt fertig sind. Habe heute noch viel vor. Und du? Wie geht's denn Ellie? Hat sie diese Woche nicht frei? Habt ihr Pläne für den Nachmittag? Also, ich sollte dann jetzt auch gehen. Wir sehen uns morgen.«

Fiona hatte während meines Geplappers den Kopf in die Hand gestützt und mich amüsiert gemustert. »Okay, bist du fertig?«

»Ich weiß gar nicht, was du meinst.« Ich wandte mich dem Computer zu, schloss alle Programme und fuhr ihn herunter.

»Wir müssen über gestern Nacht reden«, raunte Fiona ungeduldig. »Du weißt schon, was lief da mit dir und …?«

»Ach ja, gestern Nacht. Wie gut, dass du es ansprichst«, unterbrach ich sie und sprang auf. »Was war das eigentlich für eine Katastrophe mit den Schuhen am Ende?«

Fiona hob die Augenbrauen. Sie schien anzubeißen. »Bitte was?«

»Na, alle haben ihre Schuhe am Anfang neben den Kühltruhen auf einen Haufen geworfen. Ich auch. Als ich später mal aufs Klo musste, hab ich sie ohne Probleme wiedergefunden, aber dann habe ich sie wieder ausgezogen, und am Ende der Party war es ein einziges Chaos.«

Ich hatte tatsächlich Mühe gehabt, meine heiß geliebten Nikes im Dunkeln aus dem wirren Haufen zu fischen. Je mehr Alkohol geflossen war, desto ausschweifender war die Party geworden und desto unachtsamer waren die Leute mit den Schuhen umgegangen. Meine Nikes waren halb im Sand vergraben gewesen. Allerdings hatte ich noch Glück gehabt. Blake hatte nämlich irgendwann angefangen, die Schuhe durch die Gegend zu werfen, als wären sie Footballs. Etwa zu diesem Zeitpunkt war ich gegangen.

»Du hast sie aber wiedergefunden, oder?«, fragte Fiona mit einem Blick auf meine Schuhe. Heute trug ich andere – bequeme Adidas Stan Smiths. Ich war um den Tresen herumgekommen, hatte meine Jacke angezogen und stand nun vor Fiona. Bereit zur Flucht.

»Jap, zum Glück.« Ich nickte und wollte mich verabschieden, als Fiona schon wieder den Mund öffnete. »Apropos Kühltruhen …«

Ich hatte mich an ihr vorbeischieben wollen, hielt nun aber mitten in der Bewegung inne. Kühltruhen? Das schien mir ein harmloses Thema zu sein. Fragend sah ich sie an.

»Es gab zwei Truhen mit härterem Alkohol«, erklärte Fiona seelenruhig. »Und ziemliche viele Kästen Bier. Hast du irgendwo noch andere Getränke gesehen?«

Ich hatte keinen Schimmer, worauf sie hinauswollte, und zuckte mit den Achseln. »Äh, nein?« Sollte das eine Art Quiz sein? Wollte sie testen, woran ich mich von gestern Abend erinnerte?

»Korrekt.« Schon wieder spielte dieses wissende Lächeln um ihre Mundwinkel. »Es gab nur Bier und ein bisschen Wodka, Gin, Whisky und Tequila.« Sie sah mich an und verschränkte die Arme vor der Brust. »Gar. Nichts. Anderes.«

Ich starrte sie verständnislos an. »Na und?«

»Keine Mischgetränke. Kein Wasser. Keine Fanta oder Säfte, kein Red Bull oder Curaçao.«

Langsam wurde ich ungeduldig. Worauf wollte sie hinaus?

»Keine *Cola!*« Frustriert warf sie die Arme in die Luft. »Marly, Honey, ich hätte nicht gedacht, dass du so schwer von Begriff bist.«

Ich brauchte noch drei weitere Sekunden, bis ihre Botschaft bei mir ankam. *Keine Cola.* Niemand hatte Cola getrunken. Niemand außer mir. Und jedes Mal hatte Jack mir eine Flasche gegeben. Er musste extra welche für mich mitgebracht haben. Das Blut schoss mir in die Wangen, als mir siedend heiß klar wurde, was das bedeutete.

»Jack hatte Cola«, murmelte ich.

»Wow, das hat aber wirklich lange gedauert.« Fiona verdrehte die Augen, legte aber gleichzeitig einen Arm um mich und zog mich an sich.

»Na und?«, wehrte ich mich mit rauer Stimme. Warum war mein Hals plötzlich wieder so trocken? »Vielleicht hat Jack sie ja auch an andere verteilt. Vielleicht haben einige Leute doch Mixgetränke getrunken, und du hast es nicht gesehen.« Ich hörte selbst, wie schwach mein Argument klang.

»Es war Cherry Coke, Schätzchen. Niemand hat was zum Mischen mitgebracht, weil das nachts am Strand ziemlich umständlich ist. Glaub mir, Jack hatte sie extra für dich dabei. Ein ganzes Sixpack.«

Ich blickte Fiona sprachlos an, dann machte ich mich von ihr los und trat ein paar Schritte zurück.

»Sieh es ein, Marly«, sagte sie in viel sanfterem Tonfall. »Da ist was zwischen euch. Ich weiß zwar nicht, worüber ihr beiden gesprochen habt, als ihr so lange weg wart, aber es war eindeutig, dass ihr euch danach anders verhalten habt. Vorher war es frostig zwischen euch und danach … Ich konnte fast spüren, dass da ein Feuer zwischen euch gelodert hat. Es hat richtig geknistert. So etwas kann man sich nicht ausdenken.«

Die Sanftheit ihrer Stimme warf mich vollends aus der

Bahn. Fiona sagte diese Dinge nicht, um mich zu ärgern oder zu necken. Sie sagte sie, weil Jack ihr am Herzen lag. Und ich ihr vielleicht auch?

Sie machte einen vorsichtigen Schritt auf mich zu. »Marly, das ist doch nichts Schlimmes. Es ist super. Ihr beiden wärt ein tolles Paar.«

»Ich …« Verwirrt stolperte ich zur Tür. »Ich muss das erst mal verarbeiten.« Ich stieß sie auf, fiel beinahe kopfüber ins Freie und schnappte nach Luft. Ich sog die kühle Brise tief in mich auf. Mein Magen zog sich zusammen vor lauter Kribbeln. Hatte Jack wirklich nur für mich Cherry Cola mitgebracht oder für alle? War er bloß so aufmerksam, dass er daran gedacht hatte, dass ich keinen Alkohol trank? Wohl wissend, dass es auf der Party nichts für mich geben würde? War er einfach nur nett, oder war da mehr?

Ich schüttelte den Kopf, um Ordnung in meine wirren Gedanken zu bringen. Es war völlig egal, was Jack dazu bewegt hatte. Es machte keinen Unterschied. Ich kam gerade erst aus einer misslungenen Beziehung. Ich war nicht bereit, Hals über Kopf in etwas Neues hineinzustolpern. Ganz zu schweigen davon, dass ich nicht in der Lage war, eine ernsthafte Beziehung zu führen. Das hatte Dan bei unserem letzten Gespräch unmissverständlich klargemacht.

Egal, wie anziehend Jack war. Egal, wie sehr ich mich zu ihm hingezogen fühlte. In ein paar Tagen würde ich St. Andrews verlassen.

Aber was ist so verkehrt an ein bisschen Spaß?, fragte eine Stimme in meinem Kopf, die verdächtig nach Rachel klang. Rachel! Meine beste Freundin würde Rat wissen.

Mit zitternden Fingern holte ich mein Handy aus der Jackentasche. Doch dann zögerte ich. Rachel war sicher gerade in einem Büro in irgendeinem gläsernen Wolkenkratzer in New

York und tat etwas ungemein Wichtiges. Ich sollte sie nicht stören. Schon gar nicht, wenn es um so etwas Belangloses ging. Doch ich konnte nicht leugnen, dass mir die ganze Sache gerade viel zu naheging.

Entschlossen entsperrte ich den Handybildschirm und hätte beinahe laut gelacht, als dort eine Nachricht von Rachel blinkte.

Du treulose Tomate hast mir immer noch nicht Jacks Insta geschickt. Du hast es versprochen.
Lieb dich trotzdem! XOXO

Ein verdutztes Lachen stieg aus meiner Kehle auf. Natürlich! Ich hatte Rachel doch bei unserem Telefonat am Samstag versprochen, ihr den Link zu Jacks Instagram-Seite zu schicken. Dabei hatte ich sie mir selbst noch nicht angeschaut. Das würde ich jetzt nachholen.

Ohne einen Blick zurück zu werfen, sprang ich die Verandastufen herunter und entfernte mich schnellen Schrittes von der Praxis. Es fehlte mir gerade noch, dass Fiona mich dabei erwischte, wie ich Jack auf Instagram stalkte. Das würde sie nur in ihrer Theorie bestärken, dass es zwischen uns knisterte.

Meine Füße trugen mich wie von selbst zum Meer, das hier in St. Andrews nie weit weg war. An einem hübschen Aussichtspunkt mit weitem Blick über die Bucht ließ ich mich auf eine Bank fallen, öffnete die App und gab Jacks Namen in die Suchfunktion ein. Natürlich gab es viele Jack Wilsons, und so begab ich mich zuerst auf die Suche nach seinen Freunden. Fiona fand ich ohne Probleme, dann Ellie, Will, Blake und sogar Liv. Jack hob ich mir bis zum Schluss auf. Als ich ihn endlich über seine Freunde fand, tippte ich mit klopfendem Herzen auf seinen Namen.

Na toll, er hatte ein privates Profil. Ich konnte es nicht fassen. Wenn ich seine Fotos sehen wollte, würde ich ihm wohl oder übel eine Anfrage schicken müssen. Und dann würde er wissen, dass ich nach ihm gesucht hatte. Das war keine Option. Oder doch? Schließlich folgte ich nun auch all seinen Freunden. Blake und Ellie waren mir sofort zurückgefolgt, wie Instagram mir anzeigte.

Wieder saß mir dieser vermaledeite Kloß im Hals, und ich schluckte verärgert. Was hatte dieser Typ nur an sich, dass ich völlig mein Mojo verlor, wenn ich in seiner Nähe war oder auch nur an ihn dachte?

»Verdammt, Marly, reiß dich mal zusammen«, knurrte ich. Ohne weiter nachzudenken, klickte ich auf »Folgen«. Mein Herz machte einen Satz, ich atmete einmal tief durch und legte mein Handy zur Seite. Jetzt hieß es warten. Würde Jack meine Anfrage annehmen?

Ganze fünf Minuten schaffte ich es, nicht auf mein Handy zu sehen. Ich hatte kaum ein Auge für den wunderschönen Ausblick, den ich von hier hatte. Trotzdem zwang ich mich, das in der Sonne glitzernde Meer, den blauen Himmel, ein paar Möwen, die leere Straße und schließlich sogar den Mülleimer neben der Bank zu betrachten, während sich die Spannung in mir aufstaute. Schließlich griff ich mit einem ergebenen Seufzen nach meinem Handy. Meine Hände waren feucht, als ich Instagram öffnete.

Jack hatte meine Anfrage angenommen. *Und* er folgte mir nun auch. Ich musste mich zusammenreißen, um nicht laut jubelnd aufzuspringen und einen Freudentanz aufzuführen. Trotzdem erlaubte ich mir ein leises: »Fuck, yeah!«

Hastig sah ich mich um. Es war keine Menschenseele in Sicht. Dann öffnete ich sein Profil und ließ den Blick über Jacks Fotos schweifen.

Falls ich viele Selfies oder Bilder seines Waschbrettbauchs erwartet hatte, wurde ich enttäuscht. Doch ich musste zugeben, dass die Realität um einiges besser war. Jack war wirklich begabt. In seinem Feed gab es kein einziges Foto von ihm selbst, stattdessen bestaunte ich eine Aneinanderreihung wunderschöner Landschaftsaufnahmen. Ein Tautropfen auf einem Blatt in Großaufnahme. Die stürmische See, über die ein Blitz zuckte. Fußspuren im feuchten Sand. Eine Wiese voller Frühlingsblumen. Ein Sonnenaufgang. Und immer wieder Reggie. Als kleiner Welpe. Wie er eine Pfote auf eine Menschenhand mit heller Haut legte – Jacks Hand? Von hinten in einem grünen Dickicht. Wie er mit hängender Zunge und wehenden Ohren aus dem Fenster des blauen Pick-up-Trucks schaute.

Ich konnte mir ein Lächeln nicht verkneifen. Ohne dass Jack sich selbst zeigte, war dies ein Porträt seines Lebens. Die Natur. Reggie. Ein Auge fürs Detail. Er hatte eine Künstlerseele.

Das einzige Bild, das Jacks Gesicht zeigte, war sein Profilfoto. Und auch dort nur von der Seite, erhellt vom warmen Licht der untergehenden Sonne in seinem Rücken.

Immer wieder ging ich die Bilder durch und bewunderte die wunderschönen Naturaufnahmen. Ihm folgten nur ein paar Hundert Leute. Sicher könnte er viele Follower und vielleicht sogar Sponsoren anziehen, wenn er sein Profil öffentlich machte. Doch das schien ihm überhaupt nicht wichtig zu sein. Ich schluckte. Schon wieder eine Seite an Jack, die ich noch nicht kannte. Er hatte so viele davon, war so facettenreich, dass ich mich einmal mehr schämte, ihn von Anfang an abgestempelt zu haben.

Ich hoffte, dass es ihm mit mir genauso ging. Der Drang, mehr Zeit mit ihm zu verbringen, mehr über ihn zu erfahren und zu seinem wahren Ich durchzudringen, wurde übermächtig. Ich musste zugeben, dass ich ihn vermisste, obwohl ich ihn vor weniger als vierundzwanzig Stunden zuletzt gesehen hatte. Ich wollte mit ihm über seine Fotos sprechen. Über seine Liebe zur Natur. Wollte in seine Augen blicken. Und sein Lächeln sehen.

Der Gedanke zauberte mir ebenfalls ein Lächeln aufs Gesicht. Dann musste ich laut lachen. Was hatte dieser Ort – dieser Kerl – nur mit mir angestellt?

Immer noch lächelnd kopierte ich den Link zu Jacks Instagram-Profil in eine Nachricht an Rachel und schrieb darunter:

Wir müssen reden!

16 Marly

Ich sah Jack erst am Wochenende wieder, was mir nicht gerade half, mit der unruhigen Nervosität umzugehen, die mich seit dem Gespräch mit Fiona gepackt hatte. Ich versuchte, ihre Vermutungen weit von mir zu schieben und mich auf meine Arbeit zu konzentrieren, die mir immer leichter von der Hand ging.

Zum Glück kam Mrs Crawford zweimal mit Princess Purrfect vorbei. Ich nutzte ihre Besuche, um meine Finger tief im Fell der rötlichen Katze zu vergraben und sie zu kraulen, was das Zeug hielt, während ich mich mit ihrer Besitzerin über deren Wehwehchen unterhielt. Die beiden gehörten für mich mittlerweile zum Inventar.

Außerdem war ich Fiona sehr dankbar, dass sie das Thema von sich aus nicht noch einmal anschnitt.

Am Samstagmorgen zitterte ich trotzdem vor Aufregung, als ich zum Pier lief, wo wir uns mit der Crew zum Whale Watching verabredet hatten. Einerseits wollte ich Jack unbedingt wiedersehen, andererseits hatte ich Angst davor, herauszufinden, dass er überhaupt nicht an mir interessiert war und sowohl Fiona als auch ich zu viel in sein Verhalten hineininterpretiert hatten.

Nach einem ausführlichen Telefonat mit Rachel hatte Jack nun eine weitere Cheerleaderin für sich gewonnen. Sie fand es »total süß«, dass er extra für mich Cherry Cola gekauft hatte, und hatte mich mehrmals ermahnt, doch endlich mal »mein Gehirn auszuschalten« und »Spaß zu haben«.

Ich hatte mir vorgenommen, Rachels Rat zu befolgen. Es würde mir sicher guttun, mich zur Abwechslung mal gehen zu lassen. Und Jack war so ziemlich der attraktivste Mann, der mir je begegnet war. Doch gleichzeitig fragte ich mich, ob es mir wirklich gelingen würde, nicht zu viel darüber nachzudenken und mich einfach der Chemie, die sich zwischen uns entwickelt hatte, hinzugeben.

Mein Kopf stand mir schon mein ganzes Leben lang im Weg. Meine Erinnerungen waren wie Fesseln, die sich fest um mich schlangen und mich davon abhielten, wirklich zu leben, mein volles Potenzial auszuschöpfen, glücklich zu sein. Anderen Leuten gegenüber war ich vorsichtig. Misstrauisch. Ich erwartete oft das Schlimmste. Denn meine Erfahrung hatte mich gelehrt, dass die Leute, die einen am nächsten standen, einen auch am meisten verletzen konnten. Von den Wunden meiner Kindheit hatte ich mich bis jetzt nicht erholt. Und es sah so aus, als würde mir das nie gelingen. Ich musste mit meinen Narben leben. Das Ziel war, sie nicht wiederaufbrechen zu lassen. Und damit hatte ich bereits jeden Tag alle Hände voll zu tun.

Wie sollte ich mich also auf einen Mann einlassen – so richtig einlassen? Es schien mir unmöglich. Egal, wie gut aussehend er war. Oder aufmerksam. Oder fürsorglich. Oder tiefgründig. Also blieb mir nur die Option, wenigstens ein bisschen Spaß zu haben.

Beinahe wäre ich in ein Auto gelaufen, als ich gedankenverloren die Straße überquerte. Zu meinem Glück fuhren die Einheimischen nur im Schneckentempo durch die Water Street, sodass ich gerade noch zurückspringen konnte.

»Sorry«, ertönte es aus dem halb heruntergelassenen Fenster, und der Fahrer winkte mir entschuldigend zu. Ich starrte ihm mit offenem Mund hinterher. *Er* hatte sich bei *mir* entschuldigt? In Toronto wäre ich angehupt und wüst beschimpft worden. St. Andrews war wirklich immer für Überraschungen gut.

Beim zweiten Versuch überquerte ich die Water Street ohne Zwischenfall und entdeckte sofort die anderen, die schon am Pier warteten. Fiona und Ellie winkten mir zu, die Jungs waren in ein Gespräch vertieft und sahen mich nicht kommen.

Bereits von Weitem machte ich Jacks honigblonden Haarschopf aus. Er überragte selbst den athletischen Blake und den breitschultrigen Will fast um einen halben Kopf. Heute trug er weder Holzfällerhemd noch Arbeitsschuhe, sondern eine Jeansjacke und schwarze Chucks. Wie immer war sein Haar leicht zerzaust, und ich stellte mir vor, wie es sich wohl anfühlen würde, mit den Fingern hindurchzufahren. Abrupt blieb ich stehen, als mir bei dem Gedanken ganz heiß wurde. *Reiß dich zusammen, Marly!*

Fiona musterte mich mit hochgezogenen Augenbrauen. Natürlich war ihr mein kurzer Aussetzer nicht entgangen. Ich straffte die Schultern und steuerte mit entschlossenen Schritten auf die Gruppe zu. Da tauchte ein karamellfarbenes Fellknäuel hinter Jacks Beinen auf und flitzte im nächsten Moment heran.

Ich lachte, als Reggie schwanzwedelnd um mich herumsprang, beugte mich herab und streichelte ihm über den Kopf. Er hechelte fröhlich und begann, meine Hand abzulecken, während ich ihn mit der anderen hinter einem Ohr kraulte.

»Hallo, mein Schöner, kommst du etwa heute auch mit zu den Walen?« Er stupste mich mit der Schnauze an, und ich folgte ihm zu den anderen.

»Marly, du siehst … scharf aus«, begrüßte Fiona mich amüsiert.

»Hab mich extra für die Wale rausgeputzt, schließlich sieht man die nicht alle Tage«, konterte ich und drehte mich einmal um mich selbst, um das pinke Monstrum von einer Jacke zur Schau zu stellen, das Janet mir so großzügig überlassen hatte. Am Morgen hatte sie die Hände über dem Kopf zusammengeschlagen, als sie gesehen hatte, dass ich in meiner Jeansjacke aufs Boot gehen wollte. Kurzerhand hatte sie mir ihre gut gefütterte Steppjacke geliehen, in der ich mich wie das Michelin-Männchen höchstpersönlich fühlte.

»Marly könnte auch einen Sack tragen und sähe trotzdem heiß aus.« Blake zog mich in eine Umarmung. Überrascht erwiderte ich sie. Als er mich losließ, zwinkerte er mir zu. »Lass mich raten, die Jacke hast du dir geborgt, oder?« Ich nickte. »High five dafür! Lieber warm und pink als blau vor Kälte.«

Ich schlug in seine erhobene Hand ein. Auch Fiona umarmte mich, dann Ellie und schließlich Will. Und plötzlich stand ich vor Jack. Der Blick seiner Meeraugen bohrte sich in meinen, und ich schluckte. Der Moment schien sich ewig in die Länge zu ziehen, dann machte er einen Schritt auf mich zu und nahm mich in die Arme. Seine Wärme flutete über mich hinweg, sein Duft hüllte mich ein, und für einen kostbaren Augenblick gab es nur ihn und mich. Wir befanden uns in einer abgeschotteten Blase, in der es weder Zeit noch Raum gab. Durch unsere offenen Jacken spürte ich seinen Herzschlag an meiner Brust. Klopfte sein Herz ebenfalls schneller? Kam es mir nur so vor, oder drückte er mich fester an sich, als die anderen es getan hatten?

Der Moment währte eine wohlige Ewigkeit und war doch viel zu kurz. Jack löste sich wieder von mir und trat einen Schritt zurück. Sein Blick hielt mich gefangen, als er sich leicht unbeholfen durchs zerzauste Haar fuhr.

»Hi, Marly.« Seine Stimme klang rau.

»Hi, Jack«, hauchte ich.

Nach wie vor sahen wir uns an, keiner wollte den Blickkontakt abbrechen. Ich war noch ganz verzaubert von dem Hochgefühl, das seine Nähe in mir auslöste.

»Alle bereit?« Wills Stimme riss mich aus meiner Trance. Jack drehte den Kopf zu seinem Freund, und der Zauber war gebrochen.

»Aye, aye, Captain!« Blake salutierte vor Will. »Anker hoch und Leinen los.«

Will verdrehte die Augen und gab ihm einen Klaps auf den Hinterkopf. »Folgt mir.«

Wir liefen den langen Holzsteg entlang, der aufs Wasser hinausführte. Es lagen nicht viele Boote im kleinen Hafen von St. Andrews, sodass die *Carlotta* sofort herausstach. Will hatte nicht zu viel versprochen. Sein Boot überragte die anderen, bei denen es sich hauptsächlich um Fischerboote handelte.

Es musste gerade frisch für die Sommersaison hergerichtet worden sein, denn der weiße und dunkelblaue Anstrich glänzte wie neu, und es zeigten sich keine Rostflecken oder Kratzer.

»Wow«, entfuhr es mir, als Will uns heranwinkte. »*Das* ist dein Boot?«

Er nickte strahlend. »Willkommen auf der *Carlotta*.«

Der Name prangte in goldenen Lettern so groß am Bug, dass er nicht zu übersehen war. Am Heck flatterte die kanadische Flagge im Wind, und von der Reling hing ein Banner, das Touristen zum Whale Watching einlud. Erst als wir direkt vor der *Carlotta* standen, erkannte ich, dass es sich um einen Katamaran, ein Boot mit zwei Rümpfen, handelte. Es war nicht sehr hoch, dafür aber breit und sah schnittig aus.

»Beim Whale Watching kommt es oft auf die Geschwindigkeit an«, erklärte Will, als er meinen überraschten Blick bemerkte. »Natürlich sieht man nicht jedes Mal einen Wal, aber mit einem schnelleren, wendigeren Boot wie einem Katamaran kann man seinem Glück etwas auf die Sprünge helfen. Meine Familie ist seit Generationen in der Bucht tätig. Deshalb wissen wir, was wir tun.«

Es war herauszuhören, wie stolz Will auf sein Familiengeschäft war. Ich schenkte ihm ein bewunderndes Lächeln. Gleichzeitig versetzte mir der Gedanke einen Stich, dass er auf mehrere Generationen zurückblicken konnte. Dass er so viel über seine Vorfahren wusste und die Familientradition voller Stolz fortsetzte. Es führte mir einmal mehr vor Augen, dass ich selbst so gut wie nichts über meine wusste.

Außer über meine Großeltern, ermahnte ich mich in Gedanken und versuchte, ihre lächelnden Gesichter im Geist heraufzubeschwören. Grandma und Grandpa würden nicht schlecht staunen, wenn sie mich jetzt sehen könnten.

Während ich den anderen auf den Katamaran folgte, versuchte ich, mich nicht von meinen Gedanken runterziehen zu lassen. Heute würde ich vielleicht einen weiteren Punkt von der Liste meiner Lebensziele streichen.

Mein Herz machte einen Sprung, als ich einen Fuß auf den Landungssteg setzte. Ich zögerte kurz, legte eine Hand auf das Geländer und genoss das sanfte Schaukeln. Unter mir schwappten kleine Wellen sanft gegen das Boot, und es roch nach Meersalz und Algen.

»Alles in Ordnung, Marly?« Ellie, die hinter mir kam, legte mir eine Hand auf den Rücken. »Wirst du leicht seekrank?«

»Ich weiß nicht«, gab ich zu und drehte mich halb zu ihr um. »Ich war noch nie auf dem Meer, bisher nur auf dem Lake Ontario.«

»Na, dann werden wir es wohl heute herausfinden.« Sie lächelte mir aufmunternd zu.

Ich nickte und setzte leicht schwankend auch den zweiten Fuß auf den Katamaran. Jetzt gab es kein Zurück mehr.

Will hatte einen Kapitän und zwei Crew-Mitglieder angeheuert, die uns freundlich an Bord begrüßten. Er hatte zwar selbst einen Bootsführerschein und war auf Schiffen groß geworden, doch auf diese Weise konnte er die Fahrt mit uns genießen und uns alles persönlich erklären – oder vielmehr mir, da die anderen sicher schon unzählige Male mit ihm in die Bucht hinausgefahren waren.

Ein warmes Gefühl der Dankbarkeit überkam mich, als ich sah, wie viel Mühe Will sich gab. Es war so nett, dass er mich eingeladen hatte, dass er und seine Freunde mich so selbstverständlich in ihre Gruppe aufnahmen.

Sogar Jack.

Der Gedanke, dass Jacks Freundlichkeit mir gegenüber vielleicht nur etwas damit zu tun hatte, dass er mich wie die anderen in St. Andrews willkommen heißen wollte, ätzte sich in meinen Verstand. War er einfach nur nett? Selbst Will und Blake flirteten manchmal spielerisch mit mir, und da war nichts dabei. Doch irgendwie fühlte es sich mit Jack anders an …

Halt! Ich schüttelte den Kopf. Dies war nicht der richtige Zeitpunkt, um darüber nachzugrübeln. Wir waren kurz davor, aufzubrechen. Will hatte sich soeben mit dem Kapitän besprochen und gesellte sich nun zu uns an die Reling. »Jetzt geht's los.«

Ich atmete einmal tief durch, als die Taue gelöst wurden, der Motor aufheulte und wir uns langsam vom Pier entfernten. Sofort fuhr mir der Wind ins Haar, und ich war dankbar für Janets Jacke. Lächelnd schloss ich den Reißverschluss und schlug den Kragen hoch. Dann wandte ich mich dem Meer zu, ließ die frische Brise meinen Kopf gründlich durchpusten und meinen Geist leeren. Ich würde meine Vorbehalte und Sorgen am Ufer zurücklassen und mich voll auf dieses Abenteuer einlassen – Jack hin oder her. Obwohl er nicht neben mir stand, war mir seine Anwesenheit überdeutlich bewusst. Ich bemühte mich, seine angenehm tiefe Stimme auszublenden, als er sich mit Blake und Ellie unterhielt.

Stattdessen richtete ich den Blick auf den Horizont und konzentrierte mich ganz auf die wunderschöne Natur.

Es war bewölkt, doch die Sonne brach immer wieder durch die Wolkendecke und warf ihr funkelndes Licht auf die Bucht, sodass ein wunderschönes Farbenspiel entstand. Eilig zückte ich mein Handy und schoss einige Fotos. Doch es stellte sich als unmöglich heraus, die atemberaubende Weite, das silbrige Blau des Meeres und das satte Grün der Tannen am Ufer einzufangen. Also steckte ich mein Handy wieder weg. Ich wollte den Moment genießen. Meine Eindrücke wären später wertvollere Erinnerungen als jedes Foto.

Am Anfang ging es am bewaldeten Festland vorbei, und Will riet mir, die Augen offen zu halten. Er verteilte drei Ferngläser, und wir wechselten uns damit ab. Tatsächlich entdeckten wir mehrere Weißkopfseeadler und andere Seevögel. Will erklärte mir, dass die Bucht den perfekten Lebensraum für viele Arten von Tieren darstellte, den die Einheimischen unter allen Umständen erhalten wollten.

Ich schirmte die Augen mit der Hand ab, als ich eine Bewegung auf einer kleinen Felseninsel entdeckte. Dann riss ich das Fernglas hoch und blickte hindurch.

»Schaut mal da!« Hüpfend deutete ich in Richtung der mit Schlick bedeckten Felsen, die aus dem Meer ragten. »Seerobben!«

»Ich glaube, jetzt bin ich taub.« Blake, der neben mir stand, rieb sich die Ohren.

Ich ging nicht auf seine Stichelei ein, sondern beobachtete gespannt die in der Sonne glänzenden Tiere, die sich träge auf den Steinen rekelten. Wir kamen ihnen immer näher, und bald konnte ich durch das Fernglas Details wie ihre schwarzen Knopfaugen und die borstigen Schnurrhaare ausmachen.

»Sie sind so beeindruckend«, stellte ich fasziniert fest. »Und furchtbar süß.«

»Komm mal wieder runter«, lachte Blake. »Wenn du hier aufwächst, siehst du schon als kleines Kind Seerobben bis zum Umfallen. Ich bin sogar mal neben einer im Meer geschwommen.«

»Ich bin aber nicht hier aufgewachsen«, fuhr ich ihn eine Spur zu scharf an und bereute es sofort.

Blake musterte mich mit hochgezogenen Augenbrauen, und ich ließ zerknirscht das Fernglas sinken. »Sorry, Blake. Tut mir echt leid. Es ist nur …« Ich zuckte mit den Schultern, suchte nach den richtigen Worten. »In den letzten Tagen ist mir aufgefallen, dass es so vieles gibt, was ich noch nie gesehen habe, was ich noch erleben will. Dieser Ort ist einfach …« Ja, was war St. Andrews für mich? Wunderschön? Magisch? Fremd und vertraut zugleich? Ein neues Zuhause? Oder nur ein Wunschtraum, der bald wieder vorbei war?

»Ist schon okay.« Blake zwinkerte mir zu, und auch Will, der das Ganze mitbekommen hatte, schenkte mir ein warmes Lächeln. »Wir sind uns bewusst, dass wir an einem Ort wohnen, an den andere Leute kommen, um Urlaub zu machen«, sagte er. »Es ist ein Privileg.«

Jack stellte sich neben Blake und nahm ihm sein Fernglas ab. »Und gleichzeitig haben wir eine große Verantwortung«, fügte er hinzu. »Das Privileg und die Pflicht, unsere Heimat zu schützen.«

Ich warf einen weiteren Blick durch das Fernglas auf die Robben. Bei dem Gedanken, dass ihr Lebensraum in Gefahr war, wurde mir ganz schlecht. »Habt ihr hier denn bisher viele Auswirkungen des Klimawandels beobachtet?«, fragte ich.

»Ja.« Jacks Miene wurde ernst. »Nicht nur sind die Winter milder und die Sommer heißer und trockener, aber in den letzten Jahrzehnten sind auch eine Menge Arten auf die Liste der vor dem Aussterben bedrohten Tieren gewandert.«

Blake tat so, als würde er gähnen, und schlug Will und Jack auf die Schultern, bevor er sich zum Gehen wandte. »Die beiden arbeiten ehrenamtlich für den Nature Trust of New Brunswick, eine gemeinnützige Organisation, die sich für die Erhaltung der Natur einsetzt. Sie können dir eine Menge über das Thema erzählen.« Er tippte sich an die Stirn. »Ich tue mir das aber nicht schon wieder an.« Lachend gesellte er sich zu Fiona und Ellie, die mit Reggie spielten.

Doch seine Worte hatten meine Neugier geweckt. Schon wieder hatte ich eine Seite von Jack aufgedeckt. Ich hatte zwar bereits gewusst, dass er ein Natur- und Tierliebhaber war, aber dass er sich sogar in seiner Freizeit dafür einsetzte, war mir neu.

»Selbst die Wale sind verwirrt vom Klimawandel«, fuhr Will eifrig fort. Nun sprach der Whale-Watching-Guide aus ihm. »Ihr Immunsystem und ihre Fortpflanzungsfähigkeit werden durch den Anstieg der Meerestemperatur und die Übersäuerung des Wassers beeinträchtigt, und ihr Rhythmus kommt durcheinander. Sie können ihre alten Wanderrouten teilweise nicht mehr benutzen, also suchen sie sich andere Wege und kommen nicht mehr zu denselben Zeiten hierher wie früher. Alles verschiebt sich, und wir müssen darauf reagieren.«

»Dasselbe gilt für die Robben und einige andere Tiere«, fügte Jack hinzu. »Alle sind vom Klimawandel, der Überfischung und Verschmutzung der Meere betroffen.«

Während er sprach, ließ ich die Seerobben nicht aus den Augen, bis wir an ihnen vorbei waren. Wenn ihr Anblick mich bereits so aus der Fassung brachte, wie würde es dann erst sein, wenn wir einen Wal sahen?

Das Festland fiel immer weiter hinter uns zurück, und bald tat sich vor uns das offene Meer auf. Ich erinnerte mich, dass es zwar nicht der Atlantik, sondern nur die Bay of Fundy war, doch mein Herz schlug vor Aufregung immer schneller, als die

Küste bald nur noch in der Ferne zu erkennen war. Ich hatte jegliches Zeitgefühl verloren, war völlig berauscht von der frischen Meeresluft, den glitzernden Wellen und dem sanften Schaukeln des Katamarans. Zum Glück war mir noch nicht übel geworden. Allerdings grummelte mein Magen bereits vor Hunger.

Als hätte sie es gehört, rief Ellie im selben Moment: »Zeit für ein Picknick!«

Sie und Fiona packten Sandwiches aus, die sie für alle mitgebracht hatten. Will servierte Kaffee und Tee aus Thermoskannen, und wir zogen uns in den überdachten Bereich im vorderen Teil des Bootes zurück, wo wir geschützt vor dem Wind ein kleines Picknick aufbauten.

Als Jack sich neben mich auf eine der Holzbänke setzte, blickte ich überrascht auf, und mein Herz machte einen Purzelbaum. Reggie ließ sich brav neben ihm auf den Boden plumpsen. Grinsend reichte Jack mir eine Flasche Cherry Cola. »Hier, für dich.«

Anscheinend war das jetzt so ein Ding zwischen uns.

Meine Mundwinkel hoben sich wie von selbst, als ich ihm die Flasche aus der Hand nahm. »Hattest wohl von Dienstag noch welche übrig, was?«

Jacks Hand verharrte mitten in der Luft. Seine Augen weiteten sich unmerklich, und eine zarte Röte überzog seine Wangen. Sofort verfluchte ich meine scharfe Zunge. Warum hatte ich sie in seiner Gegenwart nie unter Kontrolle?

»Danke«, sagte ich hastig, schraubte die Flasche auf und nahm einen Schluck. »Es ist wirklich sehr aufmerksam von dir, dass du dir meine Lieblingssorte gemerkt hast.«

Nun lächelte Jack wieder, und eine wohlige Wärme breitete sich in meiner Brust aus.

»Ich hatte wirklich noch ein paar Flaschen von Dienstag übrig«, gab er zu und kratzte sich verlegen am Hinterkopf. »Du kannst sie gern haben, wenn du möchtest.«

»Ach, weißt du«, ich nahm noch einen Schluck Cola, »irgendwie gefällt es mir, dass sie zu den unerwartetsten Gelegenheiten auftauchen. So wie hier, auf einem Boot mitten auf dem Meer. Überrasch mich doch in Zukunft einfach weiter damit.«

Jack lachte leise. Es klang wie ein sanftes Brummen, das tief aus seiner Brust kam. Am liebsten hätte ich meine Hand daraufgelegt, um die Vibration zu spüren, konnte mich aber gerade noch zurückhalten. Mein Kommentar hatte schon für so viel Weirdness zwischen uns gesorgt, dass es für einen Tag reichte.

»Damit hätte ich aber alle Hände voll zu tun«, sagte er.

»Wieso? Glaubst du, dass es so schwer ist, mich zu überraschen?«

Jack nickte. »Ich habe das Gefühl, dass dich so schnell nichts aus der Bahn wirft, Marly.«

Ich sah ihm in die Augen, er erwiderte den Blick herausfordernd. Waren seine Worte eine Anspielung auf meine große Klappe? Oder auf meine innere Stärke? Schlussfolgerte er das aus dem, was ich ihm bisher über mich erzählt hatte? Er kannte mich wirklich nicht gut, wenn er dachte, ich sei unerschütterlich.

Natürlich kennt er mich nicht, ermahnte ich mich in Gedanken. *Wie auch?* Wir hatten uns noch nicht oft zu zweit unterhalten und einen ziemlich schlechten Start gehabt. Und doch kannte Jack mich auf eine Weise jetzt schon besser als alle anderen Menschen in meinem Leben. Schließlich hatte ich ihm meine verborgensten Gedanken offenbart.

Am liebsten hätte ich ihn hier und jetzt gefragt, was er von mir hielt, was seine Absichten waren. Doch ich tat es nicht. Er dachte sicher sowieso schon, dass ich nicht mehr alle Bücher im Regal hatte, kein Grund, seinen Verdacht zu bestätigen.

Jacks Augen hielten mich zwar noch gefangen, aber mein Blick zuckte zu Fiona, die uns beobachtete, während sie Ellie mit kleinen Würstchen fütterte.

Jack folgte meinem Blick. »Lässt sie dich auch nicht in Ruhe?«, fragte er mit einem schiefen Grinsen.

»Fiona?« Ich biss von meinem Sandwich ab, um mir mehr Zeit für eine angemessene Antwort zu verschaffen. Schließlich waren die beiden beste Freunde.

Jack nickte und legte eine Hand auf Reggies Kopf, der schwanzwedelnd zu uns aufsah. »Sie versucht schon seit dem Kindergarten, mich zu verkuppeln.«

Ich verschluckte mich an einer Scheibe Truthahn und musste husten. Dass er das Thema so ungeniert ansprechen würde, hatte ich nicht kommen sehen.

»Und? Hat es mal geklappt?«, fragte ich möglichst beiläufig, nachdem ich mich wieder eingekriegt hatte.

»So würde ich das nicht sagen.« Wieder zeigte sich dieses freche Grinsen auf seinen Lippen. »Ich bin mal zwei Tage mit ihrer damaligen besten Freundin gegangen. Das wertet Fiona sicher als Erfolg.«

»Ganze zwei Tage? Im Kindergarten? Das ist eindeutig ein Erfolg.« Ich lachte.

»O ja, wir haben sogar unsere Pausenbrote geteilt und auf dem Nachhauseweg Händchen gehalten.«

»Also war das die längste Beziehung, die du bisher hattest?«, fragte ich neckend, wenn auch nicht ganz uneigennützig.

»Ich, äh …« Jacks Miene verdüsterte sich leicht. Wolken zogen über das Meer in seinen Augen. »Ich bin nicht so der Beziehungstyp.«

Ich zog meine Augenbrauen interessiert in die Höhe, aber er wollte sich anscheinend nicht weiter zu dem Thema äußern. Doch nun brannte ich natürlich vor Neugier. Anstatt meiner scharfen Zunge ihren Freiraum zu lassen, biss ich mir allerdings auf die Lippe und schluckte meine Fragen herunter. »Ich auch nicht.«

Sein Blick schoss zu mir, blieb einen kurzen Moment an meinem Mund hängen, und ich ertappte ihn dabei, wie er sich selbst kurz über die Lippen leckte.

Er hatte sich seit unserer letzten Begegnung einen Dreitagebart wachsen lassen, der eine Spur dunkler als seine Haare war. Am liebsten hätte ich über seine Bartstoppeln gestrichen. Die Wirkung, die er auf mich hatte, war nicht mehr zu leugnen. Er starrte unverändert auf meine Lippen, ich auf seine. Sie öffneten sich leicht, luden mich ein …

»Hey, Leute, kommt schnell raus«, ertönte da Wills Stimme von der Reling. »Wir haben den ersten Wal gesichtet!«

Jack und ich wechselten einen überraschten Blick und sprangen auf.

17 Marly

In meinem ganzen Leben hatte ich noch nie etwas auch nur annähernd Vergleichbares erlebt. Ich stand zwischen Jack und Will an der Reling und spähte aufs Meer hinaus, während mir das Herz bis zum Hals schlug und der Wind mir das Haar ins Gesicht peitschte.

»Es ist ein Finnwal«, erklärte Will und reichte mir ein Fernglas. »Gleich da drüben, keine fünfzehn Meter entfernt.«

Als sich die riesige dunkelgraue Flosse aus dem Wasser hob, hätte ich beinahe vor Freude aufgeschrien, doch ich blieb still, hielt den Blick auf das majestätische Wesen gerichtet, und mich überkam eine innere Ruhe, die mich völlig überwältigte.

Wie in Zeitlupe tauchte die Seitenflosse wieder ins Wasser. Bis auf die schäumenden Wellen war es mit einem Mal, als wäre sie nie dort gewesen. Ich trat näher an die Reling, umklammerte sie mit einer Hand und hielt mir mit der anderen das Fernglas vor die Augen. »Wo ist er hin?«, fragte ich besorgt, ohne den Blick vom Wasser zu lassen. Meine Stimme war ein verzücktes Flüstern.

»Warte es nur ab«, sagte Will. »Er kommt gleich wieder hoch. Hier ist eine perfekte Stelle für ihn, um sich den Bauch vollzuschlagen. Außerdem ist er nicht allein.«

»Nicht allein?«

Will strahlte. »Da sind noch zwei andere. Wahrscheinlich eine Familie.«

Ich starrte so angestrengt durch das Fernglas, als könnte ich den Wal wieder aus den Fluten locken. Kurz darauf wurde meine Geduld belohnt. Diesmal schob sich eine wunderschön geschwungene Fluke aus dem Wasser, wie ich sie aus Filmen kannte. Obwohl der Körper des Finnwals dunkelgrau glänzte, war die Unterseite seiner Schwanzflosse strahlend weiß. Während ich mit offenem Mund verfolgte, wie sie sich in die Höhe reckte, tastete ich nach dem Handy in meiner Jackentasche. Doch da berührten warme Finger meinen Handrücken, und ich sah überrascht auf.

»Keine Sorge, ich mache ganz viele Fotos für dich«, sagte Jack lächelnd. »Genieß einfach den Anblick.« Er hielt sein Handy hoch, und ich erkannte, dass seine Kamera-App geöffnet war.

»Wow, äh, danke«, war alles, was ich hervorbrachte, bevor ich mich wieder den Walen zuwandte. Ein Lächeln zupfte an meinen Mundwinkeln, meine Wangen fühlten sich trotz des scharfen Winds angenehm warm an, und meine Hand kribbelte, wo Jack mich berührt hatte.

Als sich kurz darauf drei Wale gleichzeitig zeigten, konnte ich ein freudiges Quietschen nicht unterdrücken. Ellie und Fiona hatten sich zu uns gesellt. Ellie, die wie ich nicht ihr ganzes bisheriges Leben am Meer verbracht hatte, stieß einen ebenso entzückten Laut aus.

»Es ist immer wieder faszinierend«, sagte Fiona und küsste sie auf die Wange. »Egal, wie oft man es schon gesehen hat.«

Kurz darauf verschwanden die Wale unter Wasser. Nachdem wir eine Weile gewartet hatten, fuhr der Kapitän ein Stück weiter.

Als er wieder anhielt, klopfte er an die Scheibe seiner Kabine und winkte Will zu sich. Alle sahen ihm hinterher, als Will zu ihm eilte. Aufgeregt kam er kurz darauf wieder zu uns zurück.

»Einer befindet sich direkt unter uns«, verkündete er stolz.

»Wie bitte?«, entfuhr es mir.

»Nicht in Panik ausbrechen, Marly.« Will warf mir einen amüsierten Blick zu. »Gerade befindet sich ein ziemlich großer Wal direkt unter unserem Katamaran. Etwa fünfzehn Meter lang.«

Ich starrte ihn ungläubig an. Alle anderen drehten sich gleichzeitig um und stürzten zur Reling. Fiona beugte sich so weit vor, dass Ellie besorgt ihre Hüften umklammerte. »Er ist *unter* dem Boot, Fi«, sagte sie und verdrehte die Augen. »Da kannst du ihn schlecht von hier aus sehen.«

Eine Gänsehaut kroch mir die Arme herauf, und mein Herz schlug Purzelbäume, als ich mich ebenfalls wieder der Reling zuwandte. Ein riesiges, fünfzehn Meter langes Säugetier befand sich in diesem Moment direkt unter unserem Boot. Der Katamaran kam mir auf einmal furchtbar winzig vor. Ein einziger Schlag mit der gigantischen Fluke und er würde zerbrechen wie eine Salzstange. Schaudernd zog ich meine Jacke enger um mich.

Jack stellte sich neben mich, und seine Anwesenheit wirkte sofort beruhigend. Wärme ging von ihm aus, und ich hätte mich am liebsten an ihn gelehnt.

»Passiert das oft?«, fragte ich. »Dass ein Wal unter dem Boot entlangschwimmt?«

Jack musste meine Beklommenheit bemerken, da er mir ein aufmunterndes Lächeln schenkte. »Nicht wirklich«, sagte er. »Deswegen ist Will so aufgeregt.«

Auch Will hatte sich weit über die Reling gebeugt und die Augen zusammengekniffen. Sie glänzten, und er plapperte aufgeregt vor sich hin. Da schlich Blake sich an ihn heran, packte Wills Arme, riss sie in die Höhe, schmiegte sich von hinten an ihn und begann, den *Titanic*-Song von Céline Dion zu trällern. Will wäre vor Schreck beinahe über Bord gegangen. Natürlich endete diese Aktion in einer Rauferei.

»Du musst dir wirklich keine Sorgen machen«, sagte Jack mit gerunzelter Stirn zu mir. Er musste lauter sprechen, um gegen Blakes und Wills gebrüllte Beleidigungen und Verwünschungen anzukommen. »Der Wal weiß genau, dass wir uns über ihm befinden. Wir sind nicht in Gefahr. Wale sind sehr friedliche Tiere.«

Ich schluckte und nickte. Eben hatte mich die majestätische Anmut der Wale noch fasziniert, doch ich musste zugeben, dass ihre Größe mir auch gehörigen Respekt einflößte. Wir befanden uns in *ihrem* Lebensraum, waren nur Besucher, die sie möglichst wenig stören, sondern nur ihre Schönheit bewundern wollten, bevor wir sie wieder in Ruhe ließen. Ich starrte ins Wasser und glaubte, einen riesigen, dunklen Schatten unter der Oberfläche auszumachen, der sich langsam vom Boot wegbewegte.

Kurz darauf teilten sich die Wellen, und ein gigantischer brauner Wal schoss keine zwanzig Meter von uns entfernt in die Höhe. Er drehte sich wie in Zeitlupe über der Oberfläche und fiel mit einem lauten Platschen wieder ins Wasser. Fiona kreischte und zog den Kopf ein, Ellie riss gerade noch rechtzeitig ihre Kapuze hoch, bevor salzige Tropfen auf uns herabregneten. Sie stachen mir eiskalt ins Gesicht. Hohe Wellen brandeten gegen den Bug des Katamarans und brachten ihn zum Schaukeln. Will und Blake, die immer noch rauften, wurden von den Füßen gerissen. Ein beißender Geruch wehte zu uns herüber, leicht abgestanden und faulig.

»Ich kann's kaum glauben.« Will stolperte aufgeregt zur Reling. »Ein Buckelwal.« Fragend sah ich ihn an, während ich die Tropfen aus meinen Wimpern blinzelte. »Die kommen normalerweise erst Ende Juli, Anfang August hierher«, erklärte er.

Ich strahlte. »Dann haben wir ja heute richtig Glück, oder?«

Doch Will runzelte die Stirn. »Entweder hat er sich verirrt, was sehr unwahrscheinlich ist, oder wir haben hier einen weiteren Beweis für den Klimawandel.«

»Glaubst du, dass noch mehr Buckelwale hier sind?«, fragte ich hoffnungsvoll. Schon war ich wieder hingerissen von den gigantischen Säugetieren, meine Angst war vergessen.

Will schüttelte den Kopf. »Sehr unwahrscheinlich. Sie sind meistens allein unterwegs, weil sie nur hierherkommen, um zu fressen. Für sie ist die Bay of Fundy ein Schlaraffenland. Mal sehen, ob wir ihn noch mal zu Gesicht bekommen.«

Ich hob mein Fernglas vor die Augen, während Will sich zu den anderen umwandte. »Geht es allen gut?«

»Jap, sind nur ein bisschen nass geworden.« Fiona wrang demonstrativ ein paar ihrer feuchten Zöpfe aus. Ellie, die aufgrund ihrer schnellen Reaktion als Einzige trocken geblieben war, nickte grinsend. Blake hob zähneknirschend einen Daumen. Er lag nach wir vor auf dem Boden, wohin Will ihn befördert hatte, bevor der Buckelwal aufgetaucht war, und sah aus wie ein begossener Pudel.

Reggie saß leise hechelnd direkt neben seinem Herrchen und blickte fragend zu ihm auf. Selbst im Angesicht dieser Ozeangiganten verhielt er sich vorbildlich, doch ich hatte nichts anderes von ihm erwartet. Jack tätschelte ihm den Kopf. »Guter Junge.«

Als ich ihn ansah, machte mein Herz einen Sprung. Jack sah einfach umwerfend aus. Wassertropfen glitzerten in seinem Honighaar, ein paar rannen ihm über die Wangen und hatten sich in seinem kurzen Bart verfangen. Ich starrte auf seine feuchten Lippen, die mich geradezu einluden, das Meersalz von ihnen zu küssen. Doch Jack kam mir zuvor.

Er hob langsam die Hand, um mir eine nasse Locke aus dem Gesicht zu streichen. Als seine Fingerknöchel meine Wange berührten, fuhr etwas Heißes durch meinen Unterleib. Jacks

Hand verharrte eine Spur zu lange an meiner Wange, während wir uns tief in die Augen sahen.

Es war das erste Mal, dass er mich so intim berührte, und ich hatte das Gefühl, als würde ich fallen, ohne Halt und ohne Rettung. Es gab kein Zurück mehr. Jack Wilson hatte mir den Kopf verdreht.

18 *Jack*

Meine Hand verharrte an Marlys Wange, und ich konnte den Blick nicht von ihr abwenden. Am liebsten hätte ich sie an mich gezogen und vor allen anderen geküsst. Es war mir egal. Nein, war es eigentlich nicht. Ich verspürte den starken Drang, mit ihr allein zu sein. Ihr meine volle Aufmerksamkeit zu widmen und jeden Zentimeter ihres Körpers zu erkunden. Es machte mich wahnsinnig, ihre weiche Haut unter meinen Fingern zu spüren und sie doch nicht so berühren zu können, wie ich wollte. Es war frustrierend, dass ihre Lippen meinen so nahe waren und ich sie nicht küssen konnte.

Marlys Blick huschte zu meinem Mund. Sie biss sich kaum merklich auf die Unterlippe. Als mein Körper daraufhin ein allzu eindeutiges Signal gab, räusperte ich mich und zog meine Hand weg.

Marlys Wangen waren leicht gerötet, ihr Atem ging schneller. Sie brach den Blickkontakt zuerst ab und schaute wieder aufs Meer hinaus. Ich tat es ihr gleich.

»Hat Reggie gar keine Angst vor den Walen?«, fragte sie nach einer Weile mit heiserer Stimme. »Bellt er sie manchmal an, oder so?«

Ich schüttelte den Kopf. »Ich nehme ihn schon mit raus, seit er ganz klein war. Er ist es gewohnt, auf einem Boot zu sein, und hat schon einige Wale gesehen, auch Delfine und Robben. Die können ihn nicht mehr aus der Ruhe bringen. Aber Möwen … das ist eine ganz andere Geschichte.« Ich kratzte mich verlegen lachend am Hinterkopf und warf Reggie einen gespielt strengen Blick zu. »Nicht wahr, Buddy? Möwen könntest du jagen, bis du umfällst.« Marly lachte ebenfalls und schaute mich zweifelnd an. »Ja, ich weiß, schwer zu glauben. Im Moment sieht der kleine Racker so aus, als könnte er keiner Fliege – geschweige denn einer Möwe – was zuleide tun.«

Marly lächelte und wandte sich wieder der Reling zu. Sie suchte die Meeresoberfläche ab. Wahrscheinlich hoffte sie auf weitere Wale. Ich wollte auf keinen Fall, dass unser Gespräch endete. Eilig überlegte ich, was ich sagen sollte.

»Also, hast du auch ein Boot?«, fragte Marly unvermittelt.

»Ja, klar«, antwortete ich prompt, froh, dass sie sich anscheinend ebenfalls weiter mit mir unterhalten wollte.

Sie schnaubte. »Echt jetzt? Habt ihr etwa alle eins? Sind alle in dieser Kleinstadt mit einem goldenen Löffel im Mund geboren worden?« Sie schien ihren kleinen Ausbruch sofort zu bereuen, denn sie sah zerknirscht wieder aufs Meer hinaus.

Ich schüttelte grinsend den Kopf. »Nein, aber wenn man am Meer aufwächst, ist es eben nichts Ungewöhnliches. Für manche ist es sogar fast wie ein Auto. Sie brauchen eins beim Job oder um in die Arbeit zu fahren.«

Sie blickte mich misstrauisch an. »Um in die Arbeit zu fahren?«

»Jap, der Nachbar meiner Eltern fährt jeden Tag nach Navy Island rüber. Und ich könnte theoretisch auch mit dem Boot nach Ministers Island. Das wäre sogar um einiges einfacher, als mit dem Auto hinzufahren. Dann wäre ich nicht so abhängig von Ebbe und Flut.«

Marly zog nachdenklich die Brauen zusammen. Nach einer

Weile schien sie zu dem Schluss zu kommen, dass meine Erklärung Sinn ergab. »Ich habe wohl noch einiges über euren Lebensstil zu lernen«, gab sie zähneknirschend zu.

Ich starrte sie in gespieltem Entsetzen an. »Hast du etwa wirklich gerade zugegeben, dass du etwas über das Leben in einer langweiligen, kleinen Küstenstadt lernen willst? Du, die auf ihrem hohen Ross hier hereingetrabt ist und sich erst mal über alles lustig gemacht hat?«

»Autsch«, lachte Marly. »Und wie lange hast du dir diesen Spruch schon zurechtgelegt?«

Ich grinste wieder. »Eine Weile.«

Sie stieß mir ihren Ellbogen in die Seite. »Ist ja gut, ich gebe zu, dass es hier gar nicht so übel ist.«

»Und das sagst du nicht nur wegen der Wale?«, zog ich sie auf.

»Nein … auch wegen Reggie.«

»Ach so, also haben dich die Tiere von St. Andrews überzeugt? Nicht etwa die netten, gastfreundlichen und absolut umwerfend aussehenden Kleinstädter?«

Nun grinste sie ebenfalls. »Umwerfend aussehend? Hm … Diese besonderen Exemplare habe ich wohl noch nicht getroffen.«

Ich schnaubte beleidigt und verschränkte die Arme vor der Brust. Reggie stieß mich fragend mit der Schnauze an, und ich tätschelte ihm den Kopf, um ihm zu zeigen, dass meine Verärgerung nur gespielt war.

»Nein, aber mal ehrlich«, fuhr Marly fort. »Wie kommt es, dass in St. Andrews nur solche Prachtexemplare wie Fiona, Ellie, Will und Blake rumlaufen? Ist hier etwas in der Luft? Oder im Wasser?«

Ich hob die Augenbrauen. Natürlich war mir aufgefallen, dass sie alle außer mir genannt hatte. »Fiona, Ellie, Will und Blake, was?«, fragte ich belustigt. Okay, dann würde ich ihr Spiel eben mitspielen. »Und was ist mit mir?«

»Du bist … noch mal was ganz anderes.«

»Ach, ich spiele in meiner eigenen Liga?«

»Könnte man so sagen, ja.«

Ungeduldig tippte ich mit dem Zeigefinger auf meine verschränkten Arme.

»Ich werde aus dir einfach nicht schlau«, erklärte Marly und wurde dabei wieder leicht rot. »Vergessen wir mal den Lumberjack …«

Ich verdrehte die Augen, war allerdings sehr gespannt, worauf sie hinauswollte.

Sie ließ sich nicht beirren und zählte an den Fingern ab. »Du stehst eindeutig auf Natur und Tiere, dein Kleidungsstil lässt zu wünschen übrig, du hast Geschwister, bist meistens ziemlich höflich und in der Gemeinde engagiert, du bist kein Beziehungstyp, und du scheinst total auf Cherry Cola abzufahren.«

Ich starrte sie verblüfft an. »Hä?«

»Warum sonst würdest du ein ganzes Sixpack mit zur Party bringen?«

Verlangte sie etwa wirklich von mir, dass ich zugab, die Getränke nur für sie gekauft zu haben? Ich dachte, es wäre längst klar genug geworden. Also revanchierte ich mich zunächst, indem ich mit meiner Schulter gegen ihre stieß. Dann legte ich meine Unterarme auf der Reling ab und ließ den Blick übers Meer schweifen, während ich mir eine Antwort überlegte.

Ich hatte das Gefühl, dass dies der Moment war, ihr ein wenig mehr von mir preiszugeben. Sie hatte mir so viel Privates von sich erzählt, dass ich den Drang verspürte, mich ihr ebenfalls zu öffnen. Ihre zugegeben ziemlich gelungene Charakterisierung lieferte mir die perfekte Vorlage dafür. Meine Kiefermuskeln mahlten, ich rang mit mir. Solche tiefgründigen Gespräche fielen mir nicht leicht. Ich konnte mich tatsächlich nicht erinnern, jemals einer Frau das anvertraut zu haben, was ich Marly nun erzählen wollte.

»Tja, das ist so ziemlich alles, was ich über dich weiß«, sagte sie achselzuckend und lehnte sich ebenfalls gegen die Reling. »Wer bist du, Jack Wilson?«, fügte sie leise hinzu, sodass ich über den brausenden Wind, die an den Bug klatschenden Wellen und die entfernten Stimmen der anderen nicht sicher war, richtig gehört zu haben.

Ich räusperte mich. Jetzt oder nie.

»Sie haben mich früher immer Glückskind oder Golden Boy genannt«, sagte ich leise.

Marly beugte sich dichter zu mir. »Warum?«, flüsterte sie gespannt.

Ich fuhr mir durchs feuchte Haar und seufzte. Jetzt hatte ich begonnen, und es gab kein Zurück mehr. »Ich war der, dem immer alles zuflog, der sich nie anstrengen musste. Ich hatte gute Noten, ohne je viel zu lernen. War gut im Football und Eishockey, ohne viel zu trainieren. Meine Eltern haben sich nie scheiden lassen, ich habe eine große, heile Familie. So viel Potenzial.« Unwillkürlich lachte ich hart auf. Es klang bitter. »Und als ich dann entschied, nach der Schule nicht aufs College zu gehen, sondern hierzubleiben, waren alle empört. *Was für eine Verschwendung von Talent. Du willst dein ganzes Leben hier versauern?* Es ist ihnen nie in den Sinn gekommen, dass ich vielleicht gern hier bin. Dass ich sowieso schon einen Job hatte, der mir echt Spaß macht. Dass mir andere Dinge wichtig sind als ihnen. Mein Geburtsort. Meine Familie. Die Community hier. Ich will meinen Teil beitragen. Mir ist bewusst, dass ich als weißer, heterosexueller cis Typ, der aus guten Verhältnissen kommt, privilegiert bin. Ich möchte etwas zurückgeben. Und dafür muss ich kein Anwalt oder Arzt oder Geschäftsmann werden. Das kann ich direkt hier tun, mit dem, was ich am besten kann.«

»Und was ist das?«, fragte Marly.

Ich zögerte keine Sekunde. »Mit Menschen arbeiten, vor allem mit Jugendlichen, die viel durchgemacht haben. Ihnen die Natur näherbringen und die Umwelt schützen. Das Erbe unserer kleinen Gemeinde am Leben erhalten.«

Marly sah mich überrascht an. Tja, jetzt hatte sie einen Blick hinter meine Lumberjack-Fassade geworfen. Was würde nun passieren? Hoffentlich würde sie nicht schreiend davonlaufen. »Vielleicht erklärt das ein bisschen, warum ich auf deinen Kommentar bei unserer ersten Begegnung so gereizt reagiert habe«, fügte ich unsicher hinzu.

Marly schwieg noch eine Weile, dann sah sie mich an. »Das ist … bemerkenswert«, murmelte sie.

Mein Herz flatterte aufgeregt, und meine Mundwinkel hoben sich zu dem leisesten Anflug eines Lächelns. »Findest du?«

Sie hielt meinen Blick fest und nickte. Plötzlich fiel mir auf, wie nahe wir uns waren. Ihr Duft vermischte sich mit dem Salz der See und dem Metall des Katamarans. Ihr Atem strich warm über meinen Mund. In ihrem Blick stand nichts als pure Ehrlichkeit. Ich hatte mich ihr ebenso geöffnet wie sie sich mir vor ein paar Tagen am Strand. Ich hatte mich ihr ebenso verletzlich gezeigt. Meine Wahrheit lag in ihren Händen – so wie ihre in meinen. Es war wie ein Geschenk, ein Schatz, den ich hüten würde. Wir waren so verschieden, kamen aus völlig unterschiedlichen Welten, und doch verband uns das Wissen, dass die Leute uns anders sahen, als wir wirklich waren. Als wir uns selbst sahen.

Kam es mir nur so vor, oder bewegte sich mein Kopf wie von selbst auf sie zu? Kamen ihre Lippen meinen immer näher?

Nein, nicht hier. Nicht so. Marly verdiente mehr. Sie verdiente etwas ganz Besonderes.

»Hättest du Lust, mich mal auf Ministers Island besuchen zu kommen?«, entfuhr es mir.

Sie blinzelte, als hätte ich sie aus einer tiefen Trance gerissen. »Wo du arbeitest?«, fragte sie zerstreut.

»Ja, es ist wirklich schön dort. Ich könnte dir die Insel zeigen, wenn du Lust hast.«

Fragte ich sie etwa gerade nach einem … Date? Ich wollte einfach nur dringend mit ihr allein sein.

Marly sah mich forschend an. Ihr Blick war entwaffnend und irgendwie zärtlich. Der Moment schien sich ewig in die Länge zu ziehen.

Dann lächelte sie. »Klar, sehr gern.«

Mein Herzschlag beschleunigte sich. »Wie wäre es nächsten Samstag? Da muss ich nicht arbeiten.«

»Klingt gut.«

Ich verkniff mir ein erleichtertes Seufzen. Auch Marly sah aus, als wäre ihr gerade eine Last von den Schultern gefallen. Ehe ich noch etwas sagen konnte, platschte es weit draußen, und sie riss den Kopf herum.

»Buckelwal«, rief Will. »Er ist zurück.«

Ich schaute aufs Meer hinaus und erkannte gerade noch, wie eine braune Flosse wieder im Wasser versank. Mein Herz flatterte nervös in meiner Brust, und mir war angenehm warm.

Die anderen gesellten sich zu uns, deuteten aufgeregt aufs Meer und schossen Fotos, als der Wal sich erneut zeigte. Doch ich konnte in diesem Moment an nichts anderes denken als daran, dass ich in einer Woche endlich mit Marly allein sein würde.

19 *Marly*

Erst als ich am Montagmorgen an der Cottage-Rezeption auftauchte, um wie immer die Miete für die nächsten drei Tage zu zahlen, fiel mir auf, dass bereits zwei Wochen ins Land gezogen waren. Und dass ich nichts von Donald gehört hatte. Die Zeit war so schnell vergangen, dass ich es kaum mitbekommen hatte. Als ich an diesem Morgen wieder mit gezückter Kreditkarte vor Janet stand, strahlte sie mich an. »Ach, Liebes, wie schön, dass du noch bleiben möchtest.«

Vor zwei Wochen hätte ich darauf wahrscheinlich grummelnd geantwortet: *»Tja, mir bleibt anscheinend keine andere Wahl.«* Doch nun starrte ich verblüfft auf den Abreißkalender mit den bunten Blumenfotos, der auf der Rezeptionstheke stand. »Die zwei Wochen sind wirklich schon rum?«

Janet nickte eifrig, sodass ihre heute kunstvoll gedrehten Korkenzieherlocken auf und ab wippten. »Wenn man am richtigen Ort ist, vergeht die Zeit wie im Flug.«

Ich konnte nicht anders, als ihr zuzustimmen. »Gibt es Neuigkeiten von Donald?«, fragte ich, als ich ihr meine Kreditkarte reichte.

»O ja, er hat vor etwa einer Stunde angerufen. Er lässt dir ausrichten, dass dein Auto Donnerstag fertig sein wird.«

»*Diesen* Donnerstag?« Aus einem unerfindlichen Grund raste

mein Herz plötzlich. Das war schon so bald. Und ich hatte doch am Samstag schon etwas vor. Nachdenklich wickelte ich eine bereits heillos verknotete Haarsträhne um meinen Finger. Theoretisch würde ich in drei Tagen abreisen können, doch innerlich sträubte sich alles in mir dagegen. Wo war nur die Zeit geblieben?

Janet schob meine Karte ins Lesegerät. »Miete für drei Tage wie immer?«, fragte sie, während sie das Gerät weit von sich hielt, um lesen zu können, was auf dem Bildschirm angezeigt wurde. Sie brauchte eindeutig eine Brille, war aber zu stolz, es zuzugeben.

»Äh …« Ich räusperte mich eilig, damit sie nicht bemerkte, wie sehr mich die Situation aus der Bahn warf. Meine Gedanken rasten. Sollte ich am Donnerstag abreisen oder bis Samstag bleiben? Sollte ich Jack absagen und diesen Ort so schnell wie möglich verlassen, wie ich es nach meiner misslungenen Suche geplant hatte? Nein, das war einfach keine Option mehr. Die Antwort stand mir plötzlich so klar vor Augen, dass ich mich fragte, warum ich sie nicht sofort gesehen hatte. Ich würde bis zu meinem Date mit Jack bleiben und sehen, wie es lief. Danach könnte ich abreisen oder … so weit wollte ich jetzt noch nicht denken. Und außerdem gab es da noch etwas anderes, was ich tun wollte – ein Gedanke, der in den letzten Tagen in meinem Hinterkopf immer lauter geworden war. Ich wollte die ortsansässigen Passamaquoddy kennenlernen.

»Marly, Liebes?« Janet riss mich aus meinen Überlegungen. Mit einer erhobenen Augenbraue sah sie mich fragend an.

»Weißt du was, Janet? Zieh einfach das Geld bis Sonntag ab. Ich bleibe noch die ganze Woche.«

Janet starrte mich an, als hätte ich gerade verkündet, sie hätte im Lotto gewonnen. »Obwohl dein Auto schon am Donnerstag fertig ist?«

Einmal mehr fiel mir auf, dass ich bei meiner Ankunft wohl keinen Hehl daraus gemacht hatte, dass ich nicht hier sein wollte. Das war ziemlich unhöflich gewesen. Schnell setzte ich ein breites Lächeln auf. »Ganz genau. Es ist einfach so wunderschön hier. Und es gibt noch viel zu tun.«

Janet strahlte und machte sich dann eilig daran, die Transaktion abzuschließen und mir meine Kreditkarte zurückzugeben.

Als ich die Pension verließ, um zur Arbeit zu gehen, hoffte ich, dass Dr. Sue ebenso erfreut darüber sein würde, dass ich noch eine Woche länger blieb. Es war mir peinlich, ihr nicht schon am Freitag Bescheid gegeben zu haben. Sicher hatte sie sich gefragt, ob ich heute Morgen überhaupt auftauchen würde. Schließlich hatte ich ständig davon gesprochen, auf keinen Fall länger als zwei Wochen zu bleiben. Doch ich hatte wirklich nicht bemerkt, wie schnell die Zeit vergangen war. Janets Worte hallten in meinem Kopf wider, als ich durch den frühmorgendlichen Sonnenschein schlenderte: *Wenn man am richtigen Ort ist, vergeht die Zeit wie im Flug.* Meine Mundwinkel verzogen sich zu einem Lächeln. Es war so breit wie schon lange nicht mehr.

Meine Schritte waren derart beschwingt, dass ich etwas früher als sonst in der Praxis ankam. Fiona war noch nicht da, doch Dr. Sue huschte bereits geschäftig hin und her. Sie hatte ihre hellbraunen Haare zu einem losen Dutt hochgesteckt, der mit zwei Kulis zusammengehalten wurde. An ihrem linken Ohrläppchen leuchtete ein blauer Strich, und ihre pinkfarbene Brille saß ihr wie immer schief auf der Nase.

»Guten Morgen, Dr. Sue«, begrüßte ich sie gut gelaunt. Sie winkte mir nur zu, da sie gerade eine Büroklammer im Mund hatte. Schließlich nahm sie sie heraus, um einen Stapel Blätter abzuheften. »Hallo, Marly! Schön, dass du so früh hier bist.«

»Wieso? Viel zu tun heute?«

»Nein, tatsächlich ist der erste Termin erst um zehn. Aber ich hatte gehofft, wir könnten uns kurz unterhalten.«

Ich nickte freudig. Genau das hatte ich auch vorgehabt.

Dr. Sue winkte mich in eins der Behandlungszimmer, in dem es leicht nach Desinfektionsmittel roch. An den Wänden hingen ein paar Fotos von süßen Kätzchen und einem Labradorwelpen. Sue ließ sich auf den Stuhl vor dem Schreibtisch fallen, während ich mir den Behandlungsstuhl mit Rollen heranzog und mich daraufsetzte.

»Also, Marly, jetzt arbeitest du schon zwei Wochen hier, und ich wollte dir einfach mal sagen, wie sehr ich deinen Einsatz schätze«, begann sie recht förmlich.

»Das freut mich, ich arbeite nämlich wirklich gern hier.«

Eine Haarsträhne hatte sich aus Sues provisorischer Frisur gelöst, und sie pustete sie sich zerstreut aus dem Gesicht. »Um ganz ehrlich zu sein, hast du dich in der kurzen Zeit unentbehrlich gemacht, und ich habe gehofft, dass du noch länger bleibst. Linda kommt in frühestens vier Wochen zurück, und sie wird wirklich langsam zu alt für den Job.«

Ich sah Dr. Sue verblüfft an. Es schmeichelte mir, dass sie meine Arbeit schätzte und mich gern behalten wollte. Umso mehr freute ich mich darauf, ihr zu verkünden, dass ich bleiben würde. Schon wollte ich den Mund aufmachen, doch sie fuhr bereits fort. »Du leistet hervorragende Arbeit, bist nicht nur zuverlässig, immer pünktlich und gewissenhaft, sondern hast dir in kurzer Zeit auch die Namen aller tierischen Patienten und ihrer Herrchen und Frauchen gemerkt, die du bisher kennengelernt hast. Du bringst das gewisse Etwas mit, das ich mir von einer Rezeptionistin wünsche.«

Meine Wangen wurden warm. Ich war es nicht gewöhnt, so gelobt zu werden. Es fühlte sich gut an.

»Außerdem verstehst du dich sehr gut mit Fiona und, wie ich gehört habe, auch mit meinem Neffen.«

»Deinem Neffen?«, fragte ich verständnislos.

»Ja, Jack. Ich dachte, du wüsstest, dass er der Sohn meiner Schwester ist.«

Mit großen Augen starrte ich Dr. Sue an und schluckte mehrmals, um mich wieder zu fangen. »Das höre ich gerade zum ersten Mal«, antwortete ich dann betont lässig. »Deshalb kommt er also so oft hier vorbei.«

»Ja, er nimmt häufig Päckchen für mich entgegen und bringt sie dann hierher, repariert Dinge in der Praxis oder macht sich sonst wie nützlich.« Ihr Lächeln war so warm, dass ich sofort erkannte, wie viel sie von ihrem Neffen hielt. »Jack ist wirklich ein Schatz. Ich freue mich, dass er und seine Freunde deine Zeit hier ein bisschen erträglicher machen.«

Ich sah sie fragend an.

»Ach, Marly, ich verbringe zwar mehr Zeit mit Tieren als mit Menschen, aber mir ist nicht entgangen, dass du am Anfang nicht begeistert davon warst, hier gestrandet zu sein. Und vielleicht auch nicht davon, diesen Job annehmen zu müssen. Aber ich sehe auch, dass sich das Blatt gewendet zu haben scheint. Du bist in den letzten Wochen förmlich aufgeblüht.«

Meine Wangen wurden noch heißer, und ich bemühte mich, ihrem freundlichen Blick standzuhalten. Wussten etwa alle hier, dass Jack es mir angetan hatte? Nein, Dr. Sue meinte wohl eher, dass St. Andrews mir guttat. Und um ehrlich zu sein, musste ich ihr zustimmen. Die Zeit war gekommen, es mir endlich selbst einzugestehen.

»Weißt du was, Sue? Ich bin tatsächlich heute Morgen hergekommen, um dir zu sagen, dass ich noch eine Woche länger hier arbeiten möchte.«

Sue riss die Hände in die Höhe und hätte sich vor lauter Aufregung beinahe die Brille vom Kopf gestoßen. »Oh, das ist ja wunderbar.«

Ich zögerte kurz, doch dann sprudelten die Worte nur so aus mir heraus. »Und wenn ich jetzt so drüber nachdenke. Warum sollte ich nicht wenigstens so lange bleiben, bis ihr eine langfristige Lösung gefunden habt? Es macht mir wirklich Spaß, hier zu arbeiten. Und ich glaube … ich glaube, du hast recht. Ich fühle mich wohl hier.«

Sue strahlte und rückte ihre Brille zurecht. »Wie schon gesagt, Fiona und ich würden uns riesig freuen, wenn du bleibst. So lange du möchtest.« Ihr fröhliches Lächeln verwandelte sich aber gleich darauf in ein Stirnrunzeln. »Allerdings finde ich, dass du unterfordert bist«, sagte sie. »Du bist eine clevere junge Frau, Marly, und solltest nicht hinter einem Rezeptionstresen versauern. Was hältst du davon, wenn du mir in Zukunft etwas häufiger assistierst?«

Mein Herz machte einen freudigen Sprung. Das war beinahe so etwas wie eine Beförderung. »Sehr gern.«

»Gut, dann fangen wir gleich heute damit an.« Sues Dutt hatte sich vollends aufgelöst. Die beiden Stifte fielen klappernd zu Boden, und ihr Haar hing ihr in wirren Strähnen ins Gesicht. Sie seufzte und bückte sich, um die Kulis aufzuheben. Ich warf einen Blick auf die Uhr und sah, dass es schon Viertel nach neun war. Zeit, die Rezeption zu besetzen, falls doch jemand vor dem ersten Termin eintraf.

Sue entließ mich mit einem Lächeln, und ich schlenderte mit einem breiten Grinsen zu meinem Arbeitsplatz. Die Sonne schien durchs gekippte Fenster herein, Vögel zwitscherten in der Linde hinter dem Haus, und ich hätte am liebsten in ihr Lied mit eingestimmt. Stattdessen schaltete ich das Radio an, das Fiona und ich manchmal während der Arbeit im Hintergrund laufen ließen. Ausgelassen summte ich bei einem Beyoncé-Song mit. Es war noch nicht einmal zehn Uhr, und ich hatte heute schon zwei Leute glücklich gemacht – mich selbst nicht mitgezählt. Der Tag konnte ruhig so weitergehen.

Und das tat er auch. Ich war gerade voll in dem Song drin, hatte begonnen, leise mit Beyoncé mitzusingen, und warf den Kopf hin und her, sodass meine Locken wippten.

»Heiße Moves, Marly!«, erklang es da von der Tür.

Ich fuhr herum, und mir entwich ein leiser Schrei, als ich Jack und Reggie hereinkommen sah.

»Jack, du hast mich erschreckt!« Ich drehte mich zum Radio, um es auszustellen, doch obwohl ich mich von Jack abwandte, konnte ich meine Peinlichkeit nicht vor ihm verbergen. Hitze zog sich über meine Wangen und meinen Nacken. Ich brauchte ein starkes Comeback. Anstatt im Boden zu versinken, drehte ich mich mit würdevoll erhobenem Kopf zu Jack um. »Gut beobachtet. Viele sagen, Beyoncé würde neben mir alt aussehen.«

Jack lachte immer noch, als er an den Tresen trat. »So? Dann müssen wir dich wohl mal mit in einen Club nehmen, damit du dein Talent unter Beweis stellen kannst.«

Ich hob beide Augenbrauen. »Einen Club? Ich habe hier weit und breit keinen gesehen. Das Einzige, was dem auch nur annähernd nahekommen würde, ist der Pub. Und die Musik dort ist nicht tanzbar.«

»Nicht tanzbar? Wenn du so coole Moves draufhast, wie du sagst, müsste für dich doch alles tanzbar sein.«

Nun runzelte ich die Stirn. »Du, mein junger Freund, hast noch einiges zu lernen.«

»Hey, hey, verurteile mich nicht zu schnell. Ich habe auch ein paar Moves.« Er überkreuzte die Beine und drehte sich einmal um sich selbst. Reggie lief daraufhin ebenfalls freudig bellend im Kreis, was damit endete, dass er wieder einmal seinem eigenen Schwanz hinterherjagte.

»Siehst du?«, sagte Jack triumphierend. »Vor dir steht der Star einer jeden Tanzfläche.«

Ich bedeckte mein Gesicht mit beiden Händen. »Bitte, hör auf. Das ist ja grässlich. Du hast eindeutig noch viel von mir zu lernen.«

»Ich kann es kaum erwarten.« Sein Grinsen war ansteckend.

»Was führt dich so früh hierher?«, fragte ich mit einem Blick auf die Uhr. »Wolltest du etwa sichergehen, dass ich vor unserem Date am Samstag nicht heimlich abgereist bin?«

Sobald die Worte heraus waren, hätte ich mich am liebsten geohrfeigt. *Wo ist dein Filter, Macpherson?* Jetzt würde Jack sicher spöttisch grinsen oder mich auslachen.

»Date, was für ein Date?«, würde er fragen und ich im Boden versinken. Hatte ich zu viel in unsere Verabredung hineininterpretiert? Jack hatte es selbst nie als Date bezeichnet.

»Nein, ich vertraue dir vollkommen«, antwortete er mit verschwörerischer Miene. Ich starrte ihn an. Es war keine Spur von Sarkasmus auf seinen Zügen zu erkennen. Und ich schien ihn auch nicht vergrault zu haben. »Es ist Reggie.« Jack deutete mit einem Daumen schulterzuckend hinter sich, wo der Golden Retriever nach wie vor versuchte, seinen Schwanz zu schnappen. »Ich bin seinetwegen hier.«

»Wegen Reggie?« Meine Brust verkrampfte sich, und ich wäre beinahe aufgesprungen, um mich zu vergewissern, dass mit dem riesigen, fröhlichen Fellknäuel alles in Ordnung war.

Jack musste mir meinen Schock angesehen haben, denn er hob beschwichtigend die Hände. »Ihm geht's gut, keine Sorge.« Er grinste verlegen. »Ich bringe ihn etwa einmal im Monat her, wenn nicht so viel los ist, damit Sue ihn sich ansehen kann. Das ist nur eine Vorsichtsmaßnahme, reine Routineuntersuchung. Am Anfang hatte er ein paar gesundheitliche Probleme. Er wurde als Welpe auf der Straße gefunden, hätte beinahe nicht überlebt. Wir haben ihn gemeinsam aufgepäppelt.«

Meine Augen brannten, als ich mir vorstellte, wie Reggie als winziger Welpe geschwächt und unterernährt am Straßenrand kauerte und winselte. Der Gedanke war so furchtbar, dass ich ihn weit von mir schieben musste. »Wow, das ist …«

»Schrecklich?«

»Ja, wer würde so etwas tun?«

»Etwa dieselben Leute, die Katzen zum Spaß die Schwänze abschneiden«, sagte Jack mit düsterer Miene.

Ich schluckte. Es war mir nie in den Sinn gekommen, dass es an diesem idyllischen Ort solche Personen geben konnte. Doch das war naiv. Bösartige Menschen gab es überall auf der Welt.

»Wie dem auch sei …« Jack kratzte sich an seinem inzwischen wieder glatt rasierten Kinn. »Du musst dir echt keine Sorgen machen. Mit ihm ist alles in Ordnung.« Er ließ die Hand sinken und legte sie auf den Tresen – direkt neben meine. Mein kleiner Finger und sein Daumen waren sich so nah, dass sie sich beinahe berührten. Ich spürte die Wärme, die wie immer von ihm ausging, roch seinen nun vertrauten Duft. »Da bin ich aber froh«, hauchte ich.

»Ich auch«, antwortete er ebenso atemlos.

Reggie rannte bellend in Richtung des Behandlungszimmers, dessen Tür sich öffnete. Dr. Sue begrüßte ihn lautstark, doch Jack ließ den Blick nicht von meinem. Der Ozean seiner Augen verschlang mich, und ich ließ mich treiben, verlor jeglichen Halt, als mich die Strömung davonriss. Wir verharrten noch eine Weile, verloren im Blick des anderen, bis Sue plötzlich neben uns auftauchte.

»Bist du bereit, Jack?«, fragte sie mit einem unterdrückten Lächeln. »Oder würdest du gern hier draußen bei Marly warten?«

»Ich … äh …« Jack lief rot an und riss sich von mir los. Er fuhr sich verlegen durchs Haar. »Klar … äh … ich komme, Sue.«

Er winkte mir wortlos zu, als die beiden hinter der Tür verschwanden. Ich ließ mich keuchend auf meinen Stuhl fallen und fuhr mir mit der Hand über das Gesicht. Was war nur mit mir los? Was hatte Jack mit mir angestellt? Ich saß so lange reglos dort und stierte mit leerem Blick auf meinen Computerbildschirm, bis Jack und Reggie wieder herauskamen.

Besorgt beugte ich mich über den Tresen, um einen Blick auf den quirligen Golden Retriever zu werfen. »Alles in Ordnung mit Reggie?«

»Ja, alles bestens.« Jack lächelte. Dann trat er völlig unerwartet auf mich zu und hauchte mir einen Kuss auf die Wange.

Ich erstarrte.

Jack verharrte einen kurzen, zuckersüßen Moment an meiner Wange, sodass mich sein warmer Atem streifte und sich eine wohlige Gänsehaut über meinen Nacken zog. Einen Wimpernschlag später war der Augenblick vorbei und Jack auf dem Weg zur Tür.

»Wir sehen uns am Samstag«, rief er mir zum Abschied zu und wandte sich noch einmal lächelnd zu mir um. »Ich hole dich um elf ab. Zu Mittag gibt's ein Picknick auf der Insel.«

So perplex, wie ich war, konnte ich nur nicken, schenkte ihm aber ein breites Lächeln.

Als er zur Tür hinaus war, fuhr meine Hand wie von selbst an die Stelle, an der seine Lippen meine Wange berührt hatten. Es kam mir vor, als würde meine Haut dort brennen. Die Hitze breitete sich rasend schnell in meinem ganzen Körper aus. Mein Herz machte einen Satz, als ich mir vorstellte, wie Jack und ich am Samstag auf einer Decke in der Sonne lagen, der Wind mit meinen Haaren spielte und Jack mir eine Erdbeere in den Mund steckte.

Eine Erdbeere? Echt jetzt? Langsam ließ ich mich auf meinen Stuhl sinken. Trotz meiner abgedrehten Tagträume wollte das breite Lächeln nicht mehr aus meinem Gesicht verschwinden.

Den ganzen Tag über ließ mich die Vorfreude auf Samstag nicht mehr los. Ich überlegte mir, was ich anziehen, und vor allem, welche Sneakers ich tragen sollte. Ich malte mir unzählige Szenarien aus. Unsere Gesprächsthemen. Wie wir uns näherkamen. Unseren ersten Kuss.

Fiona, die eintraf, kurz nachdem Jack und Reggie gegangen waren, musste meine nervöse Unachtsamkeit auffallen, doch sie fragte nicht nach. Der Tag verging wie im Flug, während ich wie auf einer fluffigen Wolke dahinschwebte, besonders freundlich mit den Kunden umging und sogar bei einigen kleineren Behandlungen assistieren durfte.

Als Mrs Crawford und Princess Purrfect auf ihrem täglichen Spaziergang vorbeischauten, bekam meine Lieblingspatientin sogar zwei Leckerlis von mir.

»Diese Hitze«, jammerte Mrs Crawford. »Heute haben wir beide richtiges Herzflattern.«

Fröhlich pfeifend brachte ich ihr ein Glas Wasser und lauschte geduldig ihren Geschichten über mögliche Krankheitsbilder, die mit diesem Symptom einhergingen.

Nichts konnte mir an diesem Tag die Laune verderben. Meine Entscheidung, noch einige Zeit in St. Andrews zu bleiben, kam mir mit jeder verstreichenden Stunde besser vor. Ich war angekommen. Ich fühlte mich hier wohl. Nein, ich war hier glücklich. Und warum sollte ich das nicht genießen?

Nachdem Fiona sich zum Feierabend von mir verabschiedet hatte, fuhr ich den Computer herunter, machte Ordnung auf meinem Schreibtisch und zog meine Jacke über. Geistesabwesend griff ich in die Jackentasche, wo sich mein Handy befand. Mir fiel auf, dass ich den ganzen Tag nicht darauf geschaut hatte. Ich war viel zu abgelenkt gewesen.

»Schönen Abend, Sue«, rief ich über die Schulter, bevor ich die Tür aufstieß.

»Dir auch, Marly«, kam es aus einem der Behandlungsräume zurück.

Die Abendsonne schien mir ins Gesicht, als ich auf die Veranda trat. Ich schirmte die Augen mit der Hand ab, um auf mein Handy zu sehen, erwartete allerdings keine verpassten Nachrichten oder Anrufe.

Doch dann hätte ich das Smartphone beinahe fallen gelassen, als hätte ich mich daran verbrannt.

Drei verpasste Anrufe. Alle von derselben Person.

Auf dem Sperrbildschirm leuchtete mir die Nummer entgegen, von der ich gehofft hatte, sie nie wieder sehen zu müssen. Zehn Zahlen, die mir den Boden unter den Füßen wegrissen.

Zuerst die Vorwahl von Toronto. Und dann die fast schon bedrohlich wirkende Zahlenfolge dahinter.

Die Ziffern starrten mich boshaft an, lachten mich aus, verhöhnten mich. Und es war, als würde meine eben noch sonnendurchflutete Welt von einem Moment auf den anderen in tiefste Schwärze getaucht.

20 Marly

Diese Nummer würde ich überall wiedererkennen. Ich hatte sie nicht gespeichert, weil ich nicht in Versuchung hatte kommen wollen. Weil ich geglaubt hatte, mit diesem Kapitel meines Lebens abgeschlossen zu haben. Doch hier war es nun und drängte sich mir auf wie ein ungebetener Gast. Mir blieb die Luft weg, als hätte mir jemand in den Magen geboxt. Ich keuchte. Mein Atem kam stoßweise, viel zu schnell und viel zu schwach. Beinahe wäre mir das Handy aus den plötzlich schweißfeuchten Händen gerutscht. Ich steckte es eilig wieder in die Tasche und versuchte, mich auf meine Atmung zu konzentrieren.

Ich erinnerte mich an die Worte des Therapeuten, zu dem Grandma mich früher geschleppt hatte, als diese Panikattacken öfter vorgekommen waren. *Ein, aus. Ein, aus. Du schaffst das. Du hast alles im Griff. Dir kann nichts passieren.* Ich hatte nicht viel aus den Gesprächen mit dieser fremden Person mitgenommen, außer eins: *weiteratmen.* Es war das Einzige, was ich in solchen Situationen tun konnte. Das Einzige, was mich im Hier und Jetzt festhielt, mich erdete und dafür sorgte, dass ich nicht den Verstand verlor. Dass die Dunkelheit mich nicht übermannte.

Als ich meinen Körper wieder unter Kontrolle hatte, warf ich einen Blick die Straße hinunter, um mich zu vergewissern, dass niemand meine Panikattacke gesehen hatte. Dann stolperte ich die Verandastufen hinunter und rannte los. Ich wusste nicht, wohin, hatte kein Ziel. Ich wusste nur, dass ich wegmusste. Dieser Fluchtinstinkt war mir ebenfalls nicht neu. Allerdings hatte mich dieses Gefühl das letzte Mal vor ein paar Jahren überkommen. Fremd und doch vertraut. Eigentlich stand ich heute mit beiden Beinen fest im Leben, hatte endlich alles in den Griff gekriegt. Zumindest hatte ich das geglaubt. Doch nun fühlte es sich unheimlich gut an fortzulaufen. Vor meiner Vergangenheit. Vor meinen Erinnerungen. Vor mir selbst.

Die frische Abendluft flutete meine Lungen, und ich sog sie tief in mich auf. Ich war keine begeisterte Joggerin, doch schon in jungen Jahren hatte ich herausgefunden, dass Rennen meinen Kopf befreite. Es war, als würde er einmal kräftig durchgepustet, sodass ich danach wieder klar denken konnte. Also lief ich, lief und lief durch leere Seitenstraßen, um niemandem zu begegnen, am Meer entlang, bis Sand unter meinen Schuhen knirschte. Der Wind hatte aufgefrischt, die Wellen peitschten an den Strand. Sie waren wie ein Spiegelbild meines aufgewühlten Ichs. Ich ging so nah heran, bis die aufspritzende Gischt mein Gesicht benetzte. Eine Weile starrte ich wie hypnotisiert in die tosenden Wellen. Es war alles zu viel. Ich musste dieses entsetzliche Gefühl loswerden. Also lief ich weiter, am Wasser entlang.

Der feuchte Sand erschwerte das Laufen, sodass ich mich bald wieder zur Straße wandte. Wie ein gehetztes Kaninchen wich ich Autos und Menschen aus, beachtete nichts um mich herum außer dem Wind in meinem Haar, den schwachen Sonnenstrahlen auf meinem Gesicht und meiner immer stärker pumpenden Lunge.

Irgendwann kam ich vor dem Cottage zum Stehen. Es war wohl der Ort, der sich hier am meisten wie ein Zuhause anfühlte. Keuchend stand ich vor der dunkelgrünen Tür, beugte mich vor und stemmte die Hände auf die Knie, um Atem zu schöpfen.

Schweiß lief mir über Nacken und Gesicht. Ich wischte mir über die Stirn. Als ich durch die Tür ins Haus schlüpfte, betete ich, niemandem zu begegnen. Ohne hinzusehen, huschte ich an der Rezeption vorbei und eilte die Treppe hinauf.

Als ich die Tür hinter mir zuschlug, atmete ich erleichtert auf. Meine Augen brannten, meine Unterlippe bebte. Doch erst als ich mich nackt in die leere, kalte Badewanne gesetzt hatte, erlaubte ich mir, zu weinen. Ich drehte den Wasserhahn auf, damit niemand mein Schluchzen hörte, und ließ den Tränen freien Lauf.

Als das siedend heiße Wasser meine Haut beinahe verbrannte und mich von dem Schmerz in meiner Brust ablenkte, ließ ich mich zurücksinken und schloss die Augen. Das kleine Badezimmer war von Wasserdampf erfüllt. Er umhüllte mich, als wäre ich auf Wolken gebettet. Tröpfchen sammelten sich auf meinen Wangen und in meinen Haaren. Ich kniff die Augen so fest zusammen, wie ich konnte, und versuchte, meinen Geist zu leeren.

Als ich Stunden später aus dem Bad kam, fühlte ich mich schon besser. Ich machte einen weiten Bogen um meine Jacke, in deren Tasche mein Handy steckte. Ich hatte sie zu Boden geworfen, als wäre sie ein ekelerregendes Insekt. Dort lag sie nun und schien mich vorwurfsvoll anzustarren. Es war mir egal. Ich würde mein Handy nicht mehr anrühren. Würde nicht mehr an die Nummer denken, die auf dem Sperrbildschirm prangte.

Nur in Unterwäsche krabbelte ich in mein kleines Bett unter der Dachschräge und zog mir die Decke bis zum Kinn. Ich musste schlafen. Musste vergessen. Musste heilen. Morgen würde mein Leben schließlich ganz normal weitergehen. Arbeit in der Praxis, Mittagessen mit Fiona, vielleicht am Abend ein neues Restaurant ausprobieren. Alles würde wie gewohnt sein und doch ganz anders. Denn dieser Ort, der irgendwie zu meinem sicheren Hafen geworden war, war nicht mehr so rein und sauber wie noch vor ein paar Stunden. Er war dreckig, hatte einen Fleck bekommen, den man nicht entfernen konnte. St. Andrews war nun mit demselben Makel behaftet wie der Rest meines Lebens. Ich schloss die Augen, um die düsteren Gedanken zu vertreiben, doch das machte es nur noch schlimmer.

Die ganze Nacht lag ich wach. Wie gelähmt starrte ich an die Decke, unfähig, die Augen zu schließen und mich den Erinnerungen hinzugeben, die mich trotz meines Wachzustands wie Albträume heimsuchten. Ich hätte meine Großeltern anrufen können, hatte ihnen sowieso erzählen wollen, dass ich länger in St. Andrews blieb. Ich hätte Rachel schreiben können. Fiona hätte mir sicher auch zugehört und mich getröstet, wenn ich mich ihr anvertraut hätte.

Oder Jack.

Doch der Zeiger des kleinen Weckers auf dem Nachttisch wanderte immer weiter, bis es irgendwann so spät – oder so früh – war, dass niemand meinen Hilferuf gehört hätte.

Als ich schließlich doch in einen unruhigen Schlummer fiel, war es schon beinahe wieder Zeit aufzustehen. Trotzdem träumte ich – von einer der wenigen Erinnerungen an meine Mom.

Ich spielte mit meinem Weihnachtsgeschenk, einem brandneuen Barbie-Pferd mit glitzernder Mähne und Sternenfell. Ich saß auf dem Boden in meinem kleinen Zimmer und ließ das Pferd über den bunten Teppich hüpfen. Durch die offene Tür plärrte der Fernseher. Ich sah Dad, der auf seinem Sessel saß und mit leerem Blick auf den Bildschirm starrte.

Da hörte ich den Schlüssel in der Wohnungstür. Mom kam mit Einkäufen beladen zur Tür herein. Sie trug dicke Stiefel und eine Wollmütze, die nass vom Schnee war und unter der ihre langen schwarzen Locken her-

vorlugten. Ich sah ihr Gesicht nur verschwommen, konnte es in meinen Erinnerungen nie klar erkennen, aber ich hörte ihre Stimme. Sie warf einen kurzen Blick auf Dad und auf das, was er in der Hand hielt.

»Hallo, ich bin zu Hause!«, rief sie dann eine Spur zu fröhlich, zu aufgesetzt. »Wer hat Lust auf Lasagne zum Abendessen?«

Anstatt zu antworten, stellte Dad den Fernseher lauter und nahm einen Schluck aus seiner Flasche.

»Ich!« Fröhlich rannte ich zu ihr. »Mommy, Mommy, sieh mal, ich habe die Mähne geflochten. Jetzt sieht es aus wie ein Prinzessinnenpferd.«

»Sehr hübsch, mein Schatz, aber lass mich nur mal kurz die Einkäufe abstellen, dann …«

Eine Packung gefrorener Erbsen fiel aus einer Einkaufstüte. Sie schlug krachend aufs Parkett und platzte auf, sodass die Erbsen überall über den Boden kullerten. Es war ein lustiges Geräusch, wie die Murmeln, mit denen ich gern im Kindergarten spielte.

Mom warf einen entsetzten Blick in Richtung Wohnzimmer, fiel auf die Knie und begann hastig, die Erbsen aufzusammeln. Ich kniete mich neben sie. »Ich helfe dir.«

»Nein, Schatz, geh einfach wieder in dein Zimmer. Mach die Tür zu und warte, bis ich dich zum Abendessen rufe.« Ihre Stimme klang flehend, ganz anders als sonst. Ich hörte nicht auf sie und sammelte weiter Erbsen ein. Es war ein lustiges Spiel. In meinen warmen Händen begannen sie bereits zu tauen.

»Marly, geh jetzt bitte«, sagte Mom strenger. Sie legte mir eine Hand auf die Schulter und stupste mich leicht in Richtung meiner Zimmertür.

Da fiel ein Schatten auf uns. Dad stand im Türrahmen und sah mit verklärtem Blick auf uns herab. Seine kränklich weiße Haut war auf der Nase mit rötlichen Adern überzogen, im grellen Licht des Flurs glänzte sein Gesicht speckig.

»Also hast du dich dazu bequemt, dich mal wieder zu Hause blicken zu lassen.« Als er sprach, wehte ein scharfer, herber Geruch heran. Er kam aus seinem Mund, und mein Magen drehte sich um.

Mom hielt den Kopf gesenkt, sah ihn nicht an, sondern sammelte weiter Erbsen auf. »Du weißt genau, dass das nicht wahr ist. Ich war arbeiten und dann einkaufen. Einer von uns muss schließlich Geld verdienen, wenn wir die Wohnung behalten wollen.« Die unterdrückte Wut in ihrer Stimme war nicht zu überhören, obwohl sie sehr leise sprach.

»So redest du nicht mit deinem Ehemann!« Dads Stimme klang langsam und schwerfällig, als wäre seine Zunge verknotet.

Mom stand auf. Sie zog mich mit sich hoch und schob mich hinter sich, sodass ich nur noch durch ihre Beine sehen konnte.

»Wenn mein Mann hier wäre, würde ich anders reden. Ich habe ihn aber schon seit ein paar Jahren nicht mehr gesehen. Steckt er vielleicht noch irgendwo da drin?« Sie deutete mit dem Finger auf seine Brust. Gleichzeitig ging sie langsam rückwärts und schob mich in Richtung meines Zimmers.

Dad torkelte drohend auf uns zu. »Was erlaubst du dir, du …«

»Willst du nicht weiter fernsehen, während ich koche?«, unterbrach sie ihn hastig. »Die Nachrichten laufen schon.«

Dads Augen verengten sich zu Schlitzen. Er ballte die Hände zu Fäusten. Moms Finger gruben sich fester in meine Schulter. Sie zitterte, während sie mich langsam weiter rückwärtsschob.

Angst breitete sich in meinem Magen aus wie ein kalter Stein, der immer schwerer wurde. Die Angst kroch in mir hoch, bis sie meine Kehle erreichte und mir beinahe die Luft zum Atmen raubte.

»Ich mache, was ich will, wann ich es will«, brüllte Dad. »Und jetzt kümmere ich mich zuerst um dich.«

Plötzlich bewegte er sich schnell, schubste Mom so fest von sich, dass sie zurücktaumelte und mich mit sich riss. Ich krachte gegen die Kommode, und ein sengender Schmerz schoss durch meine Schulter. »Marly!«, schrie Mom. Sie baute sich schützend vor mir auf, funkelte Dad an. »Lass uns in Ruhe, du … du …!«

Dad war in wenigen Schritten bei ihr, fiel beinahe auf sie drauf. Er griff nach ihrem Mantelkragen und zog sie ganz nah zu sich heran.

»Du wirst mich nicht beleidigen, nicht in meinem eigenen Haus«, knurrte er gefährlich leise, und ich wusste genau, was als Nächstes kommen würde. Ich hatte es viele Male miterlebt.

»Du Bastard«, zischte sie und drehte angeekelt das Gesicht weg. »Lauf, Marly«, flüsterte sie. Dann holte er aus.

»Nein!«, rief ich und wollte trotz des Schmerzes in meiner Schulter vorspringen, um ihn von ihr wegzureißen. Doch ich stolperte und fiel wieder hin.

Für einen kurzen Moment wurde mir schwarz vor Augen, doch ich kämpfte dagegen an. Mom war wichtiger als mein Schmerz. Sie war alles. Ich robbte auf Dad zu und versuchte, nach seinem Bein zu greifen, um ihn abzulenken. Er ohrfeigte Mom hart, sie schrie auf und taumelte zurück.

Tränen traten mir in die Augen, ich versuchte verzweifelt, wach zu bleiben, mich nicht der beruhigenden Schwärze hinzugeben.

»Du Bastard, du Bastard«, schluchzte Mom wieder und wieder, als er sie noch einmal ohrfeigte. Das Geräusch war so furchtbar, dass ich es mir in meinen schlimmsten Albträumen nicht hätte ausmalen können.

Sie ging zu Boden, und er ließ endlich von ihr ab. So schnell ich konnte, krabbelte ich zu ihr, schmiegte mich an sie. Tränen flossen ihr lautlos über die Wangen. Ein Auge schwoll an, ihre Unterlippe war aufgeplatzt. Ich bettete meinen Kopf an ihre Brust, und sie drückte mich schützend an sich.

Mit leerem Blick schaute Dad auf uns herab, als betrachtete er zwei völlig Fremde oder eine Szene aus einem Film. Dann schlurfte er langsam aus dem Zimmer.

Erst als er den Raum verlassen hatte, brachen die Tränen aus mir hervor. Ich presste mich an sie, und Mom wiegte mich, wie sie es früher getan hatte, als ich noch ein Baby gewesen war. »Es wird alles gut«, flüsterte sie. »Ich hole uns hier raus.«

Ich schluchzte so laut, dass ich aus dem Schlaf aufschrak. Es dauerte einen Moment, bis ich mich orientiert hatte. Ich war in meinem Zimmer in St. Andrews. Ich war in Sicherheit.

Erschrocken betastete ich mein Gesicht. Es war feucht. Ich rieb mir die Augen und wusste sofort, dass an Schlaf nicht mehr zu denken war.

Er war zurück. Und wie immer musste ich einen Weg finden, nicht daran zu zerbrechen.

21 Marly

Die folgenden Tage zogen wie ein düsterer Schwarz-Weiß-Film an mir vorbei. Alle Farben und Geräusche waren gedämpft, meine Empfindungen dafür umso stärker. Ich glich einer Schlafwandlerin, erledigte meinen Alltag zwar wie gewohnt, war aber doch nur eine leere Hülle. Ich aß kaum etwas, hatte keinen Appetit. Ich schlief so gut wie gar nicht mehr. Das Atmen fiel mir weiterhin schwer, und es kostete mich alle Kraft, so zu tun, als wäre alles normal. Als wäre mein Leben nicht gerade aus den Fugen geraten. Wie schon so viele Male zuvor.

So gern hätte ich meine Großeltern angerufen. So gern hätte ich ihre Stimmen gehört und mich vergewissert, dass es ihnen gut ging. Doch ich konnte mein Handy kaum anrühren. Ich hatte es zwar für Notfälle immer dabei, doch es fühlte sich wie eine gefährliche Schlange in meiner Tasche an. Jedes Mal, wenn es vibrierte, zuckte ich zusammen. Und jedes Mal war es die gefürchtete Nummer.

Er rief ständig an.

Schon morgens, wenn ich beim Frühstück saß. Vormittags und nachmittags – immer in Momenten, in denen ich es gerade geschafft hatte, die Furcht zu verbannen und mich auf meine Arbeit zu konzentrieren. Selbst spätabends, wenn ich mein Handy lautlos geschaltet hatte, sah ich das Display im Halbschlaf aufleuchten. Es war wie ein Albtraum, der kein Ende nahm. Und doch brachte ich es nicht über mich, seine Nummer zu blockieren. So viel Macht hatte er immer noch über mich. Oder vielleicht wollte ich mich selbst bestrafen?

Es war kaum zu glauben, wie schnell sich mein Leben einmal mehr verändert hatte. Gerade war ich noch überglücklich gewesen, hatte Pläne geschmiedet, Gefühle zugelassen und mich auf mein Date mit Jack gefreut. Nun schien mich eine fiese Stimme in meinem Kopf höhnisch dafür auszulachen, dass ich mich auch nur einen Augenblick in Sicherheit gewähnt hatte. Dass ich vergessen hatte, wer ich war und wo ich herkam. Und dass es für Leute wie mich kein Happy End gab. Es war kaum zu glauben, wie alles von einem Moment auf den anderen gekippt war, obwohl ich es schon viele Male erlebt hatte. Egal, wie sehr ich meine Vergangenheit hinter mir zu lassen versuchte, sie holte mich immer ein. *Er* fand immer wieder einen Weg zurück in mein Leben.

Ich schleppte mich wie ein Zombie in die Arbeit und wieder nach Hause, wollte jeden Tag nur einigermaßen unbeschadet hinter mich bringen. Trotz meiner Bemühungen, mir nichts anmerken zu lassen, schien Fiona meine Veränderung aufzufallen, aber wir hatten in der Praxis so viel zu tun, dass wir kaum zum Reden kamen. Sie warf mir immer wieder besorgte Blicke zu, aber ich wich ihr jedes Mal aus. Ihre Mittagspausen verbrachte sie mit Ellie, da diese eine freie Woche hatte. Es war mir sehr recht so, und ich lehnte alle Einladungen ab, mich den beiden anzuschließen.

Nach zwei Tagen fühlte ich mich bereits so gerädert, so völlig am Ende meiner Kräfte, dass ich es doch in Erwägung zog, seine Nummer zu blockieren. Oder meine zu wechseln. Doch ich konnte nicht ewig vor ihm davonlaufen. Was, wenn er herausfand, wo ich mich aufhielt? Was, wenn er hierherkam und alles nur noch schlimmer machte? Ich wusste, wie hartnäckig er sein konnte. Vor allem, wenn er getrunken hatte. Grandma und Grandpa hatten den Kontakt zu ihm vor langer Zeit abgebrochen, dennoch war er ihr Sohn. Er wusste natürlich, wo sie wohnten. Was, wenn er ihnen einen Besuch abstattete? Ich glaubte nicht, dass Grandmas Herz diesen neuerlichen Psychoterror überleben würde.

Am Donnerstagmorgen lag ich im Bett und starrte an die Decke. Mein Wecker hatte längst geklingelt, doch ich konnte mich einfach nicht aufraffen. Ich musste nicht auf mein Handy sehen, um zu wissen, dass wieder unzählige Anrufe in Abwesenheit eingegangen waren. Doch als der Bildschirm aufleuchtete, war es nur die Erinnerung daran, Grandpas Auto aus der Werkstatt abzuholen. Dahinter hatte mein Vergangenheits-Ich einen fröhlichen Party-Emoji gesetzt. Nun kam es mir so vor, als würde er mich auslachen.

Andererseits musste ich mir eingestehen, dass es mir guttun würde, wieder etwas mehr Kontrolle über mein Leben zu erlangen. Das Auto abzuholen würde mir wenigstens ein bisschen davon zurückgeben. Es war dieser Gedanke, der mir die nötige Kraft gab, mich aus dem Bett zu hieven.

Der Tag verlief wie die anderen diese Woche. Ich funktionierte, obwohl ich nicht wirklich anwesend war, und konnte es kaum erwarten, die Praxis zu verlassen. Mein Handy vibrierte wieder und wieder, bis ich es am liebsten gegen die Wand geschleudert hätte.

Die Erleichterung war groß, als ich mich um fünf Uhr von Fiona und Sue verabschiedete und zu Fuß in Richtung Werkstatt ging. Die Adresse hatte Janet mir gegeben. Wie alles in der Stadt lag *Donald's Garage* nur einen kurzen Fußweg entfernt.

Donald stand mit einem Kunden vor dem offenen Eingang und winkte mir bereits von Weitem zu. Während er das Gespräch beendete, schaute ich mich ein wenig in der Werkstatt um. Es roch nach Motoröl und Schmiere, nach Benzin und dem Gummi der Reifen, die in einer Ecke aufgestapelt lagen. Es dauerte nicht lange, bis ich Grandpas Wagen zwischen einigen anderen Autos entdeckte. Zu meiner Überraschung hatten sie die alte Karre sogar gewaschen, sodass sie wie neu glänzte.

»Marly, wie schön, dich wiederzusehen.« Ich drehte mich zu Donald um, der lächelnd auf mich zukam. »Wie ich sehe, hast du die feine Dame schon in Augenschein genommen. So gut wie neu.«

»Die feine Dame?« Trotz meines Schlafmangels, meiner schlechten Laune und der inneren Angespanntheit umspielte der Anflug eines Lächelns meine Mundwinkel.

Donald schob sich die Baseballkappe aus der Stirn. »Sie ist wirklich ein ganz besonderes Modell.«

»Na, wenn Sie das sagen, glaube ich es Ihnen mal. Auf jeden Fall vielen Dank, dass Sie die alte Lady wieder auf Vordermann gebracht haben.«

»Nichts zu danken. Ich hätte dich doch nicht einfach deinem Schicksal überlassen.« Er zwinkerte mir zu. »Obwohl es sicher schlimmere Orte gibt, um gestrandet zu sein.«

Er ließ mir mit einer eleganten Handbewegung den Vortritt in sein Büro, um die Zahlung abzuwickeln. Als ich durch die Tür ging, vibrierte mein Handy schon wieder in meiner Hosentasche. Zum gefühlt hundertsten Mal heute. Ich kniff die Lippen zusammen. Mein Herz pochte schneller, doch diesmal nicht vor Angst, sondern vor Zorn. Wenn das nicht bald aufhörte, würde ich durchdrehen.

Ich bemühte mich, mir nichts anmerken zu lassen, floh aber beinahe aus Donalds Büro, nachdem alles geregelt war und ich mich nochmals bedankt hatte.

Als ich einige Minuten später in den Wagen stieg, sog ich den vertrauten Geruch nach altem Leder und Fisherman's Friend – Grandpas Lieblingsbonbons – tief in mich auf. Mir war nicht bewusst gewesen, wie sehr ich das Auto vermisst hatte. Es war wie ein Stück Heimat in der Fremde. Etwas, das mich wieder daran erinnerte, dass nicht alles schlecht war, wo ich herkam.

Ich saß reglos vor dem Lenkrad und musterte das Armaturenbrett mit dem uralten Radio, den flauschigen Lenkradüberzug und die zerschlissenen Ledersitze. Erinnerungen an Ausflüge mit meinen Großeltern zogen vor meinem inneren Auge dahin. Wie wir zusammen alte Klassiker im Radio mitgesungen hatten, wie ich oft den Kopf aus dem Fenster gestreckt hatte, um den Fahrtwind zu spüren, und wie ich mich einmal auf der Rückbank in Grandmas Sonnenhut übergeben hatte, während sie mir mitfühlend den Kopf getätschelt hatte.

Unwillkürlich schossen mir Tränen in die Augen, doch ich wischte sie schnell fort. Obwohl ich größtenteils ohne meine Eltern aufgewachsen war, hatte ich schöne Kindheitserinnerungen. Sie waren weder an meinem ersten Schultag noch bei meiner Collegediplomübergabe dabei gewesen. Und das war gut so. Denn ich hatte lieber in Grandmas und Grandpas strahlende, stolze Gesichter gesehen als in die blutunterlaufenen Augen meines Dads oder das geschundene Gesicht meiner Mom. Die Liebe meiner Großeltern hatte mich zu der Person gemacht, die ich heute war. Und die Entbehrungen auf dem Weg dahin hatten mich stark gemacht. Ich durfte meinem Vater nie wieder so viel Macht über mich geben. Ich würde nicht zulassen, dass er erneut wie ein Tornado in mein Leben rauschte und alles in Scherben zurückließ, wenn er genauso schnell wieder verschwand. Nicht, nachdem ich ihm das letzte Mal bereits unmissverständlich klargemacht hatte, dass ich nichts mehr mit ihm zu tun haben wollte.

Ich wischte mir erneut über die Augen und ließ dann entschlossen den Motor an.

Es war ein befreiendes Gefühl, wieder hinter dem Steuer zu sitzen. Ich bog in die Straße ein, die an der Küste entlangführte, und fuhr langsam dahin. Ich hatte meine Scheibe heruntergelassen, und der Fahrtwind zauste mein Haar. Ein paar Sonnenstrahlen fanden ihren Weg durchs Fenster und kitzelten meine Nasenspitze. Zum ersten Mal seit Tagen konnte ich wieder einigermaßen normal atmen. Ich sog die frische Luft tief in mich auf, lauschte dem Geschrei der Möwen, dem Brummen des Motors und dem stetigen Rauschen des Meeres zu meiner Rechten.

Gerade wollte ich das Radio einschalten, als mein Handy erneut vibrierte. Sofort wurden meine Handflächen feucht, das beklemmende Gefühl legte sich wieder über meine Brust. Doch bevor es mich überwältigen konnte, schüttelte ich zornig den Kopf. »Nein!« Ich würde nicht zulassen, dass er mir diesen friedlichen Moment versaute. Ich hatte endgültig genug von diesem Mist! Und das würde ich ihm jetzt sofort sagen. Alles hatte sich so viele Jahre in mir aufgestaut, dass es dringend rausmusste.

Abrupt riss ich das Lenkrad herum und parkte den Wagen am Straßenrand. Es war keine Menschenseele zu sehen, die sich über mein waghalsiges Manöver hätte aufregen können. Es gab nur mich, das Auto und das nervtötende Vibrieren meines Handys. Mit zitternden Fingern zerrte ich es aus meiner Hosentasche. Die zehnstellige Nummer blinkte aggressiv auf dem Display auf. Mein Zorn sprudelte über, und ich zögerte keine Sekunde mehr. Ich würde das hier ein für alle Mal klären. »Es ist reine Zeitverschwendung, in der Vergangenheit zu leben«, wiederholte ich laut die weisen Worte meiner Grandma, um Kraft daraus zu schöpfen.

Ich räusperte mich, dann tippte ich heftig auf den grünen Hörer und nahm den Anruf an.

»Was willst du, Dad?«

Zuerst hörte ich nichts als überraschte Stille. Dann erklang die Stimme, die mich nach so vielen Jahren immer noch in meinen Albträumen heimsuchte.

»Sweet Pea, bist du das?« Er klang zittrig und nervös. Wenigstens lallte er nicht.

»Wer denn sonst? Schließlich hast du mich angerufen.«

»Wie schön, deine Stimme zu hören, Kleines. Ich versuche schon seit Tagen, dich zu erreichen.«

Ich verdrehte die Augen. »Was du nicht sagst.«

Er ging überhaupt nicht auf meinen beißenden Ton ein. »Ich habe Neuigkeiten, die ich unbedingt mit dir feiern will. Wo bist du? Können wir uns sehen?«

Auf keinen Fall, dachte ich, riss mich aber zusammen. »Was gibt's denn, Dad?«

»Ich bin trocken, Sweet Pea. Diesmal so richtig.« Er klang so triumphierend, dass mir ganz schlecht wurde. Mein Herz krampfte sich zusammen. Diese Worte hatte ich bereits so oft gehört, dass ich aufgehört hatte, mitzuzählen. Es war genau wie immer. Jetzt war es knapp zwei Jahre her, dass ich zuletzt von ihm gehört hatte. Danach war es mir wochenlang schlecht gegangen. Es war das gewohnte Hin und Her gewesen, die altbekannten Vorwürfe, seine Beteuerungen, dass er sich verändert hatte, dass er nicht mehr trank und jetzt alles besser machen würde. Dass er ein Teil von meinem Leben sein wollte. Nur wenige Tage später hatte er sein Versprechen gebrochen, und es hatte wieder Funkstille geherrscht.

»Du weißt genau, dass ich dir das nicht abkaufe. Es ist jedes Mal das Gleiche.«

»Okay, es ist … es ist kompliziert, wirklich nicht leicht. Aber ich arbeite daran. Ich schwöre, ich höre auf, wenn du mir nur noch eine Chance gibst. Ich brauche dich, um das durchzustehen. Ich will dich wieder in meinem Leben haben.«

»Moment mal, also bist du noch gar nicht trocken?«

Stille am anderen Ende. Ich hatte es gewusst, hatte nur nachgefragt, um ihm den Wind aus den Segeln zu nehmen. So lief es immer, beinahe wie ein einstudierter Tanz, mit den immer gleichen Schritten, der stets auf dieselbe Weise endete.

Ich war es so leid, dass er die Verantwortung auf mich abschob, mir ein schlechtes Gewissen einredete, um mich zu zwingen, das zu tun, was er wollte. Das hatte er schon getan, als ich noch klein gewesen war.

»Dad, ich finde es toll, dass du es versuchst, ehrlich. Aber deine Entscheidung sollte nicht von mir abhängig sein. Du musst aus freien Stücken aufhören wollen, sonst wird es nicht funktionieren. Das habe ich dir schon tausendmal gesagt.«

Er schluckte geräuschvoll. »Aber es ist so schwer. Ich bin ganz allein. Wenn ich dich nur kurz sehen könnte. Ich weiß, dass es mir helfen würde.«

»Nein.«

»N-nein?«, stotterte er verblüfft. Er war es nicht gewohnt, dass ich so mit ihm sprach. Sonst packte ich ihn stets mit Samthandschuhen an, wollte nicht, dass er einen Rückfall erlitt. Sonst schaffte er es, mich um seinen Finger zu wickeln, sodass ich am Ende diejenige war, deren Hoffnungen und Träume zu Asche zerfielen. Ich hatte bereits viel zu viel Energie und Zeit darauf verwendet, ihm zu helfen. Es war an der Zeit, dass ich an *mich* dachte.

»Hör mir genau zu, Dad. Wir können uns nicht treffen. Ich bin nicht mehr in Toronto. Ich möchte, dass du aufhörst, mich zu kontaktieren. Das habe ich dir schon letztes Mal gesagt. Ich kann das einfach nicht mehr. Ich will dich nicht in meinem Leben.« Nun war es raus. Ich konnte es nicht mehr zurücknehmen. Es war ein unglaublich befreiendes Gefühl, auch wenn ich am ganzen Körper zitterte.

»Aber ich bin in deinem Leben, ob du willst oder nicht. Ich bin dein Vater«, nuschelte er. »Das ist alles die Schuld deiner Mutter.« Nun klang er wütender. »Wenn sie nicht … Wenn sie nicht gegangen wäre, dann wäre das alles nicht passiert.«

Von einer Sekunde auf die andere explodierte ich. Er erwähnte Mom nur selten. Als Kind hatte ich mir so sehr gewünscht, mehr von ihr zu erfahren. Ich hatte ihn angefleht, mir von ihr zu erzählen. Und jetzt benutzte er sie als Ausrede? Als letzten Strohhalm, an den er sich klammern konnte, um seine Unschuld zu beweisen und es mal wieder allen anderen in die Schuhe zu schieben?

»Das reicht!«, schrie ich. »Wag es ja nicht, Mom da mit reinzuziehen. Alles, was passiert ist, hast du dir selbst zuzuschreiben. Du hast getrunken, lange bevor sie gegangen ist. Du kannst dir gar nicht vorstellen, was das für eine Hölle für sie und mich war. Und jetzt ist es ganz allein meine Entscheidung, dich aus meinem Leben zu streichen. Du hattest so viele Chancen. Ich habe es wieder und wieder versucht, wollte dich unbedingt in meinem Leben haben. Dabei warst du schon immer pures Gift, das mich von innen aufgefressen hat. Und das kann man nicht mal auf den Alkohol schieben.«

Ich holte nur kurz Luft, gab ihm keine Gelegenheit, etwas zu erwidern. »Es ist vorbei, Dad. Ich bin an einem Ort, an dem ich zum ersten Mal in meinem Leben wirklich glücklich bin. Und du wirst mir dieses Glück nicht zerstören. Mein Leben lang hast du mir eingeredet, du würdest mich brauchen. Du hast mich manipuliert. Du hast mich benutzt. Hast einem kleinen Mädchen diese unglaubliche Bürde auferlegt. Und was du Mom angetan hast, darüber brauchen wir gar nicht erst zu sprechen. Du hast mich lange genug zurückgehalten. Das war's. Ich bin endlich bereit loszulassen. Mein eigenes Leben zu führen. Und du hast darin keinen Platz.«

Ich schluckte anhand der Endgültigkeit meiner Worte. Doch eine nervöse Energie strömte durch mich hindurch und trieb mich an, weiterzusprechen. »Ich hoffe, dass du es irgendwann schaffst, trocken zu werden. Wirklich. Aber ich möchte nichts mehr damit zu tun haben. Ruf mich nie wieder an, und lass Grandma und Grandpa in Ruhe. Leb wohl, Dad.«

Ich legte auf und schleuderte mein Handy auf den Beifahrersitz. Mein Herz pochte so heftig, dass ich glaubte, es würde jeden Moment durch meinen Brustkorb brechen. Meine Hand schmerzte, weil ich mein Handy so fest umklammert hatte. Meine Kehle war rau vom Schreien.

Ich hatte es getan. Ich hatte es wirklich und wahrhaftig geschafft. Endlich hatte ich mich von dieser toxischen Beziehung befreit, die mein Leben bisher diktiert hatte. Erleichterung überkam mich wie eine gigantische Flutwelle, und mir entwich ein lautes Schluchzen. Ich schlug die Hände vors Gesicht und ließ meinen Tränen freien Lauf.

Lange saß ich so da und weinte, bis ich das Gefühl hatte, keine Tränen mehr übrig zu haben. Ich fühlte mich leer und ausgebrannt, als wäre ich gerade einen Marathon gelaufen. Das Hochgefühl, das ich nach dem Telefonat empfunden hatte, war abgeebbt, und ich zitterte erneut am ganzen Körper. Obwohl ich mich seltsam frei und erleichtert fühlte, brauchte ich mehr Zeit, um alles zu verarbeiten. In meinem ganzen Leben hatte ich noch nie so viel Kraft aufbringen müssen, um etwas zu tun. Es ließ mich schwach und desorientiert zurück. Außerdem war mir bewusst, dass dies nur der Anfang gewesen war. Ich würde an mir arbeiten müssen, um meine Vorsätze durchzuziehen, um endlich wirklich frei zu sein. Sollte Dad mich trotz allem wieder kontaktieren, musste ich gewappnet sein und standhaft bleiben. Bereits jetzt nagte das schlechte Gewissen an mir. Wie jedes Mal. Ich durfte es nicht gewinnen lassen.

Bei dem Gedanken daran, in diesem Zustand ins Cottage zurückzukehren, sträubte sich alles in mir. Ich wollte allein sein, brauchte dringend Ruhe, um über alles nachzudenken. Sollte ich noch ein wenig umherfahren? Oder aussteigen und etwas frische Luft schnappen?

Da fiel mein Blick auf das Schild, das nicht weit entfernt am Straßenrand stand: *Ministers Island, 1 Kilometer.*

Jacks Insel. Ich erinnerte mich daran, dass sie sehr abgeschieden lag, da sie nur bei Ebbe zu erreichen war. Der perfekte Ort, um mich wieder zu sammeln. Vielleicht hatte ich Glück, und der Wasserstand war tief genug, um hinüberzufahren.

Ich holte ein Taschentuch aus dem Handschuhfach und putzte mir die Nase. Als ich mich im Rückspiegel betrachtete, waren meine glasigen Augen rot gerändert, und ich sah erschöpft aus. Dennoch bemühte ich mich, mir ein zwar schwaches, aber stolzes Lächeln zuzuwerfen. Der Anfang war gemacht.

Ich drehte den Schlüssel im Zündschloss, gab Gas und ließ meine Vergangenheit hinter mir zurück.

Kurz darauf bog ich auf den sandigen Weg ein, der zur Insel führte. Er musste sich bei Flut völlig unter der Meeresoberfläche befinden, doch nun war das Wasser rechts und links davon flach. Erst weit draußen wurde das Meer tiefer. Es schien aufgewühlt, die Wellen schlugen hoch, konnten mich hier aber nicht erreichen.

Der Weg zur Insel bot einen atemberaubenden Anblick. Wie eine lange, gewundene Sandbank schlängelte er sich durchs Wasser. Es war kaum zu glauben, dass ich gerade über den Meeresboden fuhr. Zwischen Sand und kleinen Steinchen glänzten vereinzelte Pfützen in der schwachen Sonne, die kaum noch durch die immer dichter werdende Wolkendecke drang.

Ich fuhr langsam, wich den tiefsten Pfützen aus und brauchte trotzdem nicht lange, um die Insel zu erreichen. Rechts stand ein Pförtnerhäuschen am Wegrand, das üblicherweise besetzt sein musste, nun aber leer war. An der Wand war der Preis für den Besuch auf der Insel angeschrieben. Ich wartete kurz, sah mich nach jemanden um, konnte aber keine Menschenseele entdecken. Es wunderte mich, da Janet die Insel doch als eine gut besuchte Touristenattraktion beschrieben hatte. Nach einer Weile zuckte ich die Achseln und fuhr weiter. Schließlich war ich hier, weil ich allein sein wollte.

Die Insel war dicht bewaldet und empfing mich mit ihrer idyllischen Ruhe. Statt den Schildern zu folgen, die zu dem Herrenhaus Covenhoven führten, bog ich in einen Feldweg ab, der wenig befahren aussah. Er führte direkt in den Wald. Zwischen den Stämmen der hohen Nadelbäume fühlte ich mich sofort geborgen. Mein Fenster war nach wie vor offen, sodass ich das Knirschen der Reifen auf dem unebenen Untergrund hörte. Ansonsten wurde die Stille des Waldes nur von vereinzeltem Vogelgezwitscher durchbrochen.

Ich stellte das Auto willkürlich am Wegrand ab und stieg aus. Mein Handy ließ ich auf dem Sitz zurück. Der Wind hatte aufgefrischt, und ich zog meine Jeansjacke enger um mich. Die Sonne war gänzlich verschwunden, sodass ich ein wenig brauchte, um meine Augen an das Zwielicht im Wald zu gewöhnen. Ich blickte mich aufmerksam um und prägte mir die Bäume und markanten Büsche neben dem Auto ein, damit ich die Stelle später wiederfinden würde. Dann ging ich mit beschwingten Schritten in den Wald hinein.

Die Kiefernnadeln auf dem Boden federten meine Schritte ab, der Geruch nach feuchtem Moos, Harz und Tannenzapfen stieg mir in die Nase. Über mir rauschten die Baumwipfel im Wind, der den salzigen Geschmack des Meeres herantrug. Ein zaghaftes Lächeln breitete sich auf meinem Gesicht aus. Ein

Spaziergang in dieser friedlichen grünen Welt war genau das, was ich jetzt brauchte, um ganz mit mir und meinen Gedanken allein zu sein. Es war an der Zeit, endlich so richtig loszulassen.

22 Jack

Ich saß in meinem Truck, auf dem Weg zu meinen Eltern, um Reggie abzuholen. Er hatte die Nacht bei ihnen verbracht, und ich konnte es kaum erwarten, den kleinen Racker wieder bei mir zu haben.

Die ganze Woche über war ich in Hochstimmung gewesen. Die Vorfreude auf das Date mit Marly hatte mich förmlich beflügelt. Ich hatte alles bis ins kleinste Detail geplant und musste nur noch den großen Picknickkorb von meinen Eltern ausleihen. Dann wäre alles perfekt.

Als ich jetzt daran dachte, flatterte es in meinem Magen, und ich musste grinsen. Ich wollte Marly unbedingt mein kleines Reich zeigen. Hoffentlich würde es ihr dort genauso gefallen wie mir.

Ausgelassen trommelte ich im Takt des Liedes im Radio auf das Lenkrad. Es war irgendein Countrysong, den ich nicht kannte, aber das tat meiner guten Laune keinen Abbruch.

Kurz darauf knirschte und knackte es, und das Lied brach ab. Ich seufzte und schaltete das Radio aus. Das waren wohl die ersten Anzeichen für das aufziehende Gewitter, vor dem der Wetterbericht schon seit gestern warnte. Ich warf einen Blick in den Rückspiegel. In der Ferne brauten sich dicke Wolken zusammen. Die Bäume bogen sich im Wind, der Himmel wurde immer dunkler. Bald würde es zu regnen beginnen.

Ich wusste, dass die Flut in einer knappen Stunde einsetzen würde. Wenn der Sturm wirklich so heftig war wie angekündigt, würde sie allerdings früher kommen. Dann wäre es womöglich den ganzen nächsten Tag über nicht erlaubt, auf die Insel zu fahren. Aufgrund der Unwetterwarnung hatte ich geplant, die Nacht bei Mom und Dad zu verbringen.

Als ich den Blick wieder auf die Straße richtete, blinzelte ich überrascht. Ein alter roter Chevrolet Chevelle Malibu sauste an mir vorbei. War das nicht Marlys Auto? Ich erinnerte mich sehr genau an unsere erste Begegnung, als sie am Straßenrand neben dem rauchenden Wagen gestanden und mich durch die offene Scheibe meines Trucks angesehen hatte. Sie musste es sein. Es gab nicht besonders viele dieser Modelle, die noch fahrtauglich waren.

Doch was hatte Marly hier verloren? Warum fuhr sie in die andere Richtung? Weg von St. Andrews?

Ich warf einen weiteren Blick in den Rückspiegel und fluchte laut. Der Chevrolet bog gerade in die Straße ein, die nach Ministers Island führte. Was hatte Marly, verdammt noch mal, dort zu suchen? Ich sagte mir, dass sie sowieso nicht weit kommen würde. Die Schranke hinderte ungebetene Besucher daran, außerhalb der erlaubten Zeiten auf die Insel zu fahren. Doch plötzlich wurde mir ganz heiß, als mir einfiel, dass die Schranke seit letzter Woche kaputt war. Nichts würde Marly davon abhalten, auf die Insel zu fahren. Nichts außer dem Wetter. Sah sie denn nicht, dass sich ein Sturm zusammenbraute?

Ich fluchte erneut und hielt am Straßenrand, um mein Handy aus meiner Jackentasche zu holen. Doch dann erinnerte ich mich, dass ich Marlys Nummer nicht hatte. Jeder Versuch, sie zu kontaktieren, würde sowieso viel zu lange dauern. Ich musste sie sofort davon abhalten, die Sandbank zu überqueren. Es war sehr gefährlich, sie unter solchen Bedingungen zu befahren. Eine einzige hohe Welle konnte ein Auto mit sich reißen.

Mein Herz schlug schneller, und ich umklammerte das Lenkrad fest, als ich den Truck wendete und hinter Marly herraste.

Viel zu schnell fuhr ich über den Kiesweg, der sich langsam mit Wasser füllte. Keine Spur von Marlys Auto. Sie musste es auf die Insel geschafft haben. Zumindest hoffte ich das, denn dann würde ich sie auf jeden Fall finden.

Ich warf einen besorgten Blick in den Rückspiegel. Aufgrund des Sturms stieg das Wasser hinter mir immer weiter an, sodass der Weg von der Insel runter in wenigen Minuten unpassierbar sein würde. Schwarze Wolken brauten sich vor mir zusammen, ich hörte bereits entferntes Donnergrollen.

Als ich die Sandbank hinter mir ließ, atmete ich erleichtert auf und raste an dem Pförtnerhäuschen vorbei, das natürlich unbesetzt war. Gerade wollte ich in Richtung Covenhoven weiterfahren, als mir ein Gedanke kam. Mit quietschenden Reifen hielt ich abrupt an. Marly war sicher nicht hier, um die Touristenattraktionen abzuklappern. Wollte sie mich besuchen? Oder war sie einfach nur auf der Suche nach ein wenig Abgeschiedenheit?

Nachdenklich betrachtete ich die Straße vor mir. Da sah ich es. Frische Reifenspuren im Schlamm. Marly musste auf den abgeschiedenen Waldweg eingebogen sein, der zu meiner Hütte führte. Hoffnung brandete in mir auf.

Der erste Regentropfen klatschte auf meine Windschutzscheibe. Ich verlor keine Zeit und riss das Lenkrad herum.

Ich musste den Reifenspuren nicht lange folgen, bis ich den Chevrolet am Wegrand geparkt fand. Mittlerweile regnete es in Strömen, und ich konnte den Wagen im Zwielicht des Waldes nur als verschwommenen rötlichen Fleck ausmachen.

Eilig parkte ich meinen Truck dahinter, während ich immer wieder im Kopf wiederholte: *Bitte, sitz im Auto. Bitte, sitz im Auto.* Ich schloss den Reißverschluss meiner Windjacke, setzte die Kapuze auf und sprang aus dem Wagen. Unbarmherzig prasselte der Regen auf mich ein, während ich mir einen Weg zu Marlys Auto bahnte. Ich hielt beide Hände an die Scheibe, um hineinzuspähen. Keine Spur von Marly.

Frustriert schlug ich gegen die Tür und umrundete den Wagen. Verzweifelt sah ich mich um. Da erkannte ich Spuren im aufgeweichten Waldboden, die zwischen die Bäume führten.

Die ganze Zeit über betete ich, dass Marly nichts passiert war. Die Sicht war grässlich, ich konnte kaum einen Meter weit sehen. Was, wenn sie von einer Klippe gestürzt war? Oder in irgendein Loch? Wenn sie sich den Fuß verstaucht hatte und irgendwo lag, ohne dass jemand ihre Hilferufe hörte?

Ich lauschte in den Regen, hörte aber nichts als das Prasseln der Tropfen und meine eigenen schmatzenden Schritte. Mein Herz hämmerte immer schneller. Trotz der eiskalten Sintflut von oben war mir heiß. Mit den Händen formte ich einen Trichter vor dem Mund und rief ihren Namen. Wieder und wieder.

Das Waldstück war nicht besonders groß. Irgendwann musste ich sie finden. Aber das Wetter machte es mir immer schwerer. Marlys Spuren hatte ich längst verloren. Plötzlich wurde es taghell, und kurz darauf krachte es so laut, dass das Geräusch dumpf von den Bäumen widerhallte. Ich zog den Kopf ein und sah mich um. Es fehlte gerade noch, dass ein Blitz irgendwo in der Nähe einschlug. So nah an der Küste war mit Unwettern nicht zu spaßen. Das war etwas, was man uns hier seit unserer Kindheit einbläute.

Wieder rief ich nach Marly, wurde jedoch von ohrenbetäubendem Donner übertönt.

Das Gebüsch wurde immer dichter, Dornen rissen an meiner Hose. Der Regen sickerte langsam durch den Stoff meiner Jacke, obwohl sie angeblich wasserdicht war. Wenn Marly keinen Unterschlupf gefunden hatte, musste sie bis auf die Haut durchnässt sein und furchtbar frieren. Ich musste sie finden.

Ich glaubte, immer noch zu wissen, wo ich war, da ich diesen Wald in- und auswendig kannte. Wenn ich mich nicht täuschte, befand sich eine Steilklippe nur wenige Schritte zu meiner Rechten. Das Herz schlug mir bis zum Hals, als ich darauf zusteuerte. Erneut rief ich Marlys Namen. Es gefiel mir nicht, wie panisch meine Stimme klang.

Ich beschleunigte meine Schritte, rannte nun fast, bis ich den Rand der Klippe durch den dichten Regenvorhang ausmachte.

Da sah ich noch etwas anderes. Etwas Pinkes blitzte im Dämmerlicht auf. Ein T-Shirt? Und was war das? Hing da etwa ein Stück Jeansstoff zwischen den Zweigen? Ich steuerte auf den Farbtupfer zu und hätte beinahe einen Freudenschrei ausgestoßen, als ich die zitternde Gestalt erkannte, die darunter kauerte. »Marly!«

Im Näherkommen sah ich, dass sie ihre Jeansjacke als notdürftigen Schutz vor dem Regen zwischen zwei Ästen aufgespannt hatte. Ich rannte die letzten Schritte und fiel vor ihr auf die Knie.

Die schwarzen Haare klebten ihr im Gesicht, und sie zitterte unkontrolliert. Ihr pinkes T-Shirt war bis auf die Haut durchnässt, und ich bemühte mich, den BH, der sich darunter abzeichnete, zu ignorieren. Ihre Sneaker waren schlammverkrustet. Sie hatte die nackten Arme um sich geschlungen, um sich warm zu halten. Eine Gänsehaut überzog jeden Zentimeter ihres Körpers, sie bebte heftig. Wenigstens schirmte ihre Jacke sie ein wenig von dem Regen ab.

Marlys Zähne klapperten, als sie mich ungläubig anstarrte. »Jack? W-w-was machst du denn hier?«

23 Marly

»Jack? W-w-was machst du denn hier?« Meine Zähne klapperten so heftig, dass ich die Worte kaum herausbrachte. Entgeistert starrte ich ihn an. Es dauerte eine Weile, bis ich begriff, dass er wirklich vor mir kniete.

»Keine Sorge, ich bring dich hier weg«, sagte er.

Tief unter uns brandeten die Wellen krachend gegen die Steilküste, sodass ich ihn kaum verstand. Das Prasseln des sintflutartigen Regens tat sein Übriges. Im nächsten Moment hatte Jack seine Jacke ausgezogen und sie mir um die Schultern gelegt. Seine Körperwärme umhüllte mich, und ich seufzte wohlig.

Ich hatte doch nur einen kleinen Spaziergang machen wollen. Schon nach zehn Minuten war ich allerdings vom Regen überrascht worden und hatte den Weg zurück zum Auto nicht wiedergefunden. Während ich patschnass durch den Wald gestolpert war, hatte ich eingesehen, dass ich das Ende des Unwetters abwarten musste, wenn ich mich nicht verlaufen und mir den Tod holen wollte. Also hatte ich meine Jacke zwischen ein paar Ästen aufgespannt. Erst danach war mir die spektakuläre Aussicht von meinem behelfsmäßigen Unterschlupf aufgefallen.

Jack und ich befanden uns auf einer hohen Klippe, unter uns nur das tosende Meer. Es war so aufgewühlt, dass die Wellen weiße Schaumkronen trugen. Ich konnte kaum noch ausmachen, wo das Wasser endete und der Horizont begann. Ich war völlig gefesselt von dem Naturschauspiel. Von den leuchtend hellen Blitzen, die über den Himmel zogen, dem Regen, der aufs Meer trommelte, und den ohrenbetäubenden Donnerschlägen. Gewitter hatte ich schon immer geliebt. Doch ich musste zugeben, dass ich mehr als dankbar für Jacks plötzliches Auftauchen war.

Er schlang einen Arm um mich. »Alles in Ordnung?«

»Ja, ist schon okay. Ich bin zwar gestrandet, aber ich habe eine wirklich fabelhafte Aussicht.« Er sah mich verblüfft an. »Ich liebe Stürme.« Mit meinem zitternden Kinn deutete ich in Richtung des brodelnden Meeres, das im selben Moment abermals von einem Blitz erhellt wurde.

Jack runzelte die Stirn, doch dann umspielte ein amüsiertes Lächeln seine Mundwinkel. Ergeben warf er die Arme in die Luft. »Ach so! Und ich dachte, ich würde dich vor einem schrecklichen Schicksal bewahren. Dabei bist du absichtlich bei diesem Wetter hierhergekommen, um die Aussicht zu genießen.« Sein Grinsen wurde immer breiter, und ich erwiderte es.

»Nur, um das mal klarzustellen: Ich brauche keinen Prinzen, der auf seinem weißen Pferd angeritten kommt und mich rettet. Ich hätte es schon allein zurückgeschafft.« Auch wenn ich mir dabei wohl eine Unterkühlung und einen fiesen Schnupfen eingefangen hätte. Der gehörige Schreck, mit dem ich davongekommen war, reichte mir. Aber das musste ich Jack ja nicht auf die Nase binden.

Nun zuckten seine Mundwinkel verräterisch. »Daran habe ich überhaupt keinen Zweifel.« Dann warf er einen besorgten Blick auf meine triefenden Haare und die zitternden Lippen. »Würde es dir sehr viel ausmachen, wenn ich dich trotz allem ins Warme bringe? Ich meine, hey, wenn du lieber hier draußen bleiben möchtest, stehe ich dir nicht im Weg, aber ich kenne da eine wirklich gemütliche Hütte, in der es einen Kamin und heißen Tee gibt.«

Ich legte die Stirn in Falten und tat so, als würde ich angestrengt über sein Angebot nachdenken. Doch da musste ich laut niesen, und mein Körper wurde von einem erneuten Kälteschauer heimgesucht. Der Gedanke an etwas Warmes ließ mein Herz höherschlagen. »Dazu kann ich wohl nicht Nein sagen.«

Er lächelte, sodass sich das Grübchen an seinem Kinn zeigte. Dann half er mir vorsichtig auf die Beine und legte einen Arm um mich, als ich leicht schwankte.

Einen kurzen Moment standen wir schweigend nebeneinander und betrachteten die Naturgewalten, die unter uns krachend aufeinandertrafen. Es war ein unglaubliches Gefühl. Jack, der so dicht neben mir stand, dass ich seine Wärme spürte. Das schäumende Meer und der düstere Himmel. Das Prasseln des Regens, das Krachen der Wellen und das laute Donnern. Mein eigenes Herz, das aufgeregt in meiner Brust hämmerte.

Als der nächste Blitz den Himmel erhellte, schob Jack mich sanft, aber bestimmt von der Klippe fort. Den Arm um mich geschlungen, schnappte er sich mit der freien Hand meine triefende Jeansjacke. Dann zog er mich fest an sich und führte mich durch die Bäume davon. Ich warf einen letzten Blick zurück und wusste, dass ich diesen magischen Moment im Regen nie vergessen würde.

Jack bestand darauf, mein Auto stehen zu lassen, damit ich in seinem Truck mitfahren konnte. Also holte ich nur mein Handy aus dem Chevrolet und kletterte in seinen Wagen. Ich kuschelte mich auf der durchgängigen Fahrerbank eng an ihn, während er uns vorsichtig durch den Regen manövrierte. Da er mir seine Jacke überlassen hatte, war sein weißes T-Shirt komplett durchsichtig geworden. Ich warf immer wieder verstohlene Blicke auf sein Sixpack, das sich deutlich darunter abzeichnete. Es kostete mich alle Selbstbeherrschung, die ich aufbringen konnte, nicht mit der Hand darüberzufahren.

Stattdessen ließ ich mich tiefer in seine riesige Jacke sinken, die angenehm nach ihm roch, und schlug den Kragen bis zum Kinn hoch.

Zu meiner Überraschung schien ich von Anfang an die Straße eingeschlagen zu haben, die zu seinem Zuhause führte, denn bald endete der Waldweg auf einer Lichtung, auf der eine süße Blockhütte stand.

Jack lächelte mich an und setzte mir die Kapuze seiner Jacke auf. Dann stieg er aus und ging um den Truck herum, um mir die Tür zu öffnen. Lachend – und in meinem Fall quietschend – rannten wir Arm in Arm durch den Regen zur Hütte.

Er schloss die Tür auf. Als wir eintraten, empfing uns wohlige Wärme. »Willkommen in meinem bescheidenen Heim.« Jack schaltete das Licht ein.

Mit klopfendem Herzen sog ich den Anblick gierig in mich auf. Vor mir breitete sich endlich alles aus, was Jack ausmachte.

Es war eine Offenbarung.

Vor uns tat sich ein gemütlicher Raum mit tief hängenden Deckenbalken und kleinen Fenstern auf. Alles bestand aus hellem Holz: die Wände, die Türen und Fensterrahmen, der Boden und die Regale, sogar die meisten Möbel. Staunend betrachtete ich den riesigen offenen Kamin, der sich direkt gegenüber der Eingangstür befand. Davor lag ein bunt gewebter Teppich, flankiert von einem verblichenen Sofa und zwei Sesseln sowie einem Hundeschlafplatz für Reggie.

In der Ecke neben dem Kamin stand ein hübsches altes Bett, dessen hohes Kopfende mit Schnitzereien verziert war. Auf dem Nachttisch stapelten sich einige Bücher neben einer Sturmlampe.

Es gab nur eine weitere Tür, die wahrscheinlich ins Badezimmer führte. In der Ecke neben der Eingangstür befand sich eine kleine Kochnische mit Esstisch und zwei Stühlen. Die Küche war mit einer breiten Kommode vom restlichen Raum abgetrennt. Darauf stand ein gerahmtes Foto, auf dem ich Jack mit zwei kleinen Mädchen im Arm sehen konnte.

Doch was meinen Blick auf sich zog und nicht mehr losließ, waren die Wände. Über dem Bett und dem Kamin hingen wunderschöne, gerahmte Landschaftsaufnahmen, die ich von Jacks Instagram-Profil wiedererkannte. Die große, freie Wand zu meiner Rechten war allerdings über und über mit alten Postkarten behängt. Vor Staunen blieb mir der Mund offen stehen. Ich erinnerte mich gerade noch daran, aus meinen verdreckten Nike React Vision Sneakers zu schlüpfen, bevor ich mit großen Augen darauf zuging.

Ehrfürchtig streckte ich eine Hand aus und strich über eine der weit über hundert Karten aus aller Welt. Sie war vergilbt und zeigte ein französisch anmutendes Karussell mit Pferdefiguren, die sich an bunten Stangen drehten. Daneben hing eine Postkarte, die ein altmodisches Cable Car aus San Francisco zeigte, und eine mit einem wunderschönen Strand, auf der in verschnörkelten Lettern *Waikiki* stand. Staunend ließ ich den Blick über die Sammlung schweifen. Zwischen den alten Karten entdeckte ich immer wieder neuere, die sich mit ihren leuchtenden Farben deutlich abhoben. Ich stand so dicht vor der Wand, dass ich den Kopf in den Nacken legen musste, um das Gesamtbild zu bestaunen.

»Woher hast du denn all diese Postkarten?«, entfuhr es mir.

Jack hatte sich ebenfalls die schlammigen Schuhe ausgezogen und gesellte sich zu mir. Er bedachte das Kunstwerk mit einem zärtlichen Blick.

»Ich habe irgendwann angefangen, sie zu sammeln.« Er zuckte

mit den Schultern, und eine leichte Röte zog sich über seine Wangen. Verlegen rieb er sich den Hinterkopf. »Ich schreibe selbst gerne Postkarten, obwohl ich vielleicht der Einzige bin, der das heute noch macht.« Er lachte leise. »Immer, wenn ich irgendwo bin, schicke ich welche an meine Freunde und Familie. Alle wissen das über mich, also bekomme ich auch welche aus aller Welt. Aber die schönsten …« Er brach ab und strich über die Vintage-Karte, über der meine Hand verharrte. Dabei berührten sich unsere Finger, und ein wohliges Kribbeln schoss durch meinen Körper. »Die schönsten sind die Fundstücke, die Schätze, die ich auf Flohmärkten, Garagenverkäufen oder in Antiquariaten entdecke. Sie sind wie Tore in die Vergangenheit.«

Er löste die Karte mit dem Karussell von der Wand, drehte sie um und hielt sie mir hin. Die verblasste Schreibschrift auf der Rückseite war kaum noch leserlich, doch ich konnte entziffern, dass sie von einem Soldaten an seine Liebste verfasst worden war. Er war in Europa stationiert und vermisste sie schrecklich. Mein Herz zog sich zusammen, und ich seufzte. »Das ist ja ein kleines Wunder, dass man nach so vielen Jahren noch einen Einblick in das Leben dieser Leute bekommt«, murmelte ich.

»Ja.« Jacks Augen leuchteten. »Es sind völlig Fremde, aber sie haben mal gelebt, geliebt und gelitten. Und jetzt ist dieser winzige Ausschnitt ihres Lebens ein Teil meines Heims. Wie eine Brücke zwischen ihrer Zeit und unserer.«

»Ein schöner Gedanke.« Ich gab ihm die Postkarte zurück und lächelte ihn an. Er hielt meinen Blick fest, und mein Magen schlug Purzelbäume.

»Du zitterst«, sagte Jack plötzlich und hängte die Karte zurück an die Wand. »Komm, ich gebe dir was Trockenes zum Anziehen.«

In seinem Badezimmer schlüpfte ich in den weiten Kapuzenpulli, die Jogginghose und die gestrickten Socken, die er mir überreicht hatte. Als ich zurück ins Wohnzimmer kam, brannte ein Feuer im Kamin, und zwei dampfende Tassen standen auf dem kleinen Couchtisch.

Jack saß auf dem Teppich und starrte in die Flammen. Er wandte sich zu mir um, als er mich kommen hörte. Ich drehte mich grinsend einmal um mich selbst. »Tadaaa! Passt wie angegossen.«

Er lachte, da das Gegenteil der Fall war. Ich hatte die Beine der Jogginghose mehrmals hochkrempeln müssen und schien beinahe in dem Pulli zu versinken. Doch beides war warm und kuschelig. Genau, was ich jetzt brauchte. Jack schien wirklich immer zu wissen, was das war.

Ich hatte mir die Haare mit einem Handtuch abgetrocknet, und nun ringelten sie sich noch mehr als sonst, wie immer, wenn es regnete. Ich strich mir eine Locke aus dem Gesicht und setzte mich neben Jack. Die Wärme des Feuers hüllte mich augenblicklich ein, und ich fühlte mich so geborgen wie schon lange nicht mehr. Außerdem war mir Jacks Anwesenheit so dicht neben mir nur allzu bewusst, und mir wurde gleich noch heißer. Ich wollte ihm noch näher sein, wollte seine Haut unter meinen Fingern spüren.

Er hatte sich ebenfalls aus seiner nassen Kleidung geschält, trug nun ein T-Shirt und eine Jogginghose, war aber barfuß. »Wie fühlst du dich?«, fragte er. »Ist dir warm genug? Brauchst du noch irgendwas?« Er reichte mir eine Tasse Tee.

»Ich glaube, wenn mir noch wärmer wird, muss ich alles wieder ausziehen«, gab ich grinsend zu.

Seine Hand mit der Tasse verharrte in der Luft, seine Augen weiteten sich unmerklich, als er seinen Blick über die unter den weiten Klamotten kaum erkennbaren Rundungen meines Körpers gleiten ließ. Die erwartungsvolle Spannung zwischen uns brachte die Luft zum Knistern. Der Moment schien sich eine wohlige Ewigkeit hinzuziehen. Keiner von uns wollte den Blickkontakt abbrechen. Einmal mehr zogen mich seine Meeraugen in ihren Bann. Im Feuerschein wirkte das Blaugrün wärmer, wie eine ruhige Meeresoberfläche an einem Sommertag.

»Verdammt«, rief Jack plötzlich, als er sich Tee über die Finger schüttete. Ich hatte die Tasse in seiner Hand ganz vergessen und nahm sie ihm rasch ab.

Er saugte mit schmerzverzerrtem Gesicht an seinem Daumen, was augenblicklich ein heißes Pochen zwischen meinen Schenkeln auslöste. Ich räusperte mich und stierte in meine Tasse. »Ich dachte, du fluchst nicht?«

»Das habe ich nie gesagt.« Jack zwinkerte mir verschwörerisch zu. »Im Pub habe ich lediglich angemerkt, dass du es gerne zu tun scheinst.«

»Touché!« Ich hatte Golden Boy wieder einmal unterschätzt.

Er wischte sich die Hand an seiner Hose ab und nahm seine eigene Tasse vom Tisch hinter uns. Mit einem zerknirschten Lächeln hob er sie an und stieß damit leicht gegen meine.

»Trinken wir wieder auf unsere Wurzeln?«, fragte ich.

Er runzelte die Stirn, doch dann hellte sich sein Gesichtsausdruck auf. »Nein, ich denke, heute trinken wir auf Neuanfänge.«

Ich sah ihn überrascht an. Es war, als hätte er meine Gedanken gelesen. Als wüsste er, was ich an diesem Nachmittag getan hatte. Was für eine riesige Hürde ich überwunden hatte. Dass ich mich tatsächlich dazu entschieden hatte, einen Neuanfang zu wagen.

»Auf Neuanfänge«, sagte ich lächelnd und prostete ihm abermals zu. Doch dann wollte ich unbedingt wissen, was er damit sagen wollte. »Meinst du, weil ich immer noch hier bin, obwohl ich eigentlich nicht so lange in St. Andrews bleiben wollte?«

Er nickte. »Sue hat mir erzählt, dass du dich entschieden hast, weiter in der Praxis auszuhelfen.« Er grinste. »Sie war deswegen ziemlich aus dem Häuschen.«

»Das bin ich auch. Ich hatte am Anfang wirklich nicht gedacht, dass es so kommen würde, aber irgendwie ... hat sich St. Andrews in mein Herz geschlichen. Nach einem holprigen Start scheine ich richtig angekommen zu sein.«

»Holpriger Start?« Jack schnaubte belustigt und hätte sich beinahe an seinem Tee verschluckt. »Das kann man wohl sagen.« Meine Wangen brannten, als ich mich an meinen Lumberjack-Witz erinnerte. Ich boxte ihn in die Seite, und er lachte. »Schon gut, vergeben und vergessen. Schließlich war ich am Anfang auch nicht gerade nett zu dir.«

Ich nahm einen Schluck Tee und zuckte mit den Schultern. »Na ja, zu deiner Verteidigung könnte man jetzt vorbringen, dass du mich gerade vor dem Sturm gerettet hast.«

Jacks Brauen schossen in die Höhe. »Aha! Also gibst du zu, dass es eine Rettung war.«

Ich zog einen Schmollmund. »Davon abgesehen, dass ich *nicht* gerettet werden *musste,* war es wohl eine.«

»Ich wusste doch, dass es eines Tages nützlich sein würde, dass ich ständig Pfadfinderkurse leite.« Schalk blitzte in Jacks Augen auf. »Also machst du das öfter, einfach so in einem Unwetter rauszugehen, um den Sturm zu betrachten?«

Ich stellte meinen Tee auf dem Tisch ab und setzte mich auf. »Es ist wunderschön! Diese gewaltigen Kräfte, die Farben, die Gerüche und Geräusche, einfach alles. Findest du nicht?«

Er stellte seine Tasse ebenfalls ab und drehte sich mir zu. »Schön, aber leider auch tödlich. Hier an der Küste ist mit so einem Wetter nicht zu spaßen.«

Zerknirscht ließ ich die Schultern sinken. »Tut mir leid, wenn ich dir einen Schrecken eingejagt habe.«

Er grinste schelmisch. »Das Wichtigste ist ja, dass nichts Schlimmes passiert ist … weil ich dich gerettet habe.«

»Hey, du meinst wohl, dass ich mich retten *lassen* habe«, korrigierte ich ihn streng.

»Okay, okay.« Er hob ergeben die Hände. »Beim nächsten Gewitter überlasse ich dich einfach deinem Schicksal.«

»Na schön!« Ich funkelte ihn an.

»Na schön!« Er funkelte zurück.

Wir hatten uns spielerisch so in Rage geredet, dass wir uns immer näher gekommen waren. Unsere Gesichter befanden sich nur noch Zentimeter voneinander entfernt. Ich sah ganz genau, wie sein Blick zu meinen Lippen huschte, dass sein Atem schneller ging, sein ganzer Körper angespannt war. Und ich rechnete es ihm hoch an, dass er den Moment nicht ausnutzte. Wie viele Männer hätten eine solche Situation beim Schopf gepackt? Hätten mich zu verführen versucht und mit irgendeiner Masche in ihr Bett gelockt. Jack riss sich zusammen, machte keine Anstalten, mir zu nahe zu treten, was mir einerseits unheimlich gut gefiel und mich andererseits rasend machte. Ich wollte nicht mehr warten. Ich *konnte* nicht mehr warten. Wenn er nicht den ersten Schritt machte, dann würde ich es tun.

Ich näherte mich ihm zögernd, suchte in seinem Blick nach Zustimmung. Er hob eine Hand an meine Wange und strich zärtlich darüber. Von dort, wo seine Fingerspitzen meine Haut berührten, breitete sich ein Kribbeln aus, das rasend schnell meinen ganzen Körper eroberte. Es sammelte sich in meinem Unterleib. Und plötzlich war da nichts anderes mehr. Nichts als Jack. Diese eine Berührung sagte mir alles, was ich wissen musste.

Meine Lippen fanden seine. Sanft, forschend, und doch aufgeladen mit Verlangen. Es war ein langer Kuss. Ein inniger Kuss. Voller Verheißung auf mehr.

Als seine Zungenspitze sanft gegen meine stieß, sandte die Berührung heiße Wellen von meinem Scheitel bis zu meinen Fußspitzen. Ich wollte, dass der Moment ewig währte, wollte nie wieder etwas anderes spüren als seine Lippen auf meinen. Aber gleichzeitig wollte ich so viel mehr.

Als wir uns voneinander lösten, atmeten wir beide keuchend. Auf Jacks Zügen lag eine ebenso entrückte Verwunderung, wie sich auf meinen zeigen musste. Ein Lächeln umspielte seine Lippen, er sah unfassbar sexy aus.

Wir blickten uns eine kleine Ewigkeit an, grinsten, als hätten wir gerade zum ersten Mal ein Geheimnis miteinander geteilt.

Mein ganzer Körper stand in Flammen. Ich wollte mehr, mehr, mehr. Jack musste es in meinen Augen lesen, denn sein Blick wanderte sofort wieder zu meinen Lippen, die sich wie von selbst leicht öffneten. »Hast du ein Kondom hier?«, hauchte ich.

Er schluckte und nickte. Das Kribbeln in meinem Unterleib wurde unerträglich. Im nächsten Moment krachten unsere Lippen mit solcher Wucht aufeinander, dass ich überrascht aufkeuchte. Jack küsste mich mit einer Leidenschaft, die mich völlig übermannte. Seine Lippen waren heiß und fordernd. Sie passten perfekt auf meine.

Er zog mich an sich, und ich vergrub meine Hand in seinem Haar. Als seine Zunge langsam meinen Mund eroberte, stöhnte ich leise auf.

Er strich mir das Haar aus dem Gesicht und ließ seine Finger meinen Nacken hinabgleiten. Ich spürte jede seiner Berührung überdeutlich, genoss jeden einzelnen Augenblick. Meine Sinne waren so geschärft, dass sein frischer Duft nach Regen und Moos über mich hinwegflutete und seine Fingerspitzen heiße Spuren auf meiner Haut hinterließen.

Als er seine Hände zu meinen Brüsten wandern ließ, war der

dicke Pulli nur im Weg. Ich hob die Arme, und Jack streifte ihn mir über den Kopf. Darunter trug ich nichts.

Jack hielt überrascht inne. Unsere Blicke trafen sich, und ich lachte leise. Das hatte er nicht kommen sehen.

Hungrig leckte er sich über die Lippen und beugte sich vor. Seine Zunge glitt über meine Brustwarzen, und ich stöhnte leise. Jack spielte mit ihnen, zog und knabberte daran, bis ich glaubte, vor Lust platzen zu müssen. Ich rutschte näher an ihn heran und schob ihm mein Becken entgegen.

»So ungeduldig, Marly«, murmelte er amüsiert an meinen Brüsten. Doch er hob mich auf sich, und ich spürte sofort, wie hart er war. Es machte mich rasend. Langsam schob ich meine Hüften vor und zurück, rieb mich an ihm und entlockte ihm ein Stöhnen. Sein Mund fand wieder meinen, und unsere Zungenspitzen umkreisten sich gierig. Meine Hände fuhren über seine Brust. Ich wollte endlich seine nackte Haut spüren. Ich zog ihm das T-Shirt über den Kopf und sah seinen muskulösen Oberkörper endlich in seiner ganzen Pracht vor mir.

»Wow, bei Abercrombie und Fitch hatten sie wohl gerade keine Modeljobs mehr frei, was?« Bewundernd fuhr ich mit den Fingern über das beachtliche Sixpack.

Jack lachte leise und brachte mich mit einem Kuss zum Schweigen. »Deine große Klappe hat dich bestimmt schon oft in Schwierigkeiten gebracht, oder?«, hauchte er ganz nah an meinem Mund. Ich konnte nicht mehr antworten, sein Kuss wurde inniger, und ich gab mich ganz seinen weichen Lippen hin.

Wir landeten hart auf dem Teppich, als wir lachend versuchten, einander die Hosen auszuziehen, und uns dabei heillos ineinander verknoteten. Schließlich gelang es Jack, seine abzustreifen. Nun war es an mir, ihn überrascht anzustarren. Er trug nichts darunter. Angesichts meiner beeindruckt aufgerissenen Augen zuckte er nur mit den Achseln und grinste.

Schon beugte er sich über mich, und ich lehnte mich zurück, bis er über mir kniete. Er sah mir tief in die Augen, während er meine Hose und dann auch die Unterhose quälend langsam abstreifte – mein einziges Kleidungsstück, das nicht vom Regen durchnässt worden war. Es war unglaublich sexy, wie viel Zeit er sich dabei ließ. Ich wand mich unter seiner sanften Berührung, wollte ihn unbedingt in mir spüren und hob ihm fordernd mein Becken entgegen.

Als ich im weichen Feuerschein nackt vor ihm lag, nahm er sich einen Moment, um mich ausgiebig zu betrachten. Dabei zeigte sein Körper mir allerdings, dass er ebenfalls mehr als bereit war. Er drehte sich um und tastete nach seiner Hose am Boden, aus deren Tasche er ein Kondom zog. Er öffnete es mit fliegenden Fingern und streifte es sich über.

Als er sich endlich wieder über mich beugte, drang er jedoch nicht in mich ein. Stattdessen verschwand sein Gesicht zwischen meinen Beinen. Eine Gänsehaut zog sich über meinen ganzen Körper, als er die Innenseite meiner Schenkel küsste. Langsam arbeitete er sich weiter nach oben, küsste und leckte, sodass ich das Gefühl hatte, bald von innen zu zerreißen.

Ich keuchte, als seine Zunge endlich den empfindlichsten Punkt zwischen meinen Beinen berührte. Dann gab es nichts mehr als das Zupfen und Ziehen, das Lecken und Saugen. Alles andere um mich herum verschwand. Das Prasseln des Regens gegen die Scheiben, das Donnern und Tosen des Windes, das Knistern des Feuers. Da waren nur noch Jack und ich. Seine Finger, seine Zunge, sein heißer Atem.

Ich gab mich ihm völlig hin, schmolz unter seinen gekonnten Berührungen wie Wachs, bis der sich in mir aufstauende Orgasmus mit aller Macht aus mir hervorbrach. Ich schrie, als Jack mich zum Höhepunkt brachte. Mein ganzer Körper bäumte sich auf. Eine Woge nach der anderen rollte über mich hinweg, durchdrang mich von Kopf bis Fuß. Mein Körper wollte mir nicht mehr gehorchen, also schloss ich die Augen und genoss den Höhenflug, bis er langsam abebbte.

Jack legte sich neben mich auf den Teppich und hielt mich im Arm. Dicht an mich gepresst, fuhr er sanft Kreise auf meinem Bauch nach, bis ich endlich zu zittern aufhörte.

»Das war … das war einfach …« Mir fehlten die Worte.

Jack lächelte nur, doch mir war mehr als bewusst, wie etwas heiß und fest gegen meine Hüfte presste. Es war noch lange nicht vorbei. Ich wollte ihn in mir spüren. So sehr.

Langsam drehte ich mich zu ihm und schob mich über ihn. Sein überraschter Blick lag auf mir, als ich meine Finger um seinen Penis schloss. Genüsslich fuhr ich ein paarmal an seiner beachtlichen Länge entlang, bevor ich mein Becken anhob und auf ihn glitt.

Als er in mich eindrang, keuchte Jack auf. Ich beugte mich zu ihm herunter, um ihn zu küssen. Dann begann ich, mein Becken kreisen zu lassen, was Jack ein heiseres Stöhnen entlockte. Ich richtete mich auf und bewegte mich schneller. Jacks Stöße passten sich meinen Bewegungen an, während er mich keine Sekunde aus den Augen ließ. Er schob seine Finger zwischen meine Beine und reizte mich abermals, bis sich die nächste Woge in mir aufbäumte und mich mit sich fortzureißen drohte. Da zog er mich zu sich herunter. Als meine empfindlichen Brustwarzen auf seine Haut trafen, explodierte ich von innen. Nur wenige Herzschläge später kam Jack in mir.

Wir sahen uns an, fest aneinandergepresst, beide völlig außer Atem, mit einem irren Lächeln auf den Lippen, und er gab mir einen sanften Kuss auf die Stirn.

24 Marly

Nachdem wir lange aneinandergekuschelt auf dem Teppich vor dem Feuer gelegen, uns gestreichelt, geküsst und in die Flammen gestarrt hatten, liebten wir uns ein zweites Mal. Diesmal in Jacks Bett. Es war langsamer, gefühlvoller. Wir nahmen uns die Zeit, den Körper des anderen ausgiebig zu erkunden. Noch nie hatte ich mich jemandem so nahe gefühlt. Ich gab mich Jack ganz hin. Wie mein Körper lag auch mein Herz völlig entblößt vor ihm. Und dabei empfand ich zum ersten Mal in meinem Leben keine Angst.

Danach lag ich eng an ihn geschmiegt neben ihm im Bett. Er hatte einen Arm um mich gelegt, und mein Kopf ruhte auf seiner Brust. Er atmete ruhig und gleichmäßig, war kurz davor einzuschlafen. Seine Lippen lagen an meiner Stirn. Dann und wann hauchte er einen zärtlichen Kuss darauf. Das sterbende Feuer warf tanzende Schatten an die Wände und tauchte alles in weiches Licht. Die Flammen knisterten leise, draußen heulte das Unwetter, doch es konnte uns in unserer gemütlichen Höhle nichts anhaben.

Ich war schläfrig, mein Körper schwer und erschöpft, aber ich wollte mich noch nicht dem Schlaf hingeben, wollte diesen Moment der Geborgenheit voll auskosten. Ich fühlte mich so warm und rundherum glücklich wie noch nie, wollte nicht, dass es aufhörte. Außerdem kreisten meine Gedanken nun wieder um die Ereignisse des Tages und darum, was diese gemeinsame Nacht für uns beide bedeutete. Alles hatte sich verändert.

»Jack?«, flüsterte ich.

»Hm?«

»Bist du wach?«

»Jetzt schon.«

Ich zögerte, mein Magen kribbelte plötzlich vor Aufregung. Doch ich verbannte alle Vorsicht aus meinen Gedanken und nahm meinen ganzen Mut zusammen. Ich wollte unbedingt wissen, wo wir standen. Vorher würde ich nicht schlafen können. »Um noch mal auf unser Gespräch von vorhin zurückzukommen. Ist wirklich alles vergeben und vergessen?«

Er lachte leise, sodass seine Brust unter mir vibrierte. »So schlimm war es nun auch wieder nicht, was du zu mir gesagt hast.«

Ich löste mich leicht aus seiner Umarmung, um ihm in die Augen zu schauen. »Aber warum war es dann am Anfang so schwierig zwischen uns? Ich hatte lange das Gefühl, dass du mich nicht leiden kannst. Was vor allem daran lag, dass du am Anfang sehr schweigsam warst.«

»Ich dachte, wenn ich dir so wenig Angriffsfläche wie möglich biete, musst du ja irgendwann mal den Mund halten. Und dann würde ich endlich die echte Marly kennenlernen. Die, die sich nicht hinter großen Sprüchen versteckt.«

»Haha, sehr witzig!« Ich kniff ihn in die Brustwarze.

»Aua!« Er zuckte zusammen. »Okay, nein, im Ernst. Ich glaube …« Er zögerte.

»Was denn? Du kannst mir alles sagen.«

Er seufzte und gab mir einen weiteren Kuss auf die Stirn. »Versteh das jetzt nicht falsch, aber ich glaube, du verurteilst die Leute zu schnell. Ein Blick auf mich, und ich war der Lumberjack vom Dienst. Du musst aufhören, die Leute in Schubladen zu stecken. Das wird immer böse ausgehen. Du willst doch auch nicht, dass man dich nur als das Mädchen aus der großen Stadt abstempelt und nichts anderes in dir sieht, oder? Was ich zugegebenermaßen am Anfang getan habe.«

Oder als das Mädchen mit dem Alkoholiker-Vater, das bei seinen Großeltern aufgewachsen ist, dachte ich bitter. Diesen Teil von mir, diese Schublade, kannte Jack noch nicht. In der Schule war ich deshalb – und aufgrund meiner Hautfarbe – immer eine Außenseiterin gewesen, hatte die mitleidigen Blicke der Leute irgendwann nicht mehr ertragen, weshalb ich mir die große Klappe antrainiert hatte. Ich wollte ihr Mitleid nicht, wollte Jacks Mitleid nicht. Auch heute noch ließ ich niemanden an mich ran. Aus diesem Grund war auch bisher jede meiner Beziehungen gescheitert. Zuletzt die mit Dan. Ich erinnerte mich einmal mehr an die Dinge, die er mir bei unserem letzten Gespräch an den Kopf geworfen hatte. Die meisten davon stimmten.

Du bist nicht dafür gemacht, mit jemandem zusammen zu sein, Marly. Du lässt dich auf niemanden ein …

Die Fähigkeit zu vertrauen wurde dir zu früh im Leben genommen …

Ich schluckte, als sich meine Kehle zusammenzog. Den gleichen Fehler wollte ich auf keinen Fall mit Jack machen.

Ich musste zugeben, dass Jack recht hatte. Seit ich hierhergekommen war, war ich viel zu voreingenommen gewesen und hatte ihn und die anderen Leute zu schnell verurteilt. Und wenn ich so darüber nachdachte, tat ich das eigentlich schon immer – vor allem, wenn es um mich selbst ging. Jack war in meinem Kopf ein stumpfsinniger Kleinstadtholzfäller gewesen und ich ein trauriges, zerbrochenes Mädchen, das keinen zweiten Blick verdient hatte. So hatte ich mich schon immer gesehen und stets angenommen, dass andere mich ebenfalls auf diese Weise wahrnahmen.

Wenn es um andere Leute ging, hatte ich dieses Schubladendenken nie böse gemeint, mir eigentlich überhaupt nichts dabei gedacht. Doch durch meine Zeit hier, meine Zeit mit Jack und seinen Freunden, hatte sich meine Weltanschauung gewandelt. Ich konnte mich wieder im Spiegel anschauen, ohne nur zu sehen, was ich *nicht* hatte. Was mir genommen worden war. Was ich nie haben würde. Oder was ich dachte, dass andere Leute in mir sahen. Nun bestand plötzlich die Chance, dass ich doch alles haben konnte, was ich mir heimlich immer gewünscht hatte.

Mit Jack.

Bei dem Gedanken wurde mir ganz warm, und ich kuschelte mich näher an ihn.

Spätestens nach heute Abend war klar, dass das zwischen uns mehr als nur ein Flirt war. Das bedeutete allerdings auch, dass ich Jack fairerweise alles über mich erzählen musste. Woher ich kam, wer ich wirklich war. Welchen Ballast ich mit mir herumschleppte. Und vor allem verspürte ich den starken Drang, ihm zu sagen, was ich am vergangenen Nachmittag geschafft hatte. Ich hoffte, er würde mich dann weiterhin so sehen wie jetzt, in diesem Moment. Was heute zwischen uns passiert war, wollte ich auf keinen Fall wieder verlieren. Und deshalb war es mir wichtig, dass Jack mich so sah, wie ich wirklich war. Mit all meinen Ecken und Kanten.

Sein Atem ging langsam und gleichmäßig, doch ich wusste, dass er wartete. Wieder gab er mir Zeit, ließ mich zu ihm kommen, wenn ich bereit dazu war.

Ich räusperte mich, um den Kloß aus meinem Hals zu vertreiben. »Du hast recht. Ich möchte auch nicht, dass man mich abstempelt. Jeder hat die Chance verdient, seine Geschichte zu erzählen …« Ich brach ab, mein Atem zitterte verräterisch, als ich tief Luft holte. »Leider kennst du meine bisher nur teilweise.«

Jack schwieg einen Moment. »Möchtest du mir denn auch den Rest erzählen?«, fragte er dann sanft.

Ich nickte, suchte nach den richtigen Worten. »Es geht nicht einfach nur um ein voreingenommenes Großstadtmädchen, das wie so viele andere Leute ohne Mutter aufgewachsen ist.« Ich räusperte mich und blinzelte die plötzlich aufwallenden Tränen fort.

Und dann erzählte ich ihm alles. Über meine Kindheit mit einem Vater, dessen Sucht ihn aufgefressen hatte. Über meine Großeltern, die mich zu sich genommen und versucht hatten, mich vor ihrem eigenen Sohn zu beschützen. Über meine Beziehung zu diesem Mann, der schon vor seinem Alkoholproblem gewalttätiges Verhalten an den Tag gelegt hatte. Ich sagte Jack, dass ich verstand, warum meine Mutter gegangen war. Dass ich aber selbst nicht stark genug gewesen war, meinen toxischen Vater aus meinem Leben zu streichen.

Bis heute.

Ich erzählte ihm von den vielen penetranten Anrufen, dem Psychoterror, dem ich in unregelmäßigen Abstanden mein ganzes Leben lang ausgesetzt gewesen war – immer, wenn mein Vater sich daran erinnerte, dass er eine Tochter hatte. Und schließlich erzählte ich Jack mit zitternder Stimme von dem heutigen Telefongespräch. Von meinem Mut und meiner Entscheidung, dass es endlich genug war, dass ich es verdient hatte, glücklich zu sein.

Jack hörte schweigend zu. Nur ab und zu wurde sein Griff um mich fester. Ich spürte, wie sein Herz beinahe wütend in seiner Brust schlug, wie er manchmal schneller atmete. Doch er ließ mich erzählen. Erst als ich fertig war, gab er mir einen langen, innigen Kuss.

»Ich hatte ja keine Ahnung …«, raunte er und zog mich an sich. Er vergrub das Gesicht in meinen Haaren und hielt mich eine Weile einfach nur fest. Schließlich löste er sich ein wenig von mir, um mich anzusehen. Im Feuerschein funkelten seine Augen. »Danke, dass du mir das alles erzählt hast. Das war bestimmt nicht leicht.«

Ich nickte zaghaft. »Ich wollte aber gern, dass du es weißt.«

Er strich mir eine Locke aus dem Gesicht und küsste mich auf die Schläfe, bevor er mich mit einem tiefen Seufzen wieder an sich zog. »Noch nie habe ich jemanden getroffen, der so stark ist wie du, Marly.«

Seine Worte berührten mich so sehr, dass meine Augen feucht wurden. Doch diesmal waren es Freudentränen.

Ich kuschelte mich in Jacks Armbeuge. Mein Herz fühlte sich warm und schwer an, so voller Gefühle, dass es fast wehtat. Während meine Lider immer schwerer wurden, lauschte ich Jacks ruhigen Atemzügen. Er war müde und verdiente es zu schlafen. Und vielleicht würde ich nun, da ich mein Gewissen erleichtert hatte, auch endlich wieder gut schlafen können.

Ich lauschte dem Regen, dem nun leiseren Säuseln des Windes, dem Knacken der letzten Flammen im Kamin, bis die Müdigkeit mich übermannte. Zum ersten Mal seit einer Woche fiel ich in einen tiefen, friedlichen Schlaf ohne Albträume.

25 *Jack*

Mein Gesicht war warm vom Sonnenlicht, das durch das Fenster hereinfiel. Es strahlte durch meine geschlossenen Lider und wärmte mich von innen. Nein, das war nicht nur die Sonne. Da war noch etwas anderes. Ich fühlte mich erschöpft, aber mir war angenehm warm. Mein Magen kribbelte. Mein Herz fühlte sich an, als wäre es bis zum Bersten gefüllt.

Als ich blinzelnd die Augen öffnete, brach sich das Morgenlicht tausendfach in den Regentropfen an der Fensterscheibe. Der Sturm war vorbei. Die Sonne hatte ihren Weg zurückgefunden.

Die Sonne lag neben mir im Bett.

Bei dem Gedanken musste ich lächeln. Ich drehte den Kopf und betrachtete Marly, die dicht an mich geschmiegt schlief. Mein Herz machte einen Satz. Einige Locken waren ihr ins Gesicht gefallen, ihre Züge waren entspannt. Und sie lächelte im Schlaf. Sanft strich ich ihr ein paar Strähnen aus dem Gesicht.

Sie rührte sich leicht, lächelte noch breiter und schmiegte sich fester an mich. Ihre Lider flatterten, dann blinzelte sie schläfrig zu mir auf. Ich erkannte den Moment, als die Erinnerung an letzte Nacht über sie hereinbrach, denn plötzlich zog sich eine sanfte Röte über ihre Wangen. Im nächsten Moment war sie hellwach.

»Guten Morgen, Marly.«

»Guten Morgen, Jack.« Sie erwiderte mein Lächeln.

Es traf mich wie ein Fausthieb, wie wunderschön sie aussah. Sie hatte einen Abdruck vom Kissen auf einer Wange, und ihre zerzausten Locken waren ihr wieder ins Gesicht gerutscht. Im weichen Morgenlicht wirkten ihre Sturmaugen heller, ein starker Kontrast zu ihrer rotbraunen Haut. Eine Weile konnte ich mich nicht rühren. Nein, ich *wollte* mich nicht rühren. Ich wollte sie einfach nur weiter ansehen. Gleichzeitig wunderte ich mich über mich selbst.

Der Morgen danach war sonst immer eine eher peinliche Angelegenheit, die ich möglichst schnell hinter mich bringen wollte. Da ich die meisten Frauen, mit denen ich schlief, höchstens noch ein- oder zweimal sah, bevor sie wieder abreisten, gab es keinen Grund, den Morgen zusammen zu verbringen.

Oft waren die Frauen nach dem Aufwachen sowieso eilig im Badezimmer verschwunden, um sich zu schminken und sich von der – ihrer Meinung nach – besten Seite zu präsentieren. Dabei hatte ich, besonders was Make-up anging, schon immer gefunden, dass weniger mehr war.

Mit Marly war es ganz anders. Ich hatte es überhaupt nicht eilig aufzustehen. Am liebsten hätte ich den ganzen Tag mit ihr im Bett verbracht. Als ich an letzte Nacht zurückdachte, wurde ich sofort wieder hart.

Noch nie war ich so mit einer Frau im Einklang gewesen. Wir hatten uns Zeit genommen, den Körper des anderen zu erkunden. Auf diese Weise hatte ich Marly besser kennengelernt, als ich je eine Frau gekannt hatte. Als ich daran dachte, wie sie unter meinen Berührungen leise gestöhnt hatte, musste ich mich zusammenreißen, meinen Kopf nicht sofort unter die Bettdecke zu stecken und dort weiterzumachen, wo wir aufgehört hatten.

Stattdessen kniff ich mir in den Oberschenkel, um wieder runterzukommen. »Gut geschlafen?«, fragte ich.

Marly nickte mit verklärtem Blick. »Sehr gut.« Dann grinste sie neckisch zu mir auf. »Was sicher auch daran lag, dass ich ziemlich k. o. war.«

Ich erwiderte ihr Grinsen. »Du meinst natürlich von der ganzen Aufregung mit dem Sturm und weil du dich im Wald verlaufen hast, oder?«

Nun lachte sie. »Genau. Das hatte überhaupt nichts damit zu tun, was danach passiert ist.«

Ich runzelte nachdenklich die Stirn. »Hm, ich weiß gar nicht, was du damit meinst.« Meine Hände fuhren unter die Bettdecke, kamen auf ihrem nackten Körper zum Liegen. »Etwa den Tee? Unsere langen Gespräche?« Ich begann, sie zu kitzeln, und sie quietschte laut. »Oder war da noch etwas anderes?«

Marly lachte noch lauter. Sie wand sich unter meinen Berührungen, dann ging sie zum Gegenangriff über. Als ihre Finger meinen nackten Oberkörper berührten, raste ein Kribbeln durch mich hindurch. Ich sah wieder ihre Hände im Feuerschein … sie strichen über meine Brust, meinen Bauch, wanderten stetig tiefer … Dann konnte ich nicht anders, als ebenfalls zu lachen, während sie mich erbarmungslos kitzelte.

Nach einer Weile lagen wir nebeneinander und versuchten, keuchend zu Atem zu kommen. »Dein Kitzel-Game ist stark«, sagte ich anerkennend.

Sie zwinkerte mir verschwörerisch zu. »Deins ist auch nicht zu verachten.« Sie schlug die Bettdecke zurück und stand mit einer fließenden Bewegung auf. In ihrer ganzen nackten Pracht stand sie vor mir. Ich schluckte schwer, als mein Blick über ihre Kurven glitt.

Verdammt, Wilson, Augen nach oben!

Als ich ihr ins Gesicht sah, lächelte sie verführerisch. »Also, ich gehe jetzt duschen. Willst du dich in fünf Minuten zu mir gesellen?«

Beinahe wäre mir die Kinnlade heruntergefallen. Mein Körper hatte eine ganz eindeutige Reaktion auf ihre Einladung. Plötzlich war ich sehr dankbar dafür, noch unter der Decke zu liegen. Marly drehte sich um und stolzierte mit schwingenden Hüften in Richtung Badezimmer. Am Türrahmen drehte sie sich noch einmal zu mir um. Fragend hob sie eine Augenbraue.

Mir fiel auf, dass ich ihr vor lauter Staunen noch keine Antwort gegeben hatte. »Äh, ja klar komme ich mit unter die Dusche«, stammelte ich eilig.

Marly lachte und verschwand durch die Tür, die sie hinter sich schloss.

»Wow«, murmelte ich ungläubig, drehte mich auf den Rücken und fuhr mir mit der Hand übers Gesicht. Diese Frau hatte mir vollkommen den Kopf verdreht. Sie war der absolute Wahnsinn. Und nicht nur, weil wir einander neckten, Spaß zusammen hatten und der Sex phänomenal war. Sie hatte sich mir auch geöffnet, hatte mir einen tiefen Einblick in ihre Seele gegeben. So etwas hatte ich noch nie zuvor erlebt. Trotz – oder gerade wegen – ihrer bewegten Vergangenheit fühlte ich mich zu ihr hingezogen wie noch zu keiner anderen Frau vor ihr.

Ich rieb mir über das Gesicht und starrte zur Decke. Jetzt war nicht der richtige Zeitpunkt, mich mit diesen neuen, unbekannten Gefühlen auseinanderzusetzen. Gerade war die Dusche angegangen.

Ich schlug die Decke zurück und sprang aus dem Bett, mehr als bereit für die nächste Runde. Da vibrierte etwas neben mir. Ich fuhr herum, weil ich dachte, es wäre mein Handy. Allerdings hatte ich es gestern Abend auf den Küchentisch gelegt.

Marlys Handy lag auf meinem Nachttisch. Sie hatte es irgendwann letzte Nacht dorthin gelegt und etwas von »Pillenwecker« gemurmelt. Es vibrierte laut, und ein Name leuchtete auf dem Bildschirm auf. Rief ihr Vater sie etwa schon wieder an? Nein, sie hatte mir erzählt, dass sie seine Nummer nicht gespeichert hatte. Vielleicht war es ja ein anderer wichtiger Anruf. Sollte ich Marly Bescheid geben? Ich beugte mich über das Handy, um den Namen zu lesen.

Dan. Dahinter prangte ein rotes Herz.

Wer zum Teufel war Dan? Marly hatte ihn mir gegenüber nicht erwähnt.

Bevor ich weiter darüber nachdenken konnte, hörte das Handy auf zu vibrieren, und Name und Herz verschwanden.

Allerdings tauchte eine Reihe ungelesener Nachrichten und verpasster Anrufe auf dem Sperrbildschirm auf. Alle von Dan mit Herz. Ich wollte sie nicht lesen, würde niemals absichtlich Marlys Privatsphäre verletzen. Gleichzeitig verspürte ich den starken Drang, herauszufinden, wer dieser Kerl war. Ich schloss die Augen und trat einen Schritt zurück. Die Nachrichten waren privat, und ich hatte kein Recht, sie zu lesen. Wahrscheinlich waren sie harmlos. Trotzdem konnte ich nicht verhindern, dass sich mein Magen zusammenzog und mir plötzlich schlecht wurde. Wut schäumte in mir. Wut auf diesen Dan und das Herz hinter seinem Namen und darauf, dass Marly ihn nie erwähnt hatte.

Stopp! Ich würde kein eifersüchtiges Arschloch sein. Es gab keinen Grund, etwas in die Kontaktversuche dieses Kerls hineinzuinterpretieren.

Ich zwang mich, einmal tief durchzuatmen. Erst mal mussten Marly und ich überhaupt darüber sprechen, was das zwischen uns war und wohin es führte. Es musste einen Grund geben, warum sie diesen Dan nie erwähnt hatte. Oder vielleicht würde sie es noch tun. Aber damit wollte ich mich jetzt nicht auseinandersetzen, denn im selben Moment rief Marly aus der Dusche nach mir.

Ich fuhr mir durchs Haar und straffte die Schultern. Dann

schnappte ich mir ein Kondom aus der Nachttischschublade, bevor ich ins Badezimmer schlüpfte.

Der kleine Raum war mit Dunst erfüllt, der aus der Dusche waberte. Hinter der Glastür konnte ich Marlys Konturen nur schemenhaft ausmachen. Rasch zog ich mir das Kondom über.

Als ich in die Duschkabine trat, drehte Marly sich zu mir um. Sie sah umwerfend aus. Die nassen Haare klebten ihr am Kopf wie gestern Nachmittag, als ich sie zitternd auf der Klippe gefunden hatte. Das Wasser rann über ihren nackten Körper, den sie schon eingeschäumt hatte. Sie lächelte und biss sich auf die Lippe, als sie die Reaktion meines Körpers auf ihren Anblick entdeckte.

Mit nur einem Schritt war ich bei ihr und zog sie an mich. Ihr Körper war schlüpfrig und rutschte an meinem entlang, sodass wir beide kurz das Gleichgewicht verloren. Lachend stützte ich mich an der Duschkabine ab und hielt Marly fest, als sie gegen mich fiel. Sie blickte zwischen ihren dichten Wimpern zu mir auf. Meine Lippen fanden ihre, und ich vergaß alles andere. Dan, das Herz, unsere ungewisse Zukunft. Es gab nur noch Marly. Ihren nackten Körper, der sich an meinen presste.

Ich wollte sie glücklich machen, wollte ihr genau das geben, was sie brauchte. Eine meiner Hände wanderte zu ihren Brüsten, die andere zwischen ihre Beine. Sie stöhnte leise an meinem Mund und biss mir in die Unterlippe. Unsere Zungen umkreisten sich, während ich mit ihrer Klitoris spielte.

Als Marlys Atem immer schneller ging, legte ich beide Hände um ihren Po und hob sie hoch. Überrascht schlang sie Arme und Beine um mich. »Wehe, du lässt mich fallen«, flüsterte sie mir verschmitzt ins Ohr.

»Ich würde dich niemals fallen lassen«, sagte ich ernst. Mein Satz trug allerdings eine viel tiefere Bedeutung als ihrer. Ich wollte für sie da sein. Wollte sie vor allen kommenden Stürmen beschützen und gleichzeitig den Wirbelwind, der Marly war, in mein Leben lassen.

Marly sah mir tief in die Augen, als ich sie zur Duschwand trug. Sie schien die Doppelbedeutung meiner Worte verstanden zu haben. Ich drückte sie an die Wand, und sie küsste mich innig. Dann drang ich in sie ein und gab mich ganz den rhythmischen Bewegungen unserer Körper hin.

26 Marly

Die Zeit nach meinem Abstecher auf die Insel und der darauffolgenden Nacht mit Jack flog nur so dahin. Jack und ich sahen uns von da an jeden Tag. Er besuchte mich auf der Arbeit und flirtete schamlos vor Fiona und Sue mit mir. Wir verbrachten meine Mittagspausen zusammen – meistens im Bett meines Pensionszimmers, sodass uns kaum Zeit zum Essen blieb. Er holte mich nach der Arbeit ab, und wir schliefen entweder bei ihm – wenn die Gezeiten es erlaubten – oder bei mir. Wir kochten zusammen, schauten Netflix, gingen mit Reggie spazieren und an den Strand und trafen uns mit der Crew. Letztere hatte uns lautstark als Pärchen gefeiert. Doch die meiste Zeit konnten wir die Finger nicht voneinander lassen.

Ich hatte noch nie so viel Sex gehabt – und war noch nie so glücklich gewesen. Oft fühlte ich mich wie ein pubertierendes Mädchen, trunken von all dem Herzklopfen, den Schmetterlingen im Bauch und der Vorfreude vor jedem nächsten Treffen. Jack fehlte mir in den wenigen Stunden, die wir nicht miteinander verbrachten, doch dann schrieben wir meistens auf WhatsApp oder Instagram. Ich genoss jeden Augenblick mit ihm in vollen Zügen.

Natürlich hatte ich sofort nach unserer ersten gemeinsamen Nacht mit Rachel telefoniert, die so laut ins Handy geschrien hatte, dass ich es beinahe fallen gelassen hätte. Anscheinend suchte sie bereits nach Flügen, um mich im August in St. Andrews zu besuchen, wenn ihr Praktikum vorbei war. Schließlich wollte sie den Mann kennenlernen, der mich so glücklich machte. Angeblich hörte sie es sogar aus meiner Stimme heraus.

Das brachte mich allerdings unwillkürlich zu der Erkenntnis, dass ich nicht ewig hierbleiben konnte. Was würde in ein paar Wochen passieren, wenn mein Job in Sues Praxis offiziell auslief? Sollte ich bleiben? Aber wo sollte ich dann wohnen? Janets Cottage war keine langfristige Lösung. Sollte ich mir einen anderen Job suchen, wenn Linda doch ihre Stelle zurückwollte? Eigentlich kam das für mich nicht infrage. Und wollte ich überhaupt langfristig hierbleiben?

Diese Fragen waren völlig neu für mich, da es mir noch vor ein paar Tagen nie in den Sinn gekommen wäre, so weit vorauszuplanen. Dr. Sue hatte klargemacht, dass sie sich freuen würde, wenn ich bliebe. Aber irgendwann musste ich schließlich zurück nach Hause. Oder?

Allein der Gedanke daran, von Jack getrennt zu sein, verursachte mir Magenschmerzen. Er war in so kurzer Zeit ein so wichtiger Teil meines Lebens geworden. Selbst meinen Großeltern hatte ich von ihm erzählt – und von meinem Telefongespräch mit Dad. Sie waren unfassbar stolz auf mich, obwohl sie mich natürlich vermissten. Mein Vater hatte sich seit unserem letzten Telefonat nicht mehr bei mir gemeldet, und ich war erleichtert zu erfahren, dass Grandma und Grandpa ebenfalls nichts von ihm gehört hatten. Ich dachte oft an ihn und ermahnte mich immer wieder, stark zu bleiben, egal, wie oft sich das schlechte Gewissen regte.

Vor allem hatten meine Großeltern mich über meinen Job in der Tierarztpraxis ausgefragt und besonders stolz geklungen, als ich ihnen erzählt hatte, wie oft ich Dr. Sue mittlerweile assistieren durfte.

»Wäre das nichts für dich, Marly?«, hatte Grandma aufgeregt gefragt. »Könntest du dir nicht vorstellen, beruflich in diese Richtung zu gehen?«

Ich musste zugeben, dass ich schon nach möglichen Ausbildungsprogrammen zur Tierärztin gegoogelt hatte. Auch wenn ich das noch keinem erzählt hatte. Diese Möglichkeit war zu einem Zukunftstraum geworden, der vorher für mich nie infrage gekommen war.

Und dann waren da noch Dans Nachrichten und Anrufe, die ich bisher nicht beantwortet hatte.

Alles war so verwirrend.

Bevor ich irgendeine Entscheidung traf, musste ich dringend mit Jack sprechen. Ging es ihm wie mir, und er sah mehr in uns? Würde es ihn freuen, wenn ich länger bliebe? Waren wir … ein Paar? Oder war ich nur eine Sommerromanze für ihn? Oft überlegte ich mir, wie ich das Thema anschneiden sollte, tat es dann aber doch nie. Ich wollte die unbekümmerte Stimmung zwischen uns nicht zerstören.

Jack war … einfach Jack: aufmerksam, gefühlvoll, zärtlich, und er brachte mich ständig zum Lachen. Irgendwann glaubte ich, jeden Moment vor Glück platzen zu müssen. Die Zeit verging so schnell, dass mir fast schwindelig wurde. Ehe ich michs versah, neigte sich meine fünfte Woche in St. Andrews bereits dem Ende zu. Meine Zeit hier rann mir wie Sandkörner durch die Finger. Und es gab noch eine Sache, die ich unbedingt tun wollte. Die ich tun *musste*. Der Grund, aus dem ich überhaupt in diese Gegend gekommen war …

Gerade entfernte ich eine besonders große Zecke hinter dem Ohr einer meiner Lieblingspatientinnen, der kessen Jack-Russel-

Dame Minty, als ich Jacks Stimme auf dem Gang der Praxis hörte. »Hallo? Ist jemand da?«

»Am besten geben Sie Minty einmal pro Monat eine Antizeckentablette«, erklärte ich Mr Burlington, Mintys Besitzer. Er war ein älterer, alleinstehender Herr, der sich die Hündin nach dem Tod seiner Frau zugelegt hatte, um sich »auf Trab zu halten«. Allerdings schien er ein wenig überfordert zu sein. »Damit fallen die kleinen Biester sofort ab und können Minty nichts mehr anhaben. Ich komme gleich mit zur Rezeption und gebe Ihnen die Tabletten.«

Als ich Mr Burlington aus dem Behandlungszimmer folgte, machte mein Herz einen freudigen Satz. Jack lehnte an der Rezeptionstheke und zwinkerte mir zu, bevor er den älteren Herrn höflich begrüßte. »Wie geht es Ihrer Tochter, Mr Burlington? Wohnt sie immer noch in Alaska und arbeitet als Meeresbiologin?«

Mr Burlington, der auf einem Ohr so gut wie taub war, drehte Jack sein anderes Ohr hin. »Was hast du gesagt, Junge?«

Während Jack seine Frage wiederholte und ihn in ein Gespräch verwickelte, holte ich die Tabletten für Minty und machte die Rechnung für die Behandlung und die Medikamente fertig.

Mr Burlington bedankte sich überschwänglich und bezahlte bar, wobei ich ihm helfen musste, die richtigen Scheine und Münzen aus seinem Portemonnaie zu fischen.

»Einen schönen Abend wünsche ich«, sagte er dann und deutete eine Verbeugung an. Würdevoll marschierte er mit Minty im Schlepptau aus der Praxis.

Jack schüttelte den Kopf, als er ihm hinterhersah. »Mr Burlington war mein Englischlehrer an der Highschool«, sagte er schmunzelnd. »Schon damals war er ein Urgestein. Keine Ahnung, wie alt er inzwischen ist.« Dann beugte er sich über die

Rezeptionstheke zu mir vor. »Hallo erst mal.« Er gab mir einen innigen Kuss, bei dem mir ganz heiß wurde. »Du hast seinen Hund ganz allein behandelt?«, fragte er mich strahlend.

Ich nickte. »War ja nur eine Zecke.« In letzter Zeit hatte Dr. Sue mir immer mehr zugetraut, und ich war wirklich stolz darauf, dass sie mich einige kleinere Eingriffe ganz allein machen ließ. Mein Interesse an dem Job wurde immer größer, je besser ich die Patienten kannte und je mehr sie mir vertrauten.

»Es scheint dir wirklich zu liegen«, sagte Jack und strich mir eine Locke aus dem Gesicht. »Bereit für den Strand?« Er präsentierte mir einen Picknickkorb, in dem ich eine Flasche Cherry Cola, Baguette, Käse und Weintrauben erkennen konnte.

»So was von bereit!«

Ich schloss alle Programme, fuhr den Computer herunter und kam um die Theke herum. Ein letztes Mal lief ich durch die ganze Praxis, um mich zu vergewissern, dass alle Lichter ausgeschaltet waren. Dann schloss ich gewissenhaft die Tür hinter uns ab. Es war das erste Mal, dass Sue mir aufgetragen hatte, die Praxis allein zu schließen. Sie hatte mir ihren Schlüssel überlassen, da Fiona und sie spätnachmittags zu der schwierigen Geburt eines Fohlens auf einer Farm in der Nähe gerufen worden waren.

Vor der Tür wartete Reggie auf uns. Er begrüßte mich freudig, als ich ihn hinter dem Ohr kraulte, dann schlenderten wir durch die warme Abendluft. Es war Ende Juli, und es wurde tagsüber richtig heiß. Doch hier am Meer war die Sommerhitze viel erträglicher als in Toronto.

Zur Abwechslung trug ich Flipflops, die ich mir von meinem Gehalt gegönnt hatte. Meine Hand lag in Jacks, in der anderen hielt ich Reggies Leine. Wir grüßten alle Spaziergänger, die uns entgegenkamen. Mittlerweile kannte ich die meisten Einheimischen, und sie grüßten mich ebenso herzlich zurück. Ich hatte das Gefühl dazuzugehören.

Jack führte mich zu einem etwas weiter abseits gelegenen Strand, den ich noch nicht kannte. Er breitete eine blau-grün karierte Picknickdecke auf dem Sand aus und bedeutete mir mit einer galanten Handbewegung, darauf Platz zu nehmen.

Während Reggie ohne Leine fröhlich umherrannte und Möwen jagte, schenkte Jack die Cola in zwei Weingläser und reichte mir eins. Er setzte sich neben mich, legte einen Arm um meine Schultern, und ich schmiegte mich an ihn. Vor uns brandeten die Wellen leise an den Strand. Die tief stehende Sonne war noch lange nicht untergegangen, färbte den Himmel aber in wunderschönen Pastelltönen, als hätte ein Maler seine Farbtöpfe umgeworfen und die Farbe überall auf der riesigen Leinwand verteilt. Eine sanfte Brise fuhr mir durchs Haar.

Ich seufzte. Es war der perfekte Abend. An einem perfekten Ort. Mit dem perfekten Menschen an meiner Seite. Als Jack auf mich herabschaute und mein glückliches Lächeln sah, gab er mir einen Kuss auf die Stirn. »Weißt du eigentlich, dass du im Schlaf lächelst?«, fragte er.

Ich schaute verdutzt zu ihm auf. »Ehrlich?«

Er nickte. »Es ist so ziemlich das Süßeste, was ich je gesehen habe.«

Ich schnaubte. »Also beobachtest du mich beim Schlafen?«

»Was … äh … nein?« Er sah verlegen aus. »Ich bin nur meistens vor dir wach, du Langschläferin.«

»Wohl eher Siebenschläferin.« Ich lachte. »Wenn ich könnte, würde ich so gerne Winterschlaf halten. Das muss toll sein.«

Er runzelte die Stirn. »Wenn ich es mir recht überlege, hast du tatsächlich was von einem Eichhörnchen.«

»Wie bitte?« Ich setzte mich entrüstet auf, sodass meine Cola beinahe aus dem Glas schwappte.

»Was denn, die halten doch auch Winterschlaf, oder nicht?«

Ich boxte ihn in die Seite. »Das ist so was von … *Ich?* Ein *Eichhörnchen?*«

Jack versuchte sich an einem zerknirschten Grinsen, von dem er wusste, dass ich es unheimlich sexy fand. »Weil die auch so süß sind, meine ich doch.«

»Na, da hast du dich aber gerade noch mal rausgeredet.« Ich gab ihm einen Kuss, wobei ich ihn leicht in die Unterlippe biss. Er zuckte zischend zurück, grinste dann aber breit.

Ich kuschelte mich wieder an seine Schulter und blickte aufs Meer hinaus. »Daran könnte ich mich echt gewöhnen.«

»Woran?«

»An das Meer. Diesen Ausblick. Die frische Luft. Die Ruhe.« *Und an dich,* dachte ich, sprach es aber nicht aus. Von wegen Eichhörnchen. Angsthäsin traf es wohl besser.

Es war die perfekte Vorlage für das lange aufgeschobene Gespräch mit Jack über meine Pläne, über *unsere* Zukunft. Doch die Worte, die als Nächstes aus meinem Mund kamen, waren ganz andere, wenn sie mir auch nicht weniger wichtig waren. »Manchmal frage ich mich immer noch, ob meine Mutter diesen Ort gekannt hat.«

»Weil sie Passamaquoddy ist?«

Ich nickte. »Ich kann ja nicht mal sicher sein, ob sie nicht wenigstens mal zu Besuch hier war. Oder ob sie hier Familie hat. Ob *wir* hier Familie haben. Ich weiß nur, dass der Stamm ursprünglich aus dieser Region kommt. Leben die Passamaquoddy denn hier direkt in der Stadt?«

Jack stellte sein Glas ab und wandte sich mir zu. »Ja, einige wohnen hier in St. Andrews. Aber die meisten wirst du drüben in Maine antreffen.«

Ich nickte. Während meines Studiums hatte ich gelernt, dass die meisten Passamaquoddy heutzutage im US-Bundesstaat Maine lebten, da die Grenze zwischen Amerika und Kanada ihr ursprüngliches Land in zwei geteilt und damit ganze Familien auseinandergerissen hatte. Allerdings pflegten sie heute noch enge Kontakte zueinander, die über die Landesgrenzen hinausgingen.

Jack musterte mich kurz prüfend, bevor er vorsichtig weitersprach. »Wärst du … wärst du denn bereit dazu, ein paar von ihnen kennenzulernen?«

Ich zögerte. Das war die Frage, die ich mir seit unserem Gespräch am Strand stellte, als Jack mir die Augen geöffnet hatte. Aber würden sie mich überhaupt treffen wollen? Ich war schließlich nur halb Passamaquoddy und in einem rein weißen Umfeld aufgewachsen. Irgendwie fühlte ich mich wie eine Hochstaplerin. Allerdings war der Drang, mehr über meine Herkunft zu erfahren, mit jedem verstreichenden Tag in St. Andrews stärker geworden.

Ich sah Jack in die Augen. »Ja, ich glaube, ich bin bereit.« Tausend verschiedene Gefühle kämpften in meinem Inneren um die Oberhand. Furcht, Vorfreude, Zweifel, Neugier … Doch ich konnte es nicht mehr zurücknehmen. Ich war hier, und ich würde es durchziehen.

Jacks Lächeln war so breit, dass ich mich wunderte, warum er sich so sehr darüber freute. »Das trifft sich gut«, sagte er. »Denn heute Abend habe ich einen meiner ältesten Freunde eingeladen.« Ich sah ihn verständnislos an. »Ed und seine Frau Debbie sind Passamaquoddy, beide Familien leben schon seit Generationen hier«, erklärte er. »Den beiden gehört der *Whale Store* in der Stadt und der Coffeeshop daneben, der erst vor Kurzem wieder geöffnet hat. Sie sind meine einzigen engen Freunde, denen ich dich noch nicht vorgestellt habe.« Meine Augen wurden groß. »Na ja«, fuhr Jack etwas unsicher fort. »Und dann wäre da noch meine Familie. Würdest du … würdest du sie gern kennenlernen?«

Ein strahlendes Lächeln breitete sich auf meinem Gesicht aus, während mein Herz wie wild zu hämmern begann. Wollte Jack mich wirklich seinen Eltern vorstellen? Das war ein ziemlich großer Schritt. Doch statt Angst oder Unsicherheit verspürte ich nichts als Freude.

»Na klar!«, rief ich und musste mein Glas abstellen, bevor ich alles verschüttete, da meine Hände so stark zitterten.

»Puh!« Jack fuhr sich durchs Haar und rieb sich den Nacken. »Dann ist ja gut. Sie haben dich nämlich für Sonntagabend zum Essen eingeladen.«

»Was?« Ich starrte ihn an. »Wirklich?«

»Jap«, sagte Jack zerknirscht. »Sie wollen dich unbedingt kennenlernen.« Täuschte ich mich, oder war ihm das wirklich ein wenig peinlich?

»Keine Sorge.« Ich gab ihm einen Kuss auf den Mund. »Ich werde dich nicht blamieren. Und ich verspreche, dich den ganzen Abend kein einziges Mal mit Lumberjack anzusprechen.«

»Das hoffe ich doch.« Jack lachte, beugte sich zu mir vor und küsste mich innig.

Ich erwiderte seinen Kuss voller Leidenschaft, während mein Herz aufgrund all der Neuigkeiten gegen meine Rippen donnerte. Jack ließ seine Hand in meinen Nacken wandern, und ich eroberte seinen Mund mit meiner Zunge. Schon lehnte er sich zurück und zog mich mit sich, sodass ich halb auf ihm lag. Meine Hand fuhr unter sein T-Shirt.

»Igitt, nehmt euch ein Zimmer!«, rief da jemand hinter uns. Ich zuckte zusammen und wollte mich schon aufsetzen, doch Jack hielt mich fest. Er küsste mich noch einmal demonstrativ lang und zärtlich, bevor er mich grinsend losließ.

»Du bist ja nur neidisch, Blake«, rief er über die Schulter.

Als ich meine Hand unter seinem T-Shirt hervorzog und mich aufrichtete, sah ich Blake mit einer Kühltruhe auf uns zukommen. Er zwinkerte mir verschwörerisch zu. Dahinter folgten Will, Fiona, Ellie und – zu meiner Überraschung – auch Liv.

»Na klar ist er das«, sagte Fiona, die hinter ihm kam. »Wer wäre es nicht, wenn er euch Love Birds sieht?« Sie grinste verwegen. Seit Jack und ich nach unserer ersten gemeinsamen Nacht unzertrennlich waren, hatte sie mich natürlich keinen Tag vergessen lassen, dass sie von Anfang an gewusst hatte, wie großartig wir zusammen sein würden.

Ellie und Will breiteten eine zweite Decke neben unserer aus, und alle gesellten sich zu uns.

»Wie lief die Geburt des Fohlens?«, fragte ich an Fiona gewandt. Am liebsten wäre ich für diesen großen Eingriff mitgekommen, aber jemand hatte sich um die Praxis kümmern müssen.

Fiona strahlte. »Es ging alles glatt. Eigentlich passiert es bei Pferden fast von ganz allein. Wir waren nur da, falls etwas schiefgeht, weil die Stute schon so alt ist. Aber es ist immer wieder faszinierend. Wenn du willst, kannst du nächstes Mal mit Sue fahren, und ich bleibe in der Praxis.«

Ich nickte strahlend. Doch im nächsten Augenblick runzelte ich bereits die Stirn. *Nächstes Mal …* Wer wusste schon, ob ich dann noch hier wäre. Der Gedanke versetzte mir einen Stich, und mit einem Mal überkam mich Traurigkeit. Ich wollte hier nicht weg.

»Mit dem Essen warten wir noch auf Debbie und Ed«, verkündete Jack und riss mich damit aus meinen düsteren Gedanken. Er schlug Blake auf die Hand, der schon in den Picknickkorb hatte greifen wollen.

Der Hüne riss ertappt seine Hand zurück. »Aber ich hab Hunger«, maulte er und zog einen Schmollmund. Jack verdrehte die Augen. Blitzschnell schnappte Blake sich eine Weinflasche aus der Kühltruhe. Jack warf sich auf ihn, und es folgte laustarkes Gerangel. Es endete damit, dass Jack fluchend im Sand landete und Blake sich mit einem triumphierenden Grinsen ein Glas einschenkte. Genüsslich nahm er einen Schluck, wobei er Jack über den Rand des Glases kokett zuzwinkerte.

»Debbie und Ed kommen?«, fragte Liv mit leuchtenden Augen. »Ich habe die beiden ewig nicht gesehen.«

»Du warst ja auch lange nicht hier«, flüsterte Will neben mir, sodass nur ich es hörte. Ich warf ihm einen mitfühlenden Blick zu.

»Ja«, antwortete Jack und ließ sich wieder neben mir auf der Decke nieder. »Aber sie kommen etwas später, weil sie erst noch die Läden schließen müssen.«

»Dann haben wir ja Zeit für eine Runde Football.« Blake schien die Spannungen zwischen Will und Liv auf so engem Raum ebenfalls zu spüren. Er hatte das Weinglas bereits geleert und schnappte sich nun den Ball, der neben der Kühltruhe im Sand lag. Damit rollte er sich von der Decke. Will musste mehr als dankbar für die Ablenkung sein, denn er sprang sofort auf und folgte Blake. Jack gab mir einen flüchtigen Kuss auf die Wange und schloss sich den beiden an.

Kurz darauf warfen sie sich den Football in sicherem Abstand zu unserer Decke zu, während Reggie aufgeregt zwischen ihnen hin- und herrannte und versuchte, das Ei aus der Luft zu schnappen. Ellie und Liv erhoben sich ebenfalls und gingen zum Meer. Zu zweit schlenderten sie am Wasser entlang und schienen sich über irgendetwas Ernstes zu unterhalten.

Fiona, die als Einzige noch neben mir auf der Decke saß, stupste mich leicht an. »Wie fühlst du dich?«

Ich sah sie verdutzt an, nicht sicher, was sie damit meinte. Dann breitete sich wieder die inzwischen vertraute Wärme in meiner Brust aus. Ich ließ den Blick über meine neuen Freunde schweifen, die mich hier so herzlich aufgenommen hatten und mir das Gefühl gaben, alles sein zu können, was ich wollte. »Ich fühle mich … unglaublich. Wirklich, Fiona, wenn ich vorher gewusst hätte, was dieser Ort mit mir anstellen würde … Und ihr, ihr seid alle einfach …« Plötzlich brannten Tränen in meinen Augen, und ich blinzelte sie rasch fort. Es kam selten vor, dass ich so ergriffen war, aber dieser Abend, diese Leute waren so perfekt, dass ich es kaum fassen konnte. Mir wurde einmal mehr bewusst, wie sehr ich mir wünschte, hierbleiben zu können.

Fiona lächelte und legte einen Arm um mich. »Nein, ich meine doch, wie es dir damit geht, dass am Montag offiziell deine letzte Woche hier anbricht.«

Ich erstarrte. Mein Herz wurde mit einem Mal so schwer, dass es fast schon wehtat. Fiona hatte recht. Es war abgemacht gewesen, dass ich sechs Wochen in der Praxis aushalf. Dr. Sue hatte zwar gesagt, dass ich so lange bleiben könne, wie ich wollte, aber was, wenn die alte Rezeptionistin ihren Job wiederhaben wollte? Und was war mit meinem Leben in Toronto? Mit meinen Großeltern? Mit meiner beruflichen Zukunft?

Mir blieb wirklich nur noch eine Woche, um mir Gedanken darüber zu machen, was ich tun sollte. Ich legte meinen Kopf an Fionas Schulter, weil er plötzlich zu schwer war, um ihn aufrecht zu halten. Mein Blick blieb an Jack hängen, der gerade in die Höhe sprang, um den Ball zu fangen. Könnte ich es über mich bringen, ihn zurückzulassen? Aber nicht nur ihn, sondern meine neuen Freunde, diesen Ort? Selbst die Praxis und meine Arbeit dort waren mir so sehr ans Herz gewachsen.

»Am liebsten würde ich bleiben«, flüsterte ich kaum hörbar.

»Was?« Fiona setzte sich so abrupt auf, dass sie mir ihre Schulter gegen das Kinn rammte. Sie strahlte und beachtete mein grummeliges »Autsch« überhaupt nicht. »Was hast du gerade gesagt?«

Ich schmunzelte. Sie hatte mich ganz genau verstanden. »Ich würde gerne hierbleiben.«

»O mein Gott, Marly, und damit rückst du erst jetzt raus?«

Ich zuckte mit den Achseln. »Ich war mir bisher einfach nicht sicher. Bin es immer noch nicht. Ich meine, wie soll das gehen? Wo soll ich arbeiten? Wo soll ich wohnen?«

»Okay, lass mich dich mal gleich unterbrechen, bevor du uns mit solchen Fragen alle weiter beleidigst. Du glaubst doch wohl nicht im Ernst, dass Jacky-Boy dich nicht in seine Hütte ziehen lassen würde? Schau ihn dir doch an, der Typ ist ganz verrückt nach dir.«

Sie winkte Jack zu, der freudig zurückwinkte, ohne zu wissen, worum es ging. Dann warf er den Ball in hohem Bogen in Wills Richtung.

»Außerdem würden Ellie und ich dich natürlich bei uns aufnehmen, sollte das nicht klappen. Ist doch klar! Und Sue hat mir heute erst gesagt, dass Linda nicht zurückkommen wird. Sie hat eingesehen, dass sie zu alt für den Job ist und lieber ihre wohlverdiente Rente antreten sollte.«

Ich blickte Fiona verblüfft an. »Wirklich?«

Sie nickte. »Also hast du jetzt absolut keine Ausreden mehr.«

»Aber was ist mit Jack?«, fragte ich vorsichtig. Ich war mir nach wie vor nicht sicher, ob das zwischen uns vielleicht nur so gut funktionierte, weil wir beide wussten, dass ich wieder abreisen würde. Unsere Beziehung hatte von Anfang an ein Verfallsdatum gehabt, und ich hatte mich in letzter Zeit immer öfter gefragt, ob es womöglich genau das war, was Jack daran so anziehend fand. »Vielleicht will er überhaupt nicht, dass ich bleibe. Und dann auch noch bei ihm einziehe. Das ist ein großer Schritt.«

Fiona hob eine Augenbraue. »Hast du es ihm denn schon gesagt? Weiß Jack, dass du mit dem Gedanken spielst hierzubleiben?«

Ich schüttelte den Kopf.

»Dann solltest du das schleunigst tun. Ich weiß nämlich zufällig, dass Jacky-Boy noch nie so glücklich war wie mit dir.«

»Ach ja, hat er dir das gesagt?«

»Nein, aber ich kenne ihn, seit wir klein waren, und ich habe ihn noch nie so erlebt.«

»Wie?«

»Ausgeglichen. In sich ruhend. Gleichzeitig voller Energie, als könnte er Bäume ausreißen. Er ist jeden Tag so gut drauf, dass es fast schon nervt. Und er redet ständig von dir.« Sie verdrehte die Augen, konnte sich aber ein Lächeln nicht verkneifen.

Meine Wangen wurden heiß, und ich sah wieder zu Jack, der gerade den Ball auffing. »Okay. Ich rede am Sonntagabend mit ihm. Er leitet am Wochenende einen Pfadfinderkurs, deshalb werden wir uns vorher nicht sehen, aber seine Eltern haben mich am Sonntag zum Essen eingeladen. Wenn das gut läuft, können wir uns danach über unsere Zukunft unterhalten.«

Fiona nickte. »Klingt nach einem Plan.« Sie schob ihre Faust in meine Richtung, und ich stieß meine rotbraunen Fingerknöchel gegen ihre umbrabraunen. »Ruf mich danach sofort an, oder schreib mir. Die Spannung bringt mich jetzt schon förmlich um.« Theatralisch hob sie eine Hand an ihre Stirn, als würde sie jeden Moment in Ohnmacht fallen.

Ich lachte und zog sie in eine feste Umarmung. »Versprochen.«

Da sprang Jack auf und winkte jemandem hinter uns. Als ich mich umdrehte, erkannte ich die Frau mit den langen, schwarzen Haaren aus dem *Whale Store* wieder, die ich an meinem ersten Tag in St. Andrews fälschlicherweise für Jacks Freundin gehalten hatte. Neben ihr ging ein schlanker Mann, dessen schwarzes Haar fast ebenso lang wie ihres war. Sie liefen Hand in Hand auf uns zu und winkten Jack, der ihnen nun entgegenjoggte. Will,

Blake, Fiona und sogar Ellie und Liv folgten ihm und umarmten die beiden Neuankömmlinge freudig.

Ich erhob mich langsam von der Decke. Plötzlich waren meine Hände feucht, und ich wischte sie an meiner Jeans-Shorts ab. Es war das erste Mal, dass ich jemanden mit denselben Wurzeln wie meine Mutter kennenlernte.

Mit denselben Wurzeln wie ich.

Das Herz hämmerte mir viel zu laut in der Brust, als ich langsam auf die beiden zuging. Jack sah mich kommen und streckte einen Arm nach mir aus, um ihn um meine Schultern zu legen. »Ed, Debbie, das ist Marly.«

»Hi.« Ich streckte meine zitternde Hand aus. Doch da zog Debbie mich in eine herzliche Umarmung.

»Hi, Marly. Wir freuen uns sehr, dich kennenzulernen.«

Sofort fiel die Aufregung von mir ab, und ich erwiderte ihre Umarmung. »Mich auch. Mehr, als ihr euch vorstellen könnt.«

»Marly!« Ed umarmte mich ebenso herzlich. »Jack hat mir schon viel von dir erzählt.«

»Natürlich nur Gutes«, warf Jack grinsend ein und deutete dann mit einer einladenden Handbewegung in Richtung der Picknickdecken.

Alle machten es sich bequem. Jack verteilte Wein und Cola. Blake zauberte Sandwiches und Bier aus seiner Kühltruhe, während ich die Weintrauben, den Käse und das Baguette aus Jacks Korb holte und auf der Decke ausbreitete. Ed und Debbie hatten geräucherten Fisch und kleine Maisküchlein mitgebracht, die hervorragend schmeckten. Wir aßen, tranken und lachten, während die Stimmung immer ausgelassener wurde.

Die Sonne hing als roter Feuerball knapp über dem Horizont und tauchte alles in rötliches Licht. Die Wellen rauschten leise an den Strand, und im Hintergrund zirpten die Grillen. Schläfrig und voll von dem guten Essen, lehnte ich mich an Jack und genoss den Moment.

»Vielleicht könnt ihr euch mal treffen und euch unterhalten«, flüsterte er mir nach einer Weile sanft ins Ohr. »Möchtest du, dass ich Ed für dich frage?«

Sofort war ich wieder hellwach. Obwohl ich dankbar für Jacks Hilfe war, wollte ich es selbst in die Hand nehmen. Entschlossen setzte ich mich auf und schüttelte den Kopf. »Ich mache das.«

Jack lächelte und gab mir einen langen Kuss.

Ich drehte mich zu Ed und Debbie um und fragte, ob sie noch etwas trinken wollten. Als ich Debbie auf ihre Bitte hin Cola einschenkte, nahm ich meinen ganzen Mut zusammen und ignorierte mein hämmerndes Herz.

»Ich habe mich gefragt, ob ihr bereit wärt, euch mal mit mir zu treffen und zu …« Plötzlich wusste ich nicht mehr, was ich sagen sollte. Was wollte ich eigentlich von ihnen? Würden sie mir überhaupt weiterhelfen können?

Debbie schenkte mir ein freundliches Lächeln. »Zu reden?«, beendete sie meinen Satz.

Ich nickte, während ich mich über mich selbst wunderte. Ich war doch sonst nicht so wortkarg. Andererseits wollte ich sie auch nicht überfallen oder ihnen das Gefühl geben, dass ich mich nur aufgrund ihrer Herkunft für sie interessierte. Sie waren Jacks Freunde, und ich wünschte mir nichts sehnlicher, als dass sie auch meine wurden. Genau wie der Rest der Crew.

Debbie schien mein Unbehagen zu spüren. Sie legte ihre Hand auf meine und drückte sie beruhigend. Als ich auf ihre Finger blickte, die nur einen Ton dunkler als meine waren, verpufften meine Angst und Unsicherheit. Ich lächelte sie dankbar an.

»Deine Mom ist Passamaquoddy, nicht wahr?«, fragte Ed zuvorkommend.

Ich nickte.

»Und du bist auf der Suche nach ihr?«

»Nicht wirklich. Also, ich meine, nicht mehr.« Verlegen senkte ich den Blick. »Ich kannte sie kaum. Sie ist gegangen, als ich vier war. In der Town Hall haben sie mir gesagt, dass sie nie hier gelebt hat. Ich glaube, ich möchte einfach … ich möchte meine Herkunft verstehen.«

Nun nickten Debbie und Ed, als wüssten sie ganz genau, wovon ich sprach.

»Hast du morgen Zeit?«, fragte Ed. »Wir können uns in unserem Coffeeshop treffen. Ich bringe meine Grandma mit. Sie war früher mal unser Chief. Sollte deine Mom hier aus der Gegend kommen, wird Nana sie kennen. Und selbst wenn nicht, können wir trotzdem einfach … reden.«

»Das wäre unglaublich toll. Vielen Dank.«

Ich drückte Debbies Hand, die meine immer noch festhielt. Sie und Ed wechselten einen zärtlichen Blick.

Dann hob Ed sein Glas. »Auf Marly«, sagte er. »Denn es verlangt viel Mut, seinen Wurzeln auf die Spur zu kommen.«

Alle anderen hoben ihre Gläser. Jack war der Erste, der mit seinem gegen meins stieß. »Auf eure Wurzeln«, sagte er und prostete uns dreien zu.

Als ich einen Schluck von meiner Cola nahm und sie kühl und erfrischend meine Kehle hinabrann, dachte ich an das kommende Wochenende und was es für mich und meine Zukunft bedeuten würde. In meinem Bauch stieg ein nervöses, aber auch freudiges Kribbeln auf.

27 *Marly*

Auf dem Weg zu Debbies und Eds Coffeeshop war ich so nervös wie noch nie. Die Sonne brannte auf mich herab, doch ich wusste, dass mein Schwindelgefühl nicht von der Hitze kam. Meine Gedanken rasten beinahe so schnell wie mein Herz. Meine Hände waren so feucht, dass ich es aufgegeben hatte, sie an meinen Shorts abzuwischen. Die Water Street kam mir kürzer als sonst vor, während ich auf den *Whale Store* zusteuerte. Der Coffeeshop befand sich in einem kleinen Anbau daneben. Schon von Weitem sah ich durch die Fensterfront, dass Ed hinter dem Tresen stand. Von Debbie war keine Spur zu sehen. Sie hatte gesagt, dass sie heute im *Whale Store* an der Kasse arbeitete, sich aber nach ihrer Schicht zu uns gesellen wollte.

Vor der Glastür blieb ich stehen und atmete einmal tief durch. »Warum bist du so aufgeregt?«, murmelte ich. »Es ist einfach nur ein Treffen. Es kann nichts passieren.« Doch ich wusste sehr wohl, dass diese Begegnung das Potenzial hatte, meine Zukunft mitzugestalten. Ich wollte es nicht vermasseln.

Peinlicherweise entdeckte Ed mich, wie ich vor der Tür stand und mit mir selbst sprach. Er winkte mir fröhlich zu.

»Okay, los geht´s.« Ich winkte zurück und stieß die Tür auf. Sofort stieg mir der Duft von gerösteten Kaffeebohnen in die Nase.

An diesem Samstagmittag war nicht viel los. Die Frühaufsteher und Wochenendarbeiter hatten sich längst ihren Kaffee geholt, und die nächsten Kunden würden sicher erst für einen Snack zum Mittag oder für einen Kaffee am Nachmittag kommen. In einer Ecke saß ein Mann im Anzug, der konzentriert auf seinen Laptop starrte, am Tisch daneben war ein Touristenpärchen über eine Karte der Umgebung gebeugt. An den gelb getünchten Wänden hingen Kunstwerke von First-Nation-Künstlern. Die Sitzgelegenheiten waren ein bunter Mix aus zusammengewürfelten Holzstühlen, Sesseln, Sofas und sogar einem Sitzsack. In einem Regal standen unzählige Bücher und traditionell geschnitzte Figuren. Der ganze Raum strahlte eine entspannte Gemütlichkeit aus. Es war schade, dass ich während meines Aufenthalts in St. Andrews bisher noch nie hier gewesen war. Allerdings war der Coffeeshop aufgrund des Wasserrohrbruchs die meiste Zeit geschlossen gewesen.

Ed fing mich an der Tür ab und umarmte mich zur Begrüßung. »Schön, dass du gekommen bist, Marly.« Er schenkte mir ein aufmunterndes Lächeln und deutete mit einer einladenden Handbewegung in die hintere Ecke des Cafés, wo eine ältere Frau mit rotbrauner Haut auf einem dunkelgrünen Samtsofa saß. Sie hatte eine goldgerahmte Brille auf der Nase und las ein Buch. Graue Strähnen durchzogen ihre kesse Kurzhaarfrisur. »Das ist meine Grandma, Annabeth Soctomah.«

Als die Frau aufsah und mich musterte, erstarrte ich. Ihre durchdringenden, dunkelbraunen Augen schienen bis in meine Seele zu schauen. »Guten Tag, Marly«, sagte sie mit tiefer, wohlklingender Stimme.

Ich räusperte mich. »Guten Tag, Mrs Soctomah. *Tan kahk.*«

Ihre Augen weiteten sich kaum merklich, als ich sie auf Maliseet-Passamaquoddy begrüßte. Es waren zwei der wenigen Worte, die ich während meines Studiums gelernt hatte, eine freundliche Begrüßung. Im nächsten Moment hellte sich ihr von tiefen Falten durchzogenes Gesicht auf. Sie deutete auf den freien Platz neben sich auf der Couch. »Setz dich doch zu mir.«

Verlegen nahm ich Platz. Ed fragte mich, was ich trinken wollte. »Nur ein Wasser, bitte«, erwiderte ich. Mir war immer noch heiß, obwohl es hier drin dank der Klimaanlage angenehm kühl war. Ich faltete die Hände im Schoß, um mich davon abzuhalten, nervös an den Nähten meiner Shorts herumzuspielen.

Annabeth legte ein geflochtenes Lederband in ihr Buch und schloss es, bevor sie es gemeinsam mit ihrer Brille auf dem niedrigen Tisch vor uns ablegte. Dann wandte sie sich mir zu. »Nun, Marly, mein Enkelsohn hat mir erzählt, dass du auf der Suche nach etwas bist.« Wieder bohrte sich ihr Blick in meinen, doch diesmal empfand ich ihn als sanft und ein wenig neugierig.

Ich nickte zaghaft. »Auch wenn ich nicht genau weiß, wonach ich eigentlich suche.«

Annabeth lachte leise, ein raues Geräusch, das mich an das Lachen meiner Grandma erinnerte. Plötzlich vermisste ich sie schrecklich, spürte ein starkes Ziehen in meiner Brust.

»Fangen wir doch mit deiner Mutter an«, sagte sie. »Du hast Grund zur Annahme, dass sie vielleicht aus der Gegend kommt?«

Ich nickte und griff in meine Handtasche, um das Foto aus meinem Geldbeutel zu holen. »Das ist sie.« Ich strich das vergilbte Bild glatt und reichte es ihr mit zitternden Fingern. »Aber in der Town Hall wurde mir gesagt, dass sie nie hier gemeldet war.«

Annabeth setzte wieder ihre Brille auf und musterte das Bild eingehend. Sie schürzte leicht die Lippen und zog die Stirn kraus, wobei ihre Falten noch tiefer wurden. »Und wie heißt deine Mom?«

»Ihr Mädchenname war Sandra Akagi«, sagte ich hastig. »Als

sie meinen Dad heiratete, hat sie seinen Nachnamen Macpherson angenommen.«

Annabeth senkte das Foto und setzte ihre Brille ab. »Es tut mir leid. Ich habe diese Frau noch nie gesehen«, sagte sie mit ehrlichem Bedauern. »Aber Akagi ist ein alter Familienname unseres Stamms, der heute noch verbreitet ist.«

Plötzlich brannten meine Augen, und ich blinzelte hastig. Ich ärgerte mich über mich selbst, als mich die Enttäuschung zu übermannen drohte. Vor diesem Treffen hatte ich mich immer wieder ermahnt, mir nicht zu viel zu erhoffen. Streng hatte ich mir vorgehalten, dass ich heute nicht hier war, um meine Mom zu finden, sondern einen Teil von mir selbst. Trotzdem traf mich Annabeths Antwort wie ein Stich ins Herz. Genau aus diesem Grund hatte ich mich zuvor nie auf die Suche nach meiner Mutter begeben. Ich hätte es einfach nicht ertragen, sie wieder und wieder zu verlieren. Es war sicherer, mir keine Hoffnungen zu machen. Dann konnte ich auch nicht enttäuscht werden. Denn in diesem Moment fühlte ich mich verlorener und einsamer denn je.

Ed kam mit einem Tablett zurück und stellte unsere Getränke und je einen kleinen Teller mit einem Brownie vor uns auf dem Tisch ab. Ich bemühte mich, meine zitternde Unterlippe unter Kontrolle zu bekommen und mir ein Lächeln abzuringen. Annabeth reichte mir das Foto. Als ich danach griff, legten sich ihre runzligen Finger auf meine Hand und verharrten für einen Moment dort. »Keine Sorge, mein Kind«, sagte sie leise. »Du hast trotzdem jedes Recht, hier zu sein.«

Ich schluckte und blinzelte sie erstaunt an. Sie hatte recht, dies war eine meiner größten Ängste gewesen, auch wenn es mir bis jetzt nicht bewusst gewesen war. Größer noch als die Furcht, nichts über meine Mom in Erfahrung zu bringen. Annabeth hatte sie mir mit ihren Worten auf einen Schlag genommen.

Ich hatte mich wirklich gefragt, ob es überhaupt in Ordnung war, dass ich völlig fremde Leute mit Fragen löcherte. Dass ich mich als ihnen zugehörig ansah. Doch bisher hatte mir noch niemand das Gefühl gegeben, eine Hochstaplerin zu sein. Im Gegenteil. Sie hatten mich voller Mitgefühl empfangen.

Ein warmes Gefühl breitete sich in meinem Bauch aus. Ich schenkte Annabeth ein tief empfundenes Lächeln, und sie erwiderte es. Dann wandte sie sich ihrem Cappuccino zu, dessen cremige Oberfläche mit einem schönen Muster verziert war. Ich ließ das Foto meiner Mom in meiner Tasche verschwinden und nippte an meinem Wasser, froh, mich an etwas festhalten zu können.

»Also, Marly …« Ed setzte sich auf einen Stuhl uns gegenüber. »Hast du schon das wahre St. Andrews kennengelernt?« Er hatte eindeutig vor, die gedrückte Stimmung aufzulockern.

Ich blinzelte ihn verständnislos an, und er lachte. »Jack hat dir sicher nur die touristischen Orte gezeigt, dabei gibt es hier so viele Spuren unserer Vorfahren, dass man fast hinter jeder Ecke darauf stößt.«

Annabeth nickte. »Die Geschichte unseres Volkes in dieser Gegend geht auf mehrere Jahrtausende zurück. St. Andrews, oder Qonasqamkuk, wie wir es nennen, war früher unsere Hauptsiedlung und der Versammlungsort, wo sich auch die heiligen Grabstätten befinden.«

»Auf Ministers Island kann man heute noch einige prähistorische Überreste unserer Vorfahren finden«, fügte Ed hinzu. Seine Augen funkelten aufgeregt, er schien ganz in seinem Element zu sein. »Die Bucht hat schon vor Tausenden Jahren perfekte Bedingungen zum Fischen geboten.«

Ich musterte ihn interessiert, wünschte mir nichts sehnlicher, als diese Orte zu besuchen.

»Für uns hat diese Gegend eine weitreichende Bedeutung

und ist so geschichtsträchtig wie keine andere«, pflichtete Annabeth ihrem Enkel bei. »Das ist einer der Gründe, warum es unser größter Wunsch ist, dass uns das Land unserer Vorfahren offiziell zugesprochen wird.« Ihre Miene verdüsterte sich. »Aber wie du vielleicht weißt, sind wir hier in Kanada nicht als First-Nation-Stamm anerkannt, weshalb wir keinen rechtlichen Anspruch auf unser Land haben.«

Ich hatte gerade in meinen Brownie gebissen und nickte mit vollem Mund. Den Kampf der Passamaquoddy für das Land, das ihnen rechtmäßig zustand, hatte ich bereits seit Jahren in den Medien verfolgt.

»Um ehrlich zu sein, hatte ich bisher gar nicht so viel Zeit, die Gegend zu erkunden«, gab ich kleinlaut zu, nachdem ich geschluckt hatte. »Ich arbeite in Dr. Sues Tierarztpraxis.« Unwillkürlich dachte ich an meinen ersten Ausflug nach Ministers Island. Dort hatten Jack und ich zueinandergefunden, und ich hatte seitdem viel Zeit in Jacks Hütte und dem umliegenden Wald verbracht. Allerdings mit … anderen Dingen. Es wurde höchste Zeit, dass ich den Rest der Insel erkundete.

»Das macht ja nichts«, sagte Ed. »Wenn du länger bleibst, können Debbie und ich dir noch viel mehr zeigen. Leider hast du unsere diesjährige Sunrise Ceremony verpasst. Aber vielleicht kannst du nächstes Mal dabei sein.«

»Eine Zeremonie?«, fragte ich interessiert. Ein solches Ereignis wäre ein weiterer Grund für mich, länger hierzubleiben. Ein ganzes Jahr …

»Wir kommen an jedem 1. Juli frühmorgens am Indian Point mit anderen Passamaquoddy von hier und aus Maine zusammen«, erklärte Annabeth. »Du weißt sicher, dass die meisten von uns heutzutage in Maine leben?«

Ich nickte. »Und wie funktioniert diese Zeremonie?«

Ed nahm einen Schluck von seinem schwarzen Kaffee und

beugte sich zu mir vor. »Unser Chief, oder Sakom, leitet die Zeremonie. Alle Bewohner St. Andrews' sind herzlich eingeladen teilzunehmen. Bei Sonnenaufgang bilden wir einen Kreis ums Lagerfeuer und singen eines unserer heiligen Lieder. Jeder im Kreis bekommt ein paar Fäden Tabak ausgehändigt. Einer nach dem anderen wirft sie dann mit einem Wunsch für die Zukunft ins Feuer. Danach geht man gen Osten, in Richtung des Sonnenaufgangs, um das Feuer herum zurück an seinen Platz. Zum Schluss wird jeder noch mit dem Rauch verbrannter Kräuter rituell gereinigt, um negative Energie loszuwerden.«

»*Wabanaki*«, flüsterte ich fasziniert. »Das Volk der Sonne.« So nannten sich die Passamaquoddy gemeinsam mit einigen anderen Stämmen.

Annabeth nickte überrascht.

»Wir glauben, dass wir alle aus dem Osten kommen, da dort die Sonne aufgeht«, pflichtete Ed mir bei. »Die Erde ist unsere Mutter, die uns alles gibt, was wir zum Leben brauchen. Deshalb haben wir so eine starke Verbindung zu Land und Wasser. Deshalb leben wir auch heute noch im Einklang mit der Natur. Ohne eigenes Land ist das aber nicht immer leicht.«

Annabeth hatte die Stirn in Falten gezogen und warf mir einen interessierten Blick zu. »Es ist wirklich beeindruckend, dass du mehr Worte kennst als einige unserer Jüngsten, Marly«, sagte sie mit einem traurigen Lächeln. »Ich setze mich persönlich dafür ein, dass unsere Sprache erhalten bleibt, aber die meisten jungen Passamaquoddy sprechen sie nicht mehr.« Sie warf Ed einen strengen Blick zu. »Das liegt oft daran, dass sie zu faul sind zu lernen.« Ed verdrehte die Augen. »Zu meiner Verteidigung: Es ist wirklich nicht leicht.«

Ich warf ihm einen mitfühlenden Blick zu, da ich genau wusste, wovon er sprach. Leider hatte der Fokus in meinem Studium auf Sprachen anderer indigener Völker gelegen, die heute noch weiter verbreitet waren. Trotzdem hatte ich mir in meinen eigenen Recherchen ein wenig zusammensuchen können, dank einiger Passamaquoddy, die sich online mit Videos und Sprachaufnahmen für den Erhalt ihrer Sprache engagierten.

Ich stellte Annabeth weitere Fragen über die Sprache, die Ausbildung der jüngsten Stammesmitglieder und ihre Stellung in der Gemeinde von St. Andrews. Es freute mich besonders, dass die Passamaquoddy hier in St. Andrews dazugehörten und nicht in ein Reservat abgeschoben worden waren wie so viele andere Stämme. Dass ihre Kinder mit allen anderen in die Schule gingen, dass sie Geschäfte führten wie Ed und Debbie und sich gut mit ihren Nachbarn und den anderen Stadtbewohnern verstanden. Auch wenn der Konflikt über das Anrecht auf ihr Land über allem schwebte.

Irgendwann musste Ed einige Kunden am Tresen bedienen, sodass ich mich allein mit der alten Dame unterhielt. Mal waren wir ernst, und ihre Geschichten rührten mich beinahe zu Tränen, mal lachten wir zusammen. Sie fragte mich mehr über meine Mutter, und ich erzählte ihr das wenige, was ich wusste.

Erst als mein Magen laut grummelte, wurde ich wie aus einer Trance gerissen. Der Coffeeshop war mittlerweile voll und der Geräuschpegel stark angestiegen, was mir jedoch erst jetzt auffiel. »Wie viel Uhr ist es?«, fragte ich verblüfft und warf einen Blick auf mein Handy.

»Gleich vier«, antwortete Annabeth, die auf ihre Armbanduhr gesehen hatte.

Ich starrte sie erschrocken an. »Es tut mir leid, dass ich Sie so lange aufgehalten habe, Mrs Soctomah.«

Sie lächelte. »Bitte nenn mich Annabeth.«

Meine Wangen wurden heiß, und ich nickte. »Annabeth.«

»Ich würde mich jetzt tatsächlich gern ein wenig ausruhen«,

sagte sie. »Nachmittags mache ich oft ein Schläfchen. Debbie kann mich nach Hause fahren. Da ist sie ja schon.«

Debbie bahnte sich einen Weg an der immer länger werdenden Schlange vor dem Tresen vorbei und begrüßte uns beide mit einem Kuss auf die Wange. »Alles in Ordnung, Nana?«, fragte sie. »Habt ihr euch gut unterhalten?«

Annabeth lachte. »Wahrscheinlich haben wir die arme Marly mit all unseren Erzählungen verschreckt. Es war sehr schön, ein neues Gesicht zu sehen. Jemanden, der heimgefunden hat.«

Ich biss mir auf die Lippe, um nicht schon wieder zu weinen. »Ganz im Gegenteil«, versicherte ich ihr. »Es war mir eine große Freude.«

Debbie half Annabeth auf und reichte ihr einen mit Schnitzereien verzierten Gehstock, der hinter dem Sofa gelehnt hatte.

Annabeth wandte sich mir zu und streckte eine Hand nach mir aus. Als ich ihr meine reichte, umfasste sie sie mit ihren warmen Fingern. »Ich würde mich freuen, wenn du mich mal zu Hause besuchen würdest, Marly. Dort kann ich dir noch viel mehr zeigen und erklären.«

»Das würde ich sehr gern«, antwortete ich gerührt. Eine tröstliche Wärme legte sich über mich wie eine schützende Decke. Und diesmal erkannte ich es als das Gefühl von Heimat. Das Gefühl, angekommen zu sein.

Annabeth nickte ernst, ihr wissender Blick bohrte sich einmal mehr in meinen. »Deine Suche hat erst begonnen, Marly«, sagte sie. »Wie gesagt, wohnen die meisten Passamaquoddy heute in Maine. Vielleicht lebt die Familie deiner Mutter dort. Sie sind wirklich nicht weit weg. Bei Ebbe könntest du zu Fuß über den Skutik-Fluss zu ihnen rübergehen. Dabei würdest du allerdings illegal die Landesgrenze zwischen Kanada und den USA überschreiten, was nicht gern gesehen wird.« Sie zwinkerte mir verschmitzt zu. »Aber als ich noch jung war, hat mich das nicht abgehalten.«

Schmunzelnd legte ich meine andere Hand auf ihre und drückte sie fest. Zuneigung für diese wundervolle Frau flutete mein Herz.

»Ich wünsche dir alles Gute, Marly«, sagte sie. »Aber ich hoffe sehr, dass wir uns noch mal wiedersehen.«

Schon wieder musste ich Tränen fortblinzeln, als ich ihr fest in die Augen schaute. »*Woliwon*«, murmelte ich. »Vielen Dank für alles.«

Sie neigte den Kopf, und ihre Augen funkelten. Dann ließ sie sich von Debbie aus dem Coffeeshop führen, die mir über die Schulter zuwinkte.

Ich ließ mich auf die Couch sinken und brauchte einen Moment, um mich zu sammeln. Tausend Empfindungen und Gedanken stürmten auf mich ein. Es war unglaublich, wie viel ich an einem Nachmittag erfahren hatte. Und wie sehr ich mir wünschte, noch mehr zu lernen. Ich ließ eine Hand in meine Tasche gleiten und strich zärtlich über mein Portemonnaie. Das Foto darin, die einzige Verbindung zu meiner Mutter, hatte plötzlich eine ganz neue Bedeutung gewonnen.

Ich nahm den Gelbeutel aus der Tasche und erhob mich. Da Ed hinter dem Tresen beschäftigt war, legte ich ein paar Geldscheine auf den Tisch. Ed sah es und schüttelte energisch den Kopf. »Das geht aufs Haus, Marly! Du warst doch heute unser Gast.«

»Wirklich?« Ich ging zum Tresen, wo Ed gerade mit gekonnten Handgriffen einen giftgrünen Smoothie in einen To-go-Becher füllte.

»Na klar.« Er lächelte mir zu. Dann stellte er den Becher auf dem Tresen ab und las den Namen, der darauf stand. »Smoothie für Mitchell!«

Bevor er den nächsten Kunden drannahm, wandte er sich wieder mir zu. »Was hast du morgen vor? Debbie und ich würden dich gern mit nach Ministers Island nehmen und dich ein bisschen herumführen.«

Ich strahlte. »Das wäre toll. Ich bin erst abends bei Jacks Eltern zum Essen eingeladen. Sonst habe ich nichts vor.«

»Dann holen wir dich um eins ab.«

Ich nickte und bedankte mich überschwänglich, bevor Ed die nächste Bestellung entgegennahm.

Ich bahnte mir einen Weg durch den vollen Raum zur Tür und winkte zum Abschied über die Köpfe der Kunden hinweg. Ed winkte zurück, dann stolperte ich hinaus ins Sonnenlicht.

Als die Strahlen meine Nase kitzelten und meine Haut wärmten, breitete sich ein Lächeln auf meinem Gesicht aus. Ich hatte es geschafft. Ich hatte eine weitere Angst überwunden. Erst mein Dad und nun meine Mom. In St. Andrews schien ich beinahe täglich über mich hinauszuwachsen. Dieser Ort stellte eindeutig etwas mit mir an. Oder lag es einfach nur daran, dass ich in den letzten Wochen stärker geworden war? Dass ich mich so gut fühlte, dass ich zum ersten Mal in meinem Leben endlich mit mir und meiner Vergangenheit im Reinen war? Und woran lag das wohl? Natürlich war Jack ein starker Rückhalt, weil er mich auffing, mir zuhörte und mich unterstützte. Meine Gefühle für ihn hatten mich in bisher ungekannte Höhen befördert und mir gezeigt, was Glücklichsein bedeutete. Doch ich hatte all diese Dinge aus eigener Kraft geschafft, hatte mich selbst von den inneren Fesseln befreit, die ich mein Leben lang mit mir herumgeschleppt hatte. Zumindest für den Moment.

Als ich mich erinnerte, dass ich am Anfang des heutigen Treffens noch geglaubt hatte, es könnte einen katastrophalen Ausgang nehmen, musste ich beinahe lachen. Ja, ich wusste nach diesem Gespräch nicht mehr über meine Mutter als vorher. Ich hatte immer noch keine Ahnung, woher sie kam, wer sie war, wo sich ihre – und meine – Familie aufhielt. Aber mir fiel auf, dass es mir nichts mehr ausmachte. Ich hatte so viel anderes dazugewonnen.

Mir wurde klar, dass es mich meiner Mutter nicht wirklich näherbrachte, wenn ich etwas über ihre Vorfahren, ihren Stamm oder ihre Kultur lernte. Es sagte nichts über ihren Charakter aus oder über ihre Beweggründe, mich und meinen Dad verlassen zu haben. Aber das war mir nun nicht mehr so wichtig wie vorher. Denn mein neues Wissen hatte mich stattdessen mir selbst nähergebracht.

Ich hatte das Gefühl, endlich ein fehlendes Puzzleteil gefunden zu haben, das ich schon seit Jahren suchte. Dort, wo vorher ein dunkles Loch in meinem Herzen geklafft hatte, strahlte jetzt ein Licht. Und wenn ich es zuließ, würde es heller und heller werden. Ich wusste, dass es auch dunkle Tage geben würde, dass ich das Geheimnis um meine Mutter vielleicht nie lüften würde. Aber solange ich dieses Licht in mir trug, konnte mir nichts passieren. Und es lag allein an mir, es weiter zu füttern, sodass es vielleicht eines Tages zu einem hellen, warmen Leuchtfeuer werden würde.

Ich wollte Teil der Gemeinde werden, wollte mich für das Volk meiner Mutter einsetzen und für ihre Rechte kämpfen. Für *mein* Volk. Für *unsere* Rechte.

In diesem Moment der Erkenntnis war ich so glücklich, dass ich über den Gehsteig hüpfte. Ich wollte jetzt unbedingt zum Strand und meine nackten Zehen tief im Sand vergraben, die Gischt des Meeres auf meinem Gesicht spüren und meine Freude hinausschreien.

28 *Jack*

»Nicht da reinlaufen, Curtis! Da sind Brennnesseln!« Der kleine Lockenkopf zog gerade noch rechtzeitig sein nacktes Bein zurück. Die hellrosa Haut war bereits voller Schrammen und Kratzer. Wenn er einen Fuß in das Gebüsch gesetzt hätte, wäre das Geschrei groß gewesen. Traditionell trugen die Pfadfinderjungs und -mädchen Shorts, sodass ich mich den ganzen Abend um seine mit dicken Quaddeln überzogenen Waden hätte kümmern müssen. Zum Glück hatte ich Annabeth Soctomahs hausgemachte Tinktur gegen Stiche und Verbrennungen aller Art dabei.

Curtis lächelte mir dankbar zu und lief hinter den anderen her ins Zeltlager. Ich wusste um seine schwierige Familiensituation und hatte an diesem Wochenende ein besonderes Auge auf ihn gehabt. Er war jedoch die gesamte Zeit über unbeschwert gewesen.

»Räumt eure Zelte auf!«, rief ich hinter den Kindern her, die aufgeregt ins Lager strömten. »Gleich gibt es eine Inspektion.«

Müde rieb ich mir über das Gesicht. Es war der zweite und letzte Abend des Pfadfinder-Camps, und die kleinen Racker hatten mich so richtig auf Trab gehalten. Sechsjährige waren noch mal eine ganz andere Nummer als Teenager.

Gerade kamen wir von der Tagesexkursion zurück. Die

Sonne stand tief am Himmel. Gleich würde sich eine Gruppe um das Lagerfeuer kümmern, während ich eine andere Feuerholz sammeln schickte und die dritte einen Eintopf zum Abendessen vorbereiten würde. Natürlich aus frischen Zutaten, die wir selbst im Wald gesammelt hatten.

Ich warf Madeline, meiner Co-Camp-Leiterin, einen Blick zu. Sie sah ebenso erschöpft aus wie ich, aber ihre Wangen glühten, und sie strahlte von einem Ohr zum anderen. Ich wusste genau, warum. Die Wochenenden in der Natur lösten bei mir auch immer ein Hochgefühl aus. Trotz der Erschöpfung, des wenigen Schlafs, der blauen Flecken, Zecken und Kratzer fühlte ich mich dabei jedes Mal so, als wäre ich an genau dem richtigen Ort. Ich gehörte hierher – auf diese Insel, in diesen Wald – und hoffte, meine Begeisterung mit den Jüngsten unserer Gemeinde teilen zu können.

Nachdem ich mir Gesicht und Hände gewaschen hatte, ging ich die Zelte der Jungs inspizieren, während Madeline die der Mädchen übernahm. Das war immer eine Riesensache, da die meisten Kinder es gewöhnt waren, dass ihre Eltern ihre Betten machten und ihre Zimmer für sie aufräumten. Hier lernten viele von ihnen zum ersten Mal, sich selbst um ihren Kram zu kümmern. So war es damals auch bei mir gewesen. Meine Erinnerungen an die Sommer meiner Kindheit waren voller Sonnenschein, Lagerfeuer, Schlafen unter freiem Himmel, selbst gegrilltem Fisch und süßer Beeren, die in meinem Mund zerplatzten. Ich hoffte, wenigstens ein bisschen von diesem Gefühl an die nächsten Generationen weitergeben zu können.

Erst als wir nach dem Essen alle ums Lagerfeuer saßen und ein paar Lieder sangen, kamen meine Gedanken endlich zur Ruhe. Das Laub der Bäume ringsum raschelte im Abendwind, dann und wann ertönte der Schrei einer Eule, und das Feuer prasselte und knisterte. Ich starrte in die Flammen und dachte an Marly. Mit einem verträumten Lächeln erinnerte ich mich an den Abend am Strand, als sich unsere Blicke über dem Feuer getroffen hatten. An den Sturm in ihren Augen, das zaghafte Lächeln auf ihren Lippen. An jenem Abend hatte sich alles verändert. Mein ganzes Leben hatte eine andere Richtung eingeschlagen. Ich war tatsächlich drauf und dran, meinen Eltern eine Frau vorzustellen. Zum ersten Mal.

Ich konnte mir genau ausmalen, wie Tony und Alex reagieren würden. Sie würden mich monatelang damit aufziehen. Sie würden über Marly herfallen wie zwei hungrige Wölfinnen und sie sofort in die Familie integrieren. Schon lange warteten sie darauf, dass ich endlich eine Frau fand, die mich »längere Zeit am Stück ertragen konnte«.

Aber meine Eltern … das war noch mal eine andere Nummer. Sie würden sofort verstehen, wie ernst es mir mit Marly war. Schon als ich Mom am Telefon gesagt hatte, dass ich Marly am Sonntag mitbringen würde, hatte ich es aus ihrer Stimme herausgehört. Aufregung, Vorfreude, Hoffnung. Meine Eltern waren bereit dafür. Und ich stellte in diesem Moment fest, dass ich es auch war. Ich war bereit, Marly in mein Leben zu lassen. Mit allen Konsequenzen und Veränderungen, die das mit sich brachte. Am Sonntag würde ich es ihr endlich sagen. Will hatte recht. Ich musste den Sprung wagen. Denn sonst würde mich die Angst, dass mir dasselbe passieren würde wie ihm, für immer lähmen.

Curtis, der sich unbemerkt neben mich gesetzt hatte, stieß mich mit dem Ellbogen an. Er riss mich mitten aus meiner Träumerei. Ich hatte alles andere um mich herum vergessen. Den Gesang der Kinder, das Knistern des Feuers, das ferne Rauschen der Wellen. Überrascht sah ich in seine braunen Augen.

»Warum grinsen Sie so, Mr Wilson?«

Ich hatte ihm schon hundertmal gesagt, dass er mich Jack

nennen sollte, wie alle anderen Kinder, doch er schien so großen Respekt vor mir zu haben, dass es für ihn unmöglich war.

Ich zuckte mit den Achseln. »Weil ich glücklich bin.«

»Woran haben Sie denn gedacht, Sir?«

»An eine Frau.« Als die Worte raus waren, räusperte ich mich und rieb mir verlegen den Nacken. War es in Ordnung, mit einem Sechsjährigen über so etwas zu sprechen? »Äh, an meine Freundin«, verbesserte ich mich. Ich wusste zwar nicht, ob Marly sich selbst als meine Freundin bezeichnen würde, aber in diesem Moment schien es mir die sicherste Erklärung zu sein.

»Ach so«, sagte Curtis, als wäre es das Normalste der Welt, und er wüsste genau, wovon ich sprach. »Also macht Ihre Freundin Sie glücklich?«

»Ja, jeden Tag.« Verblüfft stellte ich fest, dass das wirklich stimmte. Seit ich Marly kennengelernt hatte, hatte sie mir zwar so manches Mal den letzten Nerv geraubt, aber ich war selten so glücklich gewesen. Wieder musste ich lächeln.

Curtis musterte mein Gesicht aufmerksam. »Ich glaube, meine Mom macht meinen Dad nicht sehr glücklich.« Er kratzte sich nachdenklich am Kopf, wobei er einen Ketchup-Streifen an seiner Schläfe hinterließ. »Und umgekehrt auch nicht. Sie streiten viel. Dad schläft oft auf dem Sofa.«

Ich seufzte innerlich, mein Magen zog sich unangenehm zusammen. »Manchmal denkt man, man hätte die richtige Person gefunden, aber dann stellt sich heraus, dass es doch nicht so ist«, erklärte ich Curtis vorsichtig. »Dann sollte man weitersuchen. Es macht die Leute sehr unglücklich, wenn sie an etwas festhalten, das nicht gut für sie ist.«

Nun runzelte Curtis die Stirn, sodass sich der Ketchup-Streifen auf lustige Weise verzog. »Wenn ich groß bin, möchte ich jemanden finden, der so ist wie Ihre Freundin. Das klingt schön.«

Seine Worte trafen mich mitten ins Herz. Es war, als hätte der Kleine das Organ in die Hand genommen und sanft zugedrückt. Gerührt legte ich ihm eine Hand auf die Schulter. »Und ich wünsche dir, dass du mal so jemanden findest, Curtis. Das hat jeder verdient.«

Curtis sah mich ernst an und nickte. Seine Augen funkelten, als er sich dem Feuer zuwandte. Innerlich hoffte ich, dass er wirklich jemanden finden würde, der ihn die lieblose Ehe seiner Eltern vergessen ließ. Jemanden, der ihm zeigen würde, was Glücklichsein bedeutete.

Ich wandte mich ebenfalls wieder den Flammen zu und ließ sie mein Gesicht wärmen. Ich dachte an Marly. An ihr Lächeln. Ihre Sturmaugen. An unsere Zukunft.

»Ich bringe dann mal die Kinder ins Bett.« Madelines Stimme riss mich aus meinen Gedanken.

Ertappt sah ich auf. »Sorry. Ich komme sofort nach.«

Während allgemeines Chaos ausbrach, als Madeline die Kinder in Richtung der Zelte scheuchte, zog ich mein Handy aus der Hosentasche. Ich hatte hier im Wald nur sporadisch Empfang, verspürte aber den starken Drang, Marly jetzt nahe zu sein. Ich öffnete unsere WhatsApp-Konversation und begann zu schreiben. Im selben Moment zeigte die App mir an, dass Marly ebenfalls tippte. Ich musste grinsen und schickte meine Nachricht ab.

Sitze am Lagerfeuer und denke an dich. Freue mich auf morgen Abend. <3

Marlys Nachricht erreichte mich nur eine Sekunde später:

Ich fahre morgen mit Ed und Debbie nach Ministers Island und würde dich am liebsten besuchen kommen. Vermisse dich!

Freue mich auch auf morgen Abend. <3

Die Wärme, die mir daraufhin in die Wangen stieg, hatte nichts mit dem Lagerfeuer zu tun.

Als ich das Handy wieder einsteckte, aufstand und zu den Zelten ging, grinste ich immer noch. Morgen Abend würde einfach sensationell werden.

29 Marly

Als ich am nächsten Tag vor dem Cottage auf Debbie und Ed wartete, war ich schon wieder ein reines Nervenbündel. Obwohl ich mir immer wieder sagte, dass es keine große Sache sei, ging ich bereits zehn Minuten zu früh vor der Eingangstür unruhig auf und ab. Die Mittagssonne stand hoch am Himmel, vereinzelte Wolken zogen vorbei, und eine angenehme Brise vom Meer kühlte mein vor Aufregung heißes Gesicht. Ich schob mir eine Locke aus der Stirn und hielt dann in der Bewegung inne, um die Hand vor meinem Gesicht zu betrachten. Die Farbe meiner Haut. Rötlich braun. Zum ersten Mal kam sie mir nicht »fremd« vor. »Anders«. Oder »exotisch«. Mein Leben lang hatte niemand in der Schule, in meiner Nachbarschaft oder meinem Freundeskreis so ausgesehen wie ich. Meine Haut war nicht dunkel genug, um mit Dunkelhäutigen abzuhängen, und nicht hell genug, um zwischen Hellhäutigen nicht aufzufallen. Irgendwie hatte ich nie richtig dazugehört, obwohl meine weißen Großeltern mir nie dieses Gefühl gegeben hatten. Und nun … schien das nicht mehr so wichtig zu sein. Ich sah schließlich auch nicht genauso aus wie Debbie, Ed oder Annabeth. Ich war einfach ich. Und das war in Ordnung. Mehr als das. Es war befreiend.

Ich strahlte, als ein klappriger dunkelgrüner Toyota mit quietschenden Bremsen vor dem Cottage stehen blieb. Debbie winkte mir durchs offene Fenster zu, und ich beeilte mich, auf der Rückbank Platz zu nehmen.

»Bereit für eine Reise in die Vergangenheit?«, fragte Ed, nachdem ich die beiden begrüßt hatte.

»So was von bereit!«

Sonntags war auf Ministers Island immer viel los, und wir mussten uns hinter mehreren Autos einreihen, um auf die Insel zu gelangen. Einige Mitarbeiter des Van Horne Estate gingen zwischen den wartenden Autos umher, um die Überfahrt abzukassieren und den Prozess zu beschleunigen.

Der Weg zur Insel war nicht mehr so spektakulär wie beim ersten Mal, da ich die Sandbank seitdem oft passiert hatte. Trotzdem starrte ich fasziniert aus dem Fenster und ließ die Insel nicht aus den Augen, während wir darauf zufuhren. Sie hatte nun eine ganz neue Bedeutung für mich gewonnen.

Wir stellten den Wagen auf dem Besucherparkplatz des Herrenhauses Covenhoven ab, der ebenfalls überfüllt war. Allerdings schlossen wir uns nicht dem Menschenstrom an, der auf die ehemalige Sommerresidenz von Sir William Van Horne aus dem 19. Jahrhundert zusteuerte. Wir ließen das riesige Anwesen und seine Gärten, eine Windmühle und eine Scheune hinter uns zurück, um uns auf die Spuren unserer Vorfahren zu begeben. Auf die Spuren der *wahren* Geschichte dieser Gegend, die begonnen hatte, lange bevor die europäischen Siedler hier eingefallen und den Einheimischen das Land weggenommen hatten.

»Die meisten Leute wissen gar nicht, was für ein Schatz sich hier auf der Insel verbirgt«, erklärte Ed. »Sie interessieren sich eher für das Offensichtliche.« Er warf einen vielsagenden Blick zu dem stattlichen Herrenhaus mit der grauen Steinfassade.

Wir entfernten uns von den lauten Unterhaltungen, den schreienden Kindern und bellenden Hunden und tauchten in die Stille des nahe gelegenen Wäldchens ein. In angenehmem Schweigen liefen wir nebeneinanderher. Ich dachte an Jack, der gerade irgendwo in diesem Wald einer Horde Sechsjähriger beibrachte, wie man Feuer machte und Spuren las. Bei dem Gedanken musste ich schmunzeln. Als ich an den bevorstehenden Abend dachte, flatterte mein Herz aufgeregt. Endlich würde ich Jack sagen, was ich plante. Doch zuerst gab es noch ein paar meiner eigenen Spuren zu verfolgen.

Es dauerte nicht lange, bis wir an die südwestliche Küste der Insel vorgedrungen waren.

Vor uns tat sich eine offene Fläche auf, die eindeutig etwas Besonderes beherbergte. Bereits auf den ersten Blick erkannte ich, dass dort Ausgrabungen stattgefunden hatten. Im Näherkommen machte ich einige Abdrücke im Boden als Überreste von vier verschiedenen Behausungen aus. Sofort schlug mein Herz schneller.

»Diese Funde sind über tausendzweihundert Jahre alt«, erklärte Ed stolz. »Einer der vielen Beweise dafür, dass die Passamaquoddy schon vor sehr langer Zeit hier gelebt haben.«

Debbie war etwas abseits in die Hocke gegangen. Sie deutete auf eine ebenfalls freigelegte Fläche voller alter Muschelschalen. »Die Archäologen haben das hier als einen sogenannten Kjökkenmöddinger identifiziert. Eine Art prähistorischer Abfallhaufen, wenn man so will. Die Überreste von Muscheln und Schalentieren weisen darauf hin, dass hier früher mal Gezeitenfischerei betrieben wurde, also dass unsere Vorfahren hier wahrscheinlich ihre Wintersiedlung hatten. Sie sind viel umhergezogen, weißt du. Je nach Jahreszeit haben sie an einem anderen Ort gelebt, der ihnen die besten Nahrungsbedingungen lieferte.«

Ehrfürchtig drehte ich mich einmal um mich selbst. Der Gedanke, dass unsere Vorfahren vor über tausend Jahren genau hier gestanden hatten, jagte mir eine Gänsehaut den Rücken herauf. Ich spürte eine Verbindung zu dieser Stätte. Zu den Menschen, die hier einst gelebt, gefischt, gelacht und geliebt hatten.

Obwohl ich ohne dieses Wissen, diese Verbindung, aufgewachsen war, wurde der Drang in mir immer stärker, mehr darüber zu erfahren. Wie jedes Mal, wenn es um Historisches ging, waren meine Neugier und mein Wissensdurst sofort geweckt. Doch diesmal ging es nicht um irgendein geschichtliches Ereignis, von dem ich in einem Buch in der Unibibliothek gelesen hatte. Hier ging es um das Volk, von dem ich abstammte. Ein Volk, das aufgrund der Grausamkeit der einfallenden Europäer beinahe nicht überlebt hätte. Ein Volk, das noch heute um Gerechtigkeit, die Anerkennung des ihnen rechtmäßig zustehenden Landes und die Wiedergutmachung vergangener Verbrechen kämpfte.

Debbie legte mir eine Hand auf den Rücken und holte mich ins Hier und Jetzt zurück. Da fiel mir erst auf, dass ich meine Hände zu Fäusten geballt hatte. Rasch entspannte ich meine Finger und atmete tief durch.

»Es ist ein emotionales Erlebnis, hier zu sein, oder?«, fragte Debbie sanft. Ich nickte stumm. »Für mich ist es auch jedes Mal wieder etwas Besonderes.« Sie schenkte mir ein Lächeln, und ich sah etwas in ihren dunklen Augen aufblitzen. Verständnis. Mitgefühl. Verbundenheit.

»Wenn du länger bleibst, können wir dir noch andere solcher Orte zeigen. Und vielleicht auch einige der heiligen Stätten, von denen nicht viele Leute wissen.«

Ich verstand die versteckte Botschaft, die in ihren Worten mitschwang. Wenn ich mich als würdig erwies. Wenn ich ihnen zeigte, dass es mir wirklich ernst war. Und das hatte ich fest vor.

Nachdem wir weiter über die Ausgrabungsstätte geschlendert waren und uns alles genau angeschaut hatten, machten wir uns wieder auf den Rückweg durch den Wald.

Dann betraten wir doch noch das Herrenhaus Covenhoven, da es darin eine Ausstellung gab, die nicht nur Informationen über das Leben des ehemaligen Hausbesitzers und seines Anwesens, sondern auch über die prähistorischen Funde auf der Insel beinhaltete. Zielstrebig führten Debbie und Ed mich zum hinteren Teil des Museums.

Ed deutete auf einige geflochtene Körbe, die in Glasvitrinen ausgestellt wurden. »Wir Passamaquoddy sind heute noch für unsere Korbflechtkunst bekannt. Debbie hat es von klein auf von ihrer Mutter gelernt, und wenn du uns mal zu Hause besuchst, wirst du Nanas große Sammlung sehen. Es ist ihr ein Anliegen, diese Tradition an die jüngeren Generationen weiterzugeben.«

Ich nickte ehrfürchtig und betrachtete die Körbe mit neuen Augen. Im selben Moment durchzuckte mich eine Erinnerung. Ich sah meine Mom vor mir. Sie stand in der Obstabteilung im Supermarkt und betrachtete die Äpfel. An ihrem Arm baumelte ein geflochtener Korb. Ein Korb, der diesen hier gar nicht so unähnlich war. Ich zupfte an ihrem Hosenbein, da ich wollte, dass sie mich in den Sitz des Einkaufswagens hob. Sie lächelte mich an und legte einen Apfel in ihren Korb, bevor sie mich hochhob.

Schon war die Erinnerung wieder verblasst. Zurück blieb ein Gefühl der Leere, wie immer, wenn meine Mom mir unerwartet einen Besuch aus der Vergangenheit abstattete. Diesmal hatte ich ihr Gesicht viel deutlicher gesehen als sonst. Nicht nur verschwommene Konturen, sondern dunkle Augen und Brauen, schmale Lippen mit einem Hauch Lippenstift.

Ich schluckte und blinzelte mehrmals. Die Suche nach meiner Herkunft löste mehr in mir aus, als ich für möglich gehalten hatte. Selbst wenn ich meine Mom nie fand, hatte sie einen Platz in meinem Herzen. Und nun teilte sie ihn mit den Menschen, die ich an diesem Ort kennengelernt hatte.

Ed und Debbie gaben mir so viel Zeit, wie ich wollte, um die ganze Ausstellung anzusehen und alle Informationstafeln zu lesen. Sie erklärten mir, was sie wussten, und ich stellte viele Fragen. Ich war überrascht und erfreut zu sehen, dass die Erläuterungen nicht nur auf Englisch und Französisch, den beiden offiziellen Landessprachen Kanadas, sondern auch auf Maliseet-Passamaquoddy verfasst waren. Zu meiner Freude konnte ich sogar einige Worte entziffern, was mich allerdings daran erinnerte, dass ich den Kopf dringend mal wieder in ein Buch stecken sollte. Oder noch besser: Nun konnte ich sogar Annabeth einen Besuch abstatten und sie bitten, mit mir zu üben.

Der Gedanke beflügelte mich, und als wir aus dem kühlen Haus zurück in die Sonne traten, fühlte ich mich ebenso beschwingt wie am Vortag. Irgendwie leichter. Als wäre ein Gewicht von meinen Schultern genommen worden. Wieder war ich meiner Herkunft, und damit mir selbst, einen Schritt näher gekommen.

Auf dem Rückweg waren wir still und nachdenklich. Jeder hing seinen eigenen Gedanken nach. Meine wirbelten durcheinander, während ich zu verarbeiten versuchte, was ich gestern und heute alles gelernt hatte. Eine ganz neue Welt hatte sich mir aufgetan, die ich nie wieder missen wollte.

Ein Lächeln breitete sich auf meinem Gesicht aus, während der Fahrtwind durchs offene Fenster wehte, meine Locken zauste und meine letzten Zweifel mit sich forttrug.

Ich konnte es kaum erwarten, Jack heute Abend alles zu erzählen. Dieses Wochenende hatte mir geholfen, den Mut dafür aufzubringen.

30 Jack

Als ich am Sonntagabend in meinem Truck auf dem Weg zu Marly war, kribbelte mein Magen, als befände sich ein ganzer Ameisenhügel darin.

Ich hatte mir den Dreck und Schweiß meines Pfadfinderwochenendes abgewaschen und mein schönstes Hemd angezogen. Marly und ich hatten uns das ganze Wochenende nicht gesehen, und ich konnte es kaum erwarten, in ihre Augen zu blicken, sie zu küssen und fest an mich zu drücken. Die Vorfreude auf unser Wiedersehen war allerdings nicht der einzige Grund für meine Aufregung.

Heute war es so weit.

Endlich würde ich Marly sagen, dass ich mir eine Zukunft mit ihr wünschte. Endlich würde ich mich trauen, meine Gefühle ganz offen anzusprechen. Es war an der Zeit, meine Ängste abzulegen. Marly hielt mein Herz schon seit einiger Zeit in ihren Händen, und heute Abend würde sich herausstellen, ob sie ebenso empfand wie ich. Wünschte sie sich auch eine Zukunft für uns? Würde sie bleiben, wenn ich sie darum bat? Ich wusste, dass das große Veränderungen für sie bedeuten würde und sie ihr Leben in Toronto aufgeben müsste. Und ich wollte nicht, dass sie es nur für mich tat. Aber es war deutlich zu spüren, wie gern sie St. Andrews hatte. Hier wartete ein ganzes Leben auf sie, wenn sie es wollte.

Mittlerweile war ich sogar bereit, eine Fernbeziehung zu führen, bis wir eine langfristige Lösung gefunden hatten. Mein altes Leben voller unbedeutender Flirts und Sommerromanzen kam mir so weit weg vor. Endlich hatte ich jemanden gefunden, der mich so sah, wie ich wirklich war. Dieser wichtige Teil hatte mir in meinen vorherigen Beziehungen mit Frauen immer gefehlt.

Das ganze Wochenende hatte ich darüber nachgedacht, was ich zu Marly sagen wollte. Trotzdem war ich mir nicht sicher. Es würde spontan sein. Von Herzen kommen. Denn Fiona hatte recht: Ich war noch nie so glücklich gewesen. Und das musste Marly unbedingt wissen, bevor sie eine Entscheidung traf. Natürlich hoffte ich, dass sie nicht abreisen würde, aber am Ende konnte ich sie nicht davon abhalten.

Ich wusste, dass es ein Risiko war. Sonst ging ich nie Risiken ein. Ich hatte bisher keiner einzigen Frau die Möglichkeit gegeben, mein Herz zu brechen. Schon vor Jahren hatte ich mir geschworen, dass ich nie dasselbe Schicksal erleiden würde wie Will. Ich hatte meinen besten Freund leiden sehen – und diesen Schmerz wünschte ich nicht mal meinem schlimmsten Feind.

Was die Sache mit Marly anging, war es allerdings längst zu spät, um ungeschoren davonzukommen. Ich steckte schon zu tief drin und konnte nur hoffen, dass sie meine Gefühle erwiderte.

Als ich vor dem *Cory Cottage* hielt, kam Marly aus der Tür geeilt. Bei ihrem Anblick musste ich schlucken. Sie sah atemberaubend aus. Sie trug ein buntes Sommerkleid und dazu ihre geliebten weißen Puma Cali Wedge Sneakers. Ihre Haut war in den letzten Wochen eine Spur dunkler geworden, und ihre Locken hüpften auf und ab. In einer Hand hielt sie einen großen Blumenstrauß.

»Hi!« Sie winkte mir schon von Weitem zu.

Ich grinste und streckte meine Hand aus dem offenen Fenster, um zurückzuwinken. Marly ging nicht um den Truck herum, um auf der Beifahrerseite einzusteigen. Stattdessen blieb sie vor meiner Tür stehen, stellte sich auf die Zehenspitzen und küsste mich. Die Leidenschaft und kribbelige Vorfreude, die in ihrem Kuss lagen, raubten mit den Atem. Ich legte eine Hand in ihren Nacken, die andere verharrte an ihrer Wange.

»Hi«, hauchte sie noch einmal, als wir uns keuchend voneinander lösten.

»Hi«, murmelte ich und gab ihr noch einen Kuss auf die Nasenspitze. »Du siehst umwerfend aus.«

»Danke.« Marly machte einen sarkastischen Knicks. Dann kam sie um den Wagen herum und stieg ein.

Meine Hand lag auf ihrem Oberschenkel, während ich uns zum Haus meiner Eltern fuhr. Zum Glück trennte der Stoff ihres Kleides meine Handfläche von ihrer nackten Haut, sodass Marly nicht bemerkte, wie schwitzig sie war. Meine Aufregung wuchs mit jeder verstreichenden Sekunde. Am liebsten hätte ich ihr hier und jetzt von meinen Gefühlen für sie erzählt, aber ich wollte, dass sie zuerst meine Familie kennenlernte. Meine Eltern und Schwestern waren neben meinen Freunden die wichtigsten Menschen in meinem Leben, und ich wollte sie Marly unbedingt vorstellen. Irgendwie machte es das Ganze wirklicher. Als würde unsere Beziehung auf ein ganz neues Level gehoben, wenn Marly auf meine Familie traf. Als wäre es dann erst real, dass ich möglicherweise *die* Frau für mich gefunden hatte.

»Wie war es gestern und heute Nachmittag?«, fragte ich sie. »Erzähl mir alles.«

Marly strahlte. Ihr Lächeln schien den ganzen Pick-up-Truck zu erhellen. »Es war … Ich habe keine Worte dafür.« Sie zog die Stirn kraus. Dann sprudelten die Worte nur so aus ihr hervor. »Es war unglaublich, Jack! Ich war vorher schrecklich nervös, aber alle haben mich so herzlich aufgenommen. Ed und Debbie haben mir heute auf Ministers Island die Überreste einer Siedlung unserer Vorfahren gezeigt. Und Ed hat mich zur Sunrise Ceremony nächstes Jahr eingeladen. Sie freuen sich über mein Interesse! Ich hatte schon Angst, ich würde sie vielleicht nerven oder mich aufdrängen. Und Mrs Soctomah ... Kennst du sie? Sie ist eine absolute Erscheinung! Eine richtige Powerfrau. Sie hat mein Maliseet-Passamaquoddy gelobt. Die vier Jahre Studium waren also doch für etwas gut ...«

Marly redete wie ein Wasserfall. Ich nickte, lächelte und freute mich mit ihr. Als sie von der Sunrise Ceremony sprach, horchte ich auf. Die nächste würde erst in einem Jahr stattfinden. Bedeutete das etwa, dass Marly plante, mindestens so lange hierzubleiben? Sie klang allgemein so enthusiastisch, dass ich mir nicht vorstellen konnte, sie würde wirklich in einer Woche abreisen. Mein Herz wurde gleichzeitig warm und leicht. Da fiel mir auf, dass Marly verstummt war und mich erwartungsvoll ansah. Mist! Hatte sie mich etwas gefragt? Was war das Letzte, das ich gehört hatte?

»Ja, ich kenne Eds Grandma«, sagte ich vorsichtig. »Als Kinder haben Ed und ich eine Menge ihrer Strafpredigten über uns ergehen lassen müssen. Ich war oft bei ihnen zu Hause. Bei den Soctomahs wohnen mehrere Generationen unter einem Dach. Und ich liebe alles, was Annabeth kocht. Ich habe mich oft selbst zum Essen eingeladen. Mache ich noch heute.«

Marly lächelte und drückte meine Hand auf ihrem Knie. Ich stieß erleichtert die Luft aus, weil ich die richtige Frage beantwortet hatte. Ich musste mich dringend besser konzentrieren und meine Nervosität in den Griff kriegen.

Während Marly weitererzählte und neben mir mit leuchtenden Augen ausholend gestikulierte, lauschte ich ihrer Stimme. Ich gab mich ganz dem rauen Klang hin, mit dem sie mich von

Anfang an in ihren Bann gezogen hatte. Sofort wurde ich ein bisschen ruhiger.

Keine Sekunde zu früh, denn schon bogen wir in die Straße meiner Eltern ein. Die großen Eichen am Straßenrand warfen lange Schatten. Auf dem Gehweg fuhren ein paar Kinder Fahrrad wie meine Schwestern und ich früher. Ein Eichhörnchen huschte über die Straße. Durchs Fenster wehte der frische Duft des Meeres herein.

»Ist Reggie bei deinen Eltern?«, fragte Marly hoffnungsvoll. »Ich habe ihn seit einer Ewigkeit nicht mehr gesehen.«

Ich lachte. »Also sind knappe achtundvierzig Stunden eine Ewigkeit?«

»Wenn es um Reggie geht, auf jeden Fall.«

Ich parkte den Wagen vor der Garage meiner Eltern und schaltete den Motor aus. Dann beugte ich mich zu Marly rüber und gab ihr einen langen Kuss. Ich liebte es, dass sie Reggie so sehr ins Herz geschlossen hatte.

»Bereit?«, fragte ich mit einem schiefen Lächeln, als ich mich von ihr löste. Ich fühlte mich nämlich alles andere als bereit. Verdammt, wann war ich das letzte Mal so nervös gewesen? Dabei konnte ich doch zuerst den Abend mit Marly und meiner Familie genießen, bevor ich ihr später meine Gefühle gestehen würde. Doch dieses Memo war anscheinend auf dem Weg von meinem Gehirn zu meinem Herzen verloren gegangen. Ich musste mich dringend beruhigen.

Marly starrte mit großen Augen auf das Haus meiner Eltern. Zwischen den Bäumen dahinter war ein glitzernder blauer Streifen auszumachen. In der Ferne hörte man das leise Rauschen der Wellen. »*Da* wohnst du?«

»Na ja, habe ich zumindest mal, ja.«

Marly schluckte. Ihre Finger krallten sich in ihr Kleid. »Wow.«

Ich nahm ihre Hände in meine. »Es gibt keinen Grund, nervös

zu sein, Marly.« Wenn ich mich doch nur selbst davon überzeugen könnte. »Meine Eltern werden dich lieben.«

»Ich bin nicht nervös«, gab Marly immer noch verzückt zurück. »Ich bin schockverliebt! Es ist wunderschön hier.«

Schon hatte sie die Autotür geöffnet und war aus dem Wagen gesprungen. »Kommst du?«

Ich sah ihr verblüfft hinterher. Sie freute sich anscheinend aufrichtig. »Wird schon schiefgehen«, murmelte ich und stieg ebenfalls aus.

Da öffnete sich die Haustür, und ein karamellfarbener Kugelblitz raste heraus. Bei Reggies Anblick beruhigte sich mein viel zu schneller Herzschlag sofort. Und ich wusste, es würde ein wunderschöner Abend werden.

31 Marly

Während ich das blendend weiße, holzverkleidete Haus im Kolonialstil und den gepflegten Vorgarten bewunderte, trat eine Frau hinter Reggie aus der meerblauen Haustür. Bereits auf den ersten Blick war unverkennbar, dass sie Jacks Mom war. Sie hatte die gleichen honigblonden Haare, die gleiche sonnengebräunte Haut und das gleiche liebenswürdige Lächeln. Nur ihre Augen waren im Gegensatz zu Jacks braun. Sie winkte uns freundlich zu.

Im nächsten Moment prallte Reggie so heftig gegen mich, dass er mich beinahe umwarf. Er bellte freudig und sprang schwanzwedelnd an mir hoch. Ich ging in die Hocke, um ihn zu streicheln. »Ja, ist ja gut, mein Schöner. Ich hab dich auch vermisst.« Ich kicherte, als er mir vor lauter Aufregung mit der Zunge übers Kinn schleckte.

»Reggie«, tadelte Jack ihn, als er neben uns auftauchte. »Kannst du nicht wenigstens so tun, als hätte ich dich besser erzogen?« Reggie störte sich nicht daran und raste ebenso glücklich um Jacks Beine.

»Okay, okay, ich ergebe mich.« Jack ließ sich lachend auf die Knie fallen und kraulte ihn hinter den Ohren. Unsere Fingerspitzen berührten sich, und er schenkte mir ein glückliches Lächeln.

Nachdem wir Reggie ausgiebig begrüßt hatten, wandten wir

uns wieder der Tür zu. Jacks Mom stand geduldig wartend dort und beobachtete uns. Nun war sie nicht mehr allein. Ein Mann hatte sich zu ihr gesellt und einen Arm um sie gelegt. Sofort sah ich, woher Jack seine wunderschönen Ozeanaugen hatte. Sein Vater hatte graues Haar und trug eine Brille. Unter der an den Knöcheln hochgekrempelten Chino-Hose erkannte ich überrascht, dass sein rechtes Bein in einer Prothese endete. Warum hatte Jack mir nie davon erzählt? Allerdings hatte er bisher allgemein nicht viel von seiner Familie gesprochen, sodass ich kaum wusste, was mich heute erwartete. Ich wusste nur, dass diese Leute ihm alles bedeuteten.

Unbeholfen zogen Jack und ich uns gegenseitig auf die Beine und schafften es über den von Blumenbeeten gesäumten Weg bis zur Haustür, ohne dass Reggie uns noch einmal umwarf. Er folgte uns brav, aber immer noch schwanzwedelnd.

Ohne zu zögern, erklomm ich die drei Stufen zur Veranda und streckte meine Hand aus. »Ich freue mich so, Sie kennenzulernen, Mr und Mrs Wilson. Die sind für Sie.« Jacks Mutter schüttelte meine Hand, und ich überreichte ihr meinen Blumenstrauß, bevor ich auch Jacks Vater die Hand reichte.

»Oh, vielen Dank, Marly. Die sind wunderschön«, sagte Mrs Wilson lächelnd. »Aber bitte, nenn uns Alice und Stewart, sonst fühlen wir uns noch älter, als wir sind.«

Ich lachte. »In Ordnung.«

Sie gab Jack zur Begrüßung einen Kuss auf die Wange und bedeutete uns mit einer einladenden Geste, einzutreten.

Das Innere des Hauses war ebenso spektakulär wie das Äußere. In der Mitte der kleinen Eingangshalle stand ein antik aussehender Tisch, auf dem eine Vase mit einem gigantischen Blumenstrauß thronte, der mein Geschenk im Vergleich alt aussehen ließ. Eine mit dunkelblauem Teppich ausgelegte Treppe führte ins Obergeschoss, mehrere offene Türen gaben den Blick auf angrenzende Zimmer frei. Ich machte eine top ausgestattete Küche mit glänzenden Fliesen aus und bemühte mich, nicht allzu offensichtlich zu starren. Alles war hell und freundlich – und so sauber. Die langen, weißen Vorhänge vor den Fenstern blähten sich in der sanften Brise, die vom Meer heranwehte. Ich konnte kaum fassen, dass Jack hier aufgewachsen war. Es war so ein starker Kontrast zu den Orten, an denen ich das Wochenende verbracht hatte.

Mrs Wilson – Alice – führte uns ins Wohnzimmer, einen riesigen Raum mit Kamin, zwei Sofas und mehreren Sesseln, einem großen Bücherregal und einem Breitbildfernseher. Doch was mir den Atem raubte, war die Wand in Richtung Garten – oder vielmehr die fehlende Wand. Eine breite Glasfront gab einen Panoramablick auf die Terrasse, den ordentlich angelegten Garten sowie das Meer dahinter frei. Ich musste vor Staunen stehen geblieben sein, denn Jack legte mir sanft eine Hand auf den Rücken und schob mich weiter.

»Gefällt es dir?«, flüsterte er mir ins Ohr.

»Gefallen?«, hauchte ich zurück. »Das wäre wohl das falsche Wort.« Er lachte leise an meinem Ohr, sodass sich eine wohlige Gänsehaut über meinen Nacken zog.

Als ich mich umdrehte, sah ich gerade noch, wie sich Mr und Mrs Wilson einen vielsagenden Blick zuwarfen.

Mrs Wilson strahlte mich an. »Das Haus ist seit über einem Jahrhundert in Familienbesitz«, erklärte sie. »Heutzutage wäre eine solche Lage kaum bezahlbar. Wir hatten einige Angebote, haben aber nie verkauft. Ich bin hier groß geworden, genau wie mein Vater vor mir, mein Großvater und Urgroßvater vor ihm.«

»Mom, musst du Marly gleich beim ersten Kennenlernen mit deinem Geschichtsunterricht langweilen?«, ertönte da eine Stimme von der Terrasse. Eine junge Frau in dunkelblauen Shorts, einem weißen Top und einem Sonnenhut auf dem Kopf schälte sich von einer der Gartenliegen. Sie ließ ihren Hut auf der Liege zurück und kam zu uns herein. »Hi, Marly! Sag's einfach, wenn es dir zu langweilig wird. Wenn Mom einmal anfängt, hört sie gewöhnlich nicht mehr auf.«

Mrs Wilson warf mir einen entschuldigenden Blick zu. »Das ist Tony, eine von Jacks älteren Schwestern.« Tony umarmte mich zur Begrüßung. Sie hatte zwar Jacks blondes Haar, das ihr in langen Wellen über den Rücken fiel, aber die dunklen Augen ihrer Mutter. »Schön, dich kennenzulernen, Marly.« Sie zwinkerte mir zu.

»Gleichfalls.« Bevor ich mehr sagen konnte, wurde ich von lautem Gejubel unterbrochen. »Onkel Jack, Onkel Jack!«

Zwei Schemen rasten durch die offene Terrassentür herein und stürzten sich auf Jack. Er ging mit einem erstickten Schrei zu Boden und rangelte im nächsten Moment mit zwei kleinen Mädchen, die ihn erbarmungslos kitzelten. Reggie war entzückt von dem Aufruhr und warf sich ebenfalls mit seinem vollen Gewicht auf sein Herrchen, sodass Jack keuchend nach Luft schnappte. »Wartet!«, rief er. »Wartet! Bitte! Ich möchte euch doch jemanden vorstellen.«

Die beiden Mädchen hielten inne und sahen ihn neugierig an. Auch Reggie hob erwartungsvoll den Kopf, wobei ihm seine Zunge aus dem Maul hing. Jack beugte sich zu den Mädchen vor, und sie neigten gespannt die Köpfe in seine Richtung. »Ich habe euch doch gesagt, dass ich heute eine ganz besondere Person mitbringe, weil ihr sie unbedingt kennenlernen sollt«, flüsterte Jack verschwörerisch.

Ich konnte ein Grinsen nicht unterdrücken.

»Ja, und?«, flüsterte eins der Mädchen gespannt zurück. »Ich sehe niemanden!«

Jacks Brust bebte vor unterdrücktem Lachen. »Sie steht direkt hinter euch.«

Die beiden fuhren mit leuchtenden Augen und offenen Mündern herum, und ihr Blick fiel auf mich.

»Das ist Marly«, sagte Jack und rappelte sich langsam auf, als die beiden mit Reggie im Schlepptau von ihm herunterkrabbelten und sich mir vorsichtig näherten.

Ich ging in die Hocke, um mich auf Augenhöhe mit den beiden zu unterhalten. Ich wusste von Fiona und dem Foto in Jacks Hütte, dass diese beiden Mädchen Jacks Ein und Alles waren.

»Hallo, ihr beiden!« Vorsichtig zog ich zwei kleine Geschenke aus den weiten Taschen meines Sommerkleides. »Jack hat mir erzählt, dass ihr Bücher mögt. Stimmt das?«

Die Kleinere, das musste Mara sein, trat vor und nahm mir eins der in buntes Papier gewickelten Pakete aus der Hand. Sie nickte schüchtern und warf mir einen unsicheren Blick zu. Die Größere drehte sich misstrauisch zu Jack um. »Ist sie deine Freundin? Wir dürfen nämlich nichts von Fremden annehmen.«

Jacks Mundwinkel zuckten. »Ist schon okay, Nelly«, sagte er, so ernst er konnte. »Sie ist meine ganz persönliche Lieblingsfreundin.«

Auch Maras Blick war aufgrund der Worte ihrer älteren Cousine unsicher zu ihrer Mutter gezuckt, doch Tony strahlte und setzte sich neben ihre Tochter auf den Boden. »Sollen wir es zusammen auspacken, Schatz?«

»Au ja!«

Dann gab es kein Halten mehr. Beide Mädchen rissen das Papier auf, unter dem je ein kleines Bilderbuch zum Vorschein kam. »Wow!«, rief Mara mit glühenden Wangen. »Das habe ich noch nicht.«

»Puh, da bin ich aber froh«, antwortete ich schmunzelnd. Ich hatte mich extra bei Debbie im *Whale Store* erkundigt, welche Bücher den beiden gefielen und welche sie vielleicht schon hatten.

»Und was habt ihr beiden vergessen, zu Marly zu sagen?«, ertönte eine Stimme, die ich noch nicht kannte.

Eine weitere blonde Frau betrat das Wohnzimmer. Sie hatte einen frechen Pixie-Cut und trug ein blau-weiß gestreiftes T-Shirt im Seemannsstil.

»Danke, Marly!«, flöteten beide Mädchen im Chor.

Dann rannte Nelly los. »Mommy, Mommy, guck mal, was Marly mir geschenkt hat!«

Alex nahm ihre Tochter auf den Arm und begutachtete das neue Buch, das Nelly ihr unter die Nase hielt. Ich erhob mich ebenfalls, um Jacks älteste Schwester zu begrüßen. Sie zog mich sofort in eine einarmige Umarmung, so gut es mit Nelly zwischen uns ging. »Hi, Marly, das ist aber lieb von dir.«

»Bei den beiden hast du jetzt schon mal einen Stein im Brett«, pflichtete Tony ihrer Schwester bei. Sie blickte vom Boden auf, wo Mara ihr lautstark die Bilder ihres Büchleins erläuterte.

Jack legte einen Arm um mich und zog mich an sich. »Was für eine schöne Überraschung«, flüsterte er mir ins Ohr. Sofort wurde mir warm – von den Zehenspitzen bis zum Haaransatz.

»Also, Marly, jetzt kennst du die ganze Rasselbande«, sagte Mr Wilson lachend.

»Aber Grandpa, wir sind doch keine Rasselbande«, warf Mara mit nachdenklich zusammengezogenen Brauen ein. »Wir sind eine Familie!«

»Ach ja, natürlich.« Mr Wilson schlug sich gegen die Stirn.

»Und außerdem fehlen unsere Daddys«, rief Nelly.

»Unsere Männer haben wir heute mal zu Hause gelassen«, erklärte Tony. »Wir dachten, dass du von uns Wilsons wahrscheinlich sowieso schon so erschlagen bist, dass es dir für eine Ewigkeit reicht. Da musst du nicht auch noch die zwei Unruhestifter kennenlernen, die in die Familie eingeheiratet haben.«

»Und so hast du einen Grund, auch mal zu uns nach Hause zu kommen«, fügte Alex grinsend hinzu.

Die Wärme sammelte sich in meiner Brust, und ich nickte verlegen. »Das würde mich sehr freuen.«

»Ich kümmere mich mal wieder um den Grill«, verkündete Mr Wilson und stapfte auf die Terrasse hinaus. Er humpelte nur ganz leicht, sodass mir seine Prothese kaum aufgefallen wäre. Jack musste meinen flüchtigen Blick bemerkt haben. »Afghanistan«, raunte er mir zu. »Vor knapp zehn Jahren.«

Meine Hand fand seine, und ich drückte sie mitfühlend. Dankbar drückte er zurück. Mit Sicherheit hatte Jacks Vater großes Glück gehabt, den Verlust seines Beins überhaupt zu überleben. Seine Familie musste jeden Tag unglaublich dankbar sein, dass er hier bei ihnen war.

»Und ich sehe mal nach dem Kräuterbaguette im Ofen.« Mrs Wilson wandte sich zur Wohnzimmertür um.

»Kann ich noch etwas helfen?«, fragte ich.

Sie hielt inne und drehte sich lächelnd zu mir um. »Aber nein, Marly, du bist doch unser Gast. Geht ruhig schon mal raus, und macht es euch bequem. Die anderen können dir den Garten zeigen.«

Jack und ich folgten Alex, Tony und den Mädchen nach draußen und verteilten uns auf den Sonnenliegen. Während Mara und Nelly zu einer Schaukel an einem Baum rannten und sich gegenseitig ihre Bücher zeigten, unterhielten wir uns.

Es stellte sich heraus, dass beide Schwestern einige Jahre älter waren als Jack und er immer das Nesthäkchen gewesen war.

»Und dann war er auch noch so gut in der Schule.« Tony verdrehte die Augen. »Und im Eishockey.«

»Und im Football«, stöhnte Alex. »Aber seine Streiche haben es dann wieder rausgerissen.«

Jack, der neben ihr saß, stieß ihr einen Ellbogen in die Seite. Sie kicherte, als wären beide neun Jahre alt.

»Was ist mit dir, Marly?«, fragte Tony. »Hast du Geschwister?«

Wie immer, wenn mir jemand Fragen zu meiner Familie stellte, erstarrte ich. Doch die aufwallende Panik, die mich sonst überkam, blieb aus. Ich schluckte, straffte die Schultern und räusperte mich. Jack warf mir einen besorgten Blick zu. Er hatte den Mund schon geöffnet, um mir zu Hilfe zu eilen, doch ich schüttelte unmerklich den Kopf. Ich war in den letzten Wochen so oft über mich hinausgewachsen, hatte in den letzten Tagen so viel über mich selbst erfahren, dass es jetzt nicht an diesem Thema scheitern würde. »Nein, ich bin Einzelkind«, sagte ich mit fester Stimme. »Und ich bin bei meinen Großeltern aufgewachsen.«

»In Toronto, oder?«, fragte Alex.

Und das war alles. Es gab keine merkwürdige Reaktion, keine mitleidigen Blicke, kein tieftrauriges Seufzen. Sie hatten es einfach so akzeptiert. Die Welt drehte sich weiter, und ich war so perplex, dass ich zuerst nicht antworten konnte.

»Ja, ich bin in Toronto geboren und aufgewachsen«, stammelte ich schließlich.

»Cool. Ich war vor ein paar Jahren mal über ein langes Wochenende dort«, sagte Alex. »Hat mir echt gut gefallen. Sonst bin ich kein Fan von Großstädten, aber Toronto hatte seinen ganz eigenen Charme.«

Ich nickte, als ein Lächeln an meinen Mundwinkeln zupfte. Ich wusste genau, wovon sie sprach. Plötzlich vermisste ich die Stadt. Die Hochhäuser und Parks, die Restaurants und Malls, selbst den Lärm und Gestank mancher Gegenden. Ich vermisste unser kleines schäbiges Haus und meine Großeltern.

Ich spürte Jacks Blick auf mir. Er sah beunruhigt aus, als würde es ihm nicht gefallen, dass seine Schwester mich an Toronto erinnert hatte. Ich legte eine Hand auf seine.

»Essen ist fertig«, verkündete Mr Wilson da vom anderen Ende der Terrasse, wo er das Fleisch vom Grill mit einer Zange auf einen Teller lud.

Jacks Schultern sackten unmerklich herab, und er stieß leise die Luft aus. War er etwa erleichtert, dass sein Vater uns unterbrochen hatte? Wollte er, dass ich hier in St. Andrews blieb? Plötzlich konnte ich es kaum erwarten, ihm zu sagen, dass ich tatsächlich vorhatte, länger zu bleiben. Zusammen würden wir schon eine Lösung finden.

Mein Herz machte einen freudigen Satz. Ich warf ihm einen liebevollen Blick zu und wir sahen uns einen langen Moment in die Augen. Ich war bereit. Bereit für Jack. Bereit für St. Andrews. Bereit für einen Neuanfang. Und heute Abend würde ich es endlich offiziell machen. Ich verbannte die leisen Zweifel, die in meinem Hinterkopf herumspukten, die Fragen, die ich mir nach wie vor stellte. Wollte Jack dasselbe? War ich nur eine Sommerromanze für ihn? War er bereit für den nächsten Schritt? Ich würde nie erfahren, ob er ebenso empfand wie ich, wenn ich es ihm nicht sagte.

Er lächelte mich an, und als ich zurücklächelte, flatterte mein Herz wie ein aufgeregter Spatz.

Wir halfen Mrs Wilson, zwei Salate, Barbecue-Soße und das Kräuterbaguette aus der Küche nach draußen zu tragen, und nahmen dann an dem langen Terrassentisch Platz.

Als ich mich neben Jack setzen wollte, begannen Mara und Nelly, sich um den letzten freien Platz neben ihrem Onkel zu streiten. Bevor sie sich gegenseitig an die Gurgel gingen, rutschte ich einen Stuhl weiter.

Mara sah mich mit großen Augen an. »Willst du denn nicht neben Onkel Jack sitzen?«

Meine Mundwinkel zuckten. »Ich glaube, einen Abend kann ich mal darauf verzichten.«

Mara zog nachdenklich die Stirn in Falten, nickte dann aber zufrieden. »Gut«, sagte sie. »Ich wollte nämlich neben Jack *und* neben dir sitzen.«

Vor Rührung wäre mir beinahe das Herz übergelaufen. Ich schenkte ihr ein breites Lächeln, und sie kletterte auf allen vieren auf den Stuhl zwischen Jack und mir.

Tony beugte sich über den Tisch zu mir vor. »Wow«, flüsterte sie. »Das ist, glaube ich, noch nie so schnell passiert. Du hast einen bleibenden Eindruck hinterlassen.« Meine Wangen wurden heiß, und ich wandte mich verlegen Mr Wilson zu, der die Steaks verteilte.

Während wir aßen, erkundigten sich Jacks Eltern nach meinem Job in der Tierarztpraxis und versicherten mir, dass Sue, Mrs Wilsons Schwester, nur in den höchsten Tönen von mir sprach. Ich erzählte ihnen, wie viel Spaß mir die Arbeit machte und dass ich mir vorstellen konnte, beruflich in diese Richtung zu gehen. Sogar, dass ich schon nach Unis gegoogelt hatte, die den Studiengang anboten, ließ ich nicht aus. Die University of New Brunswick im nur eine Autostunde entfernten St. John war mein Favorit.

Als ich es aussprach, entging mir Jacks überraschter Seitenblick nicht. Das war eins der Dinge, über die ich nachher mit ihm sprechen wollte. Als er mir kurz darauf die Soße reichte, verharrten seine Finger etwas länger auf meinem Handrücken, und ich hoffte, dass es ein Zeichen war, dass er sich darüber freute.

Ich fühlte mich geborgen in der Gesellschaft der Wilsons. Auf eine ganz andere, aber nicht weniger schöne Weise als in Debbies, Eds und Annabeths Gesellschaft. Jacks liebenswürdige Familie, die in der Vergangenheit eindeutig mit ihren eigenen Dämonen zu kämpfen gehabt hatte, hatte mich so selbstverständlich aufgenommen, dass es mich zutiefst rührte.

Als ich den Blick über den Esstisch schweifen ließ, wurde mir klar, dass ich hier alles vor mir sah, was ich mir immer gewünscht hatte. Sicherheit. Stabilität. Eltern und Geschwister, die für mich da waren, egal, was ich auch anstellte oder was das Leben für Stolpersteine bereithielt. Wärme. Liebe. Akzeptanz. Geborgenheit. Und dann war da noch das Gefühl von Gemeinschaft und Verbundenheit, das ich dieses Wochenende durch Debbie, Ed und Annabeth erfahren hatte. Meine Großeltern hatten mir all das gegeben, so gut sie konnten, aber selbst ihre Liebe hatte nicht die schrecklichen Jahre, die meinem Leben bei ihnen vorausgegangen waren, wiedergutmachen können. Jack hatte alles, wonach ich mich mein Leben lang gesehnt hatte. Und nun schien es, als könnte ich es ebenfalls haben. Mit ihm an meiner Seite. In St. Andrews.

Der Abend kam mir vor wie ein Traum. Die fröhlich dahinplätschernde Unterhaltung, die warme Sommerluft, die langsam untergehende Sonne, das ferne Rauschen des Meeres und der Geschmack von frischen Himbeeren und Vanilleeis auf meiner Zunge, die Mrs Wilson zum Nachtisch serviert hatte. Ich wünschte mir so sehr, noch viele solcher Abende an diesem Ort zu verbringen.

Als die Sonne schließlich nur noch ein lila Streifen am Horizont war, die Luft kühler wurde und die Grillen um uns herum laut zirpten, stand Mrs Wilson auf, um den Tisch abzuräumen. Diesmal ließ ich es mir nicht nehmen, ihr zu helfen.

Jack blieb zurück, um gemeinsam mit seinem Dad den Grill zu reinigen. Mara und Nelly waren nebeneinander auf einer Gartenliege eingeschlafen. Beide hielten ihre neuen Bücher fest umklammert.

Fröhlich plappernd waren Mrs Wilson und Alex dabei, die Spülmaschine in der Küche einzuräumen, während Tony und ich das Geschirr von der Terrasse hereintrugen.

Als wir fertig waren, ging Tony noch ein letztes Mal nach draußen. »Ich schaue kurz, ob wir nichts vergessen haben.«

Ich half Alex und Mrs Wilson mit der Spülmaschine, fragte mich aber nach einer Weile, wo Tony blieb. Vielleicht brauchte sie ja doch noch Hilfe mit etwas. Also verließ ich die Küche, um nachzusehen.

In der Tür zum Wohnzimmer blieb ich abrupt stehen, als Stimmen durch die offene Balkontür hineinwehten.

»… wirklich ein Wunder, dass Jack endlich mal eine Frau mit nach Hause bringt.« Das war Tony.

»Ja, Jack, wir alle dachten tatsächlich schon, dass es nie passieren würde«, pflichtete Mr Wilson ihr amüsiert bei.

»Nun hört aber mal auf.« Jack klang eindeutig peinlich berührt, so von ihnen aufgezogen zu werden.

»Bei deinem hohen Frauenverschleiß ist es ja nicht verwunderlich, dass du sie uns nicht alle vorstellst«, erwiderte Tony. »Im Sommer wäre das ja jede Woche eine Neue. Wie sollte man sich die Namen alle merken, bei so vielen Frauen?« Sie lachte, und es klirrte laut, als hätte Jack etwas nach ihr geworfen. Ich runzelte die Stirn. Wovon sprach Tony da?

»So schlimm bin ich nun auch wieder nicht.« Jack klang weniger beleidigt als amüsiert. »Aber wenn sie sich mir halt an den Hals werfen, ist es schwer, Nein zu sagen.«

Tony schnaubte. »Zugegeben, viel Arbeit ist es nicht für dich. Die Touristinnen machen es dir wirklich leicht. Reisen nach ein paar Wochen wieder ab, und du musst sie nie wiedersehen.« Wieder klang es, als sauste etwas durch die Luft, es folgte lautes Gerangel.

Ich schlug mir die Hände vor den Mund, um nicht entsetzt aufzukeuchen. Die nächsten Worte hörte ich nur noch verschwommen durch das laute Rauschen in meinen Ohren.

»Aber mal im Ernst: Ich hoffe, das mit Marly hält«, sagte Tony. »Bis jetzt hast du noch niemanden so lange gedatet.«

Ich hatte genug gehört. Tränen brannten in meinen Augen, und meine Kehle war plötzlich wie zugeschnürt. Waren diese Worte etwa gerade wirklich aus Jacks Mund gekommen – *meinem* Jack? Dem verträumten Naturliebhaber mit dem Golden Retriever, der alte Postkarten sammelte und romantische Landschaftsfotos schoss? Der Mann, dem ich mein Herz geöffnet und die tiefsten Abgründe meiner Seele offenbart hatte? Ich konnte es nicht fassen. Auch Tonys Worte hallten in meinen Ohren nach und fraßen sich wie Säure durch meine Gedanken.

Hoher Frauenverschleiß …

Im Sommer jede Woche eine Neue …

So viele Frauen auf einmal …

Touristinnen …

Sie reisen nach ein paar Wochen wieder ab, und du musst sie nie wiedersehen …

Ich musste mich an der Wand abstützen, als mir plötzlich schlecht wurde. Es fühlte sich an, als würde ich fallen. In bodenlose Schwärze, ohne Halt. Eine meiner größten Ängste hatte sich auf einen Schlag bewahrheitet. In meinem Leben war ich bisher von fast allen Menschen verlassen worden, die mir etwas bedeuteten. Wie hatte ich nur glauben können, dass es diesmal anders sein würde?

Ich schüttelte den Kopf, versuchte, die aufwallenden Tränen fortzublinzeln. War ich wirklich nicht mehr als eine seiner vielen Sommerromanzen? Nein, unsere Beziehung hatte länger gehalten, als solche Flirts sonst dauerten. Andererseits war das nur natürlich, da ich ja mehrere Wochen hiergeblieben war. Jack hätte mich nicht so leicht abschießen können wie die anderen. Wahrscheinlich konnte er es jetzt kaum erwarten, dass ich abreiste.

Plötzlich erinnerte ich mich daran, was er an jenem Abend im Pub zu mir gesagt hatte: *Touristinnen aus der großen Stadt. Nur auf der Durchreise. Auf der Suche nach einem kleinen Abenteuer auf dem Land.* Damals hatte ich geglaubt, dass er mich fälschlicherweise als eine dieser Frauen abgestempelt hätte, aber dass ihm an jenem Abend klar geworden war, dass ich ganz anders war. Doch was, wenn er mich nie anders gesehen hatte?

War ich womöglich nichts als eine »exotische« Trophäe, die er seiner langen Liste von Eroberungen hinzufügen konnte? Hatte meine First-Nation-Herkunft sein Interesse geweckt? War er vielleicht, wie andere Männer vor ihm, nur darauf aus gewesen, mich aufgrund meiner Herkunft ins Bett zu kriegen?

Ich sog scharf die Luft ein. Das Geräusch klang viel zu zittrig und schwach. Meine Gedanken wirbelten so schnell durcheinander, dass ich kaum mehr hinterherkam.

Was stimmte nicht mit mir? Wie hatte ich auf so jemanden reinfallen können? Ich hatte wirklich geglaubt, dass Jack und ich etwas Besonderes hatten.

Ich bekam kaum noch Luft, da sich meine Kehle immer mehr zuschnürte. Alles war zu perfekt gewesen. Jack. Die letzten Wochen. Dieses Wochenende. Ich hätte es wissen müssen. Mein Leben war normalerweise nie so perfekt. Ich hätte ahnen müssen, dass ein solches Glück nicht anhalten würde.

Ich blinzelte die Tränen fort, als mich statt des Entsetzens plötzlich Wut überkam. Wut auf mich selbst, weil ich Jack so viel von mir preisgegeben hatte. Weil ich ihm vertraut hatte. Weil ich eine Zukunft mit ihm geplant hatte.

Und Wut auf Jack. Auf seine dämlichen seegrünen Augen, sein Grübchen und seinen perfekt geschwungenen Kiefer. Auf seine sanften Hände und brennenden Küsse und darauf, dass er immer genau gewusst hatte, was er sagen und tun musste – um mich rumzukriegen.

War es möglich? War ich tatsächlich so leichtgläubig gewesen? Oder hatte ich einfach zu viel in unsere Beziehung hineininterpretiert? Wir hatten nie darüber gesprochen, *was* wir waren. Hatten nie gemeinsam beschlossen, exklusiv zu sein. Für mich war das klar gewesen. Für ihn vielleicht weniger.

Plötzlich kam mir ein Gedanke, der mir einmal mehr den Boden unter den Füßen wegzog. Was, wenn Jack sich die ganze Zeit über mit anderen Frauen getroffen hatte? Meine Erinnerungen an all die schönen Momente zwischen uns bekamen auf einmal einen bitteren Nachgeschmack.

Nein, Stopp! Ich durfte mich jetzt nicht in Vermutungen verrennen. Ich würde Jack fragen müssen, würde ihn zur Rede stellen und seine Meinung zu dem Ganzen hören. Doch in diesem Moment war ich nicht in der Lage, einen klaren Gedanken zu fassen. Zorn raste brennend heiß durch meine Adern, mein Blick verschwamm vor ungeweinten Tränen.

Schwer atmend lehnte ich meine Stirn gegen die kühle Wand. Ich musste sofort von hier verschwinden. Auf keinen Fall durfte ich vor Jack und seiner Familie zusammenbrechen.

Verzweifelt versuchte ich, meine viel zu schnelle Atmung unter Kontrolle zu bekommen.

Einatmen, ausatmen. Du schaffst das.

Hastig wischte ich mir über die Augen und kniff mir in die Wangen, da mir alles Blut aus dem Gesicht gewichen war. Dann setzte ich ein falsches Lächeln auf.

Du musst nur noch ein paar Minuten durchhalten.

Ich straffte die Schultern und bereitete mich innerlich darauf vor, mich so normal wie möglich zu verhalten. Jack würde ich in diesem Zustand nicht unter die Augen treten können, aber ich würde mich wenigstens von der freundlichen Mrs Wilson verabschieden. Wie in Trance stapfte ich in Richtung Küche, wo ich im Türrahmen stehen blieb. Mit einer Hand stützte ich mich daran ab.

»Also, Mrs Wilson, vielen Dank für die Einladung und das köstliche Abendessen. Es war mir wirklich eine Freude, Sie alle kennenzulernen. Es ist schon spät, ich sollte jetzt gehen.« Ich zitterte am ganzen Körper, meine Stimme klang viel zu schrill.

Alex starrte mich überrascht an, Mrs Wilson wollte den Mund öffnen, um etwas zu sagen, doch da drehte ich mich schon um. »Schönen Abend und vielen Dank noch mal.«

Ich floh aus der Küche und war im nächsten Moment zur Haustür hinaus. Sollten sie Jack doch erzählen, dass ich gegangen war. Ich konnte mich jetzt nicht mit ihm befassen. Zuerst musste ich mich sammeln, meine Gedanken ordnen, meine Wut in den Griff kriegen. Und den fürchterlichen Schmerz loswerden, der auf einmal in meiner Brust brannte. Dort hatte sich ein Loch aufgetan. Meine Narben, die hier, an diesem wunderschönen Ort, gerade erst zu heilen begonnen hatten, waren wieder aufgerissen. Sie schmerzten mehr als jemals zuvor. Mehr, als ich es je für möglich gehalten hatte.

Blind stolperte ich durch den Vorgarten und zum Gartentor hinaus. Am Zaun stützte ich mich einen Moment ab, als der Kummer mich zu überwältigen drohte. Alles schwankte, alles drehte sich. Meine Welt war vollkommen aus den Fugen geraten.

32 Jack

»Eine sehr intelligente junge Frau, deine Freundin«, sagte Dad. Als er Marly »meine Freundin« nannte, überkam mich ein warmes Kribbeln. Daran könnte ich mich gewöhnen.

Dad hatte sich tief über das Grillgitter gebeugt, das er gerade schrubbte. Ich trat einen Schritt näher an ihn heran. »Ja, sie hat mich von unserer ersten Begegnung an umgehauen.«

Dad lachte leise. »So war das damals bei deiner Mom und mir auch. Sie kam in den Supermarkt, in dem ich während der Sommerferien jobbte, und ich wusste sofort: Das ist sie.«

»Äh, ganz so war das bei Marly und mir nicht.« Ich kratzte mich am Hinterkopf. »Wir hatten einen eher holprigen Start.«

Dad ließ vom Grill ab und verlagerte sein Gewicht auf das gesunde Bein. Er sah mich über seinen Brillenrand an. Ein eindeutiges Zeichen dafür, dass er etwas Wichtiges zu sagen hatte. »Aber ihr habt seitdem eindeutig die Kurve gekriegt.« Er schob sich die Brille höher auf die Nase. »Heute Abend war es nur zu offensichtlich, dass zwischen euch eine ganz besondere Harmonie herrscht. In ihrer Nähe wirkst du richtig ausgeglichen. Irgendwie reifer.«

Ich spürte, wie ich rot wurde, und rieb mir über den warmen Nacken. »Ja, Dad. Marly ist … ich habe vor, ihr heute Abend zu sagen, dass ich sie liebe.«

Dad legte mir eine Hand auf die Schulter und sah mich ernst an. »Das freut mich sehr für dich, Sohnemann.« Eine Weile standen wir so da und grinsten uns an, dann räusperte er sich und wandte sich wieder dem Grill zu. »Wurde aber auch Zeit. Du kannst ja nicht ewig allen möglichen Touristinnen hinterherjagen.«

Augenblicklich wäre ich am liebsten im Boden versunken. Wussten meine Eltern etwa über meine allsommerlichen Abenteuer Bescheid? Dabei war ich doch immer so diskret gewesen und hatte nie eine Frau mit nach Hause gebracht. Abermals rieb ich mir über den Nacken, der mittlerweile brennend heiß war.

Dad lachte. »Das muss dir nicht peinlich sein. Solange du die Frauen mit Respekt behandelst und sie von vornherein wissen, worauf sie sich einlassen, kannst du deine Jugend voll auskosten. Natürlich nur, wenn du immer ein Kondom …«

»Dad!«, protestierte ich empört. Am liebsten hätte ich mir die Ohren zugehalten, wie damals, als ich zwölf gewesen war. Ich war nicht bereit, ein zweites Aufklärungsgespräch mit meinem Vater zu führen. Das erste reichte für ein ganzes Leben.

»Wie süß, du wirst ja richtig rot, kleiner Bruder!«

Ich fuhr herum. Tony lehnte lässig am Rahmen der Balkontür und grinste.

»Ich könnte wetten, dass du bei deinem Aufklärungsgespräch ebenso rot geworden bist, Tiny-Tony«, konterte ich.

Sie zuckte lässig mit den Schultern. »Das hat Mom damals übernommen. Bienen und Blumen und so.« Sie zwinkerte mir frech zu.

»Vertragt euch, ihr beiden«, sagte Dad, auch wenn sein Schmunzeln den gespielt strengen Tonfall Lügen strafte. »Wir sollten uns freuen, dass Jack Marly gefunden hat und glücklich mit ihr ist.«

Tonys Augenbrauen hoben sich wie sonst selbst. »Tja, das hat aber auch lange genug gedauert. Ist wirklich ein Wunder, dass Jack endlich mal eine Frau mit nach Hause bringt.«

»Ja, Jack, wir alle dachten tatsächlich schon, dass es nie passieren würde«, pflichtete Dad ihr glucksend bei.

Ich verdrehte die Augen. Jetzt verbündeten sie sich also gegen mich? Nicht mit mir!

»Nun hört aber mal auf.« Ich warf Tony meinen berüchtigten Todesblick zu.

»Bei deinem hohen Frauenverschleiß ist es ja nicht verwunderlich, dass du sie uns nicht alle vorstellst«, erwiderte sie breit grinsend. »Im Sommer wäre das ja jede Woche eine Neue. Wie sollten man sich die Namen alle merken, bei so vielen Frauen?« Sie lachte und konnte sich gerade noch ducken, als ich Dads Grillzange nach ihr warf. Sie prallte laut klirrend am Türrahmen ab.

»So schlimm bin ich nun auch wieder nicht.« Meine Mundwinkel zuckten. Dann hob ich aber ergeben die Hände, als Tony die Grillzange aufhob und drohend in meine Richtung schwenkte. »Aber wenn sie sich mir halt an den Hals werfen, ist es schwer, Nein zu sagen.«

Tony schnaubte. »Zugegeben, viel Arbeit ist es nicht für dich. Die Touristinnen machen es dir wirklich leicht. Reisen nach ein paar Wochen wieder ab, und du musst sie nie wiedersehen.« Sie warf die Zange zurück, ich wich aus und stürzte mich auf sie. Sie entging knapp meinem Griff, verpasste mir einen Stoß und tänzelte von mir fort. Schutz suchend platzierte sie sich neben Dad und streckte mir die Zunge raus. »Aber mal im Ernst: Ich hoffe, das mit Marly hält. Bis jetzt hast du noch niemanden so lange gedatet.«

Ich pirschte mich an sie heran, ließ sie nicht aus den Augen, während sie immer weiter zurückwich.

»Das wird es«, knurrte ich. »Mach dir darum mal keine Sorgen.«

Schon stürzte ich mich wieder auf sie. Tony rannte kreischend davon, und ich jagte sie um den Esstisch. Reggie folgte uns aufgeregt bellend.

Einige Augenblicke später stürzte Alex auf die Terrasse. Sofort erkannte ich an ihrer besorgten Miene und ihrem keuchenden Atem, dass etwas nicht stimmte. Ich blieb wie angewurzelt stehen.

»Marly ist einfach abgehauen!«

»Was?« Tony, Dad und ich wandten uns ihr gleichzeitig zu.

Alex nickte mit weit aufgerissenen Augen. »Sie ... sie hat sich von Mom und mir verabschiedet und ist gegangen. Hatte es wohl auf einmal ziemlich eilig. Ist was zwischen euch vorgefallen?«

Ich starrte meine Schwester fassungslos an. »Nein, sie war vor ein paar Minuten noch hier und hat den Tisch abgeräumt.« Ich erinnerte mich an ihr fröhliches Lächeln. An meine Vorfreude darauf, bald mit ihr allein zu sein. Ihr endlich alles zu sagen. »Was zum ...?« Ich beendete den Satz nicht, sondern rannte los. Reggie hob alarmiert den Kopf, als ich am Tisch vorbeisauste. »Du bleibst hier, Buddy!«, rief ich ihm über die Schulter zu.

Meine Gedanken rasten. Warum war Marly so plötzlich gegangen? Warum hatte sie sich nicht von mir verabschiedet? Ging es ihr nicht gut? Gab es womöglich schlechte Nachrichten von ihren Großeltern? Hatte ihr Vater sie vielleicht schon wieder angerufen? Oder dieser Dan?

»Mist, eventuell hat sie unser Gespräch mit angehört«, rief Tony mir hinterher.

Ich runzelte die Stirn, blieb aber nicht stehen. Ich musste Marly einholen. Sofort. Nur sie würde mir sagen können, was wirklich los war.

Im nächsten Moment stürzte ich zur Haustür hinaus. Mittlerweile war es so dunkel, dass die Straßenlaternen angegangen waren. Sterne glitzerten am Himmel. Die frische Brise war trotz der späten Stunde angenehm warm. Soeben sah ich einen Zipfel von Marlys buntem Kleid um die Ecke verschwinden. Ohne zu zögern, sprang ich über das Verandageländer und rannte durch den Vorgarten. Irgendetwas war gewaltig schiefgelaufen.

»Marly!« Ich machte einen Satz über den Gartenzaun und eilte hinter ihr her. Sie blieb nicht stehen, sondern beschleunigte ihre Schritte. Nun war ich direkt hinter ihr und sah, wie sie sich über die Augen wischte. Warum blieb sie nicht stehen? »Marly? Ist alles in Ordnung?«

Sie ging noch ein paar Schritte, dann fuhr sie abrupt zu mir herum. Ihr Gesicht war ungewöhnlich blass, die Augen rot gerändert, die Hände hatte sie zu Fäusten geballt. Ihr Atem ging zu schnell. »Lass mich in Ruhe, Jack. Ich will allein sein.«

Ich zuckte vor ihrem beißenden Ton zurück. Ihre Augen funkelten feucht. Im schwachen Licht wirkten sie dunkel, fast schwarz. In ihnen tobte der Sturm so wild, wie ich ihn noch nie gesehen hatte.

Langsam machte ich mir ernsthafte Sorgen. Sie war anscheinend wirklich wütend. Auf *mich*. Was hatte sich so plötzlich verändert?

»Rede mit mir, Marly. Was ist los?« Ich schloss die Distanz zwischen uns und hob vorsichtig eine Hand, um ihre Wange zu berühren, doch sie wich vor mir zurück.

»Du willst wissen, was los ist? Wie wär's mit den ganzen Touristinnen, mit denen du geschlafen hast? *Die* sind los.«

»Was?« Ihre Worte waren wie ein Schlag ins Gesicht. Tony hatte recht: Marly hatte unser Gespräch auf der Terrasse mitgehört. *Shit, shit, shit!*

»Marly, das liegt in der Vergangenheit. So was mache ich nicht mehr.«

»Ach ja? Dann hattest du diesen Sommer nicht vor, Touristinnen wie mich abzuschleppen?«

Ich biss mir auf die Lippe. Vorgehabt hatte ich es schon … aber dann war alles anders gekommen. Dieses kurze Zögern war anscheinend alles, was Marly wissen musste. Sie schnaubte. »Wie konnte ich nur so dumm sein? Von wegen Vergangenheit.«

Wieder fuhr sie herum und eilte weiter. Ich hatte trotzdem keine Mühe, mit ihr Schritt zu halten. »Das ist vorbei, Marly. Du kannst mir doch nicht etwas vorwerfen, das ich zuletzt vor einem Jahr getan habe.«

»Und woher soll ich wissen, dass das die Wahrheit ist? Wenn sich dir alle Touristinnen so bereitwillig an den Hals werfen?«

Nun klang sie scharf, sarkastisch. Sie benutzte meine eigenen Worte gegen mich. Sie wollte mich ebenso verletzen, wie ich sie damit verletzt hatte – ohne es zu ahnen.

Langsam wurde ich allerdings ebenfalls wütend. Warum gab sie mir keine Gelegenheit, mich zu verteidigen? Ich wollte ihr so gerne alles erklären. Wollte, dass alles wieder gut zwischen uns wurde. Aber ich würde auch nicht einfach hier herumstehen und mir Dinge an den Kopf werfen lassen, die nicht stimmten. Wie hatte sich alles von einer Sekunde zur anderen von einem der schönsten Abende meines Lebens in eine Shit Show verwandelt?

Marly stapfte mit großen Schritten die Straße entlang, als hätte sie es eilig, so weit wie möglich von mir wegzukommen.

Meine Wut und Verwirrung kochten über. »Du hast mir schließlich auch nicht alles über deine Vergangenheit verraten.«

Sie ging unbeirrt weiter.

»Wer ist Dan?«, brachte ich zwischen zusammengepressten Zähnen hervor.

»Was?« Marly fuhr auf dem Absatz herum. »Woher weißt du …? Moment mal. *Was?*«

»Ich habe die ganzen verpassten Anrufe und Nachrichten auf deinem Handy gesehen. Das Herz hinter seinem Namen.«

»Du hast mein Handy durchsucht?« Ihre Stimme schraubte sich in ungeahnte Höhen.

»Nein, ich … Verdammt, Marly, so was würde ich nie tun. Als du duschen warst, hat dein Handy vibriert, und da habe ich seinen Namen gesehen. Das ist alles.«

Sie verdrehte die Augen, als wollte sie sagen: *Und das soll ich dir glauben?*

Eine Weile musterte sie mich schweigend. Ihre Lippen waren zu einem dünnen Strich zusammengepresst. »Dan ist mein Ex.« Sie schluckte. »Ich habe vor Monaten mit ihm Schluss gemacht und keine seiner Nachrichten oder Anrufe beantwortet, weil ich ihm nicht noch mehr wehtun wollte. Das ist so was von vorbei. Was man von deinen Sommerromanzen ja wohl nicht behaupten kann.« Sie verschränkte die Arme vor der Brust und funkelte mich an.

»Was? Ich habe keine Sommerromanzen … zumindest nicht diesen Sommer. Ich … es gab keine andere Frau außer dir, Marly.«

Langsam dämmerte mir, worauf sie hinauswollte. Marly glaubte, sie wäre nur eine von vielen. Eine der Touristinnen, mit denen ich schlief und die ich dann nie wieder anrief. Sollte sie nicht mittlerweile wissen, dass sie für mich so viel mehr war?

»Und was bin *ich* dann für dich, Jack?« Nun zitterte ihre Stimme gefährlich. »Was ist das zwischen uns?«

Das war der Moment. Der Augenblick, auf den ich so lange gewartet hatte. Ich hatte es ihr heute Abend sagen wollen, hatte mich endlich meinen Ängsten stellen und ihr meine Gefühle gestehen wollen. Aber jetzt war plötzlich alles anders. Die Wut und der Hass in ihrem Blick ließen mich zurückschrecken. So hatte ich sie noch nie gesehen. Verletzt. Enttäuscht. Verraten. Sie fühlte sich tatsächlich *von mir* verraten. Meine Wut verpuffte, und zurück blieb nur Schmerz. Wie konnte Marly so etwas von mir denken?

»Marly, ich … Das Gespräch mit Tony, das war nur Spaß. Nur Gefrotzel unter Geschwistern …« Meine Kehle war rau und trocken. Ich räusperte mich, fand aber nicht die richtigen Worte. Was hätte ich schon sagen können, das alles wiedergutmachen würde? Ich konnte die Scherben des zerbrochenen Vertrauens förmlich zwischen uns auf der Straße liegen sehen. Scharfkantig und spitz glitzerten sie im Laternenlicht.

Marly straffte die Schultern und sah mir in die Augen. »Mehr hast du dazu nicht zu sagen?«

Ich kaute auf meiner Unterlippe herum, während mein Herz so fest gegen meine Rippen schlug, dass es wehtat. Es gab so vieles, das ich ihr sagen wollte. Und gleichzeitig war mein Kopf völlig leer. Noch nie hatte ich mich so hilflos gefühlt.

»Jack, das ist wirklich ziemlich viel auf einmal«, sagte sie leise. »Ich muss erst mal alles verarbeiten. Die vielen Frauen, deine Vergangenheit, deinen Ruf. Selbst deine Familie weiß darüber Bescheid!«

»Ich schwöre dir, dass ich diesen Sommer mit niemand anderem außer dir zusammen war, Marly. Ich *wollte* mit niemand anderem zusammen sein.« Ich hörte, wie erbärmlich ich klang. Wie verzweifelt. Aber ich wusste nicht, was ich sonst sagen sollte. Marly hatte mich wieder in eine Schublade gesteckt, aus der es diesmal kein Entkommen zu geben schien. Ich hatte sie noch nie angelogen, und ich hoffte, dass sie die Wahrheit in meinen Worten erkannte. Dass sie verstand, wie ernst es mir war.

Sie wollte sich schon wieder umdrehen. Ich konnte nicht ertragen, dass wir so auseinandergingen.

»Lass mich dich wenigstens nach Hause fahren.« Meine Stimme klang leise und zittrig. Überhaupt nicht wie ich selbst.

»Ist schon okay, Jack. Es sind keine fünfzehn Minuten zu Fuß.«

Und damit ließ sie mich stehen.

33 Marly

»Lass mich dich wenigstens nach Hause fahren«, hatte Jack gesagt, bevor ich ihn stehen gelassen hatte.

Die Ironie dieser Worte blieb mir nicht verborgen. Als ich mich durch die leeren, dunklen Straßen von St. Andrews schleppte, hatte ich mehr denn je das Gefühl, kein Zuhause zu haben. Ich stand zwischen zwei Welten, war nicht mehr in Toronto zu Hause, aber auch nicht hier. Ich war eine Gestrandete, ohne Ziel und ohne Anker. Mein Leben lang hatte ich mich gefragt, woher ich kam, wohin ich gehörte. In den letzten Tagen hatte ich geglaubt, eine Antwort darauf gefunden zu haben. Doch jetzt kam es mir vor, als wäre das eine andere Person gewesen. Eine andere Marly, die sich einem Wunschtraum hingegeben hatte. Der Traum war vorbei, wie eine Seifenblase zerplatzt. Die Zukunft, die mir vor wenigen Augenblicken noch zum Greifen nah erschienen war, lag nun in Scherben vor mir. Und wieder einmal wusste ich nicht, was ich als Nächstes tun sollte. Wie zu Anfang meines Roadtrips, als ich von Toronto aufgebrochen war. Mit dem Bachelor in der Tasche und ohne die leiseste Ahnung, was ich auf dieser Reise herausfinden würde.

Und jetzt? Sollte ich zurück nach Toronto fahren? Aber was würde ich dort tun? Tiermedizin studieren? Irgendwie schien dieser besondere Traum an diesen Ort, diese Stadt, diese Menschen gebunden zu sein. Sollte ich mir zu Hause einen Job suchen? Oder sollte ich einfach trotzdem in St. Andrews bleiben und meine Ziele weiterverfolgen? Ohne Jack? Ich brauchte schließlich keinen Mann an meiner Seite, um mein Leben zu führen. Ich war schon immer allein zurechtgekommen. Und in den letzten Wochen war ich noch stärker geworden, noch mehr gewachsen. Doch mir war auch klar, dass ich gleichzeitig eine neue Schwäche entwickelt hatte. Indem ich Jack in mein Leben gelassen hatte, hatte ich mich verletzlich gemacht. Und dieser Fehler holte mich nun ein.

Ich spürte das klaffende Loch in meiner Brust, das mit jedem Schritt, den ich mich von Jack entfernte, weiter aufriss. Und doch schleppte ich mich voran, setzte einen Fuß vor den anderen, bis ich endlich vor dem Cory Cottage ankam. Es war spät, alle Lichter waren gelöscht. Lautlos schlüpfte ich in die dunkle Eingangshalle und verschmolz mit den Schatten.

Nach einem kurzen Abstecher ins Bad kuschelte ich mich in mein Bett und ließ den Tränen freien Lauf. Wieder überkam mich diese furchtbare, schmerzhafte Einsamkeit. Dabei hatte ich doch geglaubt, sie hinter mir gelassen zu haben. Schluchzend rollte ich mich unter der Decke zusammen. Ich presste die Hände auf meine Brust, als befände sich dort tatsächlich ein klaffendes Loch. Die Schluchzer schüttelten meinen ganzen Körper.

Irgendwann hatte ich keine Tränen und keine Kraft mehr und starrte nur noch zitternd in die Dunkelheit. Meine Gedanken waren zu einem zähflüssigen Strom geworden, der meinen Kopf verklebte. Ich drehte mich im Kreis und fand keinen Ausweg. Abreisen oder Bleiben? Toronto oder St. Andrews? Ungewisse berufliche Zukunft oder Ausbildung zur Tierärztin? Mehr über meine Wurzeln erfahren oder mein gebrochenes Herz schnellstmöglich in Sicherheit bringen?

Stöhnend presste ich mir die Hände an die Schläfen, in dem kläglichen Versuch, meinen Geist zu leeren.

Mich überkam das starke Verlangen, mich jemandem anzuvertrauen, um wenigstens etwas von meinem Schmerz und meinen Zweifeln loszuwerden. Ohne darüber nachzudenken, wie spät es war, nahm ich mein Handy vom Nachttisch und wählte Rachels Nummer.

Es tutete lange, dann ertönte ein verschlafenes »Hm?«.

Ich öffnete den Mund, um etwas zu sagen, doch da brach ein weiterer Schluchzer aus mir hervor.

Sofort war Rachel hellwach. Ich hörte, wie sie sich im Bett aufsetzte. »Marly? Was ist denn los? Wie viel Uhr ist es? Ist etwas passiert? Ich komme sofort!«

»Nein, nein«, brachte ich zwischen einem Schluckauf und einem Schniefen hervor. »Du musst nicht kommen.«

»Sicher? Wenn's sein muss, setze ich mich sofort in den nächsten Flieger in die Pampa.«

Jetzt musste ich tatsächlich lachen und wischte mir über das feuchte Gesicht. Ein Gespräch mit Rachel war genau das, was ich gebraucht hatte. »Nein, wie's aussieht, musst du überhaupt nicht mehr herkommen. Ich weiß, wir hatten deinen Besuch geplant, aber …«

»Was hat Jack verbrochen?« Natürlich hatte Rachel, die angehende Juristin, sofort den richtigen Riecher.

»Er … ich … es ist kompliziert.« Ich kämpfte gegen die neuerlich aufsteigenden Tränen an.

»Nichts ist zu kompliziert für mich, das weißt du doch. Also, Honey, fang von vorne an.«

Ich erzählte ihr alles. Was ich an diesem Wochenende über mich selbst und meine Wurzeln gelernt hatte. Dass ich Jack mit meinem neu gefundenen Mut heute Abend meine Gefühle hatte gestehen wollen. Was ich dann stattdessen über Jack erfahren hatte. Von unserem Streit. Dem Vertrauensbruch. Und von meiner Befürchtung, dass er nicht so viel für mich empfand wie ich für ihn. Dass ich nur eine von vielen war. Und dass ich es noch nicht einmal bemerkt hatte.

»Vielleicht hatte Dan ja recht«, schloss ich. »Vielleicht bin ich einfach nicht für Beziehungen gemacht. Früher oder später geht alles, worauf ich mich einlasse, in die Brüche.«

»Okay, Moment mal.« Rachel war ganz in ihrem Element. »Du fängst doch jetzt nicht wirklich an, die Schuld bei dir zu suchen, oder?«

Ich schluckte und fühlte mich ertappt.

»Wenn Jack nicht sehen kann, wie absolut umwerfend du bist, dann hat er dich auch nicht verdient. Wenn er lieber mehrere Eisen im Feuer hat, dann soll er doch. Aber deins wird er nicht mehr in die Finger kriegen. Ihr hattet Spaß, du hattest die Zeit deines Lebens, und jetzt geht es eben anders weiter als geplant. Dein Glück wird nicht von ihm abhängen, nicht, wenn ich ein Wörtchen mitzureden habe.«

Ihre Worte trafen mich mehr, als ich zugeben wollte. *Jetzt geht es eben anders weiter als geplant.* Aber was, wenn ich das gar nicht wollte? Wenn ich alles so wollte, wie ich es geplant hatte? Wenn ich *ihn* wollte? Doch ich konnte Jack schließlich nicht dazu zwingen, mit mir zusammen sein zu wollen.

Rachel schien zu bemerken, dass sie etwas zu harsch gewesen war. Die Glückliche hatte noch nie Liebeskummer gehabt. Normalerweise weinten die Leute *ihr* hinterher.

»Aber um ganz ehrlich zu sein, Marly«, sagte sie. »Ich kann mir kaum vorstellen, dass es Jack nicht ebenso ging wie dir. Ihr wart so glücklich miteinander, das kann nicht alles nur gespielt gewesen sein. Ich möchte mich nicht auf seine Seite stellen oder so, aber ich finde, dass ihr euch noch mal darüber unterhalten solltet. Gib ihm eine Chance, es dir zu erklären.«

»Das habe ich doch heute Abend. Ich habe ihn geradeheraus gefragt, was das zwischen uns für ihn ist … war … Ach, ich weiß es doch auch nicht.«

»Und?«

»Und nichts. Ich habe ihm die Chance gegeben, sich zu erklären, und er hat es vergeigt. Er hat nur immer wieder beteuert, dass er mit niemand anderem geschlafen hat, während wir zusammen waren. Aber das reicht doch nicht. Ich meine, wenn er sich keine Zukunft mit mir vorstellen kann, was mache ich dann überhaupt noch hier? Meine Mom habe ich hier schließlich auch nicht gefunden.« Eine weitere Narbe, eine weitere Schwäche.

»Okay, jetzt mach mal langsam. Du hast doch auch Pläne, die nicht direkt mit Jack zu tun haben. Du liebst die Arbeit in der Tierarztpraxis, du liebst St. Andrews, und du hattest doch sogar schon nach Unis in der Nähe gesucht.«

»Ja, das stimmt«, sagte ich kleinlaut und putzte mir die Nase.

»Also, was hältst du davon, wenn ich dich trotzdem wie geplant im August besuchen komme und wir Jack zeigen, was er verpasst? Wir suchen uns eine eigene Wohnung und machen einen drauf.«

»Also meinst du, ich soll trotzdem hierbleiben?« *Und ihm ständig über den Weg laufen, sodass meine Wunden immer wieder aufreißen?*

»Natürlich! Scheiß doch auf den Kerl. Das ist *dein* Leben. *Deine* Zukunft. Die lässt du dir von niemandem kaputt machen.«

Ich war nach wie vor skeptisch, doch ich musste zugeben, dass ich mich sehr darauf gefreut hatte, Rachel mein neues Leben hier zu zeigen, sie in Sues Praxis herumzuführen, meinen neuen Freunden vorzustellen … und natürlich Jack.

Ich schluckte abermals und wischte mir mit dem Taschentuch über die geschwollenen Augen. »Also schön. Morgen bricht offiziell meine letzte Woche hier an. Ich habe noch Zeit, mir zu überlegen, ob ich danach bleibe. Vielleicht komme ich trotzdem mal kurz heim, um mich zu sammeln und Grandma und Grandpa zu besuchen. Dann kann ich mich immer noch entscheiden.«

»Das ist mein Mädchen!«, jubelte Rachel. »Und wer weiß, vielleicht steht Jack ja schon morgen mit einem Strauß Rosen vor der Tür und entschuldigt sich auf Knien vor dir.«

Das bezweifelte ich zwar – Rosen waren absolut nicht sein Stil –, aber man konnte ja hoffen. Als ich mich jedoch an seinen verletzten Blick erinnerte, bevor ich mich von ihm abgewandt hatte, wurde mir das Herz schwer. In dem Gespräch war so einiges schiefgelaufen. Ich hatte noch viel mehr sagen wollen und viel mehr Antworten von ihm verlangen müssen. Außerdem waren meine Gefühle völlig mit mir durchgegangen, und ich hatte Dinge gesagt, die ich jetzt bereute. Doch alles war so schnell gegangen, und ich hatte diesen übermächtigen Fluchtinstinkt verspürt, den ich nur zu gut kannte.

Rachel sprach mir weiter Mut zu, bevor wir uns verabschiedeten, um noch ein bisschen Schlaf zu bekommen. Ich bedankte mich bei ihr und entschuldigte mich, sie aufgeweckt zu haben. »Du bist einfach die Beste, Rach.«

»Für dich immer. Zu jeder Tages- und Nachtzeit. Egal, wie viele Kilometer uns trennen.«

Am liebsten hätte ich sie umarmt, doch so schlang ich meine Arme nur fest um mich selbst, nachdem wir aufgelegt hatten, und schlief vor lauter Erschöpfung ein.

34 Marly

Am nächsten Morgen schleppte ich mich mühsam zur Arbeit. Einerseits hoffte ich, dass Jack vielleicht in der Praxis vorbeikommen würde, andererseits graute es mir vor unserer nächsten Begegnung. Ich wusste überhaupt nicht mehr, was ich glauben sollte. Oder wie ich mich ihm gegenüber verhalten sollte. Meine Unsicherheit fraß mich von innen auf, und ich fühlte mich einmal mehr, als befände ich mich im freien Fall.

Ich wollte Jack nicht so viel Macht über mich geben, konnte aber gleichzeitig nichts gegen den dumpfen Schmerz in meiner Brust tun. Es war eindeutig, dass meine Gefühle für ihn zu tief waren, als dass ich einfach so über ihn hinwegkommen würde. Und zu allem Überfluss wollte ich das ja gar nicht. Ich wollte ihn nicht aus meinem Leben streichen, sondern es mit ihm verbringen. Allerdings wusste ich nicht, ob das jetzt überhaupt noch eine Option war.

So drehten sich meine Gedanken stetig im Kreis. Ich war dankbar, dass mein Körper trotzdem funktionierte und alle Routinearbeiten ausführte. Ich assistierte Dr. Sue, ging meinen Pflichten an der Rezeption nach, scherzte mit den Besitzern unserer tierischen Patienten und aß mit Fiona zu Mittag. Doch natürlich konnte ich Fiona nicht täuschen. Sie wusste sofort, dass etwas nicht stimmte.

Als wir uns, wie bei unserer ersten gemeinsamen Mittagspause, auf die Terrasse des *The Gables* setzten, musterte sie mich eindringlich. Ich wich ihr aus und ließ meinen Blick stattdessen über die Bucht schweifen. Die Mittagssonne glitzerte auf dem Wasser. Ein Weißkopfseeadler zog seine Kreise über den Wipfeln der nahen Tannen. Eine leichte Brise spielte mit meinen Haaren, und der Duft nach gebratenem Fisch mischte sich mit dem frischen Geruch von Meersalz. Wie immer herrschte an diesem Ort Idylle pur. Ich seufzte schwer. Einmal mehr fiel mir auf, wie sehr sich St. Andrews in mein Herz geschlichen hatte. Widerwillig wandte ich mich Fiona zu. Natürlich konnte ich das Gespräch nicht ewig aufschieben.

Sie hob eine Augenbraue. »Und? Wie war's gestern Abend? Hast du es ihm gesagt? Du wolltest mir doch schreiben.«

Ich erinnerte mich an Freitagabend, als Fiona und ich auf der Picknickdecke am Strand gesessen und über meine Zukunftspläne gesprochen hatten. Sie hatte mich gedrängt, Jack zu sagen, dass ich bleiben wollte. Und ich hatte ihr versprochen, es am Sonntagabend nach dem Essen bei seinen Eltern zu tun. Am Ende war ich nie dazu gekommen.

Als ich an jenen friedlichen Abend am Strand zurückdachte, an dem mir alles möglich erschienen war, kam es mir vor, als gehörte diese Szene zu einem früheren Leben. Als wäre sie die Erinnerung einer anderen Person. Einer Marly, die zu gutgläubig gewesen war, zu optimistisch, zu … verliebt. Ich hatte zu groß geträumt und war nun wieder in der Realität gelandet.

Ich wappnete mich innerlich und schaute Fiona in die Augen. »Ich habe es ihm nicht gesagt.«

»Was? Warum nicht?«

Da ich absolut nicht in der Stimmung war, unseren Streit noch einmal zu durchleben, schüttelte ich nur den Kopf. »Wir haben uns gestritten. Ich bin nicht dazu gekommen. Und jetzt weiß ich nicht, ob ich tatsächlich hierbleiben werde.«

Fionas Mund stand vor Verblüffung offen. Sie schien nach den richtigen Worten zu suchen, öffnete und schloss den Mund wie ein Fisch auf dem Trockenen. Wenn ich mich nicht in so einer düsteren Stimmung befunden hätte, hätte ich wohl gelacht. »Aber …«

»Jack scheint ein ziemlicher Womanizer zu sein«, erklärte ich. »Sogar seine Familie weiß, was für ein Spiel er gerne mit Touristinnen treibt. Warum hast du mir das nie erzählt? Du hast uns schließlich verkuppelt.«

Fiona starrte mich perplex an, dann schlug sie die Hände vors Gesicht. »O Gott, Marly, was ist denn passiert?«

»Nichts. Ich habe lediglich herausgefunden, dass Jack es anscheinend nicht so ernst mit mir meint wie ich mit ihm.«

Fiona ließ die Hände wieder sinken. »Marly … ich … ich dachte wirklich nicht, dass Jacks Vergangenheit relevant ist. Es ist nicht so, als hätte ich es vor dir geheim halten wollen. Glaub mir, mit dir war es anders. Ihr hattet von Anfang an diese Chemie. Er war ganz verrückt nach dir! Das ist er sicher immer noch. Das Ganze muss ein Missverständnis sein.«

Ich winkte ab. »Ich wäre dir sehr verbunden, wenn wir jetzt nicht weiter darüber sprechen würden. Der Tag ist viel zu schön, um ihn zu ruinieren.«

»Aber was ist mit deinem Job? Mit deinen Zukunftsplänen? Mit … uns?«

Ich zuckte mit den Achseln. »Ich bin gerade dabei, das herauszufinden. Im Moment fühle ich mich ein bisschen verloren.«

Fionas Blick wurde immer besorgter.

»Aber keine Angst«, fügte ich hastig hinzu. »Ich werde dir und Sue rechtzeitig Bescheid geben.«

»Marly, das meine ich doch gar nicht. Wir würden schon

Ersatz finden, aber … das wollen wir nicht. Du musst einfach hierbleiben. Du hattest doch schon alles geplant. Am Freitag warst du noch so …«

Ich schnitt ihr mit einer Handbewegung das Wort ab. »Bitte, ich möchte gerade wirklich nicht darüber sprechen. Es ist …« Ich presste eine Hand auf meine Brust, an die Stelle, an der sich mein Herz befand. »Es ist auch so schon schmerzhaft genug.«

Fiona schloss den Mund und sah mich mitfühlend an. Ich war unglaublich dankbar, dass sie meine Bitte respektierte. Sie legte eine Hand auf meine. »Okay. Nimm dir alle Zeit der Welt. Aber ich bin hier, Marly, wenn du reden willst.«

Ich nickte und schluckte heftig, als meine Augen verräterisch zu brennen begannen. Fiona musterte mich und biss sich auf die Lippe, als würde sie sich davon abhalten wollen, mehr zu sagen. Doch dann drückte sie meine Hand und winkte mit der anderen den Kellner heran. »Wir würden gerne bestellen!«

Die nächsten Tage zogen sich wie ein ausgelutschter Kaugummi. Ich starrte so oft auf mein Handy, dass ich mir irgendwann lächerlich vorkam.

Kein Wort von Jack.

Er hatte mir weder geschrieben, noch war er in der Praxis vorbeigekommen. Mehrere Male hatte ich begonnen, eine Nachricht an ihn zu tippen, doch jedes Mal hatte ich sie wieder gelöscht. Was sollte ich schon sagen? War er es nicht, der mir eine Erklärung schuldete? Ich wollte nicht hinter ihm herrennen, als wäre ich eine dieser verzweifelten Touristinnen, die er nach einer gemeinsamen Nacht nicht mehr anrief. Andererseits hatten wir viel mehr gehabt als nur einen One-Night-Stand.

Nachts lag ich wach und grübelte darüber nach, was ich mit meinem Leben anfangen sollte. Doch ich kam zu keinem Schluss. Es war unmöglich, eine Entscheidung zu treffen, während der Riss in meiner Brust immer größer wurde. Außerdem war da noch ein anderer Schmerz, ein Ziehen und Zerren an meinem gebrochenen Herzen. Ich vermisste Jack. Ich vermisste sein Lachen, seinen Geruch, die schmale Falte, die sich zwischen seinen Brauen zeigte, wenn er sich konzentrierte, seine Lippen auf meinen, seine Witze und Kitzelattacken und seine rauen Hände auf meiner Haut. Selbst Reggie vermisste ich so sehr, dass es wehtat. Der Schlafmangel tat sein Übriges.

Als ich am Donnerstagmorgen in die Praxis kam, war ich nur noch ein Schatten meiner selbst. Tiefe Ringe lagen unter meinen Augen, meine Locken hingen mir wirr ins Gesicht, da ich mir nicht die Mühe gemacht hatte, sie zu stylen. Lustlos – und einige Minuten zu spät – schlurfte ich in meinen bequemen Nike Downshifters 7 zur Tür herein.

Chaos empfing mich.

Dr. Sue eilte gerade über den Gang und verschwand in einem der OP-Zimmer. Sie nickte mir nur kurz zu. Fiona stand neben Mrs Crawford vor der Rezeption und tätschelte der alten Dame den Rücken. Diese schluchzte in ein rosa Stofftaschentuch und zog lautstark die Nase hoch.

Fiona warf mir einen traurigen Blick über die Schulter zu. »Es ist Princess Purrfect«, sagte sie niedergeschlagen. »Wahrscheinlich ein Tumor. Sue wird gleich operieren, aber es sieht nicht gut aus.«

»Was?« Ich musste mich vor Schreck an der Wand abstützen. Auch das noch.

»Könntest du …?« Fiona deutete mit ihrem Kinn auf den Korb zu Mrs Crawfords Füßen.

»Ja, klar.« Ich hob ihn auf und warf einen Blick hinein. Die übergewichtige, betagte Katze, die mir in den letzten Wochen so sehr ans Herz gewachsen war, lag schwach blinzelnd auf einer pinken Plüschdecke. Sie füllte beinahe den gesamten Korb aus, hatte alle viere von sich gestreckt und die Augen halb geschlossen.

Mrs Crawford und ihre geliebte Katzenprinzessin waren jede Woche in die Praxis gekommen, seit ich hier angefangen hatte. Ich hatte mich viele Stunden mit der alten Dame über ihre Beschwerden und die Leiden ihrer Katze unterhalten. Beide waren mir fast täglich in der Stadt über den Weg gelaufen, wenn die schrullige Dame Princess Purrfect an der Leine ausführte. Doch so hatte ich sie noch nie gesehen. Mrs Crawford war völlig aufgelöst.

Ich schluckte schwer, als ich in Richtung des Raums ging, in dem Sue verschwunden war.

»Warten Sie, Ms Macpherson. Einen Moment noch.« Mrs Crawford watschelte hinter mir her und wischte sich mit ihrem Taschentuch über die feuchten Wangen. »Ich will mich noch verabschieden.«

Ich schluckte abermals, um den stetig wachsenden Kloß aus meinem Hals zu vertreiben.

Mrs Crawford beugte sich zu dem Korb hinab und öffnete das Türchen. »Mein Herz«, sagte sie mit tränenerstickter Stimme. »Sollte etwas schiefgehen, weiß ich, dass du an einem wunderschönen Ort auf mich warten wirst. Dann sind wir bald wieder vereint. Es war mir eine Ehre, deine Mutter zu sein. Du bist die Königin aller Katzen.«

Tränen schossen mir in die Augen, sodass ich mehrmals blinzeln musste. Über Mrs Crawfords Kopf hinweg sah ich, dass sogar Fiona sich über die Augen wischte, bevor sie an mir vorbeischlüpfte und im Operationsraum verschwand.

Mrs Crawford streichelte ihre Katze ein letztes Mal und wandte sich dann schluchzend ab, um im Wartezimmer Platz zu nehmen.

Ich trug den Korb in den Raum, wo Dr. Sue und Fiona bereits

in ihren weißen Kitteln und OP-Handschuhen auf mich warteten. Dr. Sue war hoch konzentriert und kaum ansprechbar, wie immer, bevor sie einen größeren Eingriff vornahm. Fiona riss sich sehr zusammen, was ich an ihren zusammengepressten Lippen und der gerunzelten Stirn erkannte.

Als ich Princess Purrfect aus dem Korb nahm, erschrak ich darüber, wie leicht sie trotz ihres beachtlichen Leibesumfangs war. Sie musste in den letzten Tagen einiges an Gewicht verloren haben. Ich hatte sie so oft gehalten und während Dr. Sues Routineuntersuchungen beruhigt, hatte ihr Leckerlis und besondere Streicheleinheiten gegeben. Sie hatte mir immer ein wenig leidgetan, da ihre hypochondrische Besitzerin sie ständig in die Praxis schleppte, obwohl es ihr offensichtlich gut ging. Doch nun war sie tatsächlich zum ersten Mal wirklich krank. Meine Lieblingspatientin so schwach und leblos zu sehen brach mir das Herz ein zweites Mal innerhalb weniger Tage.

Vorsichtig legte ich Princess Purrfect auf den OP-Tisch und eilte aus dem Zimmer. Ich konnte es nicht ertragen, die gutmütige alte Katzendame so zu sehen.

Seufzend ließ ich mich auf den Bürostuhl hinter der Rezeption fallen und fuhr den Computer hoch. Dann stürzte ich mich in die Arbeit, um mich abzulenken. Es wollte mir allerdings nicht ganz gelingen, da Mrs Crawfords Schluchzen ununterbrochen aus dem Wartezimmer drang. Irgendwann ging ich zu ihr und fragte sie, ob sie ein Glas Wasser haben wollte, was sie dankend annahm. Ich setzte mich neben sie, während sie trank.

»Princess Purrfect ist wirklich ein Goldstück«, nuschelte sie zwischen zwei Schlucken. Ihre dicken Finger mit den vielen Ringen konnten das Glas kaum halten, da sie zu stark zitterten. »Noch nie hatte ich eine so treue Katze. Sie wird mir sehr fehlen.«

Ich nahm ihre freie Hand in meine und drückte sie fest. Aus ihren Worten hörte ich heraus, dass sie nicht glaubte, ihre geliebte Katze noch einmal wiederzusehen. Auch Sues und Fionas Mienen hatten mir verraten, dass es nicht gut um Princess Purrfect stand.

Und doch hoffte ich. Ich klammerte mich mit jeder Faser meines Körpers an den Gedanken, dass alles gut werden würde, dass Princess Purrfect die OP überleben und zu ihrer Besitzerin zurückkehren würde. Sie *musste* einfach. Es musste doch noch irgendetwas Gutes in dieser Welt geben, die für mich von einem Tag auf den anderen so grau und trist geworden war.

Nach gefühlten Stunden trat Dr. Sue aus dem OP. Ich saß wieder hinter der Rezeption und sah sofort auf. Doch ein einziger Blick sagte mir alles, was ich wissen musste. Sue hatte die Lippen fest zusammengepresst und die Stirn gerunzelt. Sie schüttelte erschöpft den Kopf. »Marly, kannst du bitte die Kerze anzünden?«

Mein Herz wurde so schwer, dass ich glaubte, es würde jeden Moment aus meiner Brust fallen und wie ein Stein zu Boden poltern. Tränen brannten mir in den Augen, doch ich blinzelte sie fort und nickte.

Sue ging an der Rezeption vorbei ins Wartezimmer zu Mrs Crawford und schloss die Tür hinter sich. Zum Glück waren bisher keine anderen Patienten eingetroffen.

Ich krallte mich an der Schreibtischkante fest und zog mich von meinem Stuhl hoch. Mit mechanischen Bewegungen umrundete ich die Rezeptionstheke. Darauf stand eine elektronische Kerze und darunter ein Schild:

Wenn diese Kerze brennt, bedeutet es,
dass einer unserer tierischen Patienten von uns gegangen ist.
Wir möchten Sie deshalb bitten, sich leise und respektvoll
zu verhalten.

Ich betätigte den kleinen Schalter an der Unterseite der Kerze, sodass ein warmes Licht in der Flamme am Docht aufflackerte. Meine Hand verharrte über der Kerze, während ich den Satz auf dem Schild wieder und wieder las.

Mein Herz pochte immer schmerzhafter in meiner Brust. Aus irgendeinem Grund gelang es mir nicht, genug Luft in meine Lungen aufzunehmen, sodass dunkle Punkte vor meinen Augen explodierten. Ich klammerte mich so fest an die Rezeptionstheke, dass meine Fingerknöchel weiß hervortraten. Heiße Tränen liefen mir über die Wangen. Mein Kopf schien beinahe zu explodieren. Plötzlich brach alles auf einmal über mich herein. All das Leid und der Kummer, die sich nicht erst seit Tagen, sondern seit Jahren in mir aufgestaut hatten. Alles wirbelte durcheinander, sodass ich vor Schmerz aufkeuchte. Jack und das zerstörte Vertrauen in ihn, meine ungewisse Zukunft, mein gebrochenes Herz, mein Vater, meine Mutter, meine neu gefundenen Wurzeln, die ich nun vermutlich wieder zurücklassen würde, ohne sie richtig verfolgt zu haben.

Es war alles zu viel.

Meine Gedanken waren seit Tagen nicht zur Ruhe gekommen, und meine Zweifel, Unsicherheiten und traumatischen Erlebnisse holten mich in diesem Moment ein. Princess Purrfects Tod war der Auslöser, der alles andere an die Oberfläche spülte.

Die Schluchzer, die mich plötzlich schüttelten, waren so heftig, dass ich die Arme um mich schlang und langsam mit dem Rücken an der Rezeptionstheke hinabrutschte. Ich vergrub das Gesicht in den Händen, wurde völlig von meinen Gefühlen überwältigt. Es tat so weh.

Da erschien Fiona neben mir. Ich sah nicht auf, roch aber Ellies Duft nach Vanille und Rosenblüten an ihr. Dann spürte ich, wie sich kühle Hände auf meine Arme legten.

»Marly? Was ist denn los? Alles in Ordnung?« Sie hatte sofort erfasst, dass es nicht nur Princess Purrfects Ableben war, das mir so naheging.

Ich schluchzte so sehr, dass ich kaum sprechen konnte. »Es tut so weh«, brachte ich hervor. »Es tut so weh. Mach, dass es aufhört.«

Ich hörte, wie Fiona scharf die Luft einsog, dann legten sich ihre Arme fest um meinen Körper. Sie zog mich an ihre Brust und wiegte mich sanft hin und her. »Ist schon okay, Marly. Ich hab dich. Ich lasse dich nicht los.«

Ich schmiegte meinen Kopf in ihre Halsbeuge und ließ den Tränen freien Lauf. Es war egal, dass ich ihr T-Shirt durchnässte. Es war egal, dass wir mitten in der Praxis auf dem Boden saßen. In diesem Moment war alles egal.

Fiona hielt mich lange fest, wiegte mich und strich mir sanft das Haar aus dem Gesicht. Sie sagte nichts, war einfach nur für mich da.

Als meine Tränen langsam versiegten und ich keuchend Luft holte, schob sie mich ein wenig von sich, um mich anzusehen. »Ich hole dir jetzt etwas zu trinken, und dann gehen wir raus an die frische Luft«, verkündete sie.

»Aber … die Rezeption. Es muss doch jemand …«

Sie ließ mich nicht ausreden. »Du musst heute nicht mehr arbeiten. Es ist sowieso nichts los.«

Sie half mir vorsichtig auf die Beine, während ich mich schwankend auf ihren Arm stützte. Dann drückte sie mir eine Wasserflasche und eine Packung Taschentücher in die Hand und führte mich nach draußen.

Dr. Sue war immer noch bei Mrs Crawford im Wartezimmer, ansonsten war die Praxis leer. Plötzlich schämte ich mich für meinen Zusammenbruch. Gleichzeitig hatte ich aber nicht mehr die Kraft, so zu tun, als wäre alles in Ordnung, wenn in Wahrheit mein ganzes Leben um mich herum zusammenfiel.

Fiona führte mich in den kleinen Garten hinter dem Haus. Ich war noch nie hier gewesen und war überrascht zu sehen, dass es eine weiße Bank neben der alten Linde sowie eine Schaukel gab.

Als wir uns auf die Bank setzten, nahm Fiona meine Hand und sah mich besorgt an. »Marly, du musst mit mir reden. Es ist nicht gut für dich, dass du alles in dich reinfrisst. Es geht dir eindeutig sehr schlecht, und ich mache mir Sorgen um dich.«

Ich schniefte und wischte mir mit einem Taschentuch über Augen und Nase. »Es ist nicht nur wegen Jack«, murmelte ich. Plötzlich hatte ich keine Ahnung, wie ich es Fiona erklären sollte. Panikattacken hatte ich schon, seit ich ganz klein war, aber das hier war anders. Fast schon ein Zusammenbruch. Am Arbeitsplatz. Eine Runde Joggen würde mir jetzt nicht mehr weiterhelfen.

»Es war in letzter Zeit einfach alles etwas zu viel«, sagte ich. »Mein neues Leben hier, der neue Job, neue Träume und Ambitionen. Ich hätte nie gedacht, dass sich mein Leben mal in diese Richtung entwickeln würde. Und dann ist da noch diese ganz neue Seite an mir, die ich erst hier entdeckt habe. Es gibt so viel, was ich noch über meine Wurzeln herausfinden möchte. Nicht über meine Mom … sondern über mich selbst.« Ich warf frustriert die Hände in die Luft, weil ich nicht wusste, wie ich es besser ausdrücken sollte. Schließlich wusste Fiona nicht viel über meine familiäre Situation und meine traumatische Kindheit. »Und der Streit mit Jack kam noch dazu. Es hat das Fass sozusagen zum Überlaufen gebracht.« Ich seufzte.

Fiona nickte schweigend. Dann zwang sie mich, einen Schluck Wasser zu trinken.

»Ich glaube …« Meine Stimme brach, und ich räusperte mich. »Ich glaube, dass ich nach Hause muss. Wenigstens für ein paar Wochen. Ich möchte meine Großeltern sehen, alles mit ihnen besprechen. Ich muss mal raus und über Jack hinwegkommen.

Wenn ich mir hier ein neues Leben aufbauen will, muss ich vorher alles andere in Ordnung bringen. Wenn Jack mich jetzt schon so aus der Bahn werfen kann, wie soll es dann werden, wenn wir uns hier ständig über den Weg laufen? Es ist schließlich eine Kleinstadt.«

Fiona runzelte die Stirn. »Marly, ich glaube nach wie vor, dass du mit ihm reden solltest. Aber ich verstehe auch, wenn du etwas Zeit für dich brauchst. Du weißt, wie ich zu der ganzen Sache stehe. Ich würde dich am liebsten für immer hierbehalten. Du bist uns allen ans Herz gewachsen, und ich würde mich so freuen, wenn du hierherziehst, in der Praxis arbeitest und vielleicht sogar eines Tages Sues Partnerin wirst. Sie wird ja auch nicht jünger.«

Sie lachte, und ich zog meine Mundwinkel nach oben, um ihr einen Gefallen zu tun. »Ich weiß, dass es keine leichte Entscheidung ist. Aber ich bitte dich, lauf jetzt nicht weg, nur weil die Situation mit Jack gerade ausweglos erscheint. Besuch deine Großeltern, triff deine Freunde, bereite deinen Umzug vor, wenn du möchtest. Aber gib Jack – und St. Andrews – nicht auf.«

Ich schluckte, als der Kloß in meinem Hals zurückkehrte, und trank schnell noch etwas Wasser. »Okay. Aber ich denke, ich werde trotzdem erst mal am Samstagmorgen abreisen.«

Fiona sah mich an. Enttäuschung blitzte in ihren Augen auf, doch sie nickte. »Du musst tun, was du für richtig hältst. Und ich bin da, um dich zu unterstützen. Egal, wie deine Entscheidung ausfällt.«

Bevor sie auch noch zu weinen anfing, zog ich Fiona in eine feste Umarmung.

35 Marly

Als mein Wecker am Freitagmorgen klingelte, stöhnte ich und zog mir die Decke über den Kopf. Der letzte Tag war gekommen. Meine Zeit in St. Andrews war so gut wie vorbei.

Es fühlte sich so endgültig an, dass mir ganz schlecht wurde. *Nein,* korrigierte ich mich in Gedanken. *Nicht endgültig. Nur bis mein Kopf wieder klar ist und ich eine Entscheidung treffen kann.*

Trotzdem saß mir ein dicker Kloß im Hals, als ich mich aus dem Bett schälte und ins Bad schlurfte. Meine Beine waren schwer und taub, als würden sie mich davon abhalten wollen, von hier fortzugehen. Trotzdem freute ich mich darauf, am nächsten Tag meine Großeltern wiederzusehen. Ich klammerte mich an diesen positiven Gedanken.

Als ich mich im Badezimmerspiegel betrachtete, schaute mir eine blasse Gestalt mit Augenringen und stumpfem Blick entgegen. Ich spritzte mir Wasser ins Gesicht, um mich aufzuwecken. Dann machte ich mich rasch fertig.

In der Praxis nahm ich mir besonders viel Zeit mit allen tierischen Patienten und unterhielt mich extra lang mit ihren Besitzern und Besitzerinnen. Jede Handlung schien mehr Gewicht zu haben als sonst. Ein Griff zum Telefon. Ein Termineintrag im Kalender. Das Rasieren einer verletzten Pfote, bevor Dr. Sue sie behandelte. Schließlich machte ich all das zum letzten Mal –

zumindest vorerst. In meinem Hinterkopf rasten die Gedanken dahin – ebenso wie die Zeit. Sie schien mir zwischen den Fingern durchzurinnen.

Der Tag verging viel zu schnell, und schon war der Moment gekommen, sich von Fiona und Dr. Sue zu verabschieden. Dr. Sue schloss die Praxis ein bisschen früher und holte drei Gläser aus dem Schrank. Wir stießen mit Orangensaft an.

»Auf Marly, die beste Rezeptionistin, die wir je hatten«, sagte Dr. Sue. Meine Wangen wurden heiß, und ich lächelte ihr dankbar zu. Da räusperte Dr. Sue sich und warf Fiona einen zerstreuten Seitenblick zu. »Nichts für ungut, Fiona.«

Sie lachte jedoch nur. »Als Übergangslösung war ich doch gar nicht so übel.« Sie warf sich einen ihrer langen, schwarzen Zöpfe über die Schulter und hob ihr Glas. »Auf Marly und ihre Zukunft. Auf dass sie erkennt, dass ich die beste Kollegin bin und Sue die beste Chefin, die sie je finden wird.«

Ich lächelte und stieß mein Glas gegen ihres, bevor ich trank. »Daran habe ich gar keinen Zweifel.«

Zum Abschied umarmte Sue mich. »Ich wünsche dir nur das Beste, liebe Marly«, sagte sie mit belegter Stimme. »Du wirst uns sehr fehlen.«

Fiona warf ihrer Chefin einen traurigen Blick zu und tat so, als würde sie schluchzen. »Sag doch so was nicht, Sue. Das hört sich so endgültig an.« Dann wandte sie sich an mich. »Ich weiß, dass du wiederkommen wirst, Marly. Ich weiß es einfach.«

Ich zuckte unschlüssig mit den Schultern und wusste plötzlich nicht, wohin mit meinen Händen. Beschämt wich ich Fionas Blick aus und wünschte, ihr Optimismus würde ein wenig auf mich abfärben.

Nachdem auch Fiona mich mehrmals fest gedrückt hatte, war es an der Zeit zu gehen. Auf dem Weg nach draußen blieb ich kurz in der Tür stehen und legte eine Hand auf den alten, blauen

Holzrahmen. Warm und glatt. Wie oft war ich durch diese Tür gegangen? Zuerst skeptisch und widerwillig. Dann fröhlich und voller Tatendrang. Schließlich entsetzt und verloren. Und nun, am Ende, war es hauptsächlich Traurigkeit, die mir die Kehle zuschnürte. Aber auch Dankbarkeit für all die Erfahrungen, die ich hier hatte machen dürfen. Die Leute, die ich kennenlernen, und die Tiere, denen ich hatte helfen dürfen. Ich hatte meine Berufung gefunden. Und ich würde sie verfolgen – von Toronto aus, wenn es sein musste.

Ich hatte alles mit Dr. Sue abgesprochen und würde mich in spätestens zwei Wochen wieder bei ihr melden, um ihr meine endgültige Entscheidung mitzuteilen. Sie hatte mir zwar gesagt, dass ich mir alle Zeit der Welt nehmen sollte, doch ich wusste, dass sie und Fiona nicht ewig auf mich warten konnten. Die Stelle musste besetzt werden.

Ich seufzte schwer. Dann straffte ich die Schultern, ließ den Rahmen los und trat aus der Tür.

36 Jack

Die Woche war eine der schlimmsten meines Lebens. Vergleichbar nur mit drei Dingen: Als wir erfuhren, dass mein Dad aufgrund seiner Beinverletzung in Lebensgefahr schwebte, und niemand wusste, ob er es schaffen würde. Als Blake während eines unserer letzten gemeinsamen Footballspiele schwer verletzt ins Krankenhaus kam und wir erfuhren, dass seine Karriere vorbei war. Und als Will von Liv sitzen gelassen worden war und ich zum ersten Mal in meinem Leben einen meiner Freunde wirklich hatte weinen sehen.

Nun wusste ich also, wie Will sich gefühlt haben musste. Wie ausgekotzt, als hätte mich irgendein Monster mit Reißzähnen verschlungen, nur halb verdaut und wieder hochgewürgt. Und das lag nicht nur an meinem Schlafmangel, sondern vor allem an dem fast körperlichen Schmerz des Verlustes. Es war, als würde mir ein Körperteil fehlen. Ich vermisste alles an Marly. Ihre hüpfenden Locken. Ihre bunten Sneakers. Wie sie im Schlaf lächelte. Wie ihre Hände über meinen nackten Körper fuhren. Wie sie sich verschlafen in meinem Bett rekelte und mich anflehte, sie noch etwas länger schlafen zu lassen. Und wie sie kurz nach dem Sex klang – atemlos, aber rundum glücklich. Selbst ihre große Klappe vermisste ich.

Ich hatte Marlys Nummer so oft gewählt, dass ich aufgehört

hatte zu zählen. Aber ich hatte nie den Mut aufgebracht, sie wirklich anzurufen. Wie ein Feigling hatte ich mich in meiner Hütte auf Ministers Island verkrochen und mich nur zum Arbeiten in der Zivilisation blicken lassen. St. Andrews hatte ich komplett gemieden. Die meisten Anrufe meiner Freunde hatte ich ignoriert oder sie auf später vertröstet. Ich wollte allein sein, meine Wunden lecken und mir einen Plan überlegen, wie es weitergehen sollte.

Um mir die viel zu langsam verstreichende Zeit zu vertreiben, hatte ich Unmengen Holz für den Kamin gehackt, ausgiebige Spaziergänge mit Reggie gemacht und die Postkarten an meiner Wand mehrmals neu angeordnet. Nichts schien dabei zu helfen, Marly aus meinem Kopf zu vertreiben oder eine Lösung für unser Problem zu finden. Ihr Vertrauen in mich war erschüttert, das hatte ich in ihren Augen gesehen. Sie dachte jetzt, ich wäre jemand anderes. Als hätte sie mich bisher für eine Person gehalten, die ich in Wirklichkeit nicht war. Als hätte sie erst jetzt mein wahres Gesicht gesehen. Dabei war ich noch nie so sehr ich selbst gewesen wie mit Marly. Ich hatte kein einziges Mal das Gefühl gehabt, lügen oder mich von einer bestimmten Seite präsentieren zu müssen. Mit Marly war alles so einfach gewesen. Bis jetzt.

Ich musste unbedingt eine Lösung finden. Ich wollte sie in meinem Leben. Wollte eine Zukunft mit ihr. Aber wollte Marly das überhaupt auch? Oder hatte ich es vollkommen vermasselt? Und wie konnte ich sie überzeugen, dass ich es ernst meinte?

Als ich am frühen Freitagabend mit Reggie von einem besonders langen Spaziergang zu der Klippe zurückkam, an der ich Marly während des Sturms gefunden hatte, entdeckte ich Fiona auf der Bank vor meiner Hütte. Ich blinzelte überrascht. Sie musste gleich nach der Arbeit hergekommen sein.

Am liebsten hätte ich wieder umgedreht, doch Fiona hatte

mich schon entdeckt. Zu allem Überfluss lief Reggie freudig bellend auf sie zu.

Ich seufzte und rieb mir den Nacken. Ich hatte jetzt wirklich keine Lust auf eine ihrer Moralpredigten. Warum musste sie sich immer in alles einmischen?

»Jack Jeremiah Tobias Wilson!«, rief sie streng. »Du glaubst ja wohl nicht, dass du mir entkommen kannst. Wenn du jetzt losrennst, werde ich dich einholen. Ich war schon immer schneller als du!«

Frustriert ließ ich den Kopf hängen und stapfte zur Hütte. Ich ignorierte Fiona geflissentlich, schloss auf und trat ein. Die Tür schlug ich ihr vor der Nase zu.

»Okay, dann muss ich wohl die schweren Geschütze auffahren.« Sie holte einen Schlüssel aus ihrer Hosentasche und wedelte triumphierend damit vor dem gekippten Küchenfenster herum. War sie etwa bei Mom und Dad gewesen und hatte ihn sich ausgeliehen? Verdammt! Das bedeutete, dass meine Eltern jetzt auch Bescheid wussten – und bald auch Tony und Alex. Als ich am Sonntagabend nach unserem Streit zurück nach Hause gekommen war, hatte ich mich mit einer schlechten Ausrede verabschiedet und war vor dem Fragenschwall meiner Schwestern geflohen. Seitdem terrorisierten sie mich täglich mit Anrufen, die ich alle ignorierte.

Fiona schloss die Tür auf und stolzierte in die Hütte. Reggie folgte ihr auf dem Fuß und ließ sich auf seinem Platz neben dem Kamin nieder. Er beobachtete uns aufmerksam. Wahrscheinlich spürte er, dass ein Streit in der Luft lag.

Ich ignorierte meine älteste Freundin weiter, setzte Teewasser auf, obwohl es draußen fast dreißig Grad waren, und kramte extra lange in den Küchenschränken herum, um eine Tasse zu finden. *Eine* Tasse, nicht zwei!

Fiona stand mit in die Hüften gestemmten Händen vor mir

und beobachtete mich mit hochgezogenen Augenbrauen. »Du willst nicht reden? Okay, dann rede ich eben.« Schnaubend ließ sie sich auf einen der zwei Stühle am Küchentisch fallen. »Du hast Mist gebaut, Jacky-Boy, und ich bin hier, um es wieder geradezubügeln. Du bist nämlich dabei, den größten Fehler deines Lebens zu begehen. Na ja, vielleicht mit Ausnahme deiner Entscheidung, dir in der vierten Klasse die Haare blau zu färben.«

Jetzt wurde ich wirklich wütend. Wer glaubte Fiona eigentlich, wer sie war? Sie konnte doch nicht über mein Leben bestimmen. Und außerdem kannte sie gar nicht die ganze Geschichte.

Aufgebracht fuhr ich zu ihr herum. »Fiona, du kannst nicht einfach hier hereinplatzen und …«

»Jetzt rede ich«, unterbrach sie mich herrisch. »Ich dachte, das hätten wir schon geklärt.«

Ich warf die Hände in die Luft und wandte mich dem Wasserkocher zu, der jeden Moment fertig sein würde.

»Ich möchte übrigens Earl Grey mit Milch, ohne Zucker«, verkündete sie beiläufig.

Zähneknirschend nahm ich eine zweite Tasse aus dem Schrank.

»Also, Jack, du musst mit Marly reden. Was auch immer zwischen euch vorgefallen ist, muss schnellstens behoben werden.«

»Glaubst du, das weiß ich nicht?«, fuhr ich sie an. »Ich verstehe nur nicht, warum du mich das nicht selbst machen lässt. Warum musst du dich einmischen? Ich habe einen Plan, ich …« Meine Stimme verlor sich. Das war eine glatte Lüge.

»Weil sie, verdammt noch mal, morgen früh abreisen will!«, brüllte Fiona.

»Moment mal, *was?*« Fast wäre mir die Tasse aus der Hand gefallen, die ich vor ihr auf dem Tisch hatte abstellen wollen. Ich fühlte mich, als hätte Fiona mir eine Ohrfeige verpasst. Gefolgt von einem ordentlichen Kinnhaken und einem Tritt in den Magen.

»Jap, du hast richtig gehört. Obwohl ich gehofft habe, dass sie es sich noch mal anders überlegt, sieht Marly keinen Grund mehr, hierzubleiben, da du es so gehörig vermasselt hast. Sie wird zurück nach Toronto fahren.«

»Für immer?«

»Erst mal auf unbestimmte Zeit. Aber wer weiß? Vielleicht gefällt ihr ihr altes Leben so gut, dass sie gleich dableibt. Vielleicht gibt ihr Ex sich ein bisschen mehr Mühe als du und kann sie zurückgewinnen. Vielleicht hat sie einfach keinen Bock mehr auf St. Andrews, weil du diesen Ort für sie ruiniert hast?!«

»Wow, du musst mal einen Gang runterfahren, Fi.«

Nun stützte sie die Ellbogen auf den Tisch und funkelte mich an. »Wenn du glaubst, dass ich meine neue beste Freundin einfach so gehen lasse, nur weil du es nicht auf die Reihe bekommst, ihr zu sagen, dass du sie liebst, hast du dich geschnitten. Das Ganze wäre nicht passiert, wenn ihr beiden früher über eure Gefühle gesprochen hättet.«

Plötzlich entströmte mir all meine Kraft auf einmal, und ich ließ mich auf den Stuhl gegenüber von ihr sinken. Mit einem gequälten Stöhnen fuhr ich mir mit den Händen über das Gesicht. *Verdammt, verdammt, verdammt!*

Fiona hatte recht. Wie immer. Ich hätte Marly viel früher sagen müssen, was ich für sie empfand, aber all das war für mich so neu gewesen. Ich hatte mich versichern wollen, dass kein Risiko bestand. Dass sie wirklich wie ich empfand. Zu lange war ich viel zu beschäftigt damit gewesen, meine Reißleine zu checken, sodass ich nicht bemerkt hatte, dass ich mich längst im freien Fall befand. Nun war ich der Erde gefährlich nahe gekommen, und mein Fallschirm war immer noch nicht aufgegangen. Mittlerweile hatte ich sogar das Gefühl, dass es gar keinen Fallschirm gab. In der Liebe musste man anscheinend das Risiko eines schweren Sturzes eingehen oder leer ausgehen.

Ich schluckte und dachte an Will. Wie er gelitten hatte. Wie lange es ihm schlecht gegangen war. Wie ich mir vorgenommen hatte, nicht denselben Fehler zu machen. Nie einer Frau so sehr zu verfallen. Es war zu spät.

»Aber ich weiß doch nicht mal, ob sie mich auch liebt«, erwiderte ich. Es klang schwach, kläglich. Wie ein Häufchen Elend.

Fiona schnaubte. »So läuft das nun mal. Wenn man jemandem seine Liebe gesteht, weiß man eben nicht vorher, ob die Person die Gefühle erwidert. Wäre ja auch langweilig.«

Meine Gedanken waren ein einziges Wirrwarr, während ich zu verarbeiten versuchte, dass Marly fortgehen würde. Verzweifelt ließ ich die Fäuste auf den Tisch krachen. Reggie zuckte zusammen. Fionas Tee schwappte über den Tassenrand.

»Aber ist es nicht schon zu spät? Glaubst du, sie wird ihre Meinung jetzt noch ändern?«

»Natürlich, Jack! Sie wartet doch nur darauf, dass du ihr alles erklärst.«

»Fiona, du weißt nicht, wovon du sprichst. Wenn du ihren Blick gesehen hättest … Sie ist so unglaublich enttäuscht von mir. Dabei gab es für mich wirklich keine außer ihr. Die Zeiten sind vorbei. Ich will nur Marly.«

Fiona beugte sich zu mir vor und betonte ihre Worte so deutlich, als würde sie eine Fremdsprache sprechen, die ich gerade lernte. »Marly hat sich mir anvertraut. Sie ist am Boden zerstört. Sie vermisst dich. Sie leidet. Du musst ihr nur einen Grund geben zu bleiben. Komm schon, Jack!«

»Aber …«

Sie schlug mit den Handflächen auf den Tisch, sodass ihr Tee abermals überschwappte. »Kein Aber! Es könnte so einfach sein, wenn du mal den Kopf aus deinem Hintern ziehen und die Wahrheit erkennen würdest: Sie. Ist. In. Dich. Verliebt.«

Ich starrte sie an, hoffte, dass ich mich nicht verhört hatte. »Glaubst du wirklich?«

»Okay, Jack, viel klarer kann ich es nicht ausdrücken.« Ihr Blick fuhr zu meiner Wand voller Postkarten. »Wenn du willst, schreib ich dir 'ne Karte, damit die Wahrheit endlich bei dir ankommt. Marly liebt dich genauso wie du sie. Ihr zwei macht es euch aber auch wirklich schwer. Dabei könnte es so einfach sein.«

Unverändert starrte ich sie an. Meine Hände hatten zu zittern begonnen. Mein Herz schlug Purzelbäume.

Fiona musste meinen inneren Aufruhr bemerken. Sie legte beide Hände auf meine Fäuste. »Jack. Ich weiß, dass dich Wills Schicksal damals sehr mitgenommen hat. Du hast mit ihm gelitten, weil du ein guter Freund bist. Aber Marly ist nicht Liv. Und du bist nicht Will. Du hast ein Happy End verdient. Das heißt nicht, dass du Will irgendwie hintergehst oder so. Also: *Go, get the girl!*«

Meine Finger entspannten sich. Ich streckte sie, ließ gemeinsam mit den Fäusten auch meine Zweifel, Unsicherheiten und Ängste los. Denn Marly war eine Frau, für die es sich zu kämpfen lohnte. Und genau das würde ich tun.

Nachdem Fiona gegangen war, lief ich vor dem Kamin auf und ab und überlegte mir, was ich zu Marly sagen sollte. Reggies Kopf zuckte hin und her, während er mich von seinem Hundebett aus beobachtete.

Ich wollte Marly nicht anrufen oder ihr eine SMS schreiben. Das war irgendwie zu unpersönlich. Gleichzeitig klangen alle Worte, die ich mir im Kopf zurechtlegte, lächerlich. Zu geschwollen, zu gestelzt, nicht nach mir selbst.

Vielleicht wäre es zu viel, ihr plötzlich mein Herz auszuschütten. Nach allem, was passiert war. Ich war schon immer besser mit geschriebenen Worten gewesen. Da fiel mein Blick auf meine Postkartenwand. Fionas sarkastischer Witz hallte in meinem Kopf wider: *Wenn du willst, schreib ich dir 'ne Karte, damit die Wahrheit endlich bei dir ankommt.*

Ich rannte zur Wand und schnappte mir die Postkarte von St. Andrews, die Debbie mir an dem Tag gegeben hatte, an dem ich Marly zum ersten Mal gesehen hatte. Erst am Straßenrand und dann durch die Scheibe des *Whale Stores.* Seitdem war so viel passiert. So viel Gutes. Ich durfte mich jetzt nicht auf das Negative konzentrieren.

Ich nahm mir einen Kuli aus der Küchenschublade, setzte mich an den Tisch und begann zu schreiben.

37 *Marly*

Nach der Arbeit fuhr ich zum *Whale Store*. Als ich Grandpas Wagen davor parkte, waren bereits alle Lichter aus, die Tür verschlossen, aber nebenan im Coffeeshop sah ich Debbie und Ed durch die Scheibe. Sie standen über die Kasse gebeugt hinter dem Tresen.

Als ich eintrat, wehte mir der angenehme Duft nach gerösteten Kaffeebohnen, unbehandeltem Holz und Matcha entgegen. Debbie blickte auf und lächelte, als sie mich erkannte. »Du kommst, um dich zu verabschieden?«

Anscheinend hatte es sich schon herumgesprochen, dass ich St. Andrews verlassen würde. Kleinstadt halt.

Ich nickte, weil sich meine Kehle plötzlich ganz rau anfühlte.

Debbie kam mir entgegen und nahm meine Hand in ihre. Wie am Strand, als sie mir meine Aufregung genommen hatte. »Aber du kommst doch wieder, oder?«, fragte sie. In ihrer Stimme klang Sorge mit, aber auch Enttäuschung.

Ich seufzte. »Natürlich. Ich habe hier so viel gelernt, einen lange fehlenden Teil von mir gefunden – und ich habe *euch* gefunden. Das werde ich nie vergessen. Außerdem gibt es noch so viel zu lernen. Und so viel zu tun. Ich will mich gemeinsam mit euch für mehr Gerechtigkeit einsetzen.« Tränen kitzelten meine Wimpern. Es fühlte sich an, als würde ich einen Teil meines Herzens in St. Andrews zurücklassen. Und so war es ja auch.

»Und vergiss nicht, die Einladung bei meiner Nana steht immer noch«, warf Ed ein. »Also, wenn ihre Kochkünste kein Argument dafür sind, dass du wiederkommst, dann weiß ich es auch nicht.«

»Wie könnte ich Annabeth etwas ausschlagen?«, antwortete ich mit einem erstickten Lachen und wischte mir über die Augen. »Nein, im Ernst. Ich muss mir nur erst über ein paar Dinge klar werden. Meine Wurzeln sind hier. Ein Teil von mir wird immer hier sein.«

Debbie nickte verständnisvoll, und die beiden umarmten mich. Ich bedankte mich nochmals für ihre Hilfe und versicherte ihnen, dass wir in Kontakt bleiben und ich bald wiederkommen würde. Selbst wenn es nur für einen Besuch wäre.

Als ich aus dem Coffeeshop trat, wurde mir das Herz so schwer, dass ich mir die Hand auf die Brust drückte. Ich stolperte zum Auto und setzte mich hinters Lenkrad. Mit tränenverschleiertem Blick betrachtete ich die Water Street. Die Sonne ging langsam über dem Meer unter und tauchte alles in rosarotes Licht. Eine leichte Brise wehte durchs offene Fenster hinein. Gesprächsfetzen und das Klappern von Besteck drangen an mein Ohr. Leute saßen vor den Restaurants, unterhielten sich, lachten und aßen. Manche schlenderten am Pier entlang oder über den Steg aufs Meer hinaus. Die Geschäfte hatten geschlossen, doch alle Schaufenster waren hell erleuchtet und warfen ihren warmen Lichtschein auf den Gehweg. Ein einziges Wort formte sich in meinem Geist. *Zuhause.*

Ich schüttelte den Kopf und seufzte. Vielleicht war dies mein neues Zuhause, aber konnte ich es wirklich ertragen, hier zu leben und nicht mit Jack zusammen zu sein? Ihn womöglich jeden Tag zu sehen, sodass die Wunde immer wieder aufriss?

Und dann war da noch die Enttäuschung, meine Mom nicht gefunden zu haben. Die würde für immer an diesem Ort haften. Oder nicht? Frustriert strich ich mir das wirre Haar aus dem Gesicht. Wenn ich doch nur Antworten auf diese Fragen hätte.

Fest stand, dass ich nicht nur St. Andrews, sondern auch meine neuen Freunde vermissen würde.

Nun bedauerte ich, Will, Blake, Ellie und Liv nicht noch einmal gesehen zu haben, und hoffte, dass sie es mir nicht übel nehmen würden. Ich schickte allen eine Nachricht auf Instagram und versprach, mich so bald wie möglich wieder mit Neuigkeiten zu melden. Allerdings war mir bewusst, dass sie zuallererst Jacks Freunde waren und sich deshalb im Zweifelsfall wahrscheinlich auf seine Seite stellen würden.

Schweren Herzens startete ich den Motor. Doch ich war noch nicht bereit, zurück ins Cottage zu fahren, wo meine gepackte Tasche bereits auf mich wartete. Dafür war ich zu aufgewühlt.

Stattdessen begann ich, ziellos umherzufahren. Durch die leeren Straßen von St. Andrews. Vorbei an all den Orten, die vor wenigen Wochen noch fremd gewesen waren und sich jetzt so vertraut anfühlten. Wie von selbst bog ich schließlich in die Küstenstraße ein.

Als ich am Strand vorbeikam, fiel mein Blick auf das Meer. Die wogenden Wellen, deren Farbe sich im Licht der untergehenden Sonne von Tiefblau zu glitzerndem Türkis bis hin zu Jadegrün veränderte, sorgte dafür, dass mein Unterbewusstsein die Erinnerung an Jacks Augen heraufbeschwor. Einmal mehr sah ich, wie die Sonne auf sein Honighaar fiel, wie sich das Grübchen an seinem Kinn vertiefte, wenn er lächelte, wie sich seine Muskeln unter dem karierten Hemdstoff anspannten. An diesem Strand waren wir uns zum ersten Mal so richtig nahegekommen. Als ich ihm so viel von mir erzählt und er mir den Ratschlag gegeben hatte, der alles veränderte.

Meiner Erfahrung nach sind Leute, die auf der Suche nach jemandem sind, oft auf der Suche nach sich selbst.

Wenn du das Gefühl hast, dass etwas fehlt, hilft es, tief in dich hineinzuhorchen und dich zu fragen, warum das so ist. Ist es wirklich die andere Person, die du finden möchtest, oder geht es tiefer?

Mein Herz sehnte sich so sehr danach, ihn jetzt in die Arme zu schließen, dass es wehtat. Es könnte alles so einfach sein, wenn ich den Konflikt mit Jack vor meiner Abreise klärte. Aber ob ich ihm wieder vertrauen konnte, wusste ich nicht.

Schon näherte ich mich der Abzweigung in Richtung Ministers Island. Ich hatte kaum bemerkt, wie ich immer weiter in diese Richtung gefahren war. Ich zögerte bis zur letzten Sekunde. Mein Herz flatterte unruhig in meiner Brust. Ich nahm den Fuß vom Gas, wurde immer langsamer. Kurz vor der Abzweigung blieb ich am Straßenrand stehen.

Vielleicht war Jack zu Hause. Vielleicht würde er mit mir reden wollen. Mein Herz hämmerte nun so schnell, als würde es jeden Moment aus meiner Brust springen wollen. Meine Fingerspitzen kribbelten vor Aufregung, während ich das Lenkrad fest umklammerte. Doch im nächsten Moment überkamen mich wieder sämtliche Zweifel, die ich schon immer mit mir herumtrug. Konnte ich Jack wirklich vertrauen? Konnte ich *mir selbst* vertrauen? Einmal mehr zuckten Dans Worte durch meinen Geist: *Du bist nicht dafür gemacht, mit jemandem zusammen zu sein, Marly. Du lässt dich auf niemanden ein …*

Die Fähigkeit zu vertrauen wurde dir zu früh im Leben genommen …

Ich stöhnte frustriert und ließ die Hände aufs Lenkrad krachen. Dann saß ich eine Weile still da. Mit einem Mal kam es mir wie eine schlechte Idee vor, dass ich zu Jack hatte fahren wollen. Ich hatte schließlich nichts von ihm gehört. Kein Lebenszeichen. Keine Entschuldigung oder Erklärung. Keine Andeutung, dass er sich wieder mit mir versöhnen wollte. Vielleicht war es besser so.

Aber warum fühlte sich meine Abreise dann so sehr wie eine Flucht an? Eine Flucht vor mir selbst. Vor einem Ort, an dem ich glücklich gewesen war. Als würde ich mich für den Streit mit Jack bestrafen wollen. Ich schüttelte den Kopf. Nein, es war für alle Beteiligten besser, wenn ich einfach abreiste. Vielleicht war es wirklich nur eine Sommerromanze gewesen, und ich musste darüber hinwegkommen. Ich hatte meine Lektion gelernt.

Verlieb dich nicht in gut aussehende Naturburschen aus Kleinstädten, die dir schöne Augen machen, aber eigentlich nur ein bisschen Spaß wollen. Eine Faustregel, die ich nicht mehr vergessen würde.

Eine einzelne Träne kullerte mir über die Wange. Ich wischte sie rasch weg. Zum tausendsten Mal in meinem Leben fühlte ich mich einsam und verloren. Ohne Halt und Ziel, ohne Wurzeln. Bevor mehr Tränen fließen konnten, wendete ich den Wagen und fuhr zurück in die Stadt.

Ich kannte nur die grobe Richtung, doch als ich in die Straße einbog, entdeckte ich das Häuschen schon von Weitem. Im sterbenden Tageslicht stand es inmitten einer Wiese voller Wildblumen. Auf einem Teil des Grundstücks war ein großer Kräutergarten angelegt, den Rest hatte die Natur erobert. Die Tür hing ein wenig schief in den Angeln, das Dach hatte schon bessere Tage gesehen, doch es strahlte eine solche Gemütlichkeit aus, dass es keinen Zweifel gab. Hier wohnte Annabeth Soctomah mit ihrer Familie.

Als ich zaghaft an die Tür klopfte, öffnete mir ein etwa siebenjähriges Mädchen mit zwei langen, schwarzen Zöpfen. Sie schaute mich mit großen, braunen Augen an.

»Hi, ich bin Marly. Ist Annabeth zu Hause?«

Das Mädchen nickte und lächelte schüchtern. Dabei zeigte sie eine breite Zahnlücke, wo ihre Milchzähne ausgefallen sein mussten. Sie führte mich durch einen schmalen Flur voller gerahmter Familienfotos an den Wänden. Ich erhaschte einen Blick ins Wohnzimmer, wo ich eine beachtliche Sammlung der traditionellen Flechtkörbe in einem Regal entdeckte.

Wir betraten die Küche. Dort stand Annabeth am Herd, auf dem im selben Moment ein Teekessel zu pfeifen begann.

»Nana? Hier ist jemand für dich«, nuschelte das Mädchen durch ihre Zahnlücke.

»Hallo, Annabeth«, sagte ich zaghaft. Meine Stimme klang rau, als hätte ich lange nicht gesprochen. Ich räusperte mich unbehaglich. Plötzlich war ich mir nicht mehr so sicher, ob es in Ordnung war, hier so spätabends einfach hereinzuplatzen.

»Marly, ich habe gerade Tee gemacht«, sagte Annabeth, als hätte sie mich erwartet. »Setz dich doch zu mir.«

Ich starrte ihren Rücken an. Sie hatte sich nicht zu mir umgedreht, sondern schenkte das heiße Wasser seelenruhig in zwei bemalte Tontassen. Annabeth schien nicht im Mindesten überrascht zu sein, dass ich einfach so unangekündigt in ihrem Haus aufgetaucht war.

Das Mädchen verschwand durch das Fliegengitter der Hintertür. Draußen hörte ich mehrere Stimmen, die sich leise unterhielten. Ein paar Kerzen flackerten in der zunehmenden Dunkelheit auf der Veranda.

Annabeth gab ein paar Kräuter in die Tassen und schnupperte daran. Sie schnalzte zufrieden mit der Zunge und drehte sich zum ersten Mal zu mir um. Ein warmes Lächeln brachte ihre Augen zum Funkeln, die Falten um ihren Mund vertieften sich. Mit ihrem Gehstock deutete sie auf den Tisch in der Mitte des Raums. Ich erinnerte mich daran, dass sie mich längst aufgefordert hatte, mich zu setzen, und beeilte mich, der Einladung nachzukommen.

Auf ihren Stock gestützt, trug Annabeth erst eine Tasse zum Tisch, dann die andere. Der würzige Duft der Kräutermischung stieg mir in die Nase, die Wärme des verdunstenden Wassers streifte meine Wangen. Ich seufzte und ließ mich tiefer in den Stuhl sinken. Sofort fühlte ich mich weniger aufgewühlt.

Erst als Annabeth sich mir gegenübergesetzt hatte, sah sie mich wieder an. Der Blick aus ihren dunklen Augen war forschend, ein wenig amüsiert. »Also, Marly, was bringt dich hierher? Noch dazu an deinem letzten Abend?«

Also hatte sie es auch schon gehört. Hitze stieg mir in die Wangen. Ich wollte nicht, dass sie dachte, ich würde einfach davonlaufen. Ich hatte es ernst gemeint, dass ich mehr über die Passamaquoddy lernen wollte, dass ich mich hier zu Hause fühlte. Aber dann war alles anders gekommen.

Ich legte beide Hände um meine Tasse, verbrannte mich beinahe daran, als ich sie fest umklammerte. Dann sah ich Annabeth in die Augen und begann zu erzählen. Von meiner lebenslangen Suche nach mir selbst. Von der Beziehung zu meinem Dad, der meine Herkunft nie zur Sprache gebracht hatte, als würde der Anteil meiner Mom in mir gar nicht existieren. Wie ich mich mein Leben lang damit alleingelassen gefühlt hatte, obwohl meine Großeltern ihr Bestes getan hatten, um mir das wenige von meiner Mutter zu erzählen, das sie wussten.

Ich erzählte Annabeth von meinem Vorhaben, zu bleiben. Dass ich hier studieren und Tierärztin werden wollte. Aber dass mir nun der Mut fehlte, den nächsten Schritt zu gehen. Ich konnte meinen Pfad nicht mehr so klar vor mir sehen wie nach unserem ersten Gespräch im Coffeeshop. Auch von meinem Streit mit Jack erzählte ich ihr, wobei ich die Details verschwieg.

Annabeth hörte mir ernst zu. Ihr Blick ließ meinen keine Sekunde los, als wollte sie mir damit die Kraft geben, weiterzusprechen. Nachdem all die Worte aus mir herausgepurzelt waren, fühlte ich mich bereits leichter.

Als ich endete, breitete sich Stille in der Küche aus. Ich hörte die Geräusche der Nacht durch das Fliegengitter. Grillenzirpen, den Wind in den Bäumen, leises Rascheln im Gras. Auch die Stimmen der anderen Soctomahs waren noch da. Sie drangen als ein gedämpftes Murmeln zu uns herein.

Lange Zeit sagte Annabeth nichts. Verlegen ließ ich den Blick durch den Raum schweifen, unsicher, was ich tun sollte, während ich auf eine Reaktion von ihr wartete. Ein halb angefangener Flechtkorb stand auf einem Sofa in der Ecke. Auch hier waren die Wände mit Familienfotos behangen, sogar alte Schwarz-Weiß-Fotografien von Stammesmitgliedern in voller Festtagsmontur. Ich glaubte, Annabeth als junge Frau unter ihnen zu erkennen.

Annabeth nahm einen Schluck Tee und räusperte sich. »Ich höre sehr viel Angst aus deinen Worten«, sagte sie. »Angst davor, deine Mutter nicht zu finden. Angst, noch mehr Menschen in deinem Leben zu verlieren. Angst, so richtig loszulassen. Angst davor, wie andere Leute dich sehen könnten. Angst davor, wer du bist.«

Verwundert sah ich sie an. Mein Herz klopfte dumpf in meiner Brust, jeder Schlag vibrierte durch meinen ganzen Körper, als wäre ich völlig hohl. Eine Hülle, die erst noch mit Leben gefüllt werden musste. Annabeths Worte hallten in mir wider wie in einem großen leeren Saal.

Sie schob ihre runzlige Hand über den Tisch und legte sie auf meine. Sie war übersät mit tiefbraunen Altersflecken.

»Dabei hast du dich doch schon gefunden, Marly«, sagte sie. »Du musst deine Mutter nicht kennen, um dich selbst zu kennen. Du musst nicht mit Jack zusammen sein, um Mut aufzubringen. Du weißt doch längst, wer du bist und was du willst.«

Ich schluckte schwer. »Tue ich das?«

Annabeth nickte mit einem traurigen Lächeln. »Du musst nur tief in dich hineinhorchen. Die Antworten sind alle da drin.« Sie tippte sich an die Brust. »Wenn du sie nicht hören kannst, ist das nur, weil deine Angst so laut ist, dass sie alles andere übertönt.«

Sie tätschelte meinen Handrücken. »Warte kurz hier.«

Mühsam erhob sie sich von ihrem Stuhl. Mit ihrem Gehstock humpelte sie aus der Tür. Ich sah ihr hinterher. Tausend Gedanken wirbelten durch meinen Kopf. Ängste und Hoffnungen. Träume und Enttäuschungen. Und immer wieder Jack.

Er hatte mir etwas Ähnliches schon an jenem Abend am Strand gesagt. Wenn ich mich selbst fand, würde ich niemand anderen suchen müssen, um mich ganz zu fühlen. Ich hatte gedacht, dass ich längst an diesem Punkt angekommen war, aber nun erkannte ich, dass ich es erst jetzt wirklich begriff. Ich hatte St. Andrews erst beinahe verlieren müssen, um zu verstehen, dass ich hier sein wollte. Dass ich hierhergehörte. Egal, was passierte. Egal, was andere sagten oder taten. Es war allein meine Entscheidung. Niemandes sonst.

Da kam Annabeth wieder herein. In der Hand hielt sie eine große flache Muschel. Sie bedeutete mir, ihr durch die Hintertür nach draußen zu folgen. Die anderen mussten mittlerweile schlafen gegangen sein. Ein paar Kerzen brannten noch auf dem Tisch in der Mitte der Veranda, ansonsten war alles verlassen und still. Es war nun vollständig dunkel. Das Fliegengitter fiel quietschend hinter mir zu, und ich sog die frische Nachtluft tief in meine Lungen.

Annabeth winkte mich zu sich. Die hölzernen Dielen knarzten unter meinen Füßen, als ich mich in die Mitte der Veranda stellte. Annabeth hielt mir die Muschel hin. Darin lagen ein kleiner Zweig und einige Kräuter und Gräser.

»Der Zweig einer Zeder, getrockneter Salbei, Süßgras und ein wenig Tabak.« Annabeth legte die Muschel auf dem Tisch ab und deutete mit dem Kinn darauf. »Sie steht für das Element Wasser. Die vier heiligen Pflanzen darin repräsentieren die

Erde, aus der sie kommen.« Sie holte eine Streichholzschachtel aus ihrer Schürzentasche und entzündete eins. »Dazu kommt das Feuer.« Mit dem Streichholz entzündete sie den Inhalt der Muschel. Kleine Flammen leckten über die Gräser und Kräuter und breiteten sich schnell aus. Ein süßlicher Duft stieg auf, der mich an Vanille und Waldmeister erinnerte, gefolgt von Salbei und etwas Herberem.

»Und schließlich der Rauch, der für das Element Luft steht«, sagte Annabeth. Eine dünne, weiße Rauchfahne kräuselte sich über der Muschel. »Diese Zutaten brauchen wir für das Smudging, eine rituelle Reinigung«, erklärte sie. »Sie wird dir helfen, deine negativen Gedanken loszuwerden und deinen Weg wieder klar vor dir zu sehen.«

Sie griff abermals in ihre Schürze und holte eine Art Fächer heraus, der mit Vogelfedern bestückt war. Sie lehnte ihren Gehstock an den Tisch und nahm die Muschel in eine Hand, den Fächer in die andere. So platzierte sie sich vor mir. »Schließ die Augen, Marly. Leere deinen Geist.«

Sobald ich meine Lider geschlossen hatte, spürte ich anhand eines sanften Windstoßes, wie Annabeth mir den Rauch mithilfe des Fächers entgegenwedelte. Unsicher vergrub ich die Hände in meinen Hosentaschen, während ich versuchte, gleichmäßig zu atmen.

Es war ein merkwürdiges, fremdartiges Gefühl, so ganz und gar loszulassen. Da war nichts als der süßlich-herbe Geruch des Rauchs, das leise Wedeln des Fächers und meine Gedanken – viel zu laut in meinem Kopf. Ich bemühte mich, meinen Geist zu leeren, wie Annabeth es mir befohlen hatte. Sie ging langsam um mich herum und murmelte Worte auf Maliseet-Passamaquoddy. Ich konnte nur hier und da etwas aufschnappen.

Geist.

Heilig.

Reinigung.

Langsam entspannte ich mich. Ich löste meine Finger und zog sie aus den Hosentaschen, ließ sie locker herabhängen. Mein Kopf wurde immer leerer, angenehm leicht. All meine Gliedmaßen fühlten sich gleichzeitig schwer und warm an.

Als Annabeth wieder vor mir stehen blieb, hatte der starke Duft mich von Kopf bis Fuß eingehüllt. Ich fühlte mich wie in einem Kokon. Geborgen und ein wenig schwindelig.

»Du musst Frieden mit allem schließen, was du in dir trägst«, sagte Annabeth. »Mit deinen Gedanken und Gefühlen. Mit deinen Erinnerungen und den Menschen, die dich verletzt haben. Das kannst nur du allein schaffen. Denn nur du weißt, wie es wirklich in dir drin aussieht.«

Als ich die Augen nach einer Weile wieder öffnete, sah ich zunächst nichts als die weißen Schlieren in der Luft, dahinter den vom Rauch verzerrten Schein der Kerzen. Doch gleichzeitig hatte ich das Gefühl, so klar zu sehen wie noch nie zuvor.

38 Jack

Als ich den Stift absetzte, hämmerte mein Herz wie eine Trommel in meiner Brust. Aber ich war zufrieden. Es war der beste, ehrlichste und offenste Text, den ich je verfasst hatte. Ich hatte mein ganzes Herz ausgeschüttet. Meine Gefühle passten gerade so auf den begrenzten Platz.

Da fiel mein Blick auf die Mikrowellenuhr. Mist, schon so spät? Bis ich im *Cory Cottage* ankam, wäre Marly sicher längst schlafen gegangen. Schließlich hatte sie vor, früh am nächsten Morgen aufzubrechen. Ich wollte sie nicht wecken und wurde zugegebenermaßen weiterhin von Selbstzweifeln zerfressen. Was, wenn sie mir die Tür vor der Nase zuhauen würde? Wenn sie mich anschreien, die anderen Gäste wecken und aus dem Cottage jagen würde?

Ich schüttelte den Kopf. *Seit wann bist du so ein Feigling, Jack Wilson?*

Entschlossen stand ich auf. Ich würde die Postkarte abliefern, komme, was wolle. Und dann würden wir sehen, was sich daraus ergab. Ich würde Marly den Freiraum geben, selbst zu entscheiden. Ich würde sie nicht mit meinen Gefühlen überfallen, sondern ihr die Möglichkeit bieten, sich in Ruhe damit auseinanderzusetzen. Damit legte ich mein Herz in ihre Hände. Roh und verletzlich.

Ich war bereit.

Eilig schnappte ich mir meinen Autoschlüssel von der Küchenzeile. Ein Blick aus dem Fenster sagte mir jedoch, dass ein Unwetter heraufzog. In der Ferne ballten sich dunkle Regenwolken zusammen. Die Bäume, die um die Hütte standen, bogen sich bereits im Wind. Unwillkürlich breitete sich ein Lächeln auf meinem Gesicht aus. Ein Sturm hatte mich noch nie davon abgehalten, zu Marly zu gelangen.

Ich eilte zur Tür. Reggie sprang von seinem Hundebett neben dem Kamin auf und kam hinter mir hergesaust.

»Komm, mein Junge, wir helfen dem Schicksal ein bisschen auf die Sprünge!«

Janet von der Rezeption des *Cory Cottage* warf einen Blick auf die Wanduhr, dann musterte sie mich mit misstrauisch zusammengekniffenen Augen.

»Ich möchte zu Marly«, wiederholte ich etwas dringlicher. Warum ließ sie mich nicht einfach zu ihrem Zimmer durch? Ich war schließlich schon hundertmal dort gewesen.

»Marly ist nicht da«, erklärte sie.

Ich runzelte die Stirn und warf ebenfalls einen Blick auf die Uhr.

»Ihr Auto steht auch nicht vor dem Haus«, fuhr Janet fort.

Mein Herz sank. War es möglich, dass Marly schon abgereist war? Dass ich sie verpasst hatte?

»Hat sie denn ausgecheckt?«, fragte ich. Es gefiel mir nicht, wie zittrig meine Stimme klang. Reggie wuselte ebenso unruhig um meine Beine. Ich packte seine Leine fester und legte eine Hand auf seinen Kopf, um ihn zu beruhigen.

Janet warf einen Blick auf ein dickes Notizbuch, das vor ihr auf dem Tisch lag. »Nein, aber sie hat sowieso alles im Voraus gezahlt. Es gibt keine offenen Beträge.«

Zerstreut fuhr ich mir durchs Haar. Marly würde sicher nicht einfach abreisen, ohne sich von Janet und ihrem Mann zu verabschieden. Das klang überhaupt nicht nach ihr. Andererseits hatte Fiona mir berichtet, dass Marly in den letzten Tagen ganz und gar nicht sie selbst gewesen war.

»Kannst du mich nicht wenigstens kurz in ihr Zimmer lassen, damit ich ihr eine Nachricht dalassen kann?«

Janet schüttelte so heftig den Kopf, dass ihre Ohrringe klimperten. »Auf gar keinen Fall. Wir haben strikte Regeln, Jack. Du kannst gern auf dem Sofa Platz nehmen und auf Marly warten, wenn du möchtest.«

Sie deutete auf ein monströses blaues Ding vor dem Kamin. Ich war innerlich so aufgewühlt, dass ich unmöglich still sitzen konnte. »Darf ich dann vielleicht die Karte unter ihrer Tür durchschieben?«, fragte ich entnervt und wedelte mit der Postkarte vor ihrem Gesicht herum. Ich wollte sie Janet nicht anvertrauen. Wer wusste schon, ob sie sie nicht lesen würde. Dafür war der Inhalt viel zu persönlich.

Janet zog die dünnen Augenbrauen hoch. Die Falten auf ihrer sonnengebräunten Stirn vertieften sich. »Na schön. Aber ich komme mit dir hoch.«

»Ganz, wie du willst.«

Gemeinsam erklommen wir die Stufen und standen kurz darauf vor Marlys Tür. In den letzten Wochen war ich so oft hier gewesen, dass das Zimmer fast wie ein zweites Zuhause für mich geworden war. Hinter dieser Tür hatte ich mit Marly gelacht, gebadet, ihr beim Spielen mit Reggie zugesehen, sie geliebt. Ich hatte sogar unzählige Male hier übernachtet. Bei dem Gedanken, dass der Raum leer sein könnte, dass Marlys bunte Sneaker-Sammlung, ihre Kleider und persönlichen Gegenstände fort sein könnten, zog sich mein Magen unangenehm zusammen. War ich wirklich zu spät gekommen?

Langsam bückte ich mich und schob die Postkarte mit zitternden Fingern unter der Tür hindurch.

Ich war mir Janets Anwesenheit hinter mir nur allzu bewusst, also stand ich wieder auf und folgte ihr zurück ins Erdgeschoss. »Danke, Janet.«

Reggie saß brav neben dem Sofa, wo ich ihn zurückgelassen hatte. Ich ließ mich mit einem tiefen Seufzer darauffallen.

Dann wartete ich. Und wartete. Und wartete.

Obwohl Janet so tat, als wäre sie schwer beschäftigt, hatte sie ein Auge auf mich. Ich wusste nicht, ob Marly ihr etwas von unserem Streit erzählt hatte, aber ihr musste aufgefallen sein, dass ich in der letzten Woche kein einziges Mal hier gewesen war. Nun beobachtete sie mich wie eine Falkenmutter, die ihr Nest bewachte.

Die Zeiger der Wanduhr wanderten weiter und weiter. Ich gähnte in regelmäßigen Abständen und kämpfte darum, die Augen offen zu halten. Immer wieder spähte ich hoffnungsvoll zur Eingangstür. Doch niemand kam herein. Reggies Kopf lag in meinem Schoß. Er döste, öffnete aber jedes Mal besorgt ein Auge, wenn ich mich regte.

Auch Janet unterdrückte ein Gähnen nach dem anderen. Sie war wahrscheinlich nur meinetwegen noch wach.

Die ersten Tropfen klatschten gegen die Fensterscheiben, der Wind rüttelte an den Fensterläden. Draußen war es so dunkel, dass nichts anderes zu erkennen war. Langsam machte ich mir wirklich Sorgen.

Mit schweißfeuchten Fingern zog ich mein Handy aus der Hosentasche und wählte Marlys Nummer. Nach jeder Zahl verharrte mein Finger über dem Touchscreen. Dann fehlte nur noch der grüne Hörer. Ich atmete einmal tief durch, nahm meinen ganzen Mut zusammen und tippte darauf. Mein Herz schlug so laut, dass ich glaubte, Janet müsste es am anderen Ende des

Zimmers hören. Es klickte in der Leitung, und mein Herz setzte einen Schlag aus. Voicemail. Ich knurrte frustriert.

Nach ein paar Minuten versuchte ich es noch einmal. Voicemail.

Ein weiterer Blick aus dem Fenster sagte mir, dass der Sturm immer heftiger wurde. Wenn ich nicht bald losfuhr, würde ich nicht mehr auf die Insel zurückkommen. Dann säße ich hier die ganze Nacht fest.

Okay, ein letzter Versuch. Diesmal wählte ich Fionas Nummer. Vielleicht wusste sie, ob Marly frühzeitig abgereist war. Oder die beiden verbrachten ihren letzten Abend zusammen.

Wieder Voicemail.

Als ich das Handy frustriert in meinen Schoß warf, fiel mein Blick auf die kleinen Balken rechts oben auf dem Bildschirm. *Verdammt!* Ich hatte so gut wie keinen Empfang. Der Sturm musste das ganze Netz lahmgelegt haben. Wahrscheinlich ging es Fiona und Marly genauso.

Ich hob den Kopf. »Und du weißt wirklich nicht, wo Marly ist?«, fragte ich Janet ein letztes Mal.

»Nein, sie ist heute nach der Arbeit nicht nach Hause gekommen.«

Vielleicht hatte Marly es wirklich eilig gehabt, von hier wegzukommen. Von *mir* wegzukommen. Der Gedanke stach in mein Herz wie eine spitze Nadel. Ich fuhr mir mit der Hand über das Gesicht. Wenn sie schon auf dem Weg nach Toronto war, würde ich ihr folgen. Zwar war ich heute zu spät gekommen, aber ich würde Marly nicht gehen lassen, ohne ihr zu sagen, dass ich bereit war, für sie zu kämpfen. Doch vorher musste ich nach Hause, etwas Schlaf bekommen und eine Tasche packen, damit ich morgen früh aufbrechen konnte.

Ich erhob mich von der Couch und trat an die Rezeption. »Bitte sag Marly, dass ich hier war, falls sie noch kommt.«

»Das werde ich.« Janet warf mir einen mitfühlenden Blick zu.

Reggie und ich traten hinaus in den Regen. Die eiskalten Tropfen stachen in meine Haut. Ich wandte den Blick zum Himmel. Kein Stern war zu sehen. Selbst der Mond war von den Gewitterwolken verdeckt. Der Himmel war so düster wie meine Stimmung, als ich in meinen Truck stieg und zur Insel zurückfuhr.

39 Marly

Gerade als ich in Grandpas Auto stieg, klatschte der erste Regentropfen auf die Windschutzscheibe. Der Wind hatte aufgefrischt und peitschte die umstehenden Bäume.

Ein Lächeln breitete sich auf meinem Gesicht aus.

Ein Sturm.

Der Himmel tobte – genau wie mein Inneres. Endlich wusste ich, was ich wollte. Endlich hatte ich meine Angst überwunden. Und das hieß, dass es jetzt nur noch ein Ziel für mich gab.

Sobald ich hinter dem Steuer saß, zückte ich mein Handy. Ich hatte keinen Empfang, doch zum Glück hatte ich mir den Gezeitenplan von der offiziellen Website von Ministers Island heruntergeladen. Nachts war die Überfahrt für Besucher verboten, aber laut dem Plan war die Sandbank zur Insel ab halb sechs wieder passierbar.

5:30 Uhr. Dann würde ich zu Jack kommen – und hoffentlich alles mit ihm klären können.

Nach der spirituellen Begegnung war ich hellwach und voller Energie. Mein ganzer Körper war von einem nervösen Kribbeln durchdrungen. An Schlaf war nicht zu denken.

Annabeth und ich hatten uns nach dem Smudging noch etwas unterhalten. Bei unserem Abschied hatte sie wissend gelächelt. »Ich sehe, dass du jetzt einiges klarer siehst.«

Und genau so war es auch. In meinen letzten Wochen in St. Andrews hatte ich die Kraft erlangt, alle Dämonen meiner Vergangenheit zu besiegen. Doch erst heute Nacht hatte ich den Mut gefunden, auch noch meine letzten Ängste zu überwinden. Entschlossen drehte ich den Schlüssel im Zündschloss.

Stundenlang fuhr ich durch die Straßen von St. Andrews, während der Sturm um das Auto tobte. Ich musste Zeit totschlagen und mir überlegen, was ich zu Jack sagen sollte. Meine Zweifel waren endgültig in den Hintergrund gerückt. Ich wollte ihn endlich wiedersehen und ihm die Chance geben, sich zu erklären – was ich von Anfang an hätte tun sollen.

Als ich schließlich vor dem *Cory Cottage* hielt, färbte sich der Himmel im Osten rosa. Der Sturm war weitergezogen. Ich war hellwach und aufgekratzt, konnte es kaum erwarten, endlich zur Insel zu fahren. Trotzdem wollte ich mich vorher kurz frisch machen.

Die Rezeption war leer. Selbst für die gewissenhafte Janet war es noch zu früh. Auf leisen Sohlen betrat ich mein Zimmer. Meine gepackte Tasche stand neben der Tür. Es lagen nur noch wenige Dinge herum. Ein bequemes Outfit für die lange Fahrt zurück nach Toronto und meine Adidas Stan Smiths. Als ich die Zimmertür leise hinter mir schließen wollte, kratzte sie ein wenig über den Boden. Mit gerunzelter Stirn kniete ich mich hin, um zu sehen, was sie blockierte. Meine Finger ertasteten etwas Kühles, Flaches.

War das etwa … eine Postkarte?

Ich hob die Karte auf und musterte sie verblüfft. Auf der Vorderseite war der Hafen von St. Andrews im weichen Licht des Sonnenuntergangs zu sehen. Ich betrachtete den rosaroten Himmel und die Möwen, die leichten Wellen, die Boote und die bunte Häuserfront im Hintergrund. Sofort erinnerte ich mich an jeden einzelnen Moment, den ich an diesem Pier verbracht hatte.

Allein und verloren an meinem ersten Abend in St. Andrews. Zitternd vor Angst, bevor ich in der Town Hall nach meiner Mutter gefragt hatte. Vor dem Whale Watching, als Jack mich das allererste Mal umarmt hatte – so richtig umarmt.

Der Kloß, der meinen Hals heute schon seit dem Aufstehen nicht verlassen hatte, wurde noch größer. Mit klopfendem Herzen drehte ich die Karte um.

Jacks Schrift war einfach und klar, ohne Schnörkel. Die Buchstaben standen dicht beisammen, um alles auf dem begrenzten Platz unterzukriegen. Er hatte jeden Millimeter vollgeschrieben. Meine Hand fuhr zu meiner Brust, wo der Schmerz sofort wieder aufflammte. Doch da war noch etwas anderes. Ein aufgeregtes Flattern. Ein Hoffnungsschimmer. Jack hatte mir eine Postkarte geschrieben!

Mit heißen Wangen und zitternden Knien begann ich zu lesen:

Marly,
seit wir am Sonntagabend auseinandergegangen sind, kann ich an nichts anderes denken als an deinen Blick. An die Enttäuschung darin und den Schmerz. Es tut mir unendlich leid, dass ich dich verletzt habe. Das war nie meine Absicht. In den letzten Tagen habe ich so viel gelernt. Über mich selbst. Über die Liebe. Über das Leben. Ich weiß jetzt, dass ich falschlag – mit so vielen Dingen. Und ich hoffe, dass es noch nicht zu spät ist.

Wie ein Sturm bist du in mein Leben gekommen und hast alles durcheinandergewirbelt. Von unserer ersten Begegnung an hast du mich in ungekannte Höhen befördert, und jetzt habe ich das Gefühl zu fallen, weil du nicht mehr bei mir bist. Erst jetzt, in der Ruhe nach dem Sturm, ist mir wirklich bewusst geworden, dass ich genau das gebraucht habe. Einen frischen Wind, eine neue Perspektive.

Ich habe jetzt keine Angst mehr, Gefühle zuzulassen, zu vertrauen, zu lieben. Du hast mir gezeigt, wie es geht.

Ich möchte nicht, dass wir so auseinandergehen. Ich will dich in meinem Leben haben. Ich weiß, dass ich dich nicht bitten kann, nur meinetwegen in St. Andrews zu bleiben. Aber ich würde mich freuen, wenn du es in Erwägung ziehst. Für dich. Für uns. Für eine gemeinsame Zukunft, wenn es das ist, was du möchtest. Nimm dir alle Zeit der Welt, um deine Entscheidung zu treffen. Ich will nur, dass du weißt, dass ich auf dich warten werde.

In Liebe,

Jack

Seine Worte lösten einen Sturm der Gefühle in meinem Inneren aus – wie an dem Tag, an dem ich zum ersten Mal in seine Augen geblickt hatte. In diese seegrünen Augen, die mich nie losgelassen hatten. Abermals erfasste mich dieser Sog und ließ mich nicht mehr los. Ich wusste ganz genau, was ich wollte. Ich hatte es die ganze Zeit über gewusst. Genau wie Jack war ich einfach nicht mutig genug gewesen, es mir zu holen. Für das einzustehen, was ich mir von Herzen wünschte. Denn bisher hatten sich meine Wünsche nie erfüllt. Doch nun, zum ersten Mal in meinem Leben, wusste ich, dass ich es selbst in der Hand hatte.

Ich würde Jack nicht verlieren.

Ich wollte ihm vertrauen.

Ich wollte meine Ängste ablegen.

Ich würde für ihn kämpfen.

Für meine Träume.

Für *unsere* Zukunft.

Verwundert fuhr ich mir mit den Fingern über die Wange, als ich bemerkte, dass ich weinte. Gleichzeitig begann ich zu lachen. Es war ein befreiendes Gefühl, als wäre ein schweres Gewicht von meiner Brust genommen worden.

Ich steckte die Postkarte in meine hintere Hosentasche und rannte los.

Mit einem breiten Grinsen raste ich an der Rezeption vorbei, die mittlerweile von der verschlafenen Janet besetzt war. Verdutzt starrte sie mich an. »Was ist denn passiert, Liebes?«

»Ich reise doch nicht ab«, rief ich fröhlich über die Schulter. »Ich bleibe in St. Andrews!«

Sie schien noch etwas sagen zu wollen, doch da war ich schon zur Tür hinaus. Ich sprang über die Schwelle und wäre beinahe ausgerutscht, da draußen alles nass war. Regentropfen glitzerten im frühen Morgenlicht auf Blättern, Zweigen und im Gras. Eine kühle Frische lag in der Luft. Ich nahm mir die Zeit, tief durchzuatmen. Ein neuer Tag war angebrochen. Und der nächtliche Sturm hatte alles Negative vertrieben.

Schon sprintete ich wieder los.

Im nächsten Moment kam ich vor Grandpas Wagen zum Stehen. Mit zitternden Fingern schloss ich ihn auf und sprang hinein.

Gerade, als ich losfahren wollte, kam jemand über die Straße geschlurft. Es war Mrs Crawford. Sie führte eine neue Katze an der Leine. Das Tier war ebenso übergewichtig und behäbig wie Princess Purrfect, jedoch grau gemustert. Ich blinzelte, da es auf den ersten Blick so aussah, als würde die alte Dame einen Waschbären spazieren führen. Dann musste ich laut lachen. Wie schön, dass sie eine neue Gefährtin gefunden hatte.

Ich fuhr langsam los und ließ mein Fenster herunter. »Guten Morgen, Mrs Crawford«, rief ich ihr zu. »Was für ein schöner Tag!«

Sie winkte zurück. »Ja, nach dem Sturm gestern Nacht ist die Luft so schön klar. Alles glänzt wie neu.«

Mein Lächeln wurde noch breiter, und ich drückte das Gaspedal durch. Sie hatte ja keine Ahnung, wie recht sie damit hatte.

40 *Jack*

Ein lautes Klopfen riss mich aus dem Schlaf. Zuerst glaubte ich, es wäre wieder der vermaledeite Specht, der manchmal auf dem Dach herumhämmerte. Aber das Klopfen wurde immer penetranter und kam aus Richtung Tür. Reggie war aufgesprungen und kratzte jaulend am Knauf.

Fluchend drehte ich mich im Bett herum und vergrub meinen Kopf unter dem Kissen. »Es ist viel zu früh«, grummelte ich. »Die Sonne ist noch nicht mal aufgegangen.«

Doch als mein Geist langsam aus den Tiefen des Schlafes auftauchte, überkam mich die Erkenntnis plötzlich siedend heiß. *Marly!* Ich hatte ihr mein Herz auf der Postkarte ausgeschüttet. Ich war zum *Cory Cottage* gefahren, hatte stundenlang gewartet und schließlich die Karte unter ihrer Zimmertür durchgeschoben. Und jetzt …

Im selben Moment hörte ich ihre Stimme. Zittrig und aufgeregt, aber immer noch genauso sexy und rauchig wie ich sie in Erinnerung hatte. »Jack! Mach auf. Ich bin's. Jack?«

Schlagartig war ich hellwach. Ich setzte mich abrupt im Bett auf. Mein Herz hüpfte in meiner Brust auf und ab wie ein Flummi. Verblüfft starrte ich die Tür einen Moment an. War es wirklich möglich? Oder träumte ich etwa noch?

»Jack, bist du da?«

Marly stand eindeutig vor meiner Tür. Ich sprang aus dem Bett. Dabei verhedderten sich meine Beine in der Decke, und ich fiel der Länge nach hin. »Autsch!«

Zum Glück war ich weich gelandet. Innerlich dankte ich meinem Vergangenheits-Ich, den Teppich auf den Boden vor den Kamin gelegt zu haben. Alles drehte sich einen Moment, aber ich stütze mich am Couchtisch ab und rappelte mich auf.

Es klopfte wieder. »Jack?«

Hastig stolperte ich zur Tür, während ich mir noch schnell die Augen rieb und durch die zerzausten Haare fuhr. Im nächsten Moment riss ich die Tür auf.

Reggie stürmte ins Freie und sprang aufgeregt an Marly hoch, die tatsächlich vor meiner Hütte stand.

Ich wusste jetzt, dass ich nicht träumte, aber Marly sah trotzdem besser aus als jemals zuvor. Ihre Locken standen in alle Richtungen ab, sie trug Jeans-Shorts, ein weißes T-Shirt und weiße Stan Smiths. Ihre Augen funkelten.

Nachdem sie Reggie einigermaßen beruhigt hatte, fiel ihr Blick endlich auf mich. Sie erstarrte.

Erst in diesem Moment fiel mir auf, dass ich so gut wie nackt war. Marlys verblüffter Blick wanderte von meinen Boxershorts, über meinen Bauch und meine Brust bis zu meinem Gesicht.

Ich lächelte verlegen und rieb mir den Nacken. »Äh, guten Morgen.«

Marly schluckte. Sie sah so süß perplex aus, und ich war so glücklich, sie zu sehen, dass ich am liebsten gelacht hätte. Sie musterte mich noch ein paar Sekunden, als wäre ich eine Fata Morgana, dann schien sie aus ihrer Starre zu erwachen.

»Ja!«, rief sie.

Ich runzelte die Stirn.

»Ja, ich will!«

Moment mal. Waren meine Gefühle gestern Abend so mit mir durchgegangen, dass ich Marly auf der Postkarte einen Heiratsantrag gemacht hatte? Daran konnte ich mich beim besten Willen nicht erinnern.

Sie musste meine Verwirrung bemerken, denn sie trat einen Schritt auf mich zu und legte sanft eine Hand an meine Wange. »Ich will in St. Andrews bleiben. Ich werde hier studieren. Mir eine Wohnung suchen. In der Praxis arbeiten. Ich möchte bleiben. Bei dir.«

Erleichterung durchströmte mich so abrupt, dass meine Knie ganz weich wurden. Marly lächelte zu mir auf, und mein Herz lief über vor Liebe für diese Frau. Ohne ein Wort zu sagen, zog ich sie an mich und küsste sie.

Marly schlang die Arme um meinen Hals und erwiderte den Kuss voller Leidenschaft. Er war anders als alle vorherigen. Tiefer, inniger, süßer, endloser. Es schien, als wäre dies unser erster richtiger Kuss. Der erste in einem neuen Lebensabschnitt. Der Kuss, der alles besiegelte.

Meine Ängste fielen von mir ab. Meine Zweifel waren verschwunden. Es gab nichts mehr außer Marly und mir. Ihre Lippen auf meinen. Ihr Duft in meiner Nase. Ihre Finger in meinen Haaren.

»Ich liebe dich«, keuchte ich dicht an ihren Lippen. »Ich liebe dich, Marly.«

Sie zog sich von mir zurück, um mir tief in die Augen zu sehen. »Und ich liebe dich, Jack.«

Ein Feuerwerk explodierte in meinem Kopf, als sie die Worte aussprach. Sie waren wahr. Sie waren echt. Und sie waren nur für mich bestimmt. Endlich verstand ich, dass Marly mich genauso vermisst hatte wie ich sie.

Ich zog sie an mich und hob sie hoch. Sie schlang die Beine um meine Hüfte, küsste mich wieder und wieder. Jetzt waren ihre Lippen hungrig und fordernd. Ich trug sie durch die Hütte und legte sie sanft aufs Bett.

Dann ließen wir nur noch unsere Körper sprechen.

41 Marly

Ich lag nackt in Jacks Armen und sah dabei zu, wie er mit den Fingern über meinen Bauch streichelte. Mein Atem ging schnell, meine Haare waren zerzaust, meine Haut roch nach ihm. Ich konnte mich nicht erinnern, in meinem Leben jemals so glücklich gewesen zu sein.

Alle verbliebenen Fragen, Ängste, Unsicherheiten waren mit Jacks Küssen verschwunden. Es gab einiges, worüber wir noch reden mussten, doch ich wusste nun, dass er mich aufrichtig liebte. Fiona hatte recht gehabt. Annabeth hatte recht gehabt. *Alle* hatten recht gehabt. Doch ich bereute nicht, dass ich länger gebraucht hatte, um es zu verstehen. Denn jetzt wusste ich ohne jeden Zweifel, dass ich hierbleiben wollte. Und nicht nur wegen Jack. Ein ganzes Leben wartete auf mich. Mit einem neuen Studiengang. Einem neuen Ziel. Neuen Freunden. Einem neuen alten Job. Und der weiteren Erkundung meiner Herkunft, für die ich mich endlich nicht mehr schämte.

Und mit Jack.

Ich kuschelte mich an seine Brust, und er küsste mich auf die Stirn. Lächelnd ließ ich den Blick durch den Raum schweifen. Staub tanzte in dem schwachen Sonnenstrahl, der durchs Fenster fiel. Er brachte den Teppich vor dem Kamin zum Leuchten. Die Postkarten an der gegenüberliegenden Wand schienen zurückzulächeln. Alles war genau wie immer und doch ganz anders. Etwas hatte sich zwischen Jack und mir verändert. Etwas Grundlegendes. Und das wollte ich nie wieder missen.

Jacks Magen grummelte, und ich sah erschrocken zu ihm auf. »O nein, du musst schrecklichen Hunger haben.«

Er lachte. »Du doch auch. Oder hast du etwa gefrühstückt, bevor du so früh am Morgen hier reingeplatzt bist?«

Wie als Antwort grummelte mein eigener Magen, und ich biss mir auf die Lippe.

Jacks Brust bebte unter meiner Wange, als er leise lachte. »Weißt du eigentlich, dass wir nie ein wirkliches erstes Date hatten?«, fragte er mit einem schelmischen Grinsen. »Dabei hatte ich alles so toll geplant. Aber dann ist uns der Sturm in die Quere gekommen.«

Ich verdrehte die Augen. »Wir hatten doch seitdem unzählige Dates.«

»Aber ich bestehe darauf, dich noch einmal richtig schick auszuführen, um das allererste nachzuholen.« Sein Grinsen wurde immer breiter. »Es gibt da so ein nettes kleines Café, wo wir frühstücken können.«

Er sah mich erwartungsvoll an, seine Mundwinkel zuckten. Seine Augen funkelten verschmitzt.

Misstrauisch setzte ich mich auf. »Okay, ich spiele mit. Wohin willst du mich denn ausführen?«

Er legte einen Arm um mich, zog mich wieder an sich und hauchte mir leise glucksend ins Ohr: »Ins Lumberjacks.«

Danksagung

Dieses Buch – es ist so anders als meine bisherigen Bücher und doch genauso ein Teil von mir.

Kanada hat einen festen Platz in meinem Herzen. Beinahe als wäre das Land eine Person, die mich immer wieder zu sich ruft. Als ich zum ersten Mal nach Toronto kam – als junges Demipair nach dem Abi –, war ich, wie Marly, auf der Suche nach mir selbst. Nur wusste ich es damals nicht. Seitdem sind über zehn Jahre vergangen, und ich weiß nicht, ob ich dem Ziel näher gekommen bin. Es fühlt sich auf jeden Fall so an.

Und es ist wohl kein Wunder, dass ich mit einem Kanadier verlobt bin. Danke, Chris, für deine unendliche Geduld. Für deine Antworten auf meine unzähligen Fragen zum kanadischen Schulsystem, zum Studium und den vielen Nebenjobs aufgrund der horrenden Studiengebühren. Für all die Diskussionen am Esstisch, spätabends oder sonntagmorgens beim Frühstück und all die Plot Holes, die wir gemeinsam gestopft haben. Dafür, dass du verstehst, dass ich manchmal (okay, ziemlich oft) geistig abwesend bin und du mich trotzdem nicht aufgibst. Danke, dass ich jedes Jahr mit dir zurück nach Toronto fliegen darf, um deine Familie zu besuchen.

An meine grandiosen, adleräugigen und kritischen Testleserinnen, ohne die dieses Buch nie so geworden wäre, wie es jetzt ist: Ihr habt mich gerettet!

Stella: immer die erste Person, die meine Texte zu Gesicht bekommt. Danke, dass du dir selbst als frischgebackene Mama die Zeit dafür nimmst.

Kathi: Schreiben ohne dich kann ich mir gar nicht mehr vorstellen. Vielen Dank dafür, dass du immer da bist, von Anfang an. Diesmal war es nicht nur Testlesen, sondern auch Sensitivity Reading, und ich habe so viel von dir gelernt. Danke für deine Ehrlichkeit. Ich kenne niemanden, der so stark ist wie du.

Kathinka: Piper-Schwestern! Ich bin sehr froh, dass du mich mit all deiner Erfahrung im Verlag ein bisschen an die Hand nimmst. Danke für die Extraportion Gefühl (show, don't tell!) und dafür, dass Scham eben nicht Charme ist.

Rebekka: Irgendwie fühlt es sich auch nach Alba noch so an, dass wir den steinigen Weg in die Verlagswelt gemeinsam beschreiten. Ich bin froh, dich an meiner Seite zu wissen. Vielen Dank.

Nora: Einfach nur wow! Dein ausführliches Sensitivity Reading hat meinem Manuskript so gutgetan. Du hast Dinge gesehen, die mir nie aufgefallen wären, und ich weiß, dass ich noch einiges zu lernen habe. Danke dafür und für das wunderbare Gespräch. Es ist immer wieder so schön, auf Gleichgesinnte zu treffen. Auf viele weitere gemeinsame Projekte!

Sarah, meine persönliche Superheldin und beste Agentin der Welt: Danke, dass du an mich glaubst. Du lässt meine Träume wahr werden, und dafür werde ich dir auf ewig dankbar sein. Danke auch der Agentur Schlück und all den schlücklichen Autor*innen, die von Ihnen vertreten werden und immer hinter mir stehen.

Greta, meine Ansprechpartnerin bei Piper: Ich bin dir so dankbar, dass du das Potenzial dieses Manuskripts – *mein* Potenzial – gesehen und uns ein Verlagszuhause gegeben hast. Ich freue mich auf alles, was da noch kommt.

Herzlichen Dank meiner fabelhaften Lektorin Kerstin von Dobschütz, die dieses Manuskript aufpoliert hat, sodass es glänzt.

Liebe Inge, vielen Dank, dass ich dich mit Fragen zu St. Andrews löchern durfte. Ich bin sehr stolz darauf, Familie in Kanada zu haben. Ihr beiden habt den Schritt gewagt und lebt jeden Tag das große Abenteuer. Dir und Peter habe ich meine Liebe zu St. Andrews zu verdanken und den Satz: *Wir wohnen dort, wo andere Leute Urlaub machen.* Mein Besuch bei euch (inklusive Whale Watching) hat mich tief beeindruckt, und St. Andrews hat mich danach nicht mehr losgelassen – so ist diese Reihe entstanden. Vielen Dank, dass ich immer wieder zu euch kommen darf, wenn mich das Fernweh packt.

Meinen Eltern gebührt wie immer ein besonderer Dank dafür, meine Liebe zum Lesen, zum Geschichtenerzählen und Tagträumen stets unterstützt zu haben. Vielen Dank an meine Familie und Freunde, die voller Stolz meine Bücher lesen.

Dann möchte ich natürlich noch meinen Leser*innen danken, alten wie neuen. Ohne euch wären meine Bücher nichts als Worte auf Papier – ihr macht sie lebendig. Schön, dass es euch gibt.

Danke an all die tollen Buchmenschen, die ich in den letzten Jahren kennenlernen durfte: Autor*innen, Lektor*innen, Buchblogger*innen, Buchhändler*innen, Literaturagent*innen. Ihr leistet tolle Arbeit. Was wäre die Welt ohne euch?

Und zum Schluss danke ich mir selbst, weil ich über mich hinausgewachsen bin und mich an ein neues Genre gewagt habe. Das machen wir doch alle viel zu selten.

Triggerwarnung
(Achtung: Enthält Spoiler für das gesamte Buch)

Folgende in »When the Storm Comes« behandelte Themen sind potenziell triggernd:

Alkoholsucht
häusliche Gewalt
Beschreibung von Panikattacken
Tod eines Haustiers
Identitätssuche
Darstellung der Lebensumstände marginalisierter Gruppen*

* Wir haben uns in Zusammenarbeit mit der Sensitivity Readerin Nora Bendzko sehr darum bemüht, die in diesem Buch vorkommende indigene kanadische Bevölkerung (First Nations), vor allem mit Blick auf ihre bewegte Geschichte, durch sorgfältige Recherche und Gespräche mit Einwohner*innen von St. Andrews so authentisch und respektvoll wie möglich darzustellen.

Carina Schnell
und das *everlove*-Team

Die »Finde-mich-Reihe« geht endlich weiter!

Kathinka Engel

Fühle mich. Unendlich

Roman

Piper, 416 Seiten

€ 14,00 [D], € 14,40 [A]*

ISBN 978-3-492-06348-7

Sophia hat nach einer Haftstrafe jegliches Gefühl für sich selbst verloren, jetzt bekommt sie durch eine Patenschaft eine zweite Chance. Mit ihrer unangepassten Art eckt Sophia in der gehobenen Gesellschaft an, doch der junge Anwalt Philip ist gerade deshalb von ihr fasziniert, denn seine eigenen Träume hat er nie verwirklicht. Jetzt lässt die Mischung aus Sophias Unerschrockenheit und Philips Überlegtheit all die Möglichkeiten sichtbar werden, die vor ihnen liegen. Doch seine Gegenwart und ihre Vergangenheit scheinen so unvereinbar, dass die Liebe eigentlich keine Chance hat …

Leseproben, E-Books und mehr unter www.piper.de/verlag/everlove

everlove

*Cover- und Preisänderungen vorbehalten